Cölfen/Walther

Bettflüchtig

Care & Crime Serie

Hermann Cölfen
Sabine Walther

Bettflüchtig

Care & Crime

Der zweite Pflegekrimi des Autorenduos mit
Krankenschwester Annika Meinke in der Hauptrolle

Unter Mitarbeit von Angelika Abt-Zegelin
Mit einem Nachwort von Ruth Schröck

Verlag Hans Huber
Bern · Göttingen · Toronto · Seattle

Dr. Hermann Cölfen. MA, Hochschulassistent an der Universität Essen, Studium der Germanistik, ev. Theologie und Philosophie; Duisburg
Dr. Sabine Walther. MA, Krankenschwester, Studium der Germanistik, Psychologie und Pädagogik, Lektorin, Autorin, Duisburg

Bibliografische Information der Deutschen Bibliothek
Die Deutsche Bibliothek verzeichnet diese Publikation in der Deutschen Nationalbibliografie; detaillierte bibliografische Daten sind im Internet über http://dnb.ddb.de abrufbar.

Hinweis an die Leserinnen und Leser
Sämtliche Personen und Handlungen der Geschichte sind frei erfunden. Sollte sich doch der eine oder die andere darin wieder finden, so ist das Zufall und nicht beabsichtigt.
Einzelne Schauplätze dieser Geschichte hat es tatsächlich gegeben; manche Orte und Gebäude – oder was davon übrig ist – kann man heute noch finden. Die historischen Stätten und Begebenheiten wurden von uns allerdings so verändert und unseren kriminalistischen Bedürfnissen angepasst, dass sie nur wenig mit der Wirklichkeit zu tun haben.
Ähnlichkeiten zwischen dem Krankenhaus in dieser Geschichte und einem echten Krankenhaus sind rein äußerlicher und geografischer Natur und beschränken sich zudem nur auf wenige Details. Davon abgesehen existiert die «Krimi-Klinik» ausschließlich in unserer Phantasie.

1. Auflage 2003

Anregungen und Zuschriften an:
Verlag Hans Huber
Lektorat: Pflege
Länggass-Strasse 76
CH-3000 Bern 9
Tel: 0041 (0)31 300 4500
Fax: 0041 (0)31 300 4593
E-Mail: georg@hanshuber.com

Lektorat: Jürgen Georg, Gaby Burgermeister, Dr. Klaus Reinhardt
Bearbeitung: Angelika Abt-Zegelin
Titelillustration: pinx. Winterwerb und Partner, Design-Büro, Wiesbaden
Herstellung: Daniel Berger
Satz: Hermann Cölfen
Druck und buchbinderische Verarbeitung: KöselBuch GmbH, Kempten
Printed in Germany
ISBN 3-456-83594-9

Die Hauptpersonen des Romans

Die Personen werden in alphabetischer Reihenfolge – je nachdem, wie sie im Text genannt werden – mit Vor- oder mit Nachnamen aufgeführt.

Agnes: stellvertretende Stationsleitung der MK 3

Albert Maßen: Hausmeister des Krankenhauses

Annette: Auszubildende der Krankenpflege (2. Lehrjahr, Mittelkurs)

Annika Meinke: Krankenschwester

Bärbel Wollert: Stationssekretärin

Beimer, Harry: Kriminalbeamter

Christel: Krankenschwester

Dagobert Fromm: Kriminalbeamter

David Becker: Patient

Dirk Jansen: Krankenpfleger

Doris Kirchoff: Stationsleitung

Frau *Driebusch*: Patientin

Harald: ehemaliger Geliebter Annikas

Hilde Kahn: Krankenschwester (Dauernachtwache)

Herr *Hollberg*: Patient

Jacqueline: Krankenschwester

Josefa Braun: Krankenschwester

Jens: Auszubildender der Krankenpflege (1. Lehrjahr, Unterkurs)

Klaus Adler: evangelischer Krankenhauspfarrer und ein Freund Annikas

Maibaum, Gerda: Pflegedirektorin

Manirsch, Emma: Ehefrau von Johann Manirsch

Manirsch, Johann: Patient

Manirsch, Maria: Tochter von Johann Manirsch und Mutter von Olaf

Margit: Krankenschwester

Olaf Manirsch: Enkel von Johann Manirsch

Peter: Klaus' Freund und Sozialarbeiter der beiden Kliniken

Petra Hell: Auszubildende der Krankenpflege (3. Lehrjahr, Oberkurs)

Queitlinger, Maximilian, Dr.: Oberarzt

Seeghardt, Wolfgang: kaufmännischer Direktor der Klinik

Herr *Schlanz*: Patient

Sven: Krankenpfleger

Swedlana: Freundin und ehemalige Kollegin Annikas

Tillmann, Ludger, Dr.: Stationsarzt

Tina Beier: Krankenschwester, Annikas beste Freundin

Wagner, Jakob: Patient

Frau *Will*: Patientin

Für Werner

Montag, 3. Januar

Schon kurz vor sechs. Albert musste sich beeilen, wenn er beide Nebeneingänge rechtzeitig aufschließen wollte. Die ersten Schwestern würden jeden Moment eintreffen, und denen würde es gar nicht gefallen, schon wieder vor einer verschlossenen Tür zu stehen. Mitte voriger Woche hatte er sich einmal um eine Viertelstunde verspätet, und die Frühschicht musste in klirrender Kälte um das ganze Gebäude herumgehen, um durch den Haupteingang in die Klinik zu gelangen. War das ein Gejammer den ganzen Morgen lang.

Albert rieb sich die Hände. Die Kälte in den frühen Stunden setzte ihm in den letzten Wochen mehr zu als früher, und er warf bekümmert einen Blick auf das Thermometer neben der Tür: Heute zeigte es sogar minus zehn Grad. Noch die zweite Tür aufschließen, dann würde er erst einmal im Lichtruf[1] mit Andrea eine Tasse Kaffee trinken. Das war für ihn im Laufe der vielen Jahre, in denen er als Hausmeister im St. Barbara Krankenhaus arbeitete, zu einer festen Gewohnheit geworden. Vorsichtig stieg er die fünf Stufen hinunter zum Osteingang und schloss die Glastür auf. Jede Bewegung fiel ihm heute schwerer als sonst, und er war froh, als er schließlich in dem kleinen Kabäuschen der Zentrale angekommen war.

«Morgen Andrea.» Ächzend ließ er sich in einen Stuhl fallen und versuchte ein Lächeln. Die kleine, pummelige Frau ihm gegenüber begrüßte ihn mit einem Nicken, während sie eine Patientin über die Sprechanlage wissen ließ, dass man sich gleich um sie kümmern werde. Die Apparatur, vor der sie saß, bestand aus verwirrend vielen Knöpfen und Lampen, von denen einige in unregelmäßigen Abständen blinkten. Für Albert war es bis heute ein Rätsel, wie jemand hier die

1 Am Ende des Textes befindet sich ein Glossar, in dem Fachausdrücke und Abkürzungen erklärt werden.

Übersicht behalten konnte. Dennoch sah er immer wieder gern, mit welcher Leichtigkeit Andrea und ihre Kolleginnen ihre Hände über die Tasten gleiten ließen und scheinbar mühelos alles im Griff hatten.

Andrea warf einen kurzen Blick auf die Kontrollen vor ihr, machte ein halbe Drehung mit ihrem Stuhl und wandte sich Albert zu. «Quält dich dein Rheuma wieder?»

Beide hatten etwa zur selben Zeit vor rund vierzig Jahren hier in der Klinik angefangen. Sie als Krankenschwester, bis sie aus gesundheitlichen Gründen in die Lichtrufzentrale wechseln musste. Albert hatte eine Stelle als Hausmeister angenommen. Er redete wenig, war ein aufmerksamer und geduldiger Zuhörer und erledigte seine Arbeit bedächtig – manchen vielleicht zu bedächtig – und zuverlässig. Auf diese Weise war er in der Klinik zu einer wichtigen Institution geworden, die in der Hektik des Alltagsbetriebs oft für Stabilität und Ausgleich sorgte.

Andrea und Albert hatten keine sehr enge persönliche Beziehung, aber die beiden hielten, wenn immer sich Zeit fand, gerne ein Schwätzchen.

«Kaffee?» fragte Andrea und hielt bereits eine Kaffeetasse in der Hand, als ein durchdringendes Signal ertönte. Sie drehte sich zur Rufanlage um. Ein rotes Licht blinkte pulsierend auf. Es war die MK 3. Schnell drückte sie auf die Taste. «Was gibt's Hilde?» Es passierte nicht selten, dass Patienten oder Pflegende aus Versehen Alarm auslösten.

«Herzalarm! Beeil dich! Und schick mir noch jemanden von der Nachbarstation», tönte es aus dem Lautsprecher.

«Alles klar.» Andrea erledigte sicher und schnell die nötigen Anrufe. Albert verfolgte alles mit angehaltenem Atem. Während seiner langen Zeit im Krankenhaus hatte er immer wieder diese Anrufe miterlebt und war jedes Mal froh, dass er in solchen Situationen nicht die

Verantwortung tragen musste. Andrea drehte sich schließlich wieder zu ihm herum und seufzte leicht. «So. Jetzt vielleicht einen Kaffee?»

*

«I just can't wait to be King!» Annika sang aus voller Kehle den Refrain aus dem Titelsong zum Film «König der Löwen» mit, der gerade im Autoradio zu hören war. Obwohl sie in der letzten Nacht nur wenig geschlafen hatte, spürte sie nicht viel von Müdigkeit. Vor ihr lag der erste Arbeitstag in einer neuen Klinik, und sie ließ sich von der übermütigen Stimmung des Songs mitreißen. Ein Anflug von Nervosität sorgte für Kribbeln im Bauch – ein Gefühl, das ihr von Kindheit an vertraut war. Immer, wenn sich etwas Entscheidendes in ihrem Leben geändert hatte, schwebte sie in einem merkwürdigen Zustand von Erregtheit, Angst und Übermut. Negative und positive Gefühle waren miteinander im Widerstreit, und erst mit den ersten Erfahrungen, wenn das Neue vertrauter wurde, kehrten Gelassenheit und Selbstvertrauen zurück.

Heute Morgen war sie deutlich früher als sonst aufgestanden und fuhr nun auf der noch relativ leeren A 40 von ihrer Wohnung in Duisburg-Rheinhausen in Richtung Essen. Während der letzten Tage hatte sie sich immer wieder gefragt, ob sie nicht nur aus einer spontanen Laune heraus die Klinik gewechselt hatte. Schließlich war ihr Leben vor kurzem ganz schön durcheinander geraten, und zwar beruflich und privat. Die Trennung von Harald hatte ihr mehr zugesetzt, als sie sich und anderen gegenüber zugeben wollte. In all dem Durcheinander wurde der Wunsch nach einer Veränderung immer stärker.

Während sie weiter über das Für und Wider ihrer Entscheidung grübelte, hätte sie um ein Haar die Abfahrt verpasst. Im letzten Moment sah sie das Schild Mülheim-Heißen, setzte den Blinker und verließ die Autobahn. Sie hielt kurz nach der Abfahrt, um sich zu orientieren, und folgte dann der Wegbeschreibung, die sie sich ans Armaturenbrett geklemmt hatte. Ihre Stimmung stieg, als sie nach kurzer Zeit schon Werden erreicht hatte, ohne sich dabei zu verfahren. Die große Ruhrbrücke und die Propsteikirche erkannte sie sofort von ihrem letzten Klinikbesuch wieder. Wenige Minuten später parkte sie ihren Wagen, einen alten Mercedes-Diesel «Heckflosser», dunkelblau mit weißem Dach, auf dem Parkdeck vor ihrer neuen Wirkungsstätte. Draußen war es immer noch dunkel, sodass die hell leuchtenden Fenster der Klinik auf den Weg zum Haupteingang schienen. Annika sah auf ihre Armbanduhr. Sie war viel zu früh, aber um im Auto sitzen zu bleiben, war es zu kalt. Entschlossen griff sie nach ihrem Lederrucksack und machte sich auf den Weg zu ihrem neuen Arbeitsplatz.

*

Als Annika durch die Glastür der MK 3 schritt, sah sie zunächst einen leeren Gang und eine weit offene Zimmertür am hinteren Flurende. Unvermittelt stürzte eine Krankenschwester aus dem Türrahmen, lief in Annikas Richtung, bog dann aber in einen auf der rechten Seite liegenden Raum ab: das Stationszimmer. Sie hörte, wie eine Schranktür aufgerissen wurde, und Sekunden später eilte die Krankenschwester mit einer Infusion in der rechten Hand zurück in das Zimmer, aus dem sie so plötzlich aufgetaucht war. Sie hatte Annika nicht wahrgenommen, die unentschlossen mitten im Flur stand und darüber nachdachte, was sie jetzt tun könnte. Gern hätte sie sich nützlich gemacht, aber sie wusste weder, wo sie sich Arbeitskleidung beschaffen sollte, noch, wo man sich umziehen konnte. Also blieb sie am Eingang des Stationszimmers stehen und wartete. Die Uhr zeigte 5:45 Uhr, und sicherlich würde bald jemand vom Frühdienst kommen.

Aus dem hinteren Zimmer wurde nun ein Bett herausgeschoben. Zwei grün gekleidete Gestalten rollten es in Windeseile zum Stationsausgang. Annika konnte gerade eben den Kopf einer sehr abgemagerten, zarten Gestalt erkennen.

«Kann ich Ihnen helfen?» Die Krankenschwester, die sie vor wenigen Minuten in Aktion erlebt hatte, schaute sie aus müden und geduldigen Augen an. Dabei fuhr sie mit ihren Händen durch ihre wirren, lockigen Haare.

«Das will ich hoffen», sagte Annika leicht gequält. «Ich bin Annika Meinke, die neue Kollegin aus Duisburg.»

«Oh, hallo! Ich meine – Guten Morgen auch», erwiderte ihr Gegenüber mit einem amüsierten Grinsen. «Doris hat mir erzählt, dass wir heute eine frische Kollegin bekommen. Also herzlich willkommen in unserem Vergnügungszentrum hier.»

Annika musste lächeln. Diese Kollegin hier schien ja ein ganz besonderes Exemplar zu sein. Bevor sie etwas entgegnen konnte, ging es schon weiter:

«Ich bin übrigens Hilde. Dauernachtwache», erklärte sie. «Du bist aber ganz schön früh. So viel Eifer schreit nach Beschäftigung. Komm mit, ich zeig dir, wo du dich umziehen kannst.»

Annika folgte ihr ergeben.

Beim Umziehen ließ sie sich Zeit, um sich an die neue Umgebung zu gewöhnen und um ihren Start zu verdauen. Wieder im Stationszimmer wunderte sie sich, als um kurz nach sechs immer noch niemand von der Frühschicht da war. Hilde saß über einer Kurve und sah kurz auf, als Annika eintrat. «Sag mal, würdest du mir einen Gefallen tun?»

«Klar», erwiderte Annika. «Was liegt an?»

«Du könntest das Zimmer von Frau Hasel aufräumen. Die kommt mit Sicherheit so schnell nicht wieder.» Hilde kaute an ihrem Kuli. «Wenn sie überhaupt wieder kommt», setzte sie leise und mehr zu sich selbst gesprochen hinzu.

«Was war denn vorhin los?», wollte Annika wissen.

«Keine Ahnung. Irgendwie komisch. Eigentlich ging es ihr in den letzten Tagen erstaunlich gut. Zumindest bei der Diagnose. Sie hat Brustkrebs und deshalb Chemo bekommen. Und heute Morgen kam dann plötzlich hohes Fieber.» Hilde schüttelte den Kopf und setzte hinzu: «Sie ist erst dreißig.» Ohne eine Antwort abzuwarten, beugte sie sich wieder über ihren Bericht.

«Welches Zimmer ist das noch gleich?», fragte Annika.

«Was? Ach so, ja klar. Die 14. Wenn du den Flur weiter runter gehst, auf der linken Seite.»

«Ah ja.» Zögernd blieb Annika im Türrahmen stehen.

«Sag mal, wann beginnt bei euch eigentlich der Frühdienst?»

«Um halb sieben. Hat dir das niemand gesagt?»

Annika schüttelte den Kopf.

«In der letzten Woche war ein ziemliches Durcheinander hier, da hat Doris das bestimmt vergessen. Wir probieren nämlich seit zwei Wochen andere Arbeitszeiten aus.»

«Oh! Gut. Sogar sehr gut», meinte Annika erfreut. Sie hasste es, früh aufzustehen.

*

Zimmer 14 sah aus wie nach einem Überfall – wie üblich nach einer Reanimation. Annika sah sich um. Vor knapp acht Wochen war sie auf der Station gewesen, allerdings blieb damals nur wenig Zeit für einen ausgiebigen Rundgang. Jetzt stand sie zum ersten Mal in einem der Patientenzimmer. Als eine der ersten Stationen im Haus war die MK 3 vor einem Jahr vollständig renoviert worden, und das Ergebnis konnte sich wirklich sehen lassen. Das gesamte Pflegeteam war mit Vorschlägen an den Veränderungen beteiligt worden, und alle waren nun sehr zufrieden mit *ihrer* Station. Man hatte endlich durchgesetzt, dass in den Patientenzimmern zwischen allen Betten Vorhänge angebracht wurden, die man auf Wunsch zuziehen konnte, und die Zimmer waren hell und freundlich. Jedes hatte ein separates Bad und einen Fernseher, den man nur über Kopfhörer benutzen konnte. Auf in Pastelltönen gestrichenen Wänden hingen Bilder, zum Teil witzige Cartoons, zum Teil sehr gelungene Foto-Reproduktionen mit Motiven aus dem alten Werden. Die früher kargen und trostlosen Aufenthaltsräume mit dem Charme eines Wartesaals waren mit ein wenig Farbe, Fotografien und Blumen in zwei gemütliche Zimmer verwandelt worden. Die harten Holzstühle waren durch bequemere Versionen ersetzt worden, und in jedem Raum gab es eine Ecke mit zwei Ledersesseln.

Annika war mit dem Aufräumen fast fertig, als sich jemand aus der Lichtrufzentrale meldete.

«Hilde?»

«Nein, hier ist Annika. Hilde ist im Dienstzimmer.»

«Oh, Annika. Sie sind bestimmt die Neue, oder?»

«Ja.» Annika war überrascht. «Das spricht sich aber schnell rum.» Persönliche Ansprachen dieser Art kannte sie nicht aus ihrer alten Klinik. Aber es gefiel ihr.

«Na ja, in so einem kleinen Haus können Sie schwer etwas geheim halten. Ich bin übrigens Andrea. Ach, ja: Der Patient in Zimmer sechs möchte gern was zu trinken haben.»

«Ja, vielen Dank, ich kümmere mich darum», antwortete Annika.

«Ich wünsche noch einen guten Start. Bis später dann», verabschiedete sich ihre unsichtbare Gesprächspartnerin. Annika ging ins Stationszimmer. «Der Patient in Zimmer sechs möchte was trinken. Darf er?», erkundigte sich Annika.

«Das ist Herr Manirsch. Den habe ich in dem Chaos völlig vergessen. Ja, der möchte eine Flasche Mineralwasser. Das findest du in der Teeküche. Ach, und nimm ihm auch schon einmal sein MST mit. Er hatte vorhin wieder ziemliche Schmerzen wegen seiner Osteoporose.»

«Kann er aufstehen?»

«Ja, kann er. Er sagt dir schon, was du machen sollst. Wenn die Schmerzen nicht wären, würde er bestimmt noch ganz gut zurecht kommen.»

*

Auf der Bettkante saß ein mittelgroßer alter Mann mit Halbglatze. Er sah nur kurz auf, als Annika ins Zimmer kam und fuhr dann mit seinen Bemühungen fort, sich seine Schlafanzugjacke auszuziehen.

«Können Sie mir mal helfen? Das hakt irgendwo.» Verärgert schaute er auf die Knopfreihe seines Pyjamas.

«Warten Sie.» Annika stellte die Flasche auf den Nachtschrank und beugte sich zu ihm hinunter. «Hier hat sich ein Faden um einen Knopf gewickelt.» Es dauerte eine Zeit lang, bis sie das Ganze entwirrt hatte. «So, jetzt müsste es gehen.»

«Vielen Dank.» Manirsch sah sie einen Moment lang zögernd an. «Sie kenne ich noch gar nicht. Sind Sie neu hier?»

«Ja. Annika Meinke ist mein Name. Ich arbeite seit heute hier als Krankenschwester.»

«Aha. Na schön. Äh, ich will mal ins Bad.» Ächzend erhob er sich langsam von der Bettkante. Annika wollte ihn unterstützen, aber er wehrte ab.

«Nee, lassen Sie mal, das geht schon, das muss ich alleine schaffen. Immerhin will ich ja morgen wieder nach Hause. Wenn ich erst mal ein Stück gelaufen bin, dann geht's eigentlich meistens. Nur heute Morgen habe ich wieder ziemliche Schmerzen.»

«Dann komme ich ja gerade richtig. Ich hab Ihnen auch Ihre Schmerztablette mitgebracht.» Annika schüttete ihm ein Glas Mineralwasser ein und gab es ihm. «Soll ich Ihnen sonst noch was helfen?»

Manirsch schluckte die Tablette und stellte das Glas wieder auf den Nachtschrank.

«Nein. Nein danke. Das andere krieg ich schon selbst hin. Das klappt noch alles. Wirklich.» Langsam schlurfte er zum Badezimmer.

«Vielen Dank, Schwester», verabschiedete sich Manirsch und schloss die Badezimmertür hinter sich.

*

«Okay Leute, ich bin dann weg. Ach ja, denkt ihr dran, dass heute mit den Bauarbeiten begonnen wird?», erinnerte Hilde ihre Kolleginnen, bevor sie endlich nach Hause gehen konnte. «Gegen 12 Uhr wird einmal kurz auf Notstrom umgestellt.»

Als sie Annikas fragende Miene sah, erklärte sie ihr: «Der Keller soll ausgebaut werden. Da unten gibt es noch viel ungenutzten Raum. Die wollen dort eine Radiologie und ein Rechenzentrum einrichten. Und bei der Gelegenheit soll das Krankenhaus dann auch überall vernetzt werden. Du kannst dich also schon mal darauf freuen, dass hier demnächst mit dem Wunder des Computers alles *ganz* toll und einfach wird.» Hilde grinste Annika an.

«Annika, bringst du aus dem Dienstzimmer noch ein Blutdruckgerät mit?» Im vorderen Stationsabschnitt packte eine Krankenschwester frische Bettwäsche auf ihren Arbeitswagen. Ihr bordeauxrot gefärbter Pagenkopf leuchtete von weitem wie ein Signal. Annika hatte sich gefreut, als Josefa Braun heute Morgen zum Frühdienst erschienen war. Die beiden waren sich vor acht Wochen auf der MK 3 zum ersten Mal begegnet und hatten sich auf Anhieb gemocht. Josefa erinnerte Annika an ihre frühere Kollegin Mechthild, mit der sie immer sehr gerne zusammengearbeitet hatte. Josefa war mit ihren 53 Jahren fast ebenso alt wie Mechthild und schien über dieselbe ruhige, ausgeglichene Art und ein ebenso fröhliches Naturell wie Mechthild zu verfügen. Vielleicht konnte man ja doch irgendwann, nach einigen Lebens- und Berufsjahren die täglichen kleinen Querelen gelassen hinnehmen. Annika hoffte das zumindest. Sie nahm eines der drei Blutdruckgeräte, die an einem Infusionswagen im Stationszimmer hingen, und ging damit zu Josefa.

*

Der morgendliche Durchgang war fast beendet, als Petra, eine Auszubildende, Josefa um ihre Hilfe bat.

«Könntest du zu Herrn Manirsch eben alleine gehen, Annika? Dann kann ich Petra helfen.»

Annika griff sich die Kurve, den Blutdruckapparat und ein Thermometer und meinte: «Klar, kein Problem, den habe ich schon kennen gelernt.»

Herr Manirsch lag wieder im Bett und schien zu schlafen. Vorsichtig näherte sie sich ihm, aber er schien sie gehört zu haben. Er öffnete seine Augen und sagte mit heiserer Stimme: «Ach Schwester, mir ist gar nicht gut. Die Schmerzen gehen heute nicht weg. Besonders im Rücken.»

Manirsch sah ziemlich blass um die Nase herum aus. Sein Gesicht war schmerzverzerrt.

«Könnte ich vielleicht noch eine Tablette haben?»

«Ich werde mit dem Arzt reden, Herr Manirsch», versprach Annika. In diesem Moment hörte man weit entfernt das rumpelnde Geräusch eines Bohrhammers.

«Reißen mal wieder die Straße auf, was?», stöhnte Manirsch, und es schien Annika fast, als wolle er mit dieser Frage von seinen Schmerzen ablenken.

«Nein, ab heute wird im Krankenhaus umgebaut. Ich glaube, dass das Geräusch aus dem Keller kommt. Die wollen da eine Wand zu einem Tunnel aufhauen, hab ich gehört», erklärte Annika.

Manirsch sah wirklich nicht gut aus, und Annika wollte so schnell wie möglich einen Arzt zu ihm schikken. «Herr Manirsch, ich seh' eben nach dem Doktor, ja?»

«Ist gut», murmelte Manirsch geistesabwesend.

*

Im Stationszimmer war fast das gesamte Personal der MK 3 versammelt. Bärbel Wollert, die Stationssekretärin, war am Telefon und sprach gerade Röntgentermine für die Patienten ab. Am Tisch in der Mitte des Raumes saß Doris Kirchoff, die Stationsleitung. Sie unterhielt sich mit einem etwa vierzigjährigen, sympathisch lächelnden Mann, der viele Lachfalten aber dafür umso weniger Haare hatte. Über seiner weißen Hose trug er ein knatschrotes T-Shirt. Sein Arztkittel hing über einem Stuhl. Als Doris in Annikas Richtung sah, drehte auch er sich zu ihr um und sah sie forschend an.

«Sie müssen Annika Meinke sein. Doris hat mir von Ihnen erzählt. Dann erst mal herzlich willkommen. Ich heiße Ludger Tillmann und gebe hier den Stationsarzt. Aber von mir aus auch nur Ludger.» Damit reichte er ihr seine Hand.

Obwohl Annika selbst meist sehr spontan und direkt war, brachte sie diese herzliche und offene Begrüßung einen Moment aus dem Tritt. Sie brauchte einen Augenblick, bevor sie sagte: «Äh, ja, ich bin Annika.»

Doris half ihr aus der Verlegenheit. «Setzt dich ruhig zu uns. Seid ihr mit eurer Einheit fertig?»

Annika zog den angebotenen Stuhl zu sich heran, blieb aber davor stehen. «Ja, sind wir.» Sie sah zu Tillmann: «Aber es wäre gut, wenn Sie, äh, ich meine du, also, wenn du einmal zu Herrn Manirsch gehen würdest. Er hat vor knapp zwei Stunden sein MST genommen und hat immer noch starke Schmerzen, besonders im Rücken.»

Tillmann runzelte die Stirn. «Erstaunlich, also damit hätte ich jetzt nicht gerechnet. Hört sich gar nicht gut an. Und wir wollten ihn morgen entlassen. Ich seh' ihn mir mal an.» Damit stand er auf und verließ das Dienstzimmer.

Annika nutzte die Gelegenheit: «Das ist hier der Stationsarzt?», fragte sie Doris.

«Ja, der beste, den wir je hatten», hörte sie Josefa aus dem Hintergrund. «Ganz im Gegensatz zu unserem

Oberarzt *Herrn Doktor Maximilian Queitlinger.*» Josefa betonte Titel und Namen mit Nachdruck. Dann machte sie eine kurze Pause, positionierte ihre Nase eine Etage höher, streckte die rechte Hand mit erhobenem Zeigefinger in die Luft und sprach mit unnachahmlichem Wiener Dialekt: «Meine Damen: Nicht was der Patient zu fühlen und zu meinen glaubt, ist von Bedeutung, sondern das, was unsere Diagnosen ergeben. Also bitte Tatsachen und keine Esoterik.» Alle prusteten vor Lachen.

«Das meinst du jetzt aber nicht ernst, oder?», erkundigte sich Annika. «So was gibt es doch gar nicht mehr.»

«Von wegen. Und das geht noch schlimmer, wenn er mies drauf ist», entgegnete Josefa. «Aber heute ist er nicht da. Genieß also den Tag mit uns und ohne ihn.»

Annika bemerkte Tillmann am Eingang des Stationszimmers und sah, wie er grinste. Wie lange hatte er da wohl schon gestanden? In diesem Augenblick läutete das Telefon, und Tillmann nahm ab. Beim Zuhören verfinsterte sich seine Miene. Nach einem knappen «Ja, danke» legte er wieder auf. Er starrte eine Weile in die Luft und sagte plötzlich ohne große Vorrede: «Frau Hasel ist gestorben.»

Alle schauten ihn betroffen an.

«Scheiße», entfuhr es Josefa. Sie sah zu Tillmann. «Aber das versteh ich nicht. Du hast doch letzte Woche noch gesagt, dass sich ihre Werte gebessert haben.»

«Was soll ich sagen, ich versteh das auch nicht. Ich geh gleich mal auf die Intensiv und rede mit denen.» Er machte eine kurze Pause, als überlege er etwas. «Wenn wir schon bei den Hiobsbotschaften sind: Herr Manirsch kann leider nicht nach Hause. Die bisherige MST-Dosis reicht offensichtlich nicht mehr aus. Wir sollten sie deshalb besser erhöhen. Er kann jetzt sofort erst einmal eine MST-10 zusätzlich haben. Das andere schreibe ich nachher auf. Außerdem möchte ich bei ihm gerne die Wirbelsäule röntgen lassen, und zwar heute noch. Bis das Ergebnis da ist, hat er strenge Bettruhe. Ich hab mit ihm darüber geredet und ihm auch alle möglichen Risiken genau erklärt. Er weiß also, dass bei ihm die Gefahr von Knochenbrüchen wesentlich höher ist als bei anderen.»

*

Die nächsten Stunden vergingen wie im Flug. Bald war es 12 Uhr, und der Metallcontainer mit dem Mittagessen wurde auf die Station geschoben. Als Annika gerade mit dem Verteilen anfangen wollte, sah sie Manirsch auf dem Flur vor seinem Zimmer stehen. «Herr Manirsch. Brauchen Sie etwas?» Sie ging ein paar Schritte auf ihn zu.

«Nein, ich wollte nur ein bisschen rumlaufen», entgegnete er.

«Wissen Sie, das ist im Moment keine so gute Idee», begann sie vorsichtig. «Solang wir nicht genau wissen, warum Sie solche Rückenschmerzen haben, ist es wirklich besser, wenn Sie liegen bleiben.» Annika führte ihn zurück in sein Zimmer und half ihm ins Bett. Dann erklärte sie ihm noch einmal, was Tillmann ihm vorhin schon gesagt hatte. «Außerdem ist auch gerade das Mittagessen gekommen», fügte sie hinzu.

«Aber die Schmerzen sind wieder fast weg. Und Hunger hab ich gar nicht.»

«Dann bring ich Ihnen eine Tasse Tee oder etwas anderes Warmes zu trinken, wenn Sie möchten», bot Annika an.

Er tat ihr Leid. Man konnte ihm ansehen, dass er sich darauf gefreut hatte, nach Hause zu kommen und jetzt mit der Aussicht auf neue Untersuchungen und weitere Tage im Krankenhaus ziemlich niedergeschlagen war. Manirsch lehnte mit knappen Worten alles ab, was Annika ihm anbot, war aber damit einverstanden, dass sie später noch einmal vorbeischauen wollte.

*

Erst als Annika die zwei Etagen zu ihrer Wohnung hinaufstieg, merkte sie, wie wenig sie in der Nacht zuvor geschlafen hatte. Ihr Nacken war verspannt und ihre Glieder fühlten sich bleischwer an. Oben angekommen ließ sie alles fallen, was sie in Händen hielt, zog den Mantel aus und holte sich aus der Küche eine Flasche Mineralwasser. Dann warf sie sich im Wohnzimmer ächzend auf ihr Sofa und trank mit langen Zügen direkt aus der Flasche, bis ihr das Wasser plötzlich aus der Nase lief. Prustend und keuchend rang sie nach Luft und musste laut über sich selbst lachen, nachdem sich ein männermäßiger Rülpser selbstständig gemacht hatte.

Auf dem Tisch neben der Couch stand ein gerade noch halb voller Weihnachtsteller. Annika überlegte kurz und nahm erst einmal zwei Trüffelpralinen. Wenige Minuten später hatte sie ein Tütchen Marzipankartoffeln vertilgt und machte sich schließlich über eine Pakkung Dominosteine her. Sie zögerte kurz und tastete misstrauisch nach einer möglichen Speckfalte in der Bauchgegend. «Glück gehabt», sagte sie zu sich selbst und krönte ihr spätes Frühstück mit einer halben Tafel Zartbitter-Schokolade. «Wenn das mal gut geht», dachte sie und legte sich aufs Sofa; aber sie hatte es bei Süßigkeiten noch nie geschafft, aufzuhören, bevor ihr schlecht wurde. Schulterzuckend trank sie einen weiteren Schluck Wasser und ließ ihren ersten Arbeitstag Revue passieren.

Dienstag, 4. Januar

«Nein, das können wir *nicht* so machen! Untersuchen Sie das bitte noch einmal ganz genau.»

Noch bevor Annika sich umdrehte, wusste sie, dass dies nur der gestern angedrohte Oberarzt Queitlinger sein konnte. Er sprach mit unverkennbar wienerischem Dialekt, und wenn er nicht so gestelzt reden würde, hätte man seine Stimme direkt sympathisch finden können. Annika mochte eigentlich den Wiener Dialekt. Unauffällig versuchte sie, das Ober-Monster aus den Augenwinkeln zu beobachten und nicht zu ihm hinüberzuschauen, aber er hatte sie offensichtlich bereits entdeckt.

«Hallo. Sie müssen die neue Krankenschwester sein. Ich freue mich, dass Sie bei uns sind.» Hätte Annika zu diesem Zeitpunkt auch nur geahnt, wie ernst es Queitlinger mit seiner Freude war, hätte sie wahrscheinlich auf der Stelle wieder gekündigt.

«Queitlinger, mein Name. Ich bin hier der Oberarzt.» Einen kurzen Moment standen sie sich beide schweigend gegenüber und nahmen sich gegenseitig in Augenschein. Queitlinger war knapp einen Kopf größer als Annika und hatte unverkennbar Gewichtsprobleme. Die schien er jedoch zu ignorieren oder nicht kaschieren zu wollen, denn er trug einen so eng anliegenden Kittel, dass der sich wie eine zweite Haut über seinem Bauch spannte.

Queitlinger war offensichtlich mit seinem Teil der Musterung fertig. Er atmete hörbar durch und sah Annika lächelnd an: «Sagen Sie, ich würde gerne Visite machen. Haben Sie Zeit?»

Diesen Satz trug er mit solcher Begeisterung und Feierlichkeit vor, dass man meinen könnte, er hätte soeben eine offizielle Einladung zum Abendessen ausgesprochen. Annika war ein wenig irritiert und versuchte nun, ihren ersten Eindruck mit dem, was Josefa über ihn gesagt hatte, zusammenzubringen.

«Vielleicht wäre es ja besser, wenn Sie mit Frau Braun gehen, die kennt die Patienten doch wesentlich besser als ich», entgegnete Annika.

«Ach, das ist schon in Ordnung. Wir haben doch die Kurven. Und so lernen Sie die Patienten auch am schnellsten kennen.»

Annika hatte dem nichts entgegenzusetzen. «Na gut, aber ich will eben meine Kollegin informieren.»

Josefa war entzückt, dass ihr selbst die Visite mit Queitlinger erspart blieb. Sie bekreuzigte sich theatralisch und rief Annika grinsend «noch alles Gute» nach und «du weißt ja, wo die Beruhigungsmittel stehen».

*

Queitlinger sah sich schweigend mehrere Minuten lang die Krankenunterlagen an. Die beiden Patienten blickten zu ihm hoch. Sie hatten ihre Kreuzworträtsel unterbrochen, als Annika und Queitlinger das Zimmer betreten hatten, und warteten nun auf die Erklärungen des Oberarztes. Annika wippte von einem Fuß auf den anderen. Langsam wurde das Stehen ungemütlich, und sie lehnte sich an ein Bett. Während Queitlinger die Laborberichte studierte – oder auswendig lernte – beobachtete Annika den 15-jährigen Jungen, der mit Sweatshirt und Jogging-Hose auf dem ersten Bett an der Tür lag und tief und fest zu schlafen schien. David Becker war gerade erst von seiner Mutter mit einer Lungenentzündung gebracht worden.

«Warum fehlen hier eigentlich noch die ganzen Angaben?» Queitlinger hielt Annika eine Kurve unter die Nase.

«Weil Herr Wagner erst vor drei Stunden gekommen ist und wir noch keine Zeit dafür hatten.» Annika sah entschuldigend zu dem gutmütig dreinblickenden, etwas behäbigen älteren Mann hinüber, den sie am Morgen in Empfang genommen hatte.

«Dann tragen Sie wenigstens seinen Vornamen und das Geburtsdatum hier ein. Wir haben nämlich noch einen anderen Herrn Wagner hier. Das könnte leicht verwechselt werden.» Während Queitlinger sprach, sah er abwechselnd von der Kurve zu Annika. Die zog sich einen freien Stuhl heran und setzte sich zu den Männern.

«Jakob ist mein Vorname. Und ich bin am 18.03.1936 geboren», teilte Wagner routiniert mit. Bevor Annika etwas sagen konnte, wurde sie von Queitlinger unterbrochen.

«Ja, Herr Wagner, da haben Sie wohl während der Arbeitszeit immer ein bisschen zu viel genascht.» Wagner und Annika schauten gleichzeitig entgeistert zu Queitlinger hoch.

Der fuhr unbeirrt fort: «Nach den Berichten Ihres Hausarztes und unseren ambulanten Untersuchungen besteht kein Zweifel daran, dass Sie Diabetes haben. Sie dürfen also von jetzt an nur noch Diät essen. Ich schikke Ihnen heute noch eine Diätassistentin vorbei, die alles mit Ihnen bespricht.» Damit drehte Queitlinger ihm den Rücken zu, schaute kurz auf David Becker, der erstaunlicherweise immer noch schlief, und wollte gerade das Zimmer verlassen.

«Herr Doktor, was ist denn mit mir?», rief der zweite Patient aufgeregt. «Kann ich morgen nach Hause?»

«Herr, äh …»

«Brennings», ergänzte Annika.

Queitlinger nickte mit halb geschlossenen Augen: «Genau. Nein, tut mir Leid, wir müssen noch ein paar Untersuchungen machen. Wahrscheinlich in der nächsten Woche.» Nach dieser kurzen Erklärung wandte sich Queitlinger wieder ab und verließ das Zimmer.

Annika konnte nicht fassen, was sie da eben erlebt hatte. Ganz davon abgesehen, dass Queitlinger offensichtlich, egal ob während oder nach der Arbeit, selbst «ein wenig zu viel genascht» hatte: Er hatte sämtliche Regeln der Höflichkeit außer Acht gelassen. Er hatte sich weder vorgestellt, noch die Patienten begrüßt oder sich von ihnen verabschiedet. Ganz zu schweigen davon, wie und was er ihnen erklärt hatte. «Sensibel wie ein Rammbock», dachte sie, aber ihre Kolleginnen hatten sie ja gewarnt. Und nun trottete sie hinter ihm her wie eine Idiotin. Nein, so konnte das nicht weitergehen.

«Sagen Sie, sollte man mit Herrn Wagner nicht noch einmal in Ruhe über den Diabetes reden?», fragte Annika vorsichtig.

«Klar, das macht nachher die Diätassistentin», antwortete Queitlinger, mit der Hand auf der Türklinke des nächsten Zimmers.

«Nein, das mein ich nicht.»

«Nicht?» Queitlinger sah sie erstaunt an.

«Ich mein, mal ganz abgesehen davon, dass solch eine Diagnose nicht sehr angenehm ist, habe ich in seinen Unterlagen gelesen, dass er Koch ist. Denken Sie, er wird seinen Beruf weiter ausüben können? Er muss doch ständig irgendwas probieren.»

Queitlinger sah Annika verständnislos an. «Aber der ist doch schon Anfang 60. Da wird das doch nicht mehr so schlimm sein», kommentierte er ihre Bedenken lapidar.

Annika seufzte entnervt. «Wieso soll das mit Anfang 60 weniger schlimm sein als mit Anfang 50? Gerade dann, wenn jemand Koch ist. Man hört doch nicht mit dem Kochen auf, bloß weil man in Rente geht. Außerdem scheint Herr Wagner noch absolut fit zu sein. Woher wollen Sie wissen, dass er jetzt schon seinen Job aufgeben will?»

Queitlinger verzog keine Miene. Stattdessen beugte er sich über Wagners Kurve.

«Stellen Sie sich doch einfach mal vor, man würde Ihnen jetzt sagen, dass Sie Diabetiker sind.»

Das saß. Queitlinger blickte auf.

«Also gut. Vielleicht haben Sie ja Recht. Dann kann ja nachher Tillmann noch mal mit Wagner sprechen. Sagen Sie ihm das einfach.» Und ohne weiter auf das Thema einzugehen, ging er ins nächste Zimmer.

«Tach, Herr Doktor.» Eine sehr kleine, rundliche Frau mit schlohweißen Haaren drehte sich zu ihnen um. Sie stand am Fenster und sortierte die welken Blätter aus einem Meer von Blumen. Frau Will hatte am vergangenen Sonntag Geburtstag gehabt – genau an dem Tag, an dem man sie zum wiederholten Male notfallmäßig auf die MK 3 gebracht hatte. Sie war Asthmatikerin und hatte eine starke Allergie gegen Katzenhaare. Unglücklicherweise hatte sie eine Katze, die sie über alles liebte und nicht abgeben wollte. Das einzige Eingeständnis, zu dem sie mit Mühe bereit war, bestand darin, dass ihre Katze nun bei ihrer Schwester lebte. Der Haken bei diesem Arrangement war, dass die beiden im selben Haus wohnten und Frau Will zu ihrer Katze konnte, so oft sie wollte. Frau Will war der Ansicht, die Ärzte müssten nur das richtige Medikament finden, damit sie wieder gesund würde.

«Gehn Se ruhich erst mal zu Frau Kaiser. Ich bin gleich hier fertich.» Frau Will hatte ein gesundes Selbstbewusstsein und ließ sich von weißen Kitteln und strengen Blicken nicht aus der Ruhe bringen.

Queitlinger teilte Frau Kaiser in knappen Worten das Neueste mit und wollte auch Frau Will in seiner üblichen Manier abfertigen. Als er gerade das Zimmer grußlos verlassen wollte, rief Frau Will ihm zu: «Warten Se mal Herr Doktor. Wir warn doch noch gar nicht fertich.»

Ungläubig und irritiert drehte Queitlinger sich zu ihr um.

«Na nu kommen Se doch mal en Stücksken näher, damit ich nich so schreien muss. Dat kann ich doch in meinem Alter gar nich mehr.»

Queitlinger hatte keine Wahl. Er ging auf Frau Will zu und wurde nun von ihr misstrauisch taxiert. Annika amüsierte sich köstlich, und aus den Augenwinkeln beobachtete sie, dass auch Frau Kaiser die Situation zu genießen schien.

«Also, nu erklären Se mir bitte mal, welche Tabletten Se mir zu geben gedenken, damit ich wieder mit meinem Kätzchen zusammenleben kann. Muss ja nich mehr für soo lang sein, aber so zehn Jährchen wärn doch noch schön.»

Queitlinger versuchte Frau Will nun tatsächlich zu erklären, warum Medikamente allein nicht ausreichten, um einen Asthmaanfall zu verhindern. Aber auf diesem Ohr war Frau Will absolut taub. Vor einem Jahr hatte man bei ihr eine Hyposensibilisierung ausprobiert, die schon nach kürzester Zeit abgebrochen werden musste. Frau Will hatte einen Tag lang auf der Intensivstation gelegen. Später stellte sich heraus, dass einiges schief gelaufen war. Man hatte ihr die doppelte Menge der ursprünglich vorgesehenen Dosis gespritzt und sie zu allem Übel nach der Spritze unbeobachtet in ihrem Zimmer gelassen. Nur zufällig hatte ihre Bettnachbarin bemerkt, dass etwas nicht stimmte, und um Hilfe gerufen. Seit diesem Erlebnis brauchte man Frau Will nichts mehr von Hyposensibilisierung zu erzählen.

«Herr Doktor, getz reden wer mal Tacheles.» Frau Will wurde etwas ernster. «Ich weiß ja, dat Medikamente teuer sind. Aber ich hab mein ganzes Leben immer in die Kasse eingezahlt, und nu will ich auch mal ne Leistung dafür sehn. Also geben Se sich mal was Mühe und verarschen Se hier nich en altes Mütterken. Ich bin sicher, dat et da wat für mich gibt. Se müssen nur mal richtich kucken. Und ehe Se dat nich gemacht haben, kommen Se besser gar nich erst wieder.»

Mit dieser Empfehlung schenkte Frau Will wieder ihren Blumen ihre volle Aufmerksamkeit und erklärte so das Gespräch für beendet. Queitlinger war fassungslos. Er öffnete seinen Mund, um etwas zu entgegnen, überlegte es sich aber offensichtlich anders und verließ fluchtartig den Raum. Annika folgte ihm zögernd; sie brauchte einen Moment, um ihr zufriedenes Grinsen zu verbergen. Die Visite war bald darauf beendet, und an diesem Tag ließ sich Queitlinger bei Annika nicht mehr blicken.

Annika setzte sich nach der Visite ins Dienstzimmer, um die Kurven auszuarbeiten. Schon bald steckte Josefa den Kopf zur Tür herein und fragte neugierig: «Na, wie war's?»

«Katastrophal. Allerdings gab es ein Highlight», sagte Annika und erzählte von der Begegnung mit Frau Will. Josefa schüttete sich aus vor Lachen.

*

Annika erkannte nicht gleich die Gestalt im Schlafanzug, die sich am hinteren Ende des Flurs bewegte. Sie blinzelte und ging ihr entgegen. Es war Manirsch, der offensichtlich gerade die Station durch die Tür zum Ostausgang verlassen wollte. Annika lief nun schneller und erwischte ihn gerade noch rechtzeitig.

«He, Herr Manirsch. Wo wollen Sie denn hin?» Sanft nahm sie ihn am Arm und führte ihn zurück in sein Zimmer. Er sagte kein Wort und ließ sich widerspruchslos ins Bett bringen.

«Herr Manirsch, Sie sollten doch im Bett bleiben, bis wir die Ergebnisse der Röntgenuntersuchung haben.» Annika konnte nicht verstehen, was ihn immer wieder aus dem Bett trieb. «Doktor Tillmann hat doch mit Ihnen darüber geredet», setzte sie hinzu und versuchte weiter, ihn dazu zu bringen, mit ihr zu sprechen.

«Mit mir geredet?» Verstört sah Manirsch Annika an. Seine Augen wanderten unruhig hin und her. Er schien sich nicht an das Gespräch mit Tillmann zu erinnern.

«Herr Manirsch, wenn Sie immer wieder aufstehen, dann besteht die Gefahr, dass ihre Wirbelsäule verletzt wird. Dann könnten Sie gelähmt werden.»

Annika wusste sich keinen Rat, wie sie Manirsch davon abhalten konnte, andauernd das Bett zu verlassen. Während sie ihm noch einmal alles erklärte, beobachtete sie ihn scharf. Hörte er überhaupt zu? Heute Morgen schien er völlig klar zu sein, aber nun machte er einen abwesenden Eindruck. Die Eskapaden hatten ihn offensichtlich ermüdet. Manirsch schloss seine Augen. Annika blieb noch einige Minuten bei ihm und verließ dann leise das Zimmer. Auf dem Flur traf sie Doris.

«Wie geht es Herrn Manirsch?», erkundigte sie sich bei Annika.

«Irgendwie nicht so gut. Aber ich bin mir nicht sicher, ob das körperlich oder psychisch ist.» Annika berichtete, was geschehen war.

«Ich rede mit Ludger darüber. Ich wollte sowieso gerade zu ihm.»

Annika ging zurück ins Dienstzimmer. Sie war mit ihrer Arbeit im Rückstand und wollte endlich die restlichen Kurven schreiben. Als sie nach etlichen kleinen Unterbrechungen die letzte Kurve zuklappte und noch einmal nach Manirsch sehen wollte, stand plötzlich ein Bauarbeiter vor dem Stationszimmer. «Guten Tach, Schwester. Gerade hat sich ein Patient unten bei uns verlaufen. Kucken Se doch mal, ob der von Ihnen is. Mit uns redet der nämlich nich.»

Annika stand auf. Als sie Manirsch auf einem Stuhl im Flur sitzen sah, traute sie ihren Augen kaum. «Das kann doch nicht wahr sein. Nicht schon wieder», grummelte sie wütend und bemerkte die beunruhigten Blicke des Bauarbeiters.

«Ja, das ist unser Patient. Vielen Dank für Ihre Mühe.» Annika lief schnell zu Manirsch. Er musste frieren, denn er hatte lediglich seinen dünnen Schlafanzug an, und im Keller war es sicher wesentlich kälter als hier auf der Station.

*

«Harry, kommst du jetzt endlich?» Edgar Sörensen, Kripobeamter des Duisburger Hauptkommissariats, stand ungeduldig in der Tür zum Büro seines Freundes und Arbeitskollegen Harry Beimer. «Mir hängt der Magen langsam bis zu den Kniekehlen und ich hab in einer Stunde schon wieder einen Termin.»

«Ach Scheiße, ich kann meine Brieftasche nicht finden!» In Beimers sonst auffallend aufgeräumtem Büro herrschte Chaos. Auf Schreibtisch und Boden stapelten sich Berge von unbearbeiteten Akten. Erst vor kurzem war Beimer aus England zurückgekommen, wo er aus beruflichen Gründen knapp ein Jahr zugebracht hatte. «Geh schon mal vor und bestell uns was. Ich komm dann nach.» Er sah nicht auf, sondern suchte geistesabwesend weiter.

«Von mir aus. Aber ich kann dir auch was leihen», bot Sörensen an.

«Nein, lass mal. Das Ding muss doch irgendwo sein.»

Sörensen seufzte. «Okay. Was willst du haben? Das Übliche?»

Beimer hob kurz den Kopf. «Was war denn noch mal das Übliche?»

«Was ist denn los mit dir? Du weißt nicht mal mehr, was du vor einem Jahr mindestens einmal die Woche gegessen hast? Was haben die denn in England mit dir gemacht? Oder bist du immer noch daneben wegen dieser rothaarigen Krankenschwester? Wie hieß die noch gleich?»

Damit hatte Sörensen ganz offenkundig ins Schwarze getroffen. Harry starrte ihn dermaßen giftig an, dass der sich schnell umdrehte, um das Büro zu verlassen. Sörensen verkniff sich ein Grinsen und meinte noch: «Bis gleich, Harry. Und falls du das auch vergessen haben solltest: Wir essen im Brauhaus. Und das liegt direkt neben unserem Präsidium.»

Harry warf ihm wütend einen alten Turnschuh hinterher, der auf seinem Schreibtisch lag, verfehlte den Kollegen aber, worüber er sich noch mehr ärgerte. Wo war diese verdammte Brieftasche? Edgar hatte völlig Recht. Es musste wirklich etwas passieren. So ging das nicht weiter. Er musste Annika vergessen und wieder Bodenhaftung bekommen. Außerdem war sie ja längst wieder mit diesem Harald zusammen. Da hatte er doch sowieso keine Schnitte.

Gerade als er die Suche aufgeben wollte, fand er die Brieftasche. Sie lag mitten auf dem Schreibtisch unter der Post von heute. Harry schnappte sie sich und beeilte sich, Edgar noch einzuholen. Draußen war es kalt und windig, aber die Luft war glasklar und trocken. Gedankenverloren sah er zu den wenigen Wolken am sonst blauen Himmel hinauf. Als er schließlich die Straße hinunterblickte, um sich kurz zu orientieren, traute er seinen Augen kaum: Etwa zwei Meter vor ihm stand Annika. Sie musste ihn schon eher bemerkt haben, denn sie schaute gespannt zu ihm herüber. Schlagartig waren alle seine Vorsätze vergessen. Aufgeregt und verwirrt lief er ihr entgegen.

«Hallo», brachte er mit Mühe heraus und streckte ihr seine Hand entgegen, als wären sie mäßig gute Bekannte, die sich auf einem Empfang getroffen haben. Annikas Hand fühlte sich kalt an, und er hielt sie vielleicht einige Sekunden zu lange. Wie bei ihrem ersten Treffen waren Annikas rötliche, schulterlange Haare vom Wind zerzaust. Die Kälte hatte ihre Wangen gerötet, und er fühlte sich von ihren Gegensätzen, der Blässe und Frische, von ihrer Melancholie und ihrem Übermut unwiderstehlich angezogen. Der Wunsch, sie zu umarmen, war einen Moment lang sehr stark, aber dann sah er das Misstrauen in ihren Augen, und er trat einen Schritt zurück.

Annika hatte eine dicke dunkelgrüne Thermojacke an, die Harry nicht kannte. Und er hatte doch viel von ihr kennen gelernt, sodass es ihm jetzt komisch vorkam, dass sie sich wie zwei Fremde gegenüberstanden. Aber schließlich war das alles ja schon gut ein Jahr her.

«Seit wann bist du wieder da?», erkundigte sich Annika knapp.

«Seit einer Woche. Ich wollte dich auch schon längst anrufen, aber ...» Was erzählte er da nur?

«Ist schon gut», unterbrach Annika ihn. «Hast du Lust auf einen Kaffee?»

Enttäuscht zuckte Harry mit den Schultern. «Sehr gerne, aber ich habe mich mit Edgar im Brauhaus verabredet und ich glaube, wenn ich nicht gleich komme, dann isst er meine Portion mit. Vielleicht ...» Er zögerte und sah sie etwas unsicher an. «Wie wär's, wenn wir morgen Nachmittag ins Café Schradler gehen?», schlug er dann vor.

Annika schien unentschlossen. Sie musterte ihn lange, bevor sie antwortete. «Einverstanden», sagte sie gedehnt. «Warum nicht?», setzte sie noch hinzu. «Also dann», beendete sie das Gespräch und winkte ihm zum Abschied kurz zu.

Mittwoch, 5. Januar

«Was will der denn schon wieder hier? Oberarzt-Visite war doch erst gestern», raunte Josefa Annika zu. Sie wollten gerade zum Frühstück gehen, als ihnen Queitlinger entgegenkam. «Einen wunderschönen guten Morgen die Damen», säuselte er und blieb vor den beiden stehen. «Haben Sie sich gut eingelebt, Frau Meinke?», wandte er sich an Annika.

«Ja, doch, ich denke schon.» Annika war amüsiert. Zum einen wegen Queitlinger, der sich vor Freundlichkeit fast ein Bein ausriss, und zum anderen wegen Josefa, die staunend neben ihr stand und ihn ungläubig anstarrte.

«Ach, ich wollte noch mal kurz zu den Privaten gehen. Begleiten Sie mich?», fragte er Annika.

«Das tut mir furchtbar Leid, aber wir sind gerade auf dem Weg zum Frühstück. Aber Herr Jansen ist da und wird Sie sicher sehr gerne begleiten», bemerkte Annika mit dem freundlichsten Lächeln, das sie zustande brachte. Damit drehte sie sich zu der immer noch völlig verdatterten Josefa um und zog sie mit sich.

«Das glaub ich einfach nicht, was ich da grad gesehen habe. So freundlich war der noch nie. Normalerweise nimmt er uns überhaupt nicht wahr.» Josefa runzelte die Stirn. «Sag mal, was hat sich gestern während der Visite eigentlich genau abgespielt?» Josefa sah Annika eindringlich an.

«Nichts.» Annika lachte. «Mehr als ich dir erzählt habe, war nicht. Meine Güte, was weiß ich? Vielleicht macht er eine Therapie oder er hat einen neuen Guru. Wen interessiert das? Komm, jetzt entspann dich und lass uns endlich frühstücken gehen, sonst können wir gleich hier bleiben.»

Die Schlange in der Cafeteria war nicht besonders lang, und schon wenige Minuten später saßen sie vor ihren Frühstückstabletts. Josefa wollte gerade wieder mit Queitlinger anfangen, als ein hagerer älterer Mann an ihren Tisch trat, der wie eine schlanke Version von Peter Ustinov aussah. Annika war ganz fasziniert von dieser Ähnlichkeit.

«Hallo Albert», begrüßte Josefa ihn erfreut. «Setz' dich doch zu uns.» Sie deutete auf den freien Stuhl. «Das ist übrigens Annika, unsere neue Kollegin.»

«Hallo.» Albert lächelte Annika an und setzte sich. «Wie kommt's, dass du heute auf der Nichtraucherseite bist?», erkundigte Albert sich bei Josefa.

Ohne etwas zu sagen, nickte Josefa gespielt verdrießlich guckend zu Annika hinüber. «Sie will gerade damit aufhören», erklärte sie mit einer Betonung, die keinen Zweifel daran ließ, wie gering sie Annikas Erfolgsaussichten einschätzte.

«Gut», kommentierte Albert knapp und schlürfte seinen Kaffee.

«Albert ist so was wie die gute Seele hier im Haus», erklärte Josefa und Annika bemerkte, wie Albert leicht errötete. Es war ihm offensichtlich peinlich, wie Josefa über ihn redete, aber die ließ sich nicht beirren. «Nein, wirklich. Wenn irgendwas kaputt ist, klemmt oder hakt, Albert kriegt das bestimmt wieder hin.»

«Was machen Sie denn hier im Krankenhaus?», wollte Annika wissen.

«Hausmeister», entgegnete er ebenso knapp wie vorhin und überließ die näheren Erläuterungen wieder Josefa, die ihn sehr gut zu kennen schien. Alberts wortkarge Art wirkte weniger unhöflich, sondern eher schüchtern. Das wurde Annika relativ schnell klar, und deshalb gab sie sich besonders viel Mühe, freundlich zu sein.

«Leben Sie auch in Essen?», wandte sie sich nach einer ausführlichen Erklärung Josefas wieder an Albert. Wieder nickte er nur und wieder ergänzte Josefa und antwortete mehr als ausführlich an seiner Stelle.

«Er hat schon fast jeden Winkel in Werden fotografiert und dafür auch schon einen Preis bekommen. Und nun bemüht er sich redlich, mir das Fotografieren beizubringen. Aber irgendwie fehlt mir offensichtlich der richtige Blick oder das Talent. Oder was auch immer. Bisher sehen meine Fotos eher aus wie Entwicklungsunfälle.»

An Albert gewandt meinte sie: «Ach ja, jetzt Samstag komm ich wieder allein. Friedhelm will zu einem Freund.»

«Ist in Ordnung», kommentierte Albert und rückte seinen Stuhl vom Tisch, um anzudeuten, dass er gleich gehen wolle. Er hielt kurz inne und schaute zu Annika: «Vielleicht hätten Sie ja Lust, mit uns zu fotografieren?» Im nächsten Augenblick schien er sich über seine Spontaneität zu wundern. «Also, ich mein, wenn Sie nichts Besseres vorhaben.»

Annika dachte kurz nach. «Wieso nicht? Ich kann beim Fotografieren jede Hilfe brauchen, die ich kriegen kann. Ja, ich komm gern mit», erwiderte sie. «Aber ich bin eine absolute Anfängerin.»

«Jetzt ist aber genug mit Tiefstapeln», sagte Josefa. «Ein bisschen was wirst du wohl schon können. Jedenfalls lernst du dann gleichzeitig die Stadt besser kennen.»

Als Albert gegangen war, musterte Josefa ihre neue Kollegin einmal mehr sehr ausgiebig. Annika bemerkte das und fragte verunsichert: «Was ist? Hab ich was im Gesicht?»

Josefa zog die Schultern hoch und meinte: «Das frag ich mich schon den ganzen Tag. Das ist ja unheimlich. Erst Queitlinger und jetzt Albert. Bevor der jemanden zu sich einlädt, da muss schon was passieren. Aber du triffst ihn einmal und schon ...» Josefa verdrehte die Augen.

Annika nickte wissend, warf sich in die Brust und dozierte: «Ach das. Ja, hab ich vielleicht vergessen zu erwähnen, aber diese Mischung aus blendendem Aussehen und unwiderstehlichem Charme, gelenkt von einem messerscharfen Verstand – was will man da machen?»

Obwohl Annika keinen Zweifel daran ließ, dass sie diesen Satz ironisch gemeint hatte, musste Josefa beim Weg zurück zur Station weiter darüber nachdenken. «Das trifft es wohl genauer, als dir klar ist», dachte sie und unterdrückte einen schwachen Anflug von Neid.

*

«Hey, du hast ja nur noch 37,8. Das sieht doch schon mal ganz gut aus», meinte Annika, als sie die Anzeige des Ohrthermometers ablas.

«Findest du?» David Becker, der fünfzehnjährige Junge, der am Vortag mit Lungenentzündung und fast 40 Grad Fieber gekommen war, sah Annika aus müden Augen skeptisch an. «‹Ganz gut› ist das doch wohl erst, wenn ich gar kein Fieber mehr habe, oder?»

Annika musste über seine Grantigkeit innerlich lachen. Er war noch viel zu schlapp, um sich richtig aufregen zu können, hatte aber trotzdem bisher keine Gelegenheit ausgelassen, allen zu zeigen, wie sehr man ihn hier quälte. Annika ignorierte einfach seine ranzige Art. Das schonte ihre Nerven, und David würde vermutlich schon bald das Interesse daran verlieren, ständig zu meckern und allen zu widersprechen. Statt auf eine Antwort zu warten, schaltete David den Fernseher ein und sah an Annika vorbei auf den Bildschirm.

Wieder auf dem Flur hörte Annika laute Stimmen aus dem Stationszimmer. Das waren Doris und Margit. Annika betrat das Zimmer und fing einen verzweifelten, ratlosen Blick von Josefa auf, die gerade eine Infusion zubereitete. Doris und Margit standen am Fenster und deckten sich gegenseitig mit Vorwürfen ein. Margit schrie fast: «Du erklärst mir andauernd, wie ich was zu tun habe, auch wenn ich das schon hundert Mal gemacht hab. Ich habe genau wie du eine dreijährige Ausbildung und will von dir nicht wie eine Hilfspflegerin behandelt werden.» Margits Gesicht war puterrot.

«Ich wäre hell begeistert, wenn ich mir das sparen könnte. Aber du machst ständig Mist, und das wird schon gar nicht dadurch besser, dass du hier die Verfolgte spielst. Mach einfach deine Arbeit besser, dann haben wir alle was davon», schrie Doris zurück.

«So ein Quatsch! Du bist doch nur machtgeil. Das ist alles. Denkst du, nur weil du gerade eine Weiterbildung gemacht hast, bist du jetzt hier die bessere Schwester? Du tust ja fast so, als wenn alles, was wir früher gemacht haben, keinen Wert mehr hat. Du solltest dich wirklich mal fragen, ob du als Stationsleitung hier richtig bist.» Damit verließ Margit wutentbrannt das Zimmer. Die plötzliche Stille war unangenehm.

Doris blickte verlegen von Annika zu Josefa. «Sie hat Recht, nicht wahr?»

«Nein!», antwortete Josefa entschieden. «Nein! Sie hat überhaupt nicht Recht. Wenn hier in letzter Zeit einiges daneben gegangen ist, hat das mit dir am wenigsten zu tun. Und du bist eine gute Stationsleitung. Weil du deine Arbeit ernst nimmst, weil du ehrlich bist und weil es dir wirklich in erster Linie um die Patienten geht.» Josefa machte eine kleine Pause. «Aber du musst wirklich damit aufhören, einfach alles zu kritisieren, was viele Jahre für uns selbstverständlich war.»

«Mach ich das?», fragte Doris leise.

«Ja.» Josefa sah sie ernst an. «Das machst du.»

In diesem Moment kam Annette, eine Auszubildende im zweiten Jahr, ins Zimmer gestürmt. «Herr Manirsch ist schon wieder weg.»

Alle sahen sie entgeistert an. Gestern hatte das Röntgen ergeben, dass Manirschs Wirbelsäule durch die Osteoporose mittlerweile so stark geschädigt war, dass – wie Tillmann schon vermutet hatte – die Gefahr eines Wirbelkörpereinbruchs bestand. Tillmann hatte noch einmal eindringlich mit Manirsch gesprochen und ihm die Gefahren lang und breit erklärt. Offensichtlich hatten die nachlassenden Schmerzen Manirsch aber zu der Annahme verführt, dass es nun auch seiner Wirbelsäule wieder besser ging. Aber egal, was ihn ständig aus dem Bett trieb: Er musste schnellstens gefunden werden.

Hastig sprachen die vier sich ab. Dann machten sich Doris, Annika und Annette auf die Suche, während Josefa auf der Station blieb und über den Lichtruf im ganzen Krankenhaus nach Manirsch suchen ließ. Auf keiner der anderen Stationen hatte man den alten Mann gesehen. Nach etwa zehn Minuten kamen auch Doris und Annika unverrichteter Dinge zurück.

«Wenn ihm was zugestoßen ist, kann ich meinen Job wirklich an den Nagel hängen.» Doris schaute verzweifelt in die Runde. «Ich ruf die Polizei. Vielleicht hat er schon längst das Krankenhaus verlassen.» Sie hatte gerade den Hörer abgenommen, da rief Annika: «Da kommen sie.»

Doris und Josefa sprangen auf und liefen den beiden entgegen. «Herr Manirsch, wo waren Sie?» Doris' Stimme klang schon wieder etwas beruhigter. «Kommen Sie erst einmal mit in Ihr Zimmer.» Doris und Annette begleiteten Manirsch. Annika und Josefa gingen zurück ins Stationszimmer. Manirschs Kurve lag noch auf dem Schreibtisch. Josefa nahm einen Kugelschreiber und notierte, was geschehen war. Nachdenklich sah sie zu Annika hinüber. «Das ist jetzt schon das fünfte Mal. Wir müssen uns echt was überlegen.»

Kurze Zeit später kam Doris. «Ich habe Annette bei Manirsch gelassen. Ich denke, das ist jetzt erst mal die beste Lösung. Bald kommt ja auch seine Frau.»

In diesem Moment betraten Margit und Tillmann das Zimmer. «Was ist denn los?», erkundigte sich Tillmann.

«Manirsch war mal wieder bettflüchtig. Er ist gerade von seinem Spaziergang zurück», erklärte Josefa.

«Oh nein», murmelte Tillmann. «Wie geht es ihm?» Noch bevor jemand antworten konnte, war er schon auf dem Weg in Manirschs Zimmer.

«Wir müssen ihn fixieren», sagte Margit.

«Nein, das ist keine gute Idee», wehrte Josefa ab.

«Wieso? Rechtlich sind wir doch abgesichert. Manirsch gefährdet sich selbst, und er ist offensichtlich zu verwirrt, um das verstehen zu können. Also müssen wir ihn schützen. Außerdem haben wir gar nicht genug Leute, um ständig auf ihn aufzupassen. Wie sollen wir das machen?» Margit sah fragend in die Runde.

«Ja, Margit hat Recht. Aber ich befürchte, mit seiner Osteoporose ist es wahrscheinlich genauso gefährlich, ihn zu fixieren. Wenn er versucht, über ein Bettgitter zu steigen oder aus dem Bauchgurt zu schlüpfen, dann könnte er sich was brechen, wenn nicht sogar an der Wirbelsäule. Außerdem finde ich es absurd, jemanden festzubinden, nur weil wir nicht genügend Personal haben. Das ist doch verrückt.» Josefa strich sich ratlos durch ihre Haare. Alle schauten erwartungsvoll auf Tillmann, der gerade von Manirsch zurückkam.

«Es geht ihm erstaunlicherweise ziemlich gut. Allerdings scheint er wirklich etwas verwirrt zu sein. Er wusste weder, was ich ihm gestern erklärt habe, noch, wo er ist.» Tillmann sah ebenso ratlos drein wie die vier Krankenschwestern. «Meinst du, das kommt von dem MST?» Josefa sah ihn fragend an.

«Ich denke schon. Wir haben ja die Dosis erhöht, und ein anderer Grund fällt mir im Moment nicht ein. Außerdem ist er nicht durchgehend desorientiert, sondern anscheinend immer nur zeitweise. Ich könnte schwören, dass er gestern ganz genau verstanden hat, was ich ihm gesagt hab.»

«Sollen wir die Dosis wieder reduzieren?», erkundigte Annika sich.

Tillmann schüttelte den Kopf. «Nein, noch nicht. Das ist das einzige Medikament, mit dem er die Schmerzen ertragen kann. Ich muss erst noch mal gucken, was wir ihm sonst geben können.»

«Und was sollen wir machen, damit er im Bett bleibt?»

«Am besten wäre es, wenn jemand bei ihm bleiben könnte, solange er keinen Besuch hat. Ginge das?»

«Schlecht», antwortete Doris. «Heute können wir Annette bei ihm lassen. Aber morgen sind wir nur zu viert. Ich muss mir gleich noch mal den Dienstplan ansehen. Das größte Problem wird die kommende Nacht sein.»

«Und fixieren geht gar nicht?», wandte sich Margit an Tillmann.

«Nein. Auf keinen Fall.» Tillmann bestätigte die Bedenken, die Josefa zuvor geäußert hatte.

*

Gegen zwei verließen Annika und Josefa gemeinsam das Krankenhaus. Kurz vor dem Hauptausgang, unmittelbar neben dem Informationsschalter, standen Margit und Dirk. Sie hatten die Köpfe zusammengesteckt und schienen etwas Wichtiges zu besprechen. Annika mochte Dirk nicht. Sie konnte nicht sagen warum, aber sie hatte das Gefühl, dass er nicht aufrichtig war.

Unter dem überdachten Portal vor dem Ausgang blieben Josefa und Annika stehen, um sich zu verabschieden. Josefa hatte nur wenige Meter bis nach Hause zu laufen, kam aber meistens mit dem Fahrrad.

«Gibt es diese Missstimmigkeiten zwischen Dirk, Margit und Doris eigentlich schon länger?», fragte Annika.

«‹Missstimmigkeiten› ist wirklich untertrieben. Aber ja, den Knies haben wir schon länger. Lass mich mal überlegen. Wenn ich mich recht erinnere, fing alles an, als Doris ihren Stationsleitungskurs vor einem Jahr absolviert hatte. Sie hatte ihre ganze Energie in diese Weiterbildung gesteckt und als Beste des Kurses abgeschlossen.»

«Das ist doch wunderbar», kommentierte Annika.

«Ja, sollte man meinen, aber was danach kam, war dann nicht mehr so toll. Schon während der Weiterbildung kam Doris mindestens einmal pro Woche mit einer neuen Idee an, die wir dann unbedingt und sofort in die Tat umsetzen sollten. Damals waren wir davon überzeugt, dass sich ihr Eifer irgendwann schon wieder legen würde; spätestens nach Abschluss des Kurses. Aber von wegen ...» Josefa seufzte tief. «Es wurde alles noch schlimmer. Irgendwie hat sie sich wohl in den Kopf gesetzt, aus der MK 3 die Vorzeigestation der Klinik zu machen. Und das Fatalste ist, dass sie uns seitdem das Gefühl gibt, dass unsere bisherige Erfahrung und unser Wissen jetzt nur noch zum Nötigsten zu gebrauchen sind.» Josefa sah Annika ratlos an.

«Weißt du, ich mag sie wirklich, und ich zerbreche mir schon länger den Kopf, was man da tun könnte. Aber Doris ist so verbissen, wenn sie etwas Neues durchsetzen will. Und es ist wahnsinnig schwierig, mit ihr darüber zu reden.»

«Aber vorhin, im Stationszimmer, als du mit ihr gesprochen hast, da hatte ich schon den Eindruck, dass sie versteht, was du meinst. Zumindest hat sie dir zugehört», hielt Annika Josefa entgegen.

«Ja, das stimmt, und das hat mich auch überrascht. Das war das erste Mal, dass sie so reagiert hat. Allerdings ist es auch das erste Mal, dass wir so offen geredet haben», bekannte Josefa. «Und sie stand ja vorhin auch unter einem ganz schönen Druck.»

«Vielleicht solltest du einfach mal versuchen, mit ihr ausführlich und in Ruhe zu reden, bevor alles nur noch schlimmer wird», schlug Annika vor.

«Ja, das wird wohl das Beste sein. Vor allem, bevor Dirk es schafft, die Stelle der Stationsleitung zu übernehmen.»

Annika sah sie etwas entsetzt an. «Das meinst du doch nicht im Ernst, oder?»

«Doch, leider schon. Er schleimt schon seit längerem um die Kolleginnen herum, um allen klar zu machen, dass er der Bessere ist. Nur bei mir spart er sich die Mühe, weil er weiß, dass ich das nicht unterstützen werde.» Sie schwieg für einen Augenblick und fuhr dann fort: «Dirk wäre absolut unfähig als Stationsleitung. Der ist sogar unfähig als Pfleger. Er ist kühl, roh und unfreundlich zu den Patienten. Und außerdem ist er faul und inkompetent.»

«Ja und? Das sind doch die besten Voraussetzungen für eine leitende Position», konterte Annika schief grinsend mit sarkastischem Unterton.

«Jetzt bist du unfair. Was ist denn mit Doris? Die ist doch kompetent und engagiert. Und – sozusagen – trotzdem Stationsleitung. Fragt sich nur wie lange noch.» Josefa machte wieder eine kurze Pause und fügte dann hinzu: «Am besten wäre es, wenn Dirk die Station verlassen würde. Der soll meinetwegen seine Machtgelüste woanders austoben.»

«Wie willst du ihn denn dazu bringen? Von sich aus wird er seinen Plan doch wohl kaum aufgeben, oder?», fragte Annika.

«Nein, das sicher nicht», sagte Josefa nachdenklich. «Nein, Doris muss sich einfach so verhalten, dass niemand auf die Idee kommen kann, dass eine andere Leitung besser wäre. Dann verliert Dirk sein Interesse an der Sache und macht sich bestimmt vom Acker.» Josefa gab sich einen Ruck. «Du hast völlig Recht. Wir müssen dringend mit Doris reden.»

«Wir? Denkst du nicht, dass es besser wäre, wenn du das allein machst? Ich bin grad erst mal seit drei Tagen hier. Das sieht dann gleich nach Frontenbildung aus», wehrte Annika den Vorschlag ab.

«Hm. Meinst du?» Josefa stülpte sich die Kapuze ihres Anoraks über den Kopf und zog den Schal noch etwas fester. «Ich denk drüber nach. Aber ich glaub, ich fahr jetzt lieber, sonst frier ich hier gleich fest.» Die beiden verabschiedeten sich und Annika beeilte sich, zu ihrem Auto zu kommen.

*

Es war kurz vor drei, als Annika in die Seitenstraße einbog, in der ihre Wohnung lag. Als sie die Autotür öffnete, hörte sie Kindergeschrei. Wenige Meter von ihr entfernt stand eine etwa vierzigjährige, außerordentlich edel gekleidete Frau vor einem kleinen Mädchen, das ähnlich überzogen aufgedonnert war. «Pass auf, Jennifer. Wir haben doch vorhin schon darüber gesprochen, und ich habe dir erklärt, warum du diese Puppe jetzt nicht haben kannst.»

Annika hörte fasziniert und ungläubig zugleich zu. Sie war gespannt, wie das Drama ausgehen mochte und vor allem – wer den Kampf gewann. Goldlöckchen hatte mindestens eine lange Minute schweigend zugehört, bevor sie ihr Geplärre umso heftiger fortsetzte. Dazu stampfte sie jetzt mit ihren kleinen pummeligen Beinchen kräftig auf und schrie: «Ich hasse dich, ich hasse dich, ich hasse dich.» Statt das Gekreische zu ignorieren, oder dem Lärm ein Ende zu bereiten, beugte sich Mama zu ihrer Tochter herab und flehte sie an, doch bitte mit dem Weinen aufzuhören.

Annika seufzte und fingerte nach ihrem Rucksack. Leider hatte sie vergessen, ihn zu verschließen und nun verteilte sich sein Inhalt auf der Rückbank. Im Hintergrund plärrte das Kind unbeirrt weiter. Annika hatte endlich alles eingesammelt und verschloss die Tasche dieses Mal sorgsam. Plötzlich, als hätte man einen Schalter betätigt, war es still geworden. Annika drehte sich um und wollte aus dem Auto aussteigen, als das kleine blonde Monster direkt vor ihr stand. Es hatte seinen Kopf auf die Seite gelegt und schaute Annika mit treuherzigen, braunen Kulleraugen an. Annika wollte schon zu einem Lächeln ansetzen, als sie plötzlich einen ziehenden Schmerz im Schienbein verspürte. Die Göre hatte ihr tatsächlich einen Tritt verpasst und sah Annika dabei so freudestrahlend an, als wolle sie für diese Leistung auch noch gelobt werden. Die Mutter in mittlerweile zehn Meter Entfernung schien davon nichts bemerkt zu haben oder nichts bemerken zu wollen.

Annika beugte sich zu Jennifer hinunter. Mit lieblicher Stimme säuselte sie ihr ins Ohr: «Hör mal zu, du kleiner hässlicher Affe. Wenn du noch ein Mal in meine Nähe kommst und mich trittst, dann reiß ich dir beide Ohren ab und schmeiß dich im hohen Bogen in den Busch da vorne.» Die Kleine starrte Annika ungläubig an. Ein paar Sekunden war völlige Stille. Dann weiteten sich die Augen von Jennifer und sie rannte kreischend zu ihrer Mutter. Annika nickte ihr lächelnd zu, und die Mutter nickte zaghaft zurück. «Vielleicht hilft es ja», dachte sich Annika, «und wenn nicht, dann hab *ich* wenigstens vor ihr Ruhe.» Mit ihrem Beitrag zur Erziehung verwöhnter Zombies zufrieden, schloss

Annika ihren Wagen ab. Sie musste sich beeilen, wenn sie zu dem Treffen mit Harry nicht zu spät kommen wollte.

*

Nach einer warmen Dusche, der mittlerweile wahrscheinlich zehnten Tasse Kaffee an diesem Tag und dem Genuss der letzten Tafel Zartbitterschokolade vom Weihnachtsteller suchte Annika in ihrem Kleiderschrank nach etwas Passendem für das Treffen mit Harry. Sie fragte sich, warum dieser Bursche sie immer wieder so verunsichern konnte. Ihr erster Eindruck von ihm war alles andere als positiv gewesen: Harry war zwar das, was man als einen gut aussehenden Mann bezeichnete, aber für Annikas Geschmack war er eigentlich zu perfekt, zu glatt. Bei ihm saß alles. Keine Falte an der falschen Stelle, kein Pickelchen auszumachen, niemals unrasiert und manchmal trug er sogar eine Krawatte. Oh Gott, sie hasste diese Schlipsträgerei.

Nach der ersten Begegnung hatte sie ihn in die Kategorie «arroganter, karrieregeiler und machtbesessener Yuppie» eingeordnet. Wie sehr sie sich getäuscht hatte, war ihr erst nach und nach klar geworden. Hätten sie vor einem Jahr nicht gezwungenermaßen zusammenarbeiten müssen, wäre Annika allerdings niemals zu dieser Einsicht gelangt. Dann hätte sie ihn nicht näher kennen gelernt, und dann wäre sie jetzt auch nicht so nervös. Annika fluchte leise vor sich hin. Nachdem sie sich schließlich eine geschlagene halbe Stunde mit der schwerwiegenden Kleiderfrage beschäftigt hatte, entschied sie sich für eine schwarze Jeans und ihren dunkelgrünen Pullover. Genau die Sachen, die sie ganz zu Anfang schon im Blick hatte.

*

Der Weg zu Schradler dauerte nur wenige Minuten, aber Annika wollte heute lieber etwas früher da sein und schon vor Harry im Café sitzen. Dann war nicht sie es, die von weitem gemustert wurde, sondern sie konnte Harry beobachten. «Wann werden wir endlich erwachsen», fragte sie sich, wählte einen Fensterplatz und bestellte ein Kännchen Kakao. Gerade, als die Kellnerin ihre Bestellung brachte, sah sie Harrys Wagen in eine Parklücke einbiegen. Er war wie immer pünktlich.

Als Annika Harry seinerzeit besser kennen lernte, stellt sie fest, dass er nicht nur sehr feinfühlig und intelligent war, sondern dass man sich auf ihn auch absolut verlassen konnte. Dass er so penibel war, hing wohl größtenteils mit seiner Arbeit bei der Kripo zusammen, und sein Hang zur Perfektion und Genauigkeit war ihm als Stärke und Schwäche zugleich bewusst, aber die Wahl, sich anders zu geben, hatte er nicht. Oft hatten sie sich darüber gestritten, wie weit der Beruf Einfluss auf die Persönlichkeit in all ihren Facetten haben sollte oder durfte, aber immer wieder mussten sie beide zugeben, dass man selbst darauf nur wenig Einfluss hatte.

Annika neigte dazu, für ein Motto wie «weniger ist mehr» zu plädieren: Wenn einem die Arbeit über den Kopf zu steigen droht, sollte man ihrer Meinung nach vor allem das Wichtige vom eher Unwichtigen trennen und so der Gefahr begegnen, sich zu überlasten. Harry hingegen vertrat die Meinung, wenn man sich für diesen Beruf entschieden habe, dann müsse man eben auch mit den Konsequenzen klar kommen, auch wenn das bedeutete, vier Wochenenden hintereinander zu arbeiten. Überlastung zu verspüren verwechselte er Annikas Meinung nach mit Schwäche zeigen, und das dufte natürlich nicht sein.

Genau an diese Diskussion dachte Annika, als sie Harrys müdes Gesicht, seine ungekämmten Haare und den nachlässig über den Mantel gehängten Schal wahrnahm. Sie lächelten sich durch das Fenster zu. Kurz darauf stand er neben ihr. «Hallo. Bin ich zu spät?» Er setzte sich auf den Stuhl ihr gegenüber.

«Nein, nein. Ich bin zu früh», beruhigte Annika ihn.

Er bestellte einen Cappuccino, dann saßen sie eine Weile wortlos beisammen.

«Erinnerst du dich noch an unser erstes Treffen hier?», wollte Annika wissen.

«Wie könnte ich das vergessen. Du hast mich damals ganz schön angegriffen.»

«Ja, ich war wohl nicht allzu freundlich», gestand Annika, «aber damals ging ja auch wirklich alles drunter und drüber.»

«Und, hat sich das jetzt gebessert?», fragte Harry nach.

«Da bin ich mir nicht sicher.»

Annika erzählte Beimer von ihren ersten drei Tagen in Werden, und er hörte ihr aufmerksam zu. Dann berichtete er von seiner Zeit in London. Beide erzählten lebhaft und ausführlich, vermieden aber sorgfältig das Thema, das sie eigentlich am meisten beschäftigte. So saßen sie nach einer guten Stunde voreinander und versuchten mühsam, das Gesprächstempo zu halten. Keiner von beiden wagte aber den überfälligen nächsten Schritt, die Frage danach, wie und ob es mit ihnen weitergehen könnte.

Annika war es, die dem Ganzen ein Ende bereitete. «Ich muss jetzt leider wieder weg. Tina wollte gleich noch vorbeikommen», log sie und war heilfroh, als sie wieder in ihrem Auto saß. Ohne ein weiteres Treffen zu vereinbaren, hatten sie sich verabschiedet. «Was für ein Desaster.» Annika fluchte über sich selbst. Warum nur hatte sie Harry nicht fragen können, aus welchem Grund er sich nicht mehr bei ihr gemeldet hatte? Sie hatte doch sonst keine Schwierigkeiten, anderen Menschen mit allem Möglichen auf den Geist zu gehen.

Donnerstag, 6. Januar

Kurz bevor der Wecker um fünf Uhr klingelte, wachte Annika mit bohrenden Kopfschmerzen auf. Nach dem Gespräch mit Harry war sie so niedergeschlagen, dass sie sich alle Mühe gegeben hatte, die Erinnerung daran mit Wein zu betäuben. Sie war direkt vom Café nach Hause gefahren und hatte versucht, Klaus oder Tina zu erreichen, aber sie konnte keinen von beiden erwischen. Mit allen anderen Leuten, die in ihrem Adressbuch standen, hatte sie keinen so engen Kontakt, dass sie sich bei ihnen ausheulen würde. Ihr langjähriger Freund Max, der als Weinbauer mittlerweile sehr erfolgreich war, kam leider auch nicht mehr in Frage. Vor kurzem hatte er ihr gestanden, dass er schon lange Zeit in sie verliebt war. ‹Das wäre dann jetzt wohl der ganz Falsche zum Ausjammern›, überlegte sie und bekam plötzlich Lust, eine Flasche Wein aus Max' letzter Lieferung zu öffnen.

Fatalerweise fand sie in der Nähe ihrer Weinvorräte noch eine Tüte Kartoffelchips. «Die tödliche Mischung», dachte sie, bevor sie sich in denkbar schlechter Stimmung auf die Suche nach einem geeigneten Video aus ihrer Sammlung machte. «Volltreffer», murmelte sie, und nahm eine Aufnahme von *Der dünne Mann*, einem Krimi aus den 30-er Jahren, aus dem Schrank. «Genau das Richtige.» Annika legte das Video ein, nahm einen kräftigen Schluck Wein und legte sich aufs Sofa. «Dekadent, ständig besoffen und reich geheiratet. Auch nicht schlecht, so als Perspektive für die Zukunft. Muss ich mal drüber nachdenken», ging es ihr durch den Kopf, bevor sie sich Nick Charles, seiner Angetrauten und deren verrücktem Köter überließ. Wann sie schließlich ins Bett gegangen und eingeschlafen war, wusste sie nicht mehr.

Annika hielt ihren Kopf und stöhnte laut, als sie sich langsam in die Senkrechte begab. Sie tastete nach der Nachttischlampe und knipste sie an. Dann kramte sie in der Schublade nach Kopfschmerztabletten. Einen kurzen Augenblick dachte sie darüber nach, sich krank zu melden, verwarf den Gedanken aber sofort wieder. In der ersten Woche wäre das wohl keine so gute Idee.

*

Als Annika in das grelle Neonlicht des Krankenhauses trat, lief ihr ein hektischer junger Mann mit wirren, halb langen Haaren entgegen. Fast hätte er sie umgerannt, als er zum Ausgang lief. Annika sah ihm stirnrunzelnd hinterher und massierte ihre Schläfen. Immer noch dröhnte es in ihrem Kopf, und das gleißende Licht schmerzte in den Augen. Sie wünschte sich das Ende des Tages herbei, dabei hatte er noch nicht einmal richtig angefangen. Heute war sie offensichtlich die Letzte beim Frühdienst, denn in dem Umkleideraum standen schon etliche Schuhe. Von einem Paar ging ein durchdringender Geruch aus, der immer stärker zu werden schien. Der Gestank und die hämmernden Kopfschmerzen zusammen waren eindeutig zu viel für Annikas angeschlagene Verfassung, und sie fühlte deutlich eine immer stärker werdende Übelkeit aufsteigen. «So schnell wie möglich raus hier», dachte sie und zog sich zügig um. Als sie aus dem Umkleideraum heraustrat, wäre sie fast zum zweiten Mal mit dem Burschen von vorhin zusammengestoßen. Dieses Mal schien er sie wahrzunehmen.

«Haben Sie vielleicht einen etwa achtzigjährigen Mann gesehen, der so ein bisschen gebückt läuft? In einem rot, äh, rot-weiß gestreiften Schlafanzug?» Vor Nervosität verhaspelte er sich.

Annika ahnte, nach wem er hier suchte. «Sie meinen doch nicht etwa Herrn Manirsch?»

«Doch. Das ist mein Großvater. Ich sollte heute Nacht auf ihn aufpassen. Aber heute Morgen ...» Es klang so, als wolle er sich entschuldigen.

Annika unterbrach ihn. Warum er ihn aus den Augen verloren hatte, war jetzt völlig gleichgültig. «Seit wann ist er weg?», wollte sie wissen.

«Keine Ahnung. Eine Viertelstunde. Vielleicht auch länger.» In seinem Gesicht konnte Annika echte Besorgnis sehen.

«Haben Sie Frau Kahn schon Bescheid gesagt?»

«Wem?»

«Na, der Nachtschwester. Die haben Sie doch sicher kennen gelernt.» Annika wurde ungeduldig.

«Äh, nein, ich glaub nicht.»

«Dann gehen Sie zum Stationszimmer und sagen ihr Bescheid. Und sagen Sie ihr, dass Annika schon nach Herrn Manirsch sucht, okay?»

Annika wartete seine Antwort nicht ab, sondern rannte über den Stationsflur zum hinteren Treppenhaus, das in den Keller führte. Sie war ziemlich sicher, dass Manirsch sich hier irgendwo aufhalten würde. Immer, wenn er verschwunden war, hatten sie ihn hier gefunden.

Die schwere Eisentür zum Keller hatten die Bauarbeiter mit einem Holzkeil befestigt, sodass sie ständig offen blieb. Vor der geöffneten Tür war ein rot-weißes Plastikband zwischen zwei Standpfeilern gespannt, wie man es von Baustellen kannte. An dem Plastikband war ein Schild angebracht, auf dem stand:

ACHTUNG BAUARBEITEN
BETRETEN DES KELLERS VERBOTEN
STURZGEFAHR

Zwischen Pfeiler und Türpfosten war allerdings so viel Platz, dass selbst Queitlinger hindurch gepasst hätte. Annika ging kurz entschlossen durch die Absperrung. Auf dem Kellerboden lagen Putz und eine Menge Steine, die von den Wänden zu stammen schienen. Auf einer Kiste stand eine große Taschenlampe – offensichtlich von den Bauarbeitern zurückgelassen. Annika knipste sie an und lauschte einen Augenblick. Alles war totenstill. Zu ihrer Rechten sah sie, dass der Gang nach etwa zehn Metern eine leichte Biegung nach links machte. Sie stellte die Lampe so auf, dass das Kellergewölbe vor ihr beleuchtet wurde und ging vorsichtig vorwärts. «Was mach ich hier nur», ging es ihr durch den Kopf und sie spürte, wie ihr Herz schneller schlug. Sie war jetzt an der Biegung angelangt. Bis hier hinten kam nur noch ein schwacher Lichtstrahl von der Lampe und Annikas Augen mussten sich erst an die Finsternis gewöhnen. In diesem Moment hörte sie ein Knirschen. Sie hielt die Luft an, dann vernahm sie Josefas Stimme:

«Annika, bist du hier?»

Annika wollte gerade etwas entgegnen, als ihr der Atem stockte. Hinter der Biegung war ein Durchbruch in einer Mauer zu erkennen, hinter dem ein weiterer Raum zum Vorschein kam. Am Boden lag eine Gestalt in einem rot-weiß-gestreiftem Schlafanzug. Annika wäre fast gefallen, als sie zu Manirsch hastete. Er lag auf dem Rücken. Sie beugte sich hinunter und tastete nach seiner Halsschlagader. Kein Puls.

«Josefa!!» Annikas Schrei gellte durch den Keller. «Manirsch ist hier! Hol sofort einen Arzt! Nein mehrere. Notfall! Beeil dich!» Sie schrie alle Worte, die ihr durch den Kopf gingen, auch als Josefa längst weg war. Dann beugte sie sich wieder zu Manirsch. Sie tastete nochmals, aber es war kein Puls zu spüren. Ein paar Sekunden dachte sie an eine Herzmassage, da hörte sie schon Schritte hinter sich.

«Hier!», rief Annika ihnen entgegen. Josefa stand mit einer Lampe hinter dem Anästhesiepfleger und Wirtz, einem noch sehr jungen Arzt, der sich zu Manirsch hinunterbeugte. Nach wenigen Augenblicken drehte er sich zu Annika um. «Wissen Sie, wie lang der Mann hier schon liegt?»

Annika schüttelte den Kopf. «Tja...», begann Wirtz, während er ächzend aufstand, «... nichts zu machen, er ist tot.»

Annika biss sich auf die Lippen. Sie sah zu Josefa hinüber, die den toten Manirsch entsetzt anstarrte. Niemand sagte etwas.

«Ist das Ihr Patient?», fragte Wirtz.

«Ja.» Josefa gab ein paar knappe Erklärungen zu Manirsch ab.

«Na, dann ist ja alles klar», meinte Wirtz. «Holen Sie am besten eine Bahre, auf der wir ihn nach oben schaffen können. Mit einem Bett kommen wir hier unten ja nicht hin, und Tillmann will ihn sich bestimmt gleich auch noch ansehen.»

«Aber wäre es nicht besser, wir würden ihn erst einmal hier liegen lassen?», wandte Annika vorsichtig ein.

«Warum denn das?!», fragte Josefa ein wenig empört. «Du kannst ihn doch unmöglich hier zwischen dem ganzen Schutt liegen lassen.»

«Aber er ist doch tot. Er merkt davon nichts mehr. Und er ist hier unten gestorben. Sollte sich das nicht erst einmal die Polizei ansehen?»

Als Annika das Wort *Polizei* ausgesprochen hatte, sahen sie die drei anderen überrascht und fassungslos an.

«Aber Sie haben mir doch gerade erklärt, der Patient sei verwirrt gewesen und in der letzten Zeit immer wieder weggelaufen. Das sieht doch ganz danach aus, als sei er einfach gestolpert und hingefallen», hielt ihr Wirtz entgegen.

«Ja, kann sein, aber wir wissen es eben nicht genau», beharrte Annika. Ihre Gedanken überschlugen sich. Einerseits schien Wirtz ja Recht zu haben, andererseits war da Manirschs seltsames Verhalten in den letzten Tagen. Dabei dachte sie an die Morde in der Duisburger Klinik. Hätte man damals von Anfang an genauer hingesehen, hätte man vielleicht manches vermeiden können.

Wirtz schien über Annikas Einwand nachzudenken, kam aber dann doch zu dem Schluss, dass die Leiche von Manirsch auf die Station gebracht werden sollte. Auf Annikas Vorschlag, die Polizei zu verständigen, ging er nicht ein. Annika spürte, wie ihre Kopfschmerzen wieder stärker wurden und hatte nur noch den Wunsch, so schnell wie möglich auf die Station zurückzugehen und eine Tablette zu nehmen. «Vielleicht sehe ich auch schon Gespenster», dachte sie und verfolgte unbeteiligt, wie Manirsch weggebracht wurde.

*

«Welcher Volltrottel hat veranlasst, dass Manirschs Leiche auf die Station gebracht wird?!» Auf Tillmanns langem Hals zeichneten sich rote Flecken ab. Niemand sagte etwas. So wütend hatten sie den eher bedächtigen Tillmann noch nicht erlebt.

«Und wieso konnte Manirsch überhaupt aus dem Zimmer raus? Ich denke, sein Enkel wollte die ganze Nacht bei ihm bleiben.»

Tillmann rieb sich die Augen und versuchte sich zu beruhigen. «Okay. Ich vermute mal, dass die Polizei jeden Moment hier eintreffen wird. Ich hab vor einer knappen halben Stunde angerufen. Manirschs Ehefrau hab ich bis jetzt noch nicht erreicht.»

Josefa sah Tillmann irritiert an. «Du hast die Polizei gerufen?»

Tillmann antwortete nicht sofort. Stattdessen fragte er Josefa. «Wie lang hat Wirtz eigentlich für Manirschs Untersuchung gebraucht?»

Annika, Christel und Josefa schauten Tillmann irritiert an. Josefa zögerte einen Moment, bevor sie sagte: «Ich weiß nicht so genau. Alles ging furchtbar schnell. Fünf Minuten vielleicht.»

In diesem Moment kamen zwei uniformierte Polizisten ins Stationszimmer. Hinter ihnen tauchten die Gesichter von Gerda Maibaum, der Pflegedirektorin, und Wolfgang Seeghardt, dem kaufmännischen Direktor der Klinik, auf. Als Frau Maibaum – wie immer im eleganten Kostüm – gerade das Wort ergreifen wollte, hörten sie einen lauten Hilfeschrei aus dem hinteren Teil des Stationsflurs. Alle drehten sich entsetzt um und folgten fassungslos dem Schauspiel, das sich ihnen bot. Über den Flur lief ein splitterfasernackter, etwa 50-jähriger Mann, verfolgt von Jens, einem Auszubildenden im ersten Jahr.

Annika hätte nicht geglaubt, dass die Ereignisse an diesem Morgen noch übertroffen werden konnten, aber offensichtlich war heute alles möglich. Wer war der nackte Mann? Und wieso rannte Jens hinter ihm her? Hoffentlich hatte er nicht wieder irgendwas vermasselt. Jens arbeitete seit etwa vier Wochen auf der MK 3, und es gab kaum einen Tag, an dem er nicht für Ärger sorgte. Alle hatten den Eindruck, dass er in der Pflege am völlig falschen Platz war. Andererseits war bisher niemandem ein Beruf eingefallen, in dem er keinen Schaden anrichten konnte.

Jetzt gerade war Annika allerdings nicht undankbar, dass sie der Enge des Stationszimmers, in dem sich gerade neun Personen aufhielten, entkommen konnte. Spontan entschied sie, dass Jens und der nackte Mann ihr besser bekommen würden als die angespannte Situation im Stationszimmer. Kurz entschlossen griff sie nach einem Flügelhemd von einem der Pflegearbeitswagen und lief dem nackten Patienten entgegen. Der stand hinter einer Topfpflanze, die den unteren Teil seines Körpers bedeckte und sah sie ängstlich an. Annika reichte ihm über die Pflanze hinweg das Hemd. «Wollen Sie nicht in Ihr Zimmer zurückgehen?», forderte sie ihn freundlich auf.

«Nicht bevor der Bekloppte da weg ist.» Er zeigte auf Jens, der in sicherer Entfernung die Ereignisse zu verfolgen schien.

Annika verstand immer weniger, aber es war wohl klar, dass es besser war, für Abstand zwischen Jens und dem Patienten zu sorgen. «Keine Panik. Ziehen Sie das über und gehen Sie zurück in Ihr Zimmer. Ich komme dann in ein paar Minuten zu Ihnen, okay?»

Der Mann nickte und schlüpfte eillig in das Hemd, wobei er Jens keine Sekunde aus den Augen ließ, dann machte er sich auf den Weg in sein Zimmer.

«Also, was war los?», wandte sich Annika an Jens, der ein wenig dümmlich grinsend an der Wand lehnte.

«Ich hab keine Ahnung», verteidigte er sich. «Er ist plötzlich aus dem Zimmer gerannt.»

«Du willst mir doch nicht erzählen, dass jemand ohne Grund freiwillig nackt über einen Krankenhausflur rennt. Wie heißt er eigentlich?»

«Hollberg.» Danach schwieg Jens wieder.

Annika wurde ungeduldig. «Jens», sagte sie gedehnt, «was ist jetzt? Was ist da passiert?»

«Ich hab doch gesagt, ich weiß es nicht.» Trotzig wandte er sich von Annika ab.

Die begab sich wortlos in Hollbergs Zimmer, wo sie ihn zitternd und immer noch mit dem Flügelhemd bekleidet in seinem Bett vorfand. Sie zog sich einen Stuhl heran und setzte sich neben ihn. «Geht es Ihnen schon wieder etwas besser?»

Hollberg nickte. «Der Kerl ist wahnsinnig. Der wollte mich kochen!»

«Wie bitte? Kochen?»

«Ja, ich sollte mich duschen, und erst hat der das Wasser eiskalt eingestellt und dann kochend heiß. Das kann ich mir doch nicht gefallen lassen, oder?»

Annika seufzte. «Nein, natürlich nicht. Warum wollten Sie sich denn nicht alleine duschen?»

Hollberg ereiferte sich: «Das wollte ich ja, aber der hat mich nicht gelassen. Den will ich hier nicht mehr sehen.»

«Ist in Ordnung, Herr Hollberg. Ich rede mit ihm. Sie können sich ja jetzt allein duschen, wenn Sie möchten, ja?» Annika stand auf und stellte den Stuhl zur Seite. «Soll ich Ihnen zeigen, wie die Dusche funktioniert?»

«*Ich* weiß, wie die funktioniert. Dem Wahnsinnigen, dem sollten Sie das mal zeigen.»

«Ja, das wird dann wohl nötig sein», stimmte Annika ihm lächelnd zu.

Als sie das Zimmer verließ, sah sie Josefa, die ihr von weitem zuwinkte. «Du sollst zu Tillmann ins Arztzimmer. Da sind alle versammelt. Die wollen mit dir reden, weil du Manirsch gefunden hast.»

«Ja super, das fehlt mir jetzt gerade noch.» Annika ging ins Stationszimmer, trat an den Medikamentenschrank und zog wütend die oberste Schublade auf. «Aber nicht, bevor ich mir noch ein Aspirin eingeworfen habe.»

«Was ist denn los mit dir? Du siehst ehrlich gesagt ziemlich furchtbar aus», sagte Josefa.

«Ich fühl mich genau so, wie ich aussehe», erwiderte Annika und zerkleinerte ein Aspirin und ein Paracetamol, bevor sie beide Tabletten mit viel Wasser sichtbar gequält herunterwürgte. Statt auf Josefas Frage weiter einzugehen, erkundigte sie sich bei ihr nach Hollberg. Bisher hatten sie noch keine Zeit für eine Übergabe gefunden. «Sag mal, dieser Hollberg, wer ist das überhaupt?»

«Der ist gestern Abend volltrunken hier eingeliefert worden. Lebt auf der Straße. Eigentlich sollte der gleich wieder gehen, aber die Blutwerte sind so schlecht, dass Tillmann ihn noch dabehalten will», erklärte Josefa. «Warum hat der eigentlich so ein Theater veranstaltet?», wollte sie wissen.

«Weil Jens versucht hat, ihn mit 50 Grad heißem Wasser zu duschen.» Annika verdrehte die Augen. «Irgendeiner von uns wird Jens klarmachen müssen, dass es nicht unser vorrangiges Ziel ist, Patienten zu töten.» Josefa sah Annika etwas irritiert an.

«Den Satz hab ich aus einem Film. Wollt ich schon immer mal anbringen. Passt hier doch prima, oder?», erklärte Annika grinsend.

«Du bist echt hart drauf, weißt du das?», antwortete Josefa.

«Sag mir, wie man das alles hier sonst überstehen kann.»

«Wo ist Frau Meinke denn jetzt?», rief Gerda Maibaum ungeduldig aus der geöffneten Tür des Arztzimmers.

«Bin schon unterwegs», entgegnete Annika und nahm einen letzten Schluck Mineralwasser.

*

«Guten Tag, Manirsch mein Name. Könnte ich bitte mit dem Arzt sprechen?» Eine wasserstoffblonde, Arroganz ausstrahlende Frau in den Fünfzigern stand in der Tür des Stationszimmers und musterte Annika von oben bis unten. Annika musterte zurück. Sollte sie dieser Frau ihr Beileid bekunden? Das war etwas, was ihr sowieso immer sehr schwer fiel, aber in diesem Fall hatte sie den Eindruck, dass es besser wäre, darauf zu verzichten.

«Einen Moment bitte. Doktor Tillmann ist in einem Gespräch. Ich seh' mal kurz nach.»

Wenige Augenblicke später kam sie zurück. «Doktor Tillmann erwartet Sie. Bitte hier vorne links.» Ohne ein Dankeschön rauschte die kühle Blonde ab.

«Hui, wer war das denn?» Dirk hatte auf Frau Manirsch gerade noch einen Blick werfen können, bevor sie in Tillmanns Zimmer verschwand.

«Manirschs Tochter. Gefällt sie dir?»

«Nicht schlecht, aber ich steh mehr auf Schwarzhaarige.»

«Na, da hat sie ja noch mal Glück gehabt», bemerkte Josefa ironisch. Sie hatte den kurzen Wortwechsel zwischen Annika und Dirk abgewartet und wandte sich jetzt an Annika. Dirk warf ihr einen giftigen Blick zu.

«Sag mal, wo ist eigentlich Doris?», erkundigte sich Josefa bei Annika.

«Immer noch bei Tillmann. Er wollte, dass sie beide die Gespräche wegen Manirsch gemeinsam führen.»

«Gut», meinte Josefa.

«Findest du? Jetzt müssen wir ihre Arbeit mit erledigen. Ich finde das überhaupt nicht gut», schimpfte Dirk.

«Das glaub ich gern, weil du dann nämlich deinen Hintern bewegen musst», fuhr Josefa ihn an. Dass Josefa und Dirk sich nicht leiden konnten, demonstrierten die beiden oft genug, und es war für alle besser, wenn sie in verschiedenen Schichten arbeiteten. Aber das ließ sich leider nicht immer machen.

«Du blöde...» Dirk hatte ein puterrotes Gesicht.

Annika fuhr dazwischen: «Hört endlich auf, ihr zwei. Wir haben doch wirklich genug Probleme. Und außerdem habe ich immer noch höllische Kopfschmerzen.»

Nach Annikas Bemerkung zog Dirk beleidigt ab. Josefa sah ein wenig schuldbewusst drein. «Er ist ein Arschloch, Annika», verteidigte sie sich.

«Kann sein, aber eure Kabbeleien sind trotzdem nervtötend.» Annika wollte sich gerade auf den Weg zu Frau Will machen, aber Josefa hielt sie zurück. «Was gibt's eigentlich Neues in Sachen Manirsch? Sind die Bullen noch da?», fragte sie neugierig.

«Nein, das war wohl nur die Vorhut. Die sollen unten alles abriegeln, bis die von der Kripo kommen. Wenn die nicht schon da sind. Außerdem hat Tillmann Druck gemacht. Manirsch soll wohl noch heute obduziert werden.»

«Was, so schnell?», wunderte sich Josefa.

«Ja, Tillmann hat sich geweigert, einen natürlichen Tod zu bescheinigen, obwohl Queitlinger und Seeghardt ihm ganz schön zugesetzt haben. Aber ihm muss irgendwas Ungewöhnliches an Manirschs Leiche aufgefallen sein. Und deshalb kann Manirsch jetzt ohne Einwilligung der Angehörigen obduziert werden.»

«Glaubst du auch, dass Manirsch ... also dass er...» Josefa stammelte.

«Du meinst, ob ich glaube, dass Manirsch ermordet wurde?», half Annika ihr weiter.

Josefa nickte stumm.

«Keine Ahnung, aber ganz normal ist das doch alles nicht, oder?»

«Hm.» Josefa sah Annika nachdenklich an. «Ehrlich gesagt, finde ich es wahrscheinlicher, dass er einfach nur gestolpert ist. Weißt du, Tillmanns Frau ist Rechtsmedizinerin, und mir scheint, dass er deshalb vielleicht Dinge sieht, die gar nicht da sind. Er ist ein wirklich guter Arzt, aber ich glaube, jetzt übertreibt er.»

«Hoffentlich», entgegnete Annika und verließ das Stationszimmer.

*

In dem Moment, als sie die Klinke herunterdrückte, wurde von innen die Tür aufgerissen und Jens knallte mit Annika zusammen. Annika holte tief Luft und versuchte, sich zu beherrschen. «Was ist jetzt wieder los?»

Jens war völlig aufgelöst. «Frau Will blutet ganz schrecklich aus dem Arm!»

Annika schob Jens zur Seite und stürzte ins Zimmer. Im Bett saß eine blasse Frau Will und hatte den linken Unterarm fest mit ihrer rechten Hand umschlossen. Die Bettdecke war mit Blut durchtränkt.

«Lassen Sie mich mal sehn Frau Will», bat Annika ruhig.

Als sie die Hand wegnahm, sah Annika sofort was los war. Frau Will hatte an ihrem linken Arm eine Braunüle, und bei der fehlte ganz einfach der Verschluss. Annika zog aus ihrer Kasacktasche einen Mandrin und verschloss damit die Nadelöffnung. Währenddessen beruhigte sie die verängstigte Patientin.

«Frau Will, das ist nicht so schlimm. Wissen Sie, die Nadel, die sie gerade bekommen haben, liegt direkt in einem Blutgefäß und deshalb blutet es daraus, wenn die Nadel nicht verschlossen ist. Das ist ganz normal. Sie müssen sich keine Sorgen machen.»

«Aber dat viele Blut», flüsterte Frau Will und zeigte auf die Decke.

Annika drehte sie um. Auf der anderen Seite war nichts zu sehen.

«Das sieht schlimmer aus, als es ist», lächelte sie Frau Will an.

Weniger freundlich wandte sie sich an Jens, der immer noch etwas erschrocken den riesigen Blutfleck auf der Bettdecke bestaunte. «Jens, hol schon mal frische Bettwäsche und einen neuen Verband für die Braunüle.» Annika fiel es schwer, nicht die Beherrschung zu verlieren. Jens war schon an weniger komplizierten Tagen eine Zumutung, aber heute war das einfach zu viel.

*

Das ganze Team, einschließlich Pflegedienstleitung und Krankenhausdirektion waren anwesend, sodass es nicht genügend Stühle für alle gab. Einige mussten deshalb auf der Fensterbank oder der Arbeitsplatte des Sideboards sitzen. Am Kopfende des Tisches saß eine junge, kräftige Frau mit kurzen schwarzen Haaren. Sie sah ernst und konzentriert aus. Der schlaksige, fast zwei Meter lange Mann neben ihr machte einen verschlafenen, fast abwesenden Eindruck. Nur Annika wusste, dass der junge Kripobeamte alles andere als verschlafen war. Vor knapp zwei Jahren hatten die beiden sich kennen gelernt. Damals gehörte Dagobert Fromm noch zu Harry Beimers Team. Nun sah es so aus, als ob er hier die Untersuchung leitete.

Annika lächelte Dagobert aufmunternd zu, denn sie konnte sehen, dass er ein wenig nervös war. Fahrig strich er sich durch sein kurz geschnittenes Haar und sah in die Runde. Nach und nach ebbte das aufgeregte Wispern ab und es wurde stiller.

Dagobert räusperte sich laut. Alle blickten gespannt zu ihm. Nach einer kurzen Begrüßung kam er zum eigentlichen Thema.

«Die meisten von Ihnen werden wissen, um was es geht. Ihr Patient Johann Manirsch ist heute Morgen hier verstorben, und weil der Tod sich an einem etwas ungewöhnlichen Ort ereignet hat, hat Dr. Tillmann uns verständigt. Unsere Untersuchungen und die Obduktion sind noch nicht abgeschlossen. Wir können also noch nicht mit absoluter Sicherheit sagen, woran Herr Manirsch gestorben ist. Bisher haben wir jedenfalls zwei Verletzungen gefunden, die beide zum Tod geführt haben könnten. Dabei handelt es sich einmal um einen Bruch im Bereich der Halswirbelsäule und um eine Schädelverletzung. Dass die Verletzungen sich so stark ausgewirkt haben, hängt vermutlich mit der Erkrankung des Patienten zusammen. Leider kann ich Ihnen momentan noch nichts Genaueres sagen. Meine Kollegin und ich würden uns jetzt gleich mit jedem von Ihnen einzeln unterhalten. Vielleicht haben Sie ja heute Morgen irgendetwas bemerkt, was uns Hinweise geben könnte.»

Annika war etwas verwundert über Dagoberts Erklärungen, denn sie hätte schwören können, dass Tillmann noch etwas anderes entdeckt hatte. Entweder hatte sie sich getäuscht, oder Dagobert verschwieg das aus irgendeinem Grund.

«Denken Sie denn, dass er umgebracht wurde?», rief Dirk dazwischen.

«Dazu können wir wie gesagt jetzt noch nichts sagen», entgegnete Dagobert.

«Aber Sie ziehen es in Betracht?»

«Sonst wären wir nicht hier», warf Dagoberts Kollegin ein. «Vielleicht sollten wir jetzt einfach mit den Vernehmungen anfangen», forderte sie auf. «Dr. Tillmann hat uns freundlicherweise sein Büro zur Verfügung gestellt. Wenn Sie vielleicht als Erster mitkommen», wandte sie sich an Dirk.

Fast gleichzeitig kam eine Meldung über den Lichtruf. Herrn Hollberg ging es nicht gut. Als Annika in Hollbergs Zimmer trat, saß der Patient weiß wie ein Laken im Bett. «Schwester, mir ist so schwindelig und übel», sprach er mit schwacher Stimme.

Mit ein paar sanften Worten versuchte sie ihn zu beruhigen und ließ nach Tillmann rufen, der wenige Augenblicke später im Zimmer stand. Annika nahm gerade die Blutdruckmanschette von Hollbergs Arm.

«Und?», fragte Tillmann.

«70 zu 50. Puls 112.»

«Hol schon mal alles für eine Infusion und lass in der Endoskopie anrufen. Die sollen eine Gastroskopie vorbereiten. Wir fahren sofort rüber.»

Annika erledigte alles in Windeseile, dann fuhren sie mit Hollberg im Bett in die Endoskopie. Sie wollte sofort wieder zurück zur Station, aber Hollberg hielt ihre Hand umklammert und sah sie angsterfüllt an.

«Ich bleibe hier, Herr Hollberg. Ist in Ordnung.»

Langsam lockerte Hollberg seinen Händedruck. Annikas Hand auf seiner Schulter schien ihn zu beruhigen, und er ließ die Prozedur tapfer über sich ergehen. Annika wunderte sich immer wieder darüber, wie leicht das den meisten Menschen fiel. Sie hatte selbst einmal versucht, sich eine Magensonde zu schieben, weil sie wissen wollte, was das für ein Gefühl ist. Den Würgereiz fand sie aber so unerträglich, dass sie das Experiment abgebrochen hatte.

Als Annika wieder auf die Station kam, hatte sich das gesamte Pflegeteam im Stationszimmer versammelt. Die Übergabe war gerade beendet. Annika setzte sich dazu und schilderte kurz, was mit Hollberg los war.

«Tillmann vermutete deshalb, dass Hollberg aus einem Magengeschwür blutet, und deshalb wollte er ihn gastroskopieren. Blut für ihn ist auch schon bestellt. Das soll er heute noch bekommen.» Annika hatte ihren kurzen Bericht gerade beendet, als Josefa aus dem «Vernehmungszimmer» kam.

«Annika, sie wollen dich auch noch sprechen.»

Dagobert telefonierte, als Annika das Arztzimmer betrat. Seine Kollegin wies ihr wortlos einen Sitzplatz zu. Die Person, mit der Dagobert sprach, schien etwas sehr ausführlich zu erklären. Er schrieb mit und stellte wiederholt kurze Fragen. Nach etwa fünf Minuten legte er auf und sah Annika nachdenklich an.

«Sollen wir?», brach die Kripobeamtin das Schweigen.

Dagobert nickte und überließ seiner Kollegin die Befragung. Er sah in seine Aufzeichnungen und schien noch über das Telefonat nachzudenken. Annika schilderte in kurzen Sätzen, was passiert war und wie sie Manirsch gefunden hatte.

Schließlich legte Dagobert seine Notizen zur Seite, lächelte Annika entgegen und fragte: «Mensch Annika, wie kommst du den hierhin?»

«Das hab ich mich bei dir vorhin auch gefragt. Also, ich hab hier vor ein paar Tagen angefangen. Bin sozusagen noch ganz frisch hier.»

Dagobert grinste breit. «Ja, genau, gerade ein paar Tage hier und schon Sehnsucht nach ein wenig Abwechslung im tristen Krankenhausalltag?»

Annika verzog das Gesicht. «Ob du's glaubst oder nicht: Ich habe unter anderem auch deshalb hier angefangen, damit ich es ein bisschen ruhiger kriege. Kleineres Haus, kleinere Station und so weiter.»

«Das hat ja super geklappt, nicht wahr? Haben sie dich heute Morgen nicht neben einem Toten im Keller ausgehoben?», flachste Dagobert.

Dagoberts Kollegin folgte dem Dialog sprachlos. Sie sah abwechselnd zu Annika und Dagobert, als ob sie einem Ball beim Tennisspiel folgte.

«Mal im Ernst: Dieser junge Arzt, Wirtz, der heute Morgen Manirschs Tod festgestellt hat, hat mir erzählt, du seiest dagegen gewesen, dass die Leiche nach oben geschafft wird. Gab's dafür einen bestimmten Grund, hattest du irgendeinen Verdacht oder war das einfach dein kriminalistischer Eifer?» Bei «kriminalistischem Eifer» musste Dagobert grinsen.

«Ich bin mir nicht sicher, und vielleicht ist es auch nur Zufall, aber es gibt da tatsächlich etwas Seltsames. Sicher haben dir die anderen schon erzählt, dass Manirsch immer wieder aufgestanden und weggelaufen ist, obwohl er strenge Bettruhe hatte.»

Dagobert nickte unmerklich mit dem Kopf. «Alle haben gesagt, er sei ziemlich verwirrt gewesen.»

«Mag sein. Mir ist aber aufgefallen, dass er immer an denselben Ort gegangen ist. Entweder konnten wir ihn gerade noch auf den Weg in den Keller abfangen, oder die Bauarbeiter haben ihn dort unten gefunden. Kann natürlich reiner Zufall sein, dass er gerade an diesem Ort gestorben ist. Aber komisch ist das schon. Finde ich wenigstens.»

«Haben Sie auch eine Vermutung, was der Grund für seine Kellerbesuche gewesen sein könnte?», schaltete sich Dagoberts Kollegin ein, die ihre Fassung offenbar wieder gefunden hatte.

«Keine Ahnung.» Annika zuckte bedauernd mit den Schultern.

Dagobert fiel erst jetzt auf, dass er seiner Kollegin eine Erklärung schuldig war. «Ach Monique, das hätte ich dir vorhin sagen sollen. Annika Meinke hier und ich – wir kennen uns aus Duisburg. Da hatten Harry Beimer und ich vor etwa einem Jahr eine Untersuchung in der Duisburger Ruhr-Klinik. Kannst du natürlich nicht wissen.» Und zu Annika gewandt, erklärte er: «Dann kann ich die Vorstellungsrunde auch komplett machen: Das ist Monique Dellbrück, meine Kollegin hier in Essen. Ich bin erst seit ein paar Wochen hier. Sozusagen meine erste Stelle in eigener Verantwortung», setzte er grinsend hinzu.

«Dann gratuliere ich auch», sagte Annika und nickte beiden zu.

Dagobert nickte zurück und fragte weiter: «Kannst du dich daran erinnern, wann Manirsch das erste Mal in den Keller gegangen ist?»

Annika überlegte. «Eigentlich seit meinem ersten Arbeitstag hier. Montag. Ja, genau. Aber vielleicht hat er das ja vorher auch schon gemacht.»

«Nein, hat er nicht. Alle deine Kolleginnen haben das so bestätigt. Wenn es wirklich kein Zufall war, was ja gut sein kann, dann muss an diesem Tag irgendwas Besonderes passiert sein. Fällt dir was ein?»

Annika legte die Stirn in Falten. «Nein. Aber wie gesagt, es war mein erster Tag hier.»

«Hm. Und was ist mit seiner Verwirrtheit? Verfolgt ein verwirrter Mensch einen Plan?»

«Keine Ahnung. Aber warum nicht? Wenn es etwas ist, das ihn schon lange beschäftigt?»

«Wenn es ihn schon lange beschäftigt, warum ist er dann nicht von Anfang an in diesen Keller gegangen?», hielt Dagobert ihr entgegen.

«Vielleicht ist er das ja, aber niemand hat es bemerkt. Wer weiß.» Annika sah Dagobert eindringlich an. Dann fiel ihr Dagoberts Telefonat von eben wieder ein und sein nachdenklicher Gesichtsausdruck. «Sag mal, hast du in der Zwischenzeit etwas mehr über Manirschs Tod erfahren?»

Dagobert antwortete nicht sofort, sondern tauschte einen kurzen Blick mit seiner Kollegin, so als wolle er sich ihrer Zustimmung versichern.

«Ja. Einige Fakten sprechen dafür, dass er offensichtlich nicht einfach nur gestolpert ist. Die Verletzungen am Hinterkopf deuten zwar darauf hin, dass er gestürzt ist, aber …»

«Wie kann man an der Verletzung sehen, dass er gestürzt ist und nicht niedergeschlagen wurde?», unterbrach Annika verwundert.

«Eine gute Frage. Das ist tatsächlich nicht immer so einfach zu klären. Als Unterscheidungskriterium gibt's hier die so genannte Hutkrempen-Regel.»

Annika sah ihn fragend an.

«Stell dir vor, du hast einen Hut auf. Der teilt deinen Kopf in zwei Bereiche. Nämlich den unterhalb der Hutkrempe und den oberhalb davon. Man geht nun davon aus, dass alle Verletzungen des Schädels, die oberhalb dieser Hutkrempe liegen, von einer anderen Person beigebracht wurden. Darunter würde es sich eher um einen Sturz handeln.»

«Und Manirschs Verletzungen liegen unterhalb?»

«Genau. Allerdings klärt das die Frage, wie jemand gestorben ist, leider nicht völlig. Manirsch ist wohl tatsächlich gestürzt. Aber es könnte eben sein, dass er nicht gestürzt ist, weil er stolperte, sondern dass er geschubst wurde.»

«Gibt's dafür auch Hinweise?», wollte Annika wissen.

«Ja. Zum einen haben wir an seinen Armen etliche kleine Hämatome entdeckt, so als habe ihn jemand fest angefasst. Und dann gibt es noch etwas recht Merkwürdiges. Irgendjemand muss nach dem Sturz seine Lage verändert haben.»

Annika sah ihn fragend an.

«Du hast doch gesagt, als du ihn fandest, hätte er auf dem Rücken gelegen. Erinnerst du dich noch daran, ob unter seinem Kopf ein ziemlich großer Stein lag?»

«Wie groß?», wollte Annika wissen.

«Na, ich würde sagen, knapp zwanzig Zentimeter hoch und vom Durchmesser etwa doppelt so breit. Es scheint ein Stück aus der herausgebrochenen Mauer gewesen zu sein.» Dagobert zog aus seinem Notizbuch ein Foto hervor, auf dem ein Stein abgebildet war, der etwa die Größe eines dieser alten Fußbänkchen hatte.

Annika sah es sich eine Weile schweigend an und schüttelte dann den Kopf. «Nein, daran kann ich mich nicht erinnern.» Sie schaute noch einmal auf das Foto. «Und der Stein ist wirklich aus dem Keller? Sieht gar nicht wie ein normaler Mauerstein aus.» Während sie das sagte, blickte sie nicht von dem Bild in ihrer Hand auf. «Hier ist ja sogar so etwas wie ein Monogramm.

Habt ihr das schon gesehen?» Annika hob ihren Kopf und sah die beiden erwartungsvoll an.

«Das ist ein Steinmetzzeichen», erklärte Dagobert. «Das ist tatsächlich kein einfacher Mauerstein, sondern ein so genannter Schlussstein. Solche verzierten Steine hat man früher in den Scheitel eines Bogens gesetzt. In Schlossmauern oder Sakralbauten.»

Annika sah Dagobert verständnislos an. Der zuckte nur ratlos mit den Schultern. «Mehr wissen wir noch nicht.» Er sah kurz auf seine Notizen, dann wieder zu Annika. «Und du bist dir ganz sicher, dass du diesen Stein nicht bemerkt hast?»

Annika kniff ihre Augen kurz zu, als wolle sie sich die vergangenen Ereignisse noch einmal ins Gedächtnis rufen. «Nein, ich bin mir fast sicher, dass da nichts in dieser Größe unter seinem Kopf gelegen hat. Aber ich verstehe immer noch nicht ganz, was du damit meinst.»

«Wir würden gern gleich noch mal mit dir in den Keller gehen. Dann erklär ich dir, was ich meine. Hast du noch eine Stunde Zeit? Wir müssen vorher noch mit eurem Arzt und der Pflegedirektorin reden.»

«Ist in Ordnung. Ich geh solang was essen. Wann treffen wir uns?»

Dagobert sah auf seine Uhr und überlegte. «Halb drei am Kellereingang?»

Annika nickte und sie verabschiedeten sich.

*

«Kommst du mit in die Cafeteria?» Josefa war in den Dienstplan vertieft und zuckte erschrocken zusammen, als Annika neben sie trat.

«Meinst du wir kriegen noch was?»

«Wenn wir uns beeilen.»

Das Angebot in der Cafeteria war zu dieser Stunde schon deutlich dezimiert. Annika und Josefa saßen über zwei nicht allzu attraktiven Salattellern, in denen sie mehr oder weniger lustlos herumstocherten.

«Sag mal, in diesem Keller, gibt's da was Besonderes?», wollte Annika wissen, während sie mit einem gigantischen Salatblatt kämpfte.

«Wie meinst du das?»

«Na ja, es muss doch einen Grund dafür geben, dass Manirsch immer wieder dorthin gehen wollte. Und dann ist er ausgerechnet da tot gefunden worden. Findest du das nicht komisch?»

«Ehrlich gesagt, habe ich mir darüber noch keine Gedanken gemacht. Meinst du nicht, dass wir das den Experten überlassen sollten? Außerdem darfst du nicht vergessen, dass Manirsch verwirrt war.»

Annika ignorierte Josefas Bemerkung. «Du bist doch schon so lange hier. Irgendetwas musst du doch über diesen Keller wissen», hakte sie noch einmal nach. «Was sind denn das für merkwürdige Mauern und Gänge da unten?»

«Wieso? Das ist ein ganz normaler Keller. Das einzig Besondere, wenn man das wirklich so sagen kann, besteht darin, dass der Keller direkt an den alten Krankenhausstollen anschließt, den man zu Kriegszeiten als Luftschutzbunker benutzt hat. Aber der ist schon seit vielen Jahren zugemauert. Und außerdem ist das kein Geheimnis. Solche Bunker gab's ja viele.»

«Haben die Leute im letzten Krieg beim Stollenbau für Bunker denn besonders behauene Steine genommen?» Annika dachte an das Foto, das Dagobert ihr vorhin gezeigt hatte.

Josefa runzelte die Augenbrauen. «Was meinst du damit? Also, ich hab von Architektur oder Bauweise nicht viel Ahnung, aber ich denke mir, dass da einfach Beton gegossen wurde. Mensch, es war Krieg. Wieso sollten sie da besonders behauene Steine nehmen?» Annika zuckte nur mit den Schultern. Sie war sich nicht sicher, ob sie Josefa von dem merkwürdigen Steinfund berichten konnte und schwieg daher lieber.

«Wenn du darüber mehr wissen willst, solltest du am Wochenende mal Albert fragen», schlug Josefa vor. «Der weiß ja fast alles über Werden und Werdens Geschichte. Wenn dir jemand was darüber erzählen kann, dann er.»

Man konnte Josefa ansehen, dass sie müde war. «Nimm's mir nicht übel Annika, aber ich will jetzt gern nach Hause. Kommst du mit?»

«Nein. Ich muss noch hier bleiben. Die Kripoleute wollten gleich noch mit mir reden.»

«Sind die immer noch da?», wunderte sich Josefa.

«Ja, die sind im Moment bei der Maibaum.»

«Na dann bis morgen.» Josefa nahm ihre Tasche und verschwand. Annika sah zur Uhr. Es war gerade noch Zeit für einen Kaffee.

*

Annika schloss ihren Rucksack im Auto ein und lief dann zurück zum hinteren Krankenhauseingang. Sie wollte sich gerade auf die Treppe zum Keller setzen, weil Dagobert noch nicht da war, als sie Schritte hörte. Vorsichtig schlüpfte sie an dem Verbotsschild vorbei und ging auf Zehenspitzen hinunter. Dann blieb sie stehen und lauschte. Ein wenig Licht kam durch zwei winzige Kellerfenster, aber allzu viel konnte man nicht erkennen. Beinahe wäre sie über einen Stein auf dem Boden gestolpert. Plötzlich hörte sie ein Knirschen in ihrer Nähe. Sie blickte hoch und sah gerade noch, wie jemand durch ein Loch in einer der Mauern in einen dahinter liegenden Gang verschwand. Für einen Augenblick meinte sie, Josefas roten Haarschopf erkannt zu haben. Dann wurde es wieder still. Starr blieb sie einige Zeit stehen, bis sie sich vorsichtig zurück zum Kellereingang tastete. Dort wartete sie grübelnd, bis Dagobert sie aus ihren Gedanken riss.

«Entschuldigung. Hat leider etwas länger gedauert.»

«Ist schon gut. Wo hast du denn deine Kollegin gelassen?»

«Die muss noch was erledigen. Arbeitsteilung.»

Dagobert griff nach einer großen Bauarbeiterlampe am Boden und beleuchtete den Kellergang. Annika folgte ihm. Vorsichtig gingen sie bis zu der Stelle, wo Annika am Morgen Manirsch entdeckt hatte.

«Siehst du, hier ungefähr war es.» Dagobert wies auf eine Stelle am Boden, wo Manirschs Kopf heute Morgen gelegen hatte. Dann zog er aus seiner Jacke noch einmal das Foto hervor.

«Erinnerst du dich daran?»

Annika überlegte. «Wenn der Stein direkt neben Manirschs Kopf gelegen hätte, wäre mir das bestimmt aufgefallen. Er muss ein Stück weiter zur Wand hin gelegen haben. Aber ich habe nicht darauf geachtet. Das ging alles so schnell heute Morgen.» Sie blickte noch einmal zu Boden. «Wieso ist das mit dem Stein denn so wichtig?»

«Weil die Verletzungen an seinem Hinterkopf ohne Zweifel von diesem Stein stammen. Kein Irrtum möglich. Seltsam ist eben nur, dass Manirsch so weit weg von dem Stein lag.»

Annika sah sich nachdenklich das Foto an. «Und der Stein ist viel zu groß, als dass ihn jemand als Waffe hätte benutzen können.»

«Nein, dass er gestürzt ist, ist ziemlich sicher.»

«Das bedeutet, heute Morgen muss außer Manirsch auf jeden Fall noch eine andere Person hier unten gewesen sein. Und die könnte Manirsch getötet haben», schloss Annika.

«Könnte. Andererseits sehe ich überhaupt keinen Sinn darin, jemanden umzubringen und ihn dann danach ein paar Zentimeter weit wegzuziehen.» Er zögerte, bevor er fortfuhr. «Und da ist noch etwas, und ich bitte dich, das vorerst für dich zu behalten. Manirsch ist auf jeden Fall umgebracht worden. Wir haben nämlich Würgemale an seinem Hals entdeckt. Das war auch der Grund, warum Tillmann uns verständigt hat.»

Annika starrte Dagobert fassungslos an. «Warum wollt ihr das denn für euch behalten?»

«Ganz einfach. Wer immer das getan hat, soll davon ausgehen, dass wir das übersehen haben. Hätte auch leicht passieren können. Die Würgemale waren kaum zu entdecken. Tillmann war wirklich überaus sorgfältig.»

Annika nickte. «Was ist eigentlich mit Spuren? Habt ihr keine Fußspuren oder so was?»

«Mehr als uns lieb ist. Aber leider kaum auseinander zu halten. Im Moment sind wir noch bei der Auswertung.»

Annika knöpfte ihre Thermojacke zu. Sie zitterte vor Kälte. «Können wir vielleicht jetzt raus hier? Das ist ja affenkalt hier unten.»

Die beiden gingen aus dem Keller und standen im Treppenhaus noch einen Augenblick zusammen.

«Sag mal ...», begann Dagobert vorsichtig, «... wir haben doch damals in Duisburg ganz gut zusammengearbeitet, oder? Könntest du mir hier auch ein wenig helfen? Ganz informell natürlich, also ohne dass jemand davon erfährt. Es hilft enorm, wenn jemand das Ganze sozusagen von innen heraus sieht.»

Annika sah ihn ernst an. «Dagobert, wenn ich kann, helfe ich dir. Sehr gerne. Aber ich spiele auf keinen Fall den Spitzel. Das kannst du dir abschminken.»

«Blödsinn. Spitzel. Das verlangt doch keiner», beruhigte Dagobert sie. «Aber du bist doch viel näher dran als ich. Du kriegst einfach Sachen mit, die ich niemals erfahren würde. Natürlich nur, was diesen Fall hier betrifft.»

«Okay», willigte Annika ein. «Dann will ich aber auch wissen, was du weißt.»

Dagobert verzog sein Gesicht, als habe er in eine saure Zitrone gebissen. «Gut, einverstanden. Aber das muss unter uns bleiben.» Er schaute auf seine Armbanduhr. «Hör mal, ich muss jetzt weg.»

Die beiden verließen das Gebäude und verabschiedeten sich. Annika beeilte sich, zu ihrem Auto zu kommen. Sie merkte, dass sie jetzt wirklich Ruhe und vor allem ihr Bett brauchte. Die Kopfschmerzen hatten zwar nachgelassen, aber ihre Augen wurden immer schwerer. Erst als sie bereits auf der A 40 Richtung Duisburg fuhr, fiel ihr wieder der Schatten ein, den sie im Keller gesehen hatte. War das Josefa gewesen? Und wenn ja: Was könnte sie dort gemacht haben?

«Ich rufe sie an, wenn ich zu Hause bin», nahm Annika sich vor. Unvermittelt und ohne zu blinken quetschte sich plötzlich ein Volvo-Kombi vor ihr in den Sicherheitsabstand und bremste sie aus. Annika konnte gerade eben einen Zusammenstoß verhindern. «Verdammtes Arschloch», fluchte sie. Aus der offenen Heckklappe lugte zu einem Drittel ein riesiger Kühlschrank hervor. Die Klappe war provisorisch und wenig Vertrauen erweckend mit einem dicken Seil befestigt. «Typisch Ruhrie», spöttelte Annika. «Alles selber transportieren. Benutzen kein Taxi, leihen keinen Transporter. Lieber einen Leistenbruch oder einen Unfall riskieren als ein paar Mark mehr auszugeben.» Verdrossen sorgte sie für ausreichenden Abstand zu dem Wahnsinnigen vor ihr und dachte darüber nach, was ihr auf lange Sicht beim Autofahren besser bekommen würde: kräftiges Fluchen oder gelassenes Ignorieren.

*

Mehrmals tutete das Freizeichen, dann hörte Annika Josefas vertraute Stimme: «Braun.» Annika wusste plötzlich gar nicht, was sie sagen sollte, und schwieg.

«Blödmann», hörte sie Josefa sagen, bevor die Verbindung unterbrochen wurde.

Irgendwie fühlte Annika sich unwohl, so als habe sie etwas Idiotisches getan. Sie mochte Josefa. Dennoch war sie sich nicht ganz sicher, was sie von alledem halten sollte. Während Annika nach Erklärungen suchte, merkte sie, wie sie müder und müder wurde. Sie legte sich auf ihr Sofa und nahm sich eine Decke, denn es war ziemlich kalt in ihrer Wohnung. Gerade hatte sie die Augen geschlossen und war fast eingeschlafen, als das Telefon klingelte. «Ja, genau», dachte Annika entnervt. «Wäre ja auch zu schön, wenn ich mal ein paar Minuten Ruhe hätte.» Sie ließ es klingeln und blieb trotzig liegen. Wozu hatte sie schließlich einen Anrufbeantworter.

Leider hatte sie den Ton nicht abgestellt und hörte nun laut und deutlich die unverwechselbare Stimme ihrer Freundin Tina: «Hallo Annika. Tina hier. Wo steckst du eigentlich? Seit Montag versuche ich dich zu erreichen, um mal zu hören, wie's dir in Essen gefällt. Lebst du noch? Ach ja. Hast du daran gedacht, für Swedlanas Abschiedsfeier am Sonntag ein Geschenk zu besorgen? Oder überhaupt an die Feier gedacht? Wie auch immer. Tschüs dann und melde dich. Aber noch in diesem Leben, wenn's geht.»

Annika rieb sich die Augen und quälte sich mühsam aus ihrem Sofa. Besser, wenn sie Tina sofort zurückrief. Sie kannte ihre Freundin gut genug, um zu wissen, dass sie jetzt nicht locker lassen und mindestens jede halbe Stunde einen neuen Versuch starten würde.

Freitag, 7. Januar

«Das tut so weh, das tut so weh, das tut so weh...», jammerte es Annika entgegen. Seit einer halben Stunde war sie nun bei Herrn Königs, einem verwirrten und bettlägerigen Patienten mit einem Lungenemphysem. Sie wechselte gerade zum zweiten Mal an diesem Morgen sein Bettlaken. Das T-Shirt unter ihrem Kasack klebte ihr am Leib und ihr Rücken schmerzte höllisch. Ihr taten alle Knochen weh, und sie war völlig übermüdet, obwohl sie gestern früh genug schlafen gegangen war. Fünf Tage Frühdienst am Stück waren für sie einfach zu viel. Der Schaukeldienst war ihr viel besser bekommen, auch wenn Experten das Gegenteil behaupteten.

Annika half dem Patienten auf die andere Seite des Bettes, zog das Bettlaken gerade und stopfte den überhängenden Teil unter die Matratze. Prima. Fast war sie fertig, da sah sie, wie Herr Königs zum dritten Mal an diesem Morgen in das frisch bezogene Bett machte. Annika war den Tränen nah. In diesem Moment kam Josefa herein. Annika war wirklich froh darüber, dass sie ihr ohne viele Worte half.

Als sie sich später bei Josefa dafür bedankte, grinste die und meinte: «Alles Eigennutz. Ich wollte mir ein Frühstück mit Dirk ersparen.» Annika musste nun doch wieder lachen, und sie machten sich auf den Weg in die Cafeteria. Als beide vor ihrem Kaffee saßen, überlegte Annika, ob sie Josefa auf ihren Anruf gestern ansprechen konnte. Gerade wollte sie etwas dazu sagen, da kam eine Krankenschwester der Nachbarstation an ihren Tisch und setzte sich zu ihnen. «Vielleicht später», dachte Annika und hörte den beiden schweigend zu.

*

«Ah, da sind Sie ja, Frau Meinke.» Queitlinger sah von einer Kurve hoch und blickte Annika freudestrahlend an. In den letzten Tagen hatten alle mit wachsender Sorge beobachtet, dass Queitlinger sich immer häufiger auf der Station aufhielt. Glücklicherweise war es bislang nur Josefa aufgegangen, was dahinter steckte. «Erstaunlich eigentlich», dachte Annika, «muss wohl mit dem ganzen Stress zusammenhängen, den wir hier im Moment haben.» Allerdings wäre es ihr lieber, wenn sich Queitlinger nach einem neuen Objekt für seine Begierden umsehen würde.

«Gibt's was Besonderes?», fragte sie möglichst unbeteiligt und begann gleichzeitig damit, Infusionen vorzubereiten.

«Ich wollte nur mal wissen, wie es Herrn Wagner geht?»

«Herrn Wagner? Ganz gut.» Was sollte sie anderes sagen? Nie im Leben interessierte sich Queitlinger ernsthaft dafür, wie es Wagner ging. Wenn, dann wollte er höchstens dessen Werte wissen, und da die Kurve vor ihm lag, hätte er das leicht ohne ihre Hilfe herausfinden können.

«Schwester bitte?»

Annika war hocherfreut über die Stimme aus der Lichtrufzentrale, die in diesem Moment wie auf Bestellung kam.

«Ja?»

«In der 22 braucht eine Patientin Hilfe.»

«Ja. Vielen Dank», antwortete Annika und verließ ohne einen weiteren Kommentar das Stationszimmer.

*

Annika stand vor dem geöffneten Schrank und suchte nach einem geeigneten Kissen für Herrn Königs, als Bärbel hinter sie trat.

«Annika, da ist der Typ von der Kripo, der letztens schon mal da war. Er will noch mal mit dir sprechen.»

«Ich bin in fünf Minuten fertig, okay?»

Kurze Zeit später saßen Dagobert und Annika im hinteren Aufenthaltsraum.

«Lass mich raten: Du hast inzwischen alles geklärt, es war doch bloß ein Unfall, und wir können uns wieder entspannt um unsere Arbeit kümmern?», begann Annika erschöpft.

«Das wäre schön», sagte Dagobert nickend. «Allerdings befürchte ich eher, dass die Geschichte uns noch eine Weile beschäftigen wird.»

«Noch keine Hinweise?»

«Doch, ein paar schon. Was die Spurensicherung angeht, können wir mit ziemlicher Gewissheit sagen, dass kurz vor und nach Manirschs Tod insgesamt elf Personen im Keller waren.»

«So viele?»

«Ja, aber bei den meisten wissen wir, wer es war. Die drei Bauarbeiter, der Anästhesiepfleger, der Arzt, Josefa und du. Fehlen noch vier Personen, die wir nicht identifiziert haben.»

«Und alle sind verdächtig?»

«Nein, die meisten haben absolut klare Alibis. Von den sieben Identifizierten hat nur einer kein Alibi. Und bei einer zweiten Person bin ich mir nicht sicher.»

Annika sah Dagobert abwartend an. Der machte eine kurze Pause, so als überlege er sich noch einmal, ob er wirklich mit Annika über alles reden solle. Dann gab er sich einen Ruck und begann damit, an seinen Händen aufzuzählen:

«Da wäre einmal sein Enkel, der ...»

«Das Bürschchen?», wurde er von Annika unterbrochen. «Der sieht mir noch nicht mal so aus, als würde er es schaffen, eine Woche ohne fremde Hilfe zu überleben. Es ist mir sowieso ein Rätsel, wieso Tillmann zugelassen hat, dass der auf Manirsch aufpasst.»

«Das war nicht Tillmanns Idee, sondern die von Manirschs Tochter und seiner Frau. Und wenn ich das richtig verstanden habe, hatte euer Arzt keine andere Wahl. Außerdem sollte der Enkel ja auch lediglich aufpassen, dass Manirsch das Zimmer nicht verlässt. Ist ja eigentlich keine so schwierige Aufgabe.»

«Sollte man meinen», pflichtete Annika ihm bei. «Aber offensichtlich scheint das für diesen Typ schon eine Überforderung gewesen zu sein.»

«Ja, es sei denn, er spielt nur den Unbeholfenen», erklärte Dagobert.

«Meinst du?»

«Ich weiß noch nicht genau. Er selbst sagt, er sei gegen Morgen eingeschlafen, und als er dann wieder aufgewacht ist, wäre sein Großvater plötzlich weg gewesen. Eure Nachtschwester behauptet, sie hätte den Jungen schon vor sechs auf dem Flur gesehen. Allerdings nur von weitem, und sie gibt zu, dass sie dringend eine Brille braucht.»

«Und was sagt der Enkel dazu?»

«Streitet alles ab. Auch dass er im Keller gewesen sein soll.»

«Könnte man das nicht anhand der Fußspuren klären?»

«Nein. Leider nicht. Er sagt, er hätte in dem ganzen Durcheinander die Übersicht verloren und wäre nach Hause gefahren, nachdem er vom Tod seines Großvaters erfahren hat.»

Annika überlegte. «Hilde kann sich ja wirklich vertan haben. Sicher könnte er – wie heißt er eigentlich?»

«Olaf. Olaf Manirsch.»

«Aha. Also, Olaf könnte natürlich lügen. Andererseits, stell dir vor, du sollst auf jemanden aufpassen, und dann merkst du, dass er weg ist, und wenig später wird er tot aufgefunden. Da würde ich mich vielleicht auch ganz gern vom Acker machen wollen.»

«Kann alles sein. Trotzdem hab ich das Gefühl, dass er mit etwas hinterm Berg hält. Und selbst wenn die Nachtschwester sich mit der Person vertan hat: Auf jeden Fall hat sie gesehen, dass jemand vor sechs zum Osteingang gelaufen ist.»

Annika nickte zustimmend. «Aber was ich nicht verstehe: Warum ist sie Olaf oder wem auch immer nicht hinterhergelaufen? Oder warum hat sie nicht zumindest nach Manirsch gesehen? Wenn sie wirklich davon ausgegangen ist, dass das Olaf war, dann musste ihr doch klar sein, dass Manirsch alleine war.» Annika sah Dagobert zweifelnd an.

«Das haben wir sie auch gefragt. Sie hat erklärt, dass zum selben Augenblick ein Patient geschellt hätte, dem es nicht gut ging. Und darüber hat sie Manirsch wohl erst mal vergessen.»

«Stimmt. Gegen Morgen ging es Herrn Königs sehr schlecht», erinnerte sich Annika. «Also könnte es sein, dass Hilde Manirschs Mörder gesehen hat?»

«Theoretisch ja.»

Beide schwiegen eine Zeit lang, bis Annika fragte: «Was willst du jetzt machen?»

«Ich werde heute Abend noch mal zu Manirschs Tochter gehen. Die Familie ist mir nicht ganz geheuer. Auf den ersten Blick scheint bei denen alles in Ordnung. Keine Geldprobleme, alle haben den Großvater geliebt. Wunderbar. Passt aber irgendwie nicht zu deren Verhalten. Die machen eher einen genervten als trauernden Eindruck.» Dagobert hielt einen Moment inne. «Wusstest du, dass Manirsch eines der besten Restaurants in Essen gehört hat?»

«Wow. Nein, wusste ich nicht. Nur dass er ein Restaurant besitzt. Wie heißt es denn?»

«*Harlekin*.»

«Also haben die Manirschs wohl Geld», stellte Annika fest. «Das wäre doch ein Grund für Mord. Jemand aus der Familie ist scharf auf das Geld.»

«Ja, aber wer?»

«Wer käme denn in Frage?», wollte Annika wissen.

«Er hat einen Sohn und eine Tochter. Sein Sohn ist Arzt in der Essener City und wohnt im Ortsteil Heisingen. Verheiratet, hat aber keine Kinder. Seine Tochter ist ebenfalls verheiratet und hat einen Sohn, nämlich Olaf. Sie leitet das Restaurant seit einigen Jahren. Olaf hat eine Wohnung über dem Restaurant und dürfte da wohl umsonst wohnen. Olafs Eltern wohnen aber nicht da, sondern in Bredeney. Ja, und natürlich nicht zu vergessen die trauernde Witwe, die ebenfalls in Bredeney lebt.»

«Warum sagst du das so ironisch?»

«Hast du die schon mal gesehen?»

Annika schüttelte den Kopf. «Nein.»

«Emma Manirsch. Vierzig Jahre. Immer unglaublich aufgedonnert, ziemlich blöde, dafür aber fürchterlich eingebildet.»

«Vierzig Jahre? Das dürfte dann ja sicher nicht die erste Ehefrau sein», vermutete Annika. «Andererseits ist sie ja wohl kaum nur wegen ihres Alters verdächtig, oder»?

Dagobert zog die Schultern hoch und sah Annika mit einem undefinierbaren Blick an. Eine Weile sagte keiner von beiden etwas.

«Und wer ist die andere Person ohne Alibi?», brach Annika schließlich das Schweigen.

«Erinnerst du dich, wann deine Kollegin Josefa Braun gestern zur Arbeit erschienen ist?», fragte Dagobert, anstatt zu antworten.

Annika überlegte kurz. «Das kann ich nicht sagen, weil ich morgens sofort in den Keller runter bin. Warum?» Gespannt wartete sie auf Dagoberts Antwort.

«Sie muss schon um kurz nach sechs da gewesen sein, aber niemand hat sie hier so früh gesehen.»

«Aber...», begann Annika, doch Dagobert unterbrach sie.

«Eine Nachbarin hat sie um kurz vor sechs gesehen, wie sie mit dem Fahrrad zum Krankenhaus gefahren ist.»

Annika sah Dagobert ungläubig an. «Meinst du wirklich, dass Josefa irgendwas mit Manirschs Tod zu tun haben könnte?»

«Es gibt 20 Minuten, für die sie kein Alibi hat. Und um diese Zeit etwa ist Manirsch umgekommen», erklärte Dagobert an Stelle einer Antwort.

Annika fragte misstrauisch nach: «Woher weißt du das denn so genau?»

«Ergebnis der Autopsie und der Befragungen», sagte Dagobert knapp. «Manirsch ist zwischen halb sechs und halb sieben umgekommen.»

Annika nickte. «Hat Josefa denn gesagt, warum sie schon so früh hier war?»

Mit einer Betonung, die keinen Zweifel daran ließ, dass er Josefas Erklärung nicht allzu viel Vertrauen schenkte, sagte er gedehnt: «Angeblich, weil ihr Radiowecker ausgefallen ist.»

«Ja, aber dann hat sie doch ein Alibi, wenn sie früher im Krankenhaus war, oder?»

«Eben nicht, weil sie niemand gesehen hat. Sie sagt, es wäre ihr nicht wohl gewesen, und direkt nachdem sie gekommen sei, wäre sie auf die Toilette gegangen.»

Annika zog ungläubig die Augenbrauen hoch. «Und dort ist sie dann zwanzig Minuten geblieben?»

Dagobert nickte. «Ziemlich unwahrscheinlich, nicht wahr?»

Annika zuckte ratlos mit den Schultern. Ihr war klar, dass sie Dagobert von der Gestalt im Keller erzählen musste, von der sie annahm, dass es sich dabei um Josefa gehandelt hatte. Aber irgendwie wurde sie das Gefühl nicht los, Josefa damit zu verraten. Sie bemerkte, wie Dagobert sie beobachtete.

«Du magst sie, nicht wahr?»

Annika nickte stumm.

«Wie lange kennst du sie denn schon?», wollte Dagobert wissen.

«Ja, ja, ich weiß schon, was du sagen willst», entgegnete Annika ein wenig unwirsch. «Und du hast ja Recht. Eine Woche reicht hinten und vorne nicht, um jemanden zu kennen. Aber…»

Dagobert unterbrach sie. «Annika, wir wissen noch überhaupt nicht, was wirklich passiert ist. Das sind jetzt alles erst mal Hinweise und Vermutungen. Aber all das muss ich berücksichtigen, egal, ob ich jemanden sympathisch finde oder nicht. Du kannst dir gar nicht vorstellen, wie oft ich mich schon gewundert habe, was für nette Leute am Ende einer Untersuchung Täter waren.»

«Du meinst, du lässt dich in deiner Arbeit nicht dadurch beeinflussen, dass dir jemand sympathisch oder unsympathisch ist?»

«Selbstverständlich beeinflusst mich das. Gefühlsmäßig natürlich. Aber es gibt eben bestimmte Routinen, die einem dabei helfen, die Übersicht nicht zu verlieren. Ich bemühe mich zumindest darum.» Dagobert sah auf seine Armbanduhr. «Ich muss jetzt los. Versprichst du mir, mich anzurufen, wenn du irgendwas Wichtiges erfährst?»

Annika nickte und gab sich Mühe, Dagobert nicht in die Augen zu sehen.

«Ach, sag mal...» Dagobert drehte sich noch einmal zu ihr um, bevor er den Raum verließ. «Hast du eigentlich Harry schon gesehen? Der müsste doch längst wieder da sein, oder?»

«Ja, das ist er. Und ja, ich habe ihn gesehen», antwortete Annika knapp. «Aber das ist eine andere Geschichte, und du musst ja jetzt los.»

Dagobert stutzte. «Oh, das hört sich aber gar nicht gut an. Ich dachte, ihr zwei ... na ja, ich dachte eben...»

«Ja, das dachte ich auch», entgegnete Annika trokken. «Aber manchmal vertut man sich eben», fügte sie hinzu und hielt Dagobert die Tür auf.

*

Annika hievte einen Karton mit Infusionsflaschen aus dem Apothekenwagen und stellte ihn auf das Sideboard.

«Hey, lass mich das doch machen», flötete Dirk, der plötzlich neben ihr auftauchte.

Annika war von Josefa vorgewarnt worden. «Du wirst sehen, er wird sich auch noch bei dir einschleimen.» Wie auch immer: Warum sollte sie nicht ihn die Infusionen ausräumen lassen? Ihr war das nur recht. Ohne etwas darauf zu sagen, trat sie beiseite und ließ seinem Tatendrang freien Lauf.

«Und, wie fühlst du dich so nach einer Woche hier bei uns?», wollte er wissen.

Wenn Annika etwas absolut nicht leiden konnte, dann war das höfliche Konversation zwischen Leuten, die sich wenig oder nichts zu sagen hatten. Daran, dass Dirk nicht ernsthaft wissen wollte, wie es ihr ging, bestand kein Zweifel. Andererseits schwirrte ihr so viel im Kopf herum, dass sie gut auf eine anstrengende Auseinandersetzung verzichten konnte. Also übte sie sich brav in Smalltalk.

«Haben die schon wieder mit den Bauarbeiten angefangen?», unterbrach Annika Dirks detaillierte Beschreibung über die Vorteile eines Tisch-Staubsaugers. Entfernt hört man das Dröhnen eines Bohrhammers.

Der Themenwechsel schien Dirk nicht schwer zu fallen. «Ja. Hast du das nicht mitgekriegt? Die Bauarbeiten dürfen im vorderen Teil des Kellers fortgesetzt werden. Nur dort, wo Manirsch gefunden wurde, soll alles noch abgesperrt bleiben, bis die ganze Sache geklärt ist. Ich bin wirklich gespannt, was dabei rauskommt. Ich kann mir nicht vorstellen, dass den Alten jemand umbringen wollte. Der war doch eigentlich ganz nett.» Dirk hörte sich gerne selbst reden, und Annika ließ ihn. Sein monotones Geschwafel lullte sie immer mehr ein, sodass sie ein wenig zusammenschrak, als Christel plötzlich vor ihr stand.

«Es tut mir wirklich sehr Leid, dass ich euch beide in eurem angeregten Gespräch unterbrechen muss», meinte Christel mit einem Augenzwinkern zu Annika. «Könntest du mir mal eben helfen, Annika?»

Das Zimmer von Manirsch wurde heute wieder gebraucht, und sie hatten noch gar nicht seine Sachen zusammengeräumt. Eigentlich sollte die Tochter bereits gestern alles abholen, aber irgendwie hatte die das wohl vergessen.

«Nimmst du schon mal die Säcke und das Formular mit?» Christel drückte ihr beides in die Hand. «Ich komme gleich nach.»

Seit Manirschs Tod war Annika nicht mehr in dem Zimmer gewesen. Unverkennbar hatte die Polizei alles gründlich auf den Kopf gestellt. Annika schaute sich um. Sie suchte nach einer Reisetasche oder einem Koffer. Irgendeine Tasche musste Manirsch bei seiner Ankunft ja dabeigehabt haben. Wahrscheinlich lag sie im obersten Schrankfach. Annika schob den Tisch an den

Schrank und kletterte hinauf. Tatsächlich fand sie hier einen alten, schweren Lederkoffer. Sie zog am Griff, aber der Koffer war schwerer, als sie vermutet hatte. Er glitt ihr aus der Hand, fiel mit lautem Knall zu Boden und lag nun weit geöffnet vor ihr. Hoffentlich war er nicht kaputtgegangen. Annika beugte sich hinunter und sah, dass der Stoff im Inneren des Koffers an einer Seite aufgerissen war. «So ein Mist», fluchte sie. Als sie sich den Schaden genauer ansah, bemerkte sie, dass aus dem Riss etwas hervorlugte. Sie zog ein kleines, viereckiges Stück Pappe heraus und drehte es um. Es war ein Foto, und zwar eines dieser ganz alten, vergilbten, die rundum mit Zacken versehen sind. Dieses Bild hatte schon einiges mitgemacht, denn es war offensichtlich häufig angefasst und geknickt worden. In diesem Moment hörte sie die Stimme von Christel, die sich vor der Zimmertür mit Josefa unterhielt. Annika überlegte kurz, legte das Foto dann schließlich zwischen zwei Mulltupfer und steckte es in ihre Kasacktasche. Eine Sekunde später kam Christel auch schon herein.

Mit einem abschätzigen Blick auf den Koffer sagte sie vorwurfsvoll: «Du willst doch nicht etwa den Koffer auf dem Boden stehen lassen? Ich glaube nicht, dass mein Rücken das mitmacht.»

«Nein, nein. Das Ding ist mir entgegengekommen, als ich den Schrank aufgemacht habe. Deshalb liegt er hier.»

Annika hob ihn umständlich auf und legte ihn auf den Tisch. Dann begannen sie mit ihrer Arbeit, die – je nach Patient – interessant, eklig, langweilig oder frustrierend sein konnte: Die gesamten Besitztümer des Verstorbenen mussten auf einem Formular Stück für Stück aufgeführt werden. Annika suchte jeweils alles zusammen und Christel schrieb auf.

«Und was ist hiermit?» Zwischen zwei Fingern hielt Annika eines dieser großen Stofftaschentücher hoch, die vor allem bei älteren Männern beliebt zu sein schienen.

Annika hatte sich immer gefragt, warum Taschentücher für Männer so groß waren und man für Frauen diese Miniaturausgaben entwickelt hatte. Hatten Männer etwa mehr abzusondern? Auf Manirsch schien das offensichtlich zuzutreffen. Annika hatte seit langem schon kein Taschentuch mehr gesehen, dass den Namen «Rotzfahne» so sehr verdiente wie dieses hier. Erwartungsvoll sah sie zu Christel, die eifrig notierte.

«Klar, das kommt alles auf die Liste. Sicher ist sicher. Vor vier Wochen hatten wir eine Beschwerde von Angehörigen, weil wir die benutzte Zahnbürste ihrer Mutter weggeschmissen haben. Die haben die alten Zahnbürsten nämlich immer zum Schuheputzen aufgehoben. Das kannst du keinem erzählen, echt.» Christel schüttelte in Gedanken daran den Kopf.

«Und wie ist die Geschichte ausgegangen?», fragte Annika.

«Wir haben ihnen als Ersatz zehn Einmalzahnbürsten gegeben.»

«Aber da ist doch immer schon Zahnpasta drauf.»

«Genau.» Christel sah sie grinsend an.

*

«Mensch, du siehst ja schlimmer aus als ich.» David betrachtete Annika skeptisch.

Annika atmete hörbar aus. «Schönen Dank auch für das Kompliment. Du hast ja den Bogen raus. Also geht's dir wohl wieder besser, was?», bemerkte sie mit einem ironischen Seitenblick, während sie die Rollenklemme der leeren Infusionsflasche verschloss und den Infusionsschlauch von der Braunüle löste.

«Ja, nee, so war das nicht gemeint. Aber du bist wirklich ganz schön blass», verteidigte sich David.

«Ist schon in Ordnung. Ich bin einfach nur müde.»

David sah sie einen Moment schweigend an. «Gefällt dir eigentlich dein Job?», setzte er unvermittelt hinzu.

Annika stutzte und sagte dann: «Eigentlich schon.»

«Wieso ‹eigentlich›?»

«Na ja, weil es ja immer irgendwas gibt, das einem nicht so gut gefällt. Zum Beispiel das frühe Aufstehen. Aber alles in allem fühle ich mich ganz wohl.»

Annika legte die leere Infusionsflasche auf eine weiße Plastikschale und zog eine Mullkompresse aus ihrer Kasacktasche.

«Hast du denn schon Berufspläne?»

«Am liebsten würde ich nach der Zehnten abgehen und Schreiner werden. Aber meine Eltern wollen, dass ich Abitur mache und studiere. Am besten Medizin.» Er machte eine ausholende Geste. «Aber da hab ich echt keinen Bock drauf.»

Annika schwieg und konzentrierte sich auf ihre Arbeit. Davids Worte erinnerten sie an die Auseinandersetzungen mit ihren Eltern, und sie verstand ihn nur allzu gut. Ihre Eltern hatten ihr damals ungefähr dasselbe erzählt. Ihr Vater war Professor für Mediävistik und ihre Mutter Grundschullehrerin. Beide waren völlig entgeistert, als Annika nach ihrem Abitur, das zudem noch ausgezeichnet ausgefallen war, mit einer Ausbildung zur Krankenschwester begonnen hatte. Annika hatte ihre Eltern damals einfach vor vollendete Tatsachen gestellt. Bisher bereute sie das auch nicht, aber seit ihr die Arbeit mehr und mehr körperlich und psychisch zusetzte, dachte sie häufiger über eine Veränderung nach.

«Annika?» David riss sie aus ihren Gedanken.

«Ja?» Sie hatte noch eine frische Mullbinde um Davids Infusionsnadel gewickelt und richtete sich nun wieder auf.

«Kann ich bald mal nach draußen gehen? Ich krieg hier drinnen echt den Koller.»

«Ja, bald, aber ich befürchte, heute wäre das noch etwas zu früh. Warte erst noch das Wochenende ab.»

David machte ein enttäuschtes Gesicht.

«Du musst dich erst ein bisschen mehr hier drinnen bewegen. Du bist doch noch nicht mal aus dem Zimmer gekommen. Du wirst sehen, dass du noch zu schlapp bist, um draußen spazieren zu gehen.»

David machte ein beleidigtes Gesicht, aber Annika kannte ihn nun schon gut genug, um zu wissen, dass das nicht lange anhalten würde.

Sie versuchte, ihn auf andere Gedanken zu bringen und deutete auf die beiden leeren Betten: «Wo sind eigentlich die anderen?»

«Spazieren», antwortete David mit einer solchen Leidensmiene, dass Annika lachen musste. In diesem Moment kam Wagner mit seinem Essenstablett ins Zimmer.

«Oh, ist es schon wieder so spät?», fragte Annika überrascht.

«Spät ist gut. Zum Mittagessen ist es viel zu früh», grummelte Wagner. Er kämpfte immer noch mit seiner Diät, was Annika ihm nicht verdenken konnte. Für einen Koch musste das Essen hier wirklich eine Qual sein.

Wagner nahm misstrauisch den Deckel von seinem Teller. Zumindest dampfte es noch. Es kam nicht selten vor, dass das Essen nur lauwarm hier ankam und dann in der Mikrowelle noch einmal erhitzt werden musste. Das war für Patienten und Pflegende gleichermaßen unangenehm. Wagner betrachtete fassungslos eine winzige Portion Broccoli-Gemüse neben drei einsamen Kartoffeln. Er nahm vorsichtig etwas Broccoli auf seine Gabel und prüfte den Geschmack mit Kennermiene. Dann verzog er das Gesicht und legte die Gabel zurück auf den Teller.

«Das muss man erst mal schaffen, so was zusammenzukochen. Meine Güte, wenn man mich hier kochen lassen würde ... Haben die in der Küche schon mal was von Gewürzen gehört? Also, da kann man doch mit ein paar Kniffen richtiges Essen draus machen.»

«Darauf würde ich es gerne ankommen lassen», bemerkte Annika.

«Ich auch», stimmte David zu, der gerade ebenfalls sein Essen bekommen hatte.

«Ihr glaubt mir nicht, was?» Wagner sah David und Annika herausfordernd an. «Aber ich schwöre es, wir haben besseres Essen serviert als die im *Harlekin*. Und für alle erschwinglich, nicht nur für die Schlipsträger.»

«Sie kennen Manirschs Restaurant?», wunderte sich Annika.

«Klar. Wer kennt das nicht in Essen? Außerdem hab ich auch mal im *Harlekin* gearbeitet. Vor Jahren. Aber die Gäste waren mir zu abgehoben. Wissen Sie, ich rede gerne mit den Leuten, weil ich wissen will, ob denen auch schmeckt, was ich koche. Manirsch hat dagegen auch nichts gesagt, aber seine Tochter, als die alles übernommen hat, da hat sich einiges geändert.»

«Was hat sich denn geändert?», hakte Annika nach und sah Wagner gespannt an.

«Ach, was soll ich sagen? Alles wurde kühler, hektischer und unfreundlicher. Und die Preise gingen immer mehr in die Höhe. Und glauben Sie, ich hätte was davon gesehen? Nix. Die ganzen Jahre, die ich da war, hab ich nicht eine Gehaltserhöhung gekriegt. Da hab ich gekündigt und meinen eigenen Laden aufgemacht. Direkt zwei Straßen weiter. Ich glaub, das hat die ganz schön gefuchst, weil etliche Gäste zu mir gekommen sind, als die das spitz gekriegt haben.»

Annika wollte gerade weiterfragen, als sie über den Lichtruf einen Hilferuf von Josefa erhielt. Herrn Hollberg ging es wieder schlecht.

*

Annika und Tillmann trafen etwa zur selben Zeit bei Hollberg ein, der mit einer Sauerstoffsonde in der Nase und angstgeweiteten Augen im Bett saß. Josefa stand neben ihm und versuchte, ihn zu beruhigen. «Er hat 39,6 Temperatur», informierte sie die beiden. Während Tillmann sich über Hollberg beugte und ihn vorsichtig untersuchte, öffnete Annika den Notfallkoffer. Die drei arbeiteten konzentriert und schnell, aber schon bald war klar, dass Hollberg auf die Intensivstation verlegt werden musste.

*

«Wenn ich diesen Scheißkerl zwischen die Finger kriege!» Josefa schäumte vor Wut. Tillmann blickte nachdenklich. «Ihr müsst wirklich etwas unternehmen. Das mit Hollberg hätte schief gehen können.»

«Ja, und ich wäre auch noch Schuld gewesen», sagte Josefa.

«Du? Wieso das denn? Das war doch Dirks Patient», protestierte Annika.

«Ja, aber bevor er ins Lager gegangen ist, hat er mir erzählt, es gäbe nichts Besonderes. Nichts Besonderes! Dass Hollberg noch eine Blutkonserve bekommen hat, fand unser toller Kollege «nicht besonders». Das fass ich einfach nicht. Fünf Minuten wollte er wegbleiben. Und wisst ihr wie lange der jetzt schon weg ist? Eine geschlagene Stunde!»

Josefa lief im Stationszimmer auf und ab. «Ich mach das nicht mehr mit. Entweder geht der oder ich.» Die sonst so ruhige Josefa war völlig aus dem Häuschen.

Annika winkte beschwichtigend. «Josefa, beruhig' dich doch. Dirk hat jetzt erst mal eine Woche Urlaub, also genug Zeit, dass wir uns von ihm erholen können. Und wenn das wirklich so war, wie du...»

«Was soll das heißen, ‹wenn das wirklich so war›?» Josefa blickte Annika wütend an.

«So meine ich das doch gar nicht. Mensch Josefa, jetzt komm mal wieder zu dir. Ich geb' dir doch völlig Recht.»

Josefa atmete tief durch. «Entschuldige. Aber das vorhin hat mir echt zugesetzt. Ich glaube, ich muss erst mal raus hier.» Josefa ging aus dem Stationszimmer, kam aber noch einmal kurz zurück und meinte: «Falls mich jemand sucht, ich bin im Pflegearbeitsraum. Und falls Dirk in der Zwischenzeit eintrifft, könnt ihr ihn bitte für mich erwürgen.» Danach verschwand sie.

Annika und Tillmann sahen sich ein wenig ratlos an. «Du hast dir wirklich einen schlechten Zeitpunkt ausgesucht», bemerkte Tillmann.

«Wofür?»

«Na, für einen Neuanfang.»

«Ja, das ist wohl wahr», bestätigte Annika mit einem schweren Seufzer. Sie sah Tillmann an, der seine Brille abgenommen hatte und die Gläser mit einem Papiertaschentuch abrieb.

«Das mit Hollberg ist komisch, oder?»

Tillmann hielt inne und schaute auf. «Das ist mehr als komisch. Gestern ging's ihm nach der Konserve hervorragend. Wir werden auf jeden Fall den Rest dieser Konserve einschicken. Außerdem werde ich eine Meldung an das Paul-Ehrlich-Institut machen müssen.» Tillmann seufzte schwer. «Ich hoffe nur, Hollberg überlebt das.» Er machte eine kurze Pause. «Hat der eigentlich Angehörige?»

«Nur welche, die nichts mit ihm zu tun haben wollen», erklärte Annika. «Seit er auf der Straße lebt, hat er keinen seiner früheren Freunde wieder gesehen.»

Beide schwiegen. Annika dachte darüber nach, dass manche Situationen so ausweglos waren, dass das Reden darüber das Gefühl der Machtlosigkeit nur noch verstärkte. Die beiden wurden aus ihren Gedanken gerissen, als das Telefon klingelte. Tillmann zuckte zusammen, wie er das in den letzten Tagen immer tat, wenn es schellte. Seine Frau erwartete ihr erstes Kind, und jetzt konnte es jeden Moment so weit sein. Am anderen Ende der Leitung war aber nur jemand vom Labor. Als Annika den Hörer gerade aufgelegt hatte, kam Dirk ins Stationszimmer. Wortlos ging er an den Medikamentenschrank und nahm ein Fläschchen Novalgin-Tropfen heraus. Annika und Tillmann schauten sich an und warteten ab. Als Dirk den Raum wieder verlassen wollte, hielt Annika ihn zurück. «Sag mal, ist mit dir alles in Ordnung?»

Dirk blickte verwundert zu ihr. «Ja, warum nicht?»

«Weil du länger als eine Stunde weg warst und wir deine Arbeit machen durften.» Annika wurde ein wenig lauter.

«Tut mir Leid, aber es hat halt so lange gedauert.»

«Was hat so lange gedauert? Um einen Bestellzettel abzugeben, braucht man doch keine ganze Stunde.»

Dirk wirkte verärgert. «Sag mal, wieso regst du dich denn so auf? Es ist doch nichts passiert, und meine Arbeit mach ich jetzt schon.»

«Na, das freut uns aber. Dann merkst du vielleicht auch bald, dass du jetzt einen Patienten weniger hast. Aber sonst ist wirklich kaum was passiert.»

Dirk starrte sie an und wurde ein wenig blass um die Nase. «Was soll das heißen, ich habe einen Patienten weniger?», fragte er unsicher.

Annika wollte es ihm nicht so leicht machen. «Och, das könnte heißen, wir haben einen Patienten entlassen oder verlegt. Aber vielleicht ist ja auch jemand gestorben.»

«Das finde ich jetzt überhaupt nicht witzig. Damit macht man keinen Spaß.»

«Das sehe ich auch so», erwiderte Annika gereizt. «Und Patienten, für die man verantwortlich ist, lässt man ja wohl auch nicht einfach allein, oder?» Annika funkelte ihn mit wütenden Augen an.

«Was um Gottes willen ist denn passiert?» Dirk schrie jetzt fast.

«Hollberg ist auf der Intensiv. Und nur wenn du Glück hast, wird er diesen Tag überleben.»

Dirk sah Annika entsetzt an.

«Du warst den ganzen Morgen nicht bei ihm. Stimmt's?»

«Ich war heute früh bei ihm. Da war er im Bad. Es ging ihm gut.» Dirk sagte das mit Nachdruck.

«Hast du ihn gesehen?»

«Ja.» Er antwortete nicht sofort, und es war deutlich, dass er gelogen hatte. Nicht einmal das konnte er überzeugend. Es war wirklich erbärmlich.

«Du solltest Josefa heute aus dem Weg gehen», riet Annika ihm, bevor sie sich wieder ihrer Arbeit zuwendete und ihn nicht weiter beachtete.

*

«Annika!», gellte es über den Stationsflur.

Annika stand gerade auf einem Hocker im Materialraum und suchte im obersten Regal nach Verlängerungen für Infusionsschläuche. Sie fluchte. Bärbel hatte die unangenehme Angewohnheit, über den ganzen Flur zu schreien, wenn sie jemanden suchte. Annika legte die Schachtel weg, die sie gerade in der Hand hielt, stieg vom Hocker herunter und ging ins Stationszimmer.

«Was gibt's?»

«Telefon.» Bärbel zeigte auf den Hörer, der neben einem Stapel Laborformulare lag.

Annika nahm den Hörer auf. «Meinke», sprach sie sachlich in den Hörer.

«Adler.» Nach einer kleinen Pause hörte sie: «Falls du noch weißt, wer das ist.»

«Klaus!» Annika war begeistert. «Toll, dass du anrufst. Bitte sei nicht böse, aber hier war so viel los...»

«So viel, dass du deinen allerliebsten Seelentröster vergessen hast?» Klaus machte auf beleidigt.

«Als wenn man dich vergessen könnte», ging Annika auf seinen Ton ein. «Was hältst du davon, wenn ich nachher vorbeikomme?», schlug sie vor. Klaus war einverstanden und erklärte ihr den Weg zu seinem Büro im gegenüberliegenden Krankenhaus. Annika bedankte sich kurz bei Bärbel und machte sich wieder auf die Suche nach Infusionsverlängerungen. Glücklicherweise war die Schicht fast zu Ende und nicht mehr viel zu tun. Sie konnte sich nur schwer auf die Arbeit konzentrieren, denn in den letzten Tagen hatte sich einfach zu viel ereignet. Erst die Sache mit Manirsch, dann der Zwischenfall mit Hollberg, und zu alledem schienen die Spannungen im Team von Tag zu Tag zuzunehmen. Mehr als einmal wünschte Annika sich in ihr altes Krankenhaus zurück. Zwar gab es hier nicht weniger Ärger und Arbeit, aber dort kannte sie sich zumindest aus und konnte die Eigenarten und Charaktere der Kolleginnen und Kollegen besser einschätzen. Hier fiel es ihr im Moment schwer zu entscheiden, mit wem sie sich anfreunden und wem sie vertrauen konnte – und wem sie besser aus dem Weg ging.

*

Annika brauchte nur wenige Minuten zum benachbarten Krankenhaus. Klaus hatte ihr erzählt, dass die beiden Kliniken seit einiger Zeit eng zusammenarbeiteten. Beide Häuser hatten nun eine Küche, ein Labor und seit neuestem eben auch einen evangelischen Pfarrer: Klaus.

Klaus Adler hatte sein Büro im evangelischen Krankenhaus, war aber für beide Kliniken zuständig. Annika blieb kurz vor dem Gebäude stehen. Das Haus war etwa genauso groß wie das St. Barbara, aber so richtig begeistern konnte sie sich für keines von beiden. Krankenhaus-Architektur gehörte wohl in die gleiche Abteilung wie die Gestaltung von Schulen und Mietskasernen. «So was kann man nur entwerfen, wenn man nicht selbst drin wohnen muss», dachte sie und betrat das Gebäude durch den Haupteingang.

Ohne Klaus wäre sie vermutlich niemals hier in Essen gelandet. Sie kannte ihn aus der Duisburger Ruhr-Klinik, wo er als Krankenhauspfarrer gearbeitet hatte. Weil dort einige Leute nicht damit zurechtgekommen waren, dass Klaus schwul war, hatte er sich nach einer anderen Stelle umgesehen. Annika war darüber ziemlich traurig gewesen, denn Klaus war für sie nicht nur zu einem wichtigen Gesprächspartner und Freund geworden, er schaffte es auch immer wieder, sie aus trüben Stimmungen herauszureißen. Irgendwie gelang es ihm immer, Unstimmigkeiten mit beneidenswerter Leichtigkeit zu mildern und drohenden Streit zu verhindern. Die Patienten mochten ihn, weil er witzig, humorvoll, aber auch ernst sein konnte und überdies ein sehr guter Zuhörer war. Annika kannte kaum einen Menschen, der so gut für seinen Beruf geeignet zu sein schien wie er. Als er ihr damals von den guten Arbeitsbedingungen und dem angenehmen Arbeitsklima im dazu noch idyllischen Werden vorschwärmte, handelte Annika – wie so oft in ihrem Leben – spontan. Noch am selben Tag rief sie in der Klinik an, und eine Woche später hatte sie die Stelle.

Nachdem Annika das Krankenhaus betreten hatte, musste sie auf der linken Seite durch eine Glastür gehen. Der Flur, den sie betrat, war lichtdurchflutet, und am Ende des Ganges stand ein fast zwei Meter großer, sehr schlanker Mann und lächelte ihr entgegen.

«Lass dich mal drücken, du treulose Schwester», rief Klaus ihr entgegen und Annika spürte, wie ihre Stimmung stieg. Sie fielen sich in die Arme und begrüßten sich stürmisch. Erst jetzt spürte Annika, dass sie schon lange niemanden mehr umarmt hatte und wie gut ihr das tat. Drei Monate war es nun schon her, seit die beiden sich das letzte Mal gesehen hatten. Annika wuschelte ihm durch das strohblonde, wirre Haar.

«Du siehst immer noch umwerfend aus. Schon erste Opfer unter meinen Geschlechtsgenossinnen zu verzeichnen?», fragte sie grinsend.

«Na, das wollen wir doch nicht hoffen. Aber komm erst mal mit in mein Büro, ich möchte dir jemanden vorstellen.» Sie betraten ein ziemlich kleines Zimmerchen mit einer großartigen Aussicht über das Ruhrtal, in das gerade ein Schreibtisch, ein kleiner Tisch und zwei nicht allzu große Sessel passten. Auf einem saß ein bärtiger, athletisch gebauter Mann um die vierzig, der Annika irgendwie bekannt vorkam. Er stand auf, gab

Annika die Hand und stellte sich als Peter vor. Er zögerte nicht lange, sondern ging gleich auf sie zu: «Schön, dass ich dich mal kennen lerne. Klaus hat mir schon so viel von dir erzählt. Mit der Zeit bin ich schon fast eifersüchtig geworden.»

«Na, wenn ich mich nicht irre, habe ich ja leider überhaupt keine Chancen», entgegnete Annika, und es war nur schwer auszumachen, ob sie das nicht vielleicht ein bisschen bedauerte.

«Dann kann ich euch ja beruhigt allein lassen», meinte Peter und erhob sich. «Ich muss jetzt leider weg, an die Arbeit sozusagen, aber ich denke doch, dass wir uns bald mal wieder sehen. Und dann haben wir hoffentlich ein bisschen mehr Zeit zum Quatschen», verabschiedete er sich von Annika. «Ich hol dich dann um fünf ab, okay?», wandte er sich an Klaus, gab ihm einen Kuss und verschwand.

Nachdem sich die Tür wieder geschlossen hatte, sah Annika Klaus ein wenig vorwurfsvoll an und deutete auf die Tür. «Du hast mich ja auch nicht gerade auf dem Laufenden gehalten.» Sie sah ihn lächelnd an. «Aber er ist sehr nett. Ich denke, er gefällt mir.»

«Und mir erst.» Klaus' Augen leuchteten.

«Wo hast du ihn eigentlich kennen gelernt?»

«Hier in der Klinik. Er arbeitet als Sozialarbeiter für beide Häuser.»

«Deshalb kam er mir so bekannt vor.»

«Genau. Wie wär's mit Kaffee?»

Annika nickte zustimmend, und Klaus holte aus einem Mini-Kühlschrank ein Milchkännchen, nahm einen Teller mit Keksen von seinem Schreibtisch und stellte beides auf den Tisch.

Er musterte Annika eine Zeit lang, bevor er sagte: «Du siehst aus, als hättest du dich die ganze Woche vorwiegend von Kaffee ernährt. Ist es so schlimm bei euch drüben?»

«Hast du denn nicht mitgekriegt, was passiert ist?», wunderte sich Annika.

«Doch, ja. Aber soviel ich weiß, war das doch wohl ein Unfall, oder?»

«Na ja, also Unfall ...» Annika hielt unschlüssig inne. Sie hatte Dagobert versprochen, nichts zu erzählen. Andererseits vertraute sie Klaus und vielleicht konnte er ihr ja helfen. Immerhin kam er als Krankenhausseelsorger in der Klinik herum. Nach kurzem Zögern berichtete sie von den Würgemalen an Manirschs Hals.

Klaus hörte sich ihre Schilderung bis zum Schluss an, ohne sie zu unterbrechen. Dann überlegte er eine Weile und sagte: «Du weißt aber schon, dass du hier als Krankenschwester eingestellt worden bist, oder?» Klaus spielte auf die Morde an, bei deren Aufklärung Annika in der Duisburger Klinik mitgeholfen hatte. Statt zu antworten, grinste sie nur.

Klaus sah sie etwas entgeistert an: «Ich glaub es nicht. Gerade mal eine Woche am Start und schon wieder als Miss Marple unterwegs. Wolltest du dir hier nicht etwas Ruhe gönnen? Ich meine, das war doch die Idee, oder?»

Annika verzog schmollend ihren Mund. «Also den Vergleich mit Miss Marple finde ich nun weniger charmant. Bis dahin habe ich ja wohl noch ein paar Jährchen vor mir, oder? Und ein paar Törtchen, nehme ich mal an.»

Klaus ließ sich nicht beirren: «Du weißt ganz genau, was ich meine, du Schlawinerin.»

«Natürlich habe ich darüber nachgedacht, und ich hab versucht, mir einzureden, dass mich das alles nichts angeht. Aber es geht mich was an. Ich habe den Patienten immerhin drei Tage betreut, bevor er gestorben ist. Ich habe ihn kennen gelernt, ich mochte ihn vielleicht sogar ein bisschen. Und dann soll ich einfach zur Tagesordnung übergehen? Mal ganz abgesehen davon:

Hätte ich damals in Duisburg genauer hingesehen, und vor allem früher, wären vielleicht zwei Patienten nicht umgebracht worden. Nicht, dass ich das vergleichen will. Aber ich will auf keinen Fall, dass sich so was wiederholt.»

Klaus sah sie überrascht an. «Denkst du denn, es passiert noch etwas?»

«Nein. Glaub ich nicht. Aber bisher wissen wir noch nicht allzu viel.»

«Wir?»

«Dagobert Fromm ist der leitende Kripobeamte», erklärte Annika.

«Nee, ne? Dagobert? Ich glaub es nicht. Arbeiten jetzt alle in Essen? Den hab ich schon seit Urzeiten nicht mehr gesehen.» Klaus blickte aus dem Fenster. Es gab einmal eine Zeit, da hatte er ein gewisses Interesse für Dagobert entwickelt, allerdings ohne Erfolg. «Gibt's denn schon irgendeinen Verdacht?»

«Nö, also nichts Konkretes», entgegnete Annika und setzte nach einer kurzen Pause fragend hinzu: «Kennst du Josefa Braun?»

«Braun. Warte mal. Ist das nicht die mit den rot gefärbten Haaren? Eine Kollegin von dir, oder?»

Annika nickte. «Was hältst du von ihr?»

«Sie macht auf mich einen ruhigen, ausgeglichenen Eindruck. Allerdings habe ich mich noch nicht oft mit ihr unterhalten.»

«Weißt du etwas über sie?»

Klaus schüttelte den Kopf. «Nein, mit Sicherheit nicht mehr als du. Dass sie schon seit Jahrzehnten hier in der Klinik arbeitet, jeden Morgen mit dem Fahrrad zur Arbeit kommt, egal wie kalt es ist...»

«Wohnt sie schon lange in Werden?»

«Das kann ich dir nicht genau sagen. Allerdings wohnt ihre Mutter auch hier. Ich könnte mir vorstellen, dass sie deshalb hier geblieben ist. Aber warum fragst du sie nicht selbst?»

«Weißt du, vor dem Tod von Manirsch war das eine ganz unverfängliche Frage. Jetzt kommt es mir so vor, als horche ich sie aus.» Annika strich sich eine Haarsträhne aus dem Gesicht.

«Was du ja wohl auch tust», bemerkte Klaus und erhob mahnend seinen rechten Zeigefinger. «Denkst du, dass sie etwas mit der Sache zu tun hat?»

«Mit dem Mord? Nein, kann ich mir eigentlich nicht vorstellen. Aber sie scheint irgendwas zu verbergen. Hat wahrscheinlich gar nichts mit Manirschs Tod zu tun.»

Beide hingen einen kurzen Augenblick ihren Gedanken nach, bis Klaus plötzlich meinte: «Warte mal, da fällt mir noch was ein. Sie ist mit dem Hausmeister ziemlich eng befreundet.»

«Du meinst Albert Maßen?»

«Genau so heißt er.»

«Ja, das wusste ich. Aber das ist doch nicht merkwürdig, oder warum hast du jetzt daran gedacht?»

«Vielleicht, weil sie eine so enge Beziehung haben. Und schon seit vielen Jahren. Immerhin ist Josefa verheiratet.»

«Du meinst, sie haben ein Verhältnis?», fragte Annika erstaunt.

«Keine Ahnung. Aber hältst du das für so abwegig?»

«Ehrlich gesagt, habe ich daran noch nicht gedacht», antwortete Annika. «Was anderes: Was weißt du über den Krankenhauskeller? Ich hab da was gehört von einem Tunnel oder Stollen, der beide Krankenhäuser früher miteinander verbunden hat.»

«Den Krankenhauskeller?» Klaus sah sie erstaunt an.

Annika nickte. «Ja, ich bin mir ziemlich sicher, dass der etwas mit dem Mord zu tun hat.» Annika erzählte Klaus von Manirschs merkwürdigem Verhalten und seinen Ausflügen in den Keller.

Bedauernd zuckte Klaus die Schultern. «Also über den Keller kann ich dir nichts sagen. Aber was die Lokalgeschichte hier angeht, soll der Hausmeister eine absolute Koryphäe sein. Hab' ich gehört.»

Annika winkte ab. «Das haben mir jetzt schon mehrere Leute erzählt. Der muss wirklich ein Experte sein. Das passt ja großartig, denn ich seh' ihn am Wochenende. Dann bekomm ich nämlich von ihm Nachhilfe im Fotografieren.»

Die beiden flachsten noch eine Weile miteinander, wobei Annikas bekanntermaßen geringe Talente beim Fotografieren Klaus Gelegenheit zu einigen frechen Bemerkungen gaben. Schließlich verabschiedeten sie sich so herzlich wie sie sich begrüßt hatten und beschlossen, sich bald wieder einmal außerhalb des Krankenhauses zu treffen.

*

Als Annika ihren Wagen vom Parkdeck des Krankenhauses fuhr, war es kurz nach vier – keine gute Zeit, um von Essen nach Duisburg zu fahren. Heute sollte es besonders dicke kommen. Schon auf der Brückstraße konnte sie sich nur mit Mühe in den Rückstau vor dem Alten Markt drängen. Später, in der Auffahrt zur A 40 gab es in Bredeney und in Haarzopf quälend lange Staus. Die Autos standen dicht an dicht. Der passende Luftdruck und eine hohe Luftfeuchtigkeit sorgten dafür, dass die Auspuffgase über den Asphalt waberten und nicht nach oben hin abziehen konnten. Zwischen den Dunstschwaden konnte Annika in den Autos neben sich das eine oder andere entnervte Feierabendgesicht erkennen. Heute würden mehr Leute als sonst den Anfang ihrer Vorabendserie verpassen.

Ruhe und Ausgeglichenheit gehörten noch nie zu Annikas hervorstechendsten Eigenschaften. Wenn sie im Stau stehen musste, entdeckte sie immer wieder mit Erstaunen eine emotionale Verbindung zu ihren steinzeitlichen Vorfahren. Glücklicherweise war sie allein im Auto und konnte ihren Instinkten – zumindest verbal – freien Lauf lassen. Kaum hatte sie mit ihrem alten Mercedes die ersten Meter auf der Autobahn zurückgelegt, als plötzlich gar nichts mehr ging: absoluter Stillstand, Annikas schlimmster Albtraum. Schon in besserer Verfassung fand sie das unerträglich, aber momentan war sie bereit, auf dem Standstreifen zur nächsten Abfahrt zu fahren. Als sie gerade den Lenker nach rechts einschlagen wollte, hörte sie von hinten die Sirenen eines Polizeiautos, dem kurz darauf ein Krankenwagen folgte. Annika merkte, wie ihre Hände zitterten. «Mensch. Jetzt reiß dich zusammen, Alte», sagte sie laut zu sich selbst.

Der Unfall und zwei Baustellen vor Duisburg sorgten dafür, dass Annika statt der üblichen 30 Minuten anderthalb Stunden unterwegs war. Zu allem Glück musste sie vor ihrer Wohnung noch mehrere Minuten nach einem Parkplatz suchen. Dass ihre Blase mittlerweile den obersten Pegelstand überschritten hatte, verbesserte ihre Stimmung dabei nicht im mindesten: Sie hatte bei Klaus fast einen Liter Kaffee getrunken. In allerletzter Minute erreichte sie ihre Wohnung und die rettende Toilette. «Orgasmisch», dachte sie erleichtert, als der Schmerz nachzulassen begann.

Sie wusch sich kurz und warf einige Hände voll kaltes Wasser ins Gesicht, bevor sie in ihre Couch sank. Erleichtert machte sie sich klar, dass sie am Wochenende nicht ins Krankenhaus musste. Nach und nach entspannte sie sich und fühlte, wie sich eine angenehme Schwere in ihr ausbreitete. Gerade wollten ihre Augen zufallen, als sie an einem blau-weißen Buch mit dem Titel *Pflege auf internistischen Stationen* hängen blieben. Ein kräftiger Schuss Adrenalin ließ Annika zusammenfahren. Das hatte sie ja völlig vergessen. Der Vortrag am Montag. Wie sollte sie den in so kurzer Zeit hinkriegen? Hätte sie sich doch nur nicht überreden lassen. «Ist eine Kleinigkeit. Du erzählst einfach ein bisschen was über die Praxis. Wie ihr so arbeitet», hatte ihr einstiger Krankenpflegelehrer sie überredet.

Hin und wieder lud er ehemalige Auszubildende ein, die in seinem Unterricht etwas von ihrem Praxiswissen und ihren Erfahrungen an die Pflegeschüler weitergeben sollten. Annika fand die Idee gar nicht so schlecht, und ohne sich genauer zu informieren, hatte sie spontan zugesagt und erst später erfahren, dass es nicht nur um einen kleinen Vortrag ging, sondern um einen zweistündigen Unterricht.

«Mach dir keine Sorgen. Ich bin ja auch dabei. Außerdem ist deine eigene Ausbildung doch noch nicht ganz so lange her.» Das sollte wohl beruhigend wirken, verfehlte im Moment aber völlig jede Wirkung. Kneifen war nicht drin. Dazu mochte sie ihn zu sehr, und er würde ohnehin jede Ausrede durchschauen. «Ha», fiel es ihr ein. «Tina muss helfen.» Die wollte ja sowieso studieren. Dann könnte sie schon mal ein bisschen üben. Vielleicht würde sie sogar die Stunden übernehmen. Diese Vorstellung beflügelte Annika. Voller Enthusiasmus und mit dem festen Vorsatz, sich ihren kleinen Albtraum vom Hals zu schaffen, griff sie zum Telefon. Die Nummer von Tina wusste sie auswendig. Es tutete einmal, zweimal, dreimal. Annika wollte schon wieder auflegen, als sie endlich Tinas Stimme hörte. Sie verzichtete auf große Vorreden, sondern fiel direkt mit der Tür ins Haus. «Hast du Montagvormittag Zeit?»

Tina war überrascht und brauchte einen Moment, um sich zu sammeln. «Äh. Ich? Wieso. Also erst mal: Hallo. Und eins sag ich dir im Voraus: Was immer anliegt – einverstanden mit allem, was keine Arbeit ist. Aber ich fass nichts an, schlepp' nix weg und helf' auf keinen Fall beim Anstreichen. So. Jetzt bist du dran. Was is' los?»

Die beiden waren schon so viele Jahre befreundet, dass Tina genau wusste, wenn Annika ihr etwas andrehen wollte.

«Nein, keine Sorge, hat nichts mit körperlicher Arbeit zu tun», beruhigte Annika sie und erklärte, um was es ging. Dabei schilderte sie so dramatisch wie möglich, warum sie sich jetzt im Moment überfordert fühlte.

Tina hörte sich alles schweigend an und sagte dann: «Das kommt ja wirklich blöd für dich aus. Unter anderen Umständen würde ich dir das vielleicht sogar abnehmen, aber am Montag kann ich nicht. Aber weißt du was, ich komm jetzt vorbei, mache uns was Leckeres zu essen und dann bereiten wir das gemeinsam vor. Was hältst du davon?»

Annika hätte die erste Lösung zwar wesentlich besser gefallen, aber sie freute sich auf Tinas Besuch. Nur über das Essen-Kochen müsste man noch mal sprechen, aber das würde sie regeln, wenn Tina eingetroffen war. Tina brauchte üblicherweise eine knappe Stunde von Mülheim bis zu Annikas Wohnung. Annika schaute sich kritisch um: Während der letzten Tage hatte sie mehr oder weniger alles herumliegen lassen, und jetzt wurde es höchste Zeit, wenigstens die Wäsche einzusammeln und das Geschirr in die Spülmaschine zu stecken.

Mit ihren Gedanken bei Manirsch und dem, was Klaus über Josefa und Albert gesagt hatte, sammelte Annika versonnen ihre Sachen vom Boden auf. Als sie einen Korb Wäsche ins Badezimmer bringen wollte, stolperte sie über ihre Tasche, die sie wie immer nach der Arbeit einfach in die nächstbeste Ecke geworfen hatte. Sie stellte den Korb ab, öffnete die Tasche und zog das verschwitzte T-Shirt, das sie bei der Arbeit getragen hatte, heraus. Dabei fiel das Foto auf den Boden, das in Manirschs Koffer gesteckt hatte. In all dem Durcheinander hatte sie das völlig vergessen. Erst jetzt konnte sie es sich genau ansehen. Sie schaute auf die Gesichter dreier lachender Personen: ein junger Mann und eine junge Frau, beide etwa gleich alt und um die zwanzig, und ein kleiner Junge. Der Mann und die Frau sahen sich gegenseitig an, und der Junge lächelte in die Kamera. Annika suchte nach Ähnlichkeiten mit Johann Manirsch, konnte aber keine entdecken. Enttäuscht legte sie das Foto zur Seite und suchte nach einer Plastikfolie, in der sie es sicher aufbewahren konnte. Sie überlegte einen

Augenblick und zog sich dann kurz entschlossen ihre Schuhe an. Das Foto steckte sie in die Manteltasche, dann verließ sie mit einem Blick auf die Uhr ihre Wohnung. Nur wenige Fußminuten entfernt gab es ein Fotogeschäft, dessen Besitzer auch als Fotograf arbeitete.

*

Im Geschäft waren zu dieser Zeit außer ihr keine Kunden. Hinter der Theke stand ein Mann mittleren Alters und sortierte Fototaschen. Annika legte das Bild kurzentschlossen auf den Ladentisch und sagte: «Guten Tag. Ich hab hier dieses alte Foto und hätte gern eine Kopie davon. Kann man das machen?»

Ihr Gegenüber sah sich das Bild kurz an, hielt es ins Licht und erwiderte dann: «Kein Problem. Bis wann wollen Sie's denn haben?»

«So schnell es geht.»

Er nickte. «Normalerweise dauert es drei Tage. Geht aber auch schneller. Aber wenn ich es bis morgen machen soll, kostet es mehr.»

«Ja, das ist in Ordnung. Dann bitte bis morgen. Ach...» Annika drehte sich noch einmal um. «Können Sie mir sagen, wie alt das Foto wohl ungefähr ist?»

Der Mann betrachtete sich das Bild sehr genau, bevor er antwortete. «Ich schätze mal fünfzig Jahre mindestens.»

Annika nickte und verabschiedete sich.

*

Tina war ein wenig außer Atem, nachdem sie die zwei Etagen zu Annikas Wohnung hochgestiegen war, begrüßte ihre Freundin aber wie immer stürmisch. Ihre blonden kurzen Haare waren zerzaust und vom Regen durchnässt. Unter ihrem knielangen schwarzen Mantel trug sie einen ihrer unzähligen, viel zu großen Pullover. Annika hatte sie schon oft gefragt, warum sie sich eigentlich immer unter riesengroßen Kleidungsstücken versteckte. Tina amüsierte sich über diese Fragen und meinte, dass ihr Temperament keine wie auch immer geartete Einengung ertrage.

Auch jetzt strahlte sie wieder wie auf ihrem eigenen Kindergeburtstag. Annika kannte niemanden mit einer ähnlichen Frohnatur.

Tina griff sich zielstrebig das größte Kissen im Wohnzimmer und machte es sich auf Annikas Sofa bequem. «Also, was ist hier los? Das klang vorhin ja echt elendig. War wohl 'ne Woche mit allem Komfort, was?» Tina sah ihre Freundin auffordernd an.

Annika nickte und war froh, dass sie mal Dampf ablassen konnte. Sie erzählte in groben Zügen, was sie in den letzten Tagen erlebt hatte, und kam schließlich auf den Vortrag am kommenden Montag zu sprechen.

«Dabei brauche ich wirklich deine Hilfe. Wenn ich bloß daran denke, wird mir schon übel.»

«Warum das denn?», wollte Tina wissen.

«Wieso? Ich stell mir das so vor: Montagmorgen: 30 pubertierende Gestalten, die sich wahrscheinlich nicht im Geringsten für meinen Vortrag interessieren. Und denen soll ich zwei Stunden am Stück was erzählen.»

«Erstens sollst du nicht zwei Stunden am Stück reden, und zweitens kann ich mich noch daran erinnern, dass wir damals Vorträge aus der Praxis total gut fanden. Also bepiss dich nicht so. Das wird schon werden.»

«Ja, das wird super», kommentierte Annika ironisch. «Besonders der Teil, wenn ich ins Waschbecken kotze, weil mir vor Angst ganz schlecht wird.»

Tina grinste: «Das ist die richtige Einstellung. Du musst die witzige Seite in dir zum Vorschein kommen lassen.»

Annika sah sie mit zusammengekniffenen Augen an: «Wir reden aber immer noch über mich, oder?»

«Mensch, du bist nicht auf den Mund gefallen, hast keine Angst vor frechen Bemerkungen und kannst über dich selbst lachen.» Mit einem Seitenblick auf Annika setzte sie schmunzelnd hinzu: «Das musst du auch können. Jedenfalls sind das die besten Voraussetzungen für so was.»

Annika sah eine Weile ins Leere, bis Tina sanft nachfragte: «Es geht gar nicht nur um Montag, oder?»

Annika zog ihre Schultern hoch, seufzte und sagte: «Im Augenblick läuft so ziemlich alles beschissen.»

«Du hast also Harry nicht angerufen?», fragte Tina unverblümt.

Annika schüttelte den Kopf. «Nein. Das krieg ich einfach nicht hin.»

«Warum? Verletzter Stolz?»

«Quatsch. Ich bin mir nur nicht mehr sicher, ob ihm wirklich was an mir liegt.»

«Aha. Und wenn du nicht mit ihm redest, wirst du das wohl nie herausfinden.»

Annika dachte einen Moment nach, bevor sie fortfuhr. «Weißt du, im Moment habe ich das Gefühl, ich stecke voll in der Scheiße: Eine Dumpfbacke von Oberarzt, der auf mich abfährt, ein Traumtyp, der das offenbar nicht tut, oder wenigstens nicht mehr, ein Patient, der auf merkwürdige Weise umgekommen ist, Arbeitskollegen, von denen ich nicht weiß, was ich von ihnen halten soll, und das Allerschlimmste: ein Arbeitsweg, der dreimal so lang ist wie früher. Sag mir mal bitte, wie du dich dabei fühlen würdest.»

«Wenn dich alles so sehr nervt, dann kündige doch einfach wieder», schlug Tina vor.

«Mensch, ich hab doch grad erst angefangen. Ich kann doch unmöglich nach einer Woche schon wieder abziehen. Und außerdem – wo soll ich danach hin? Doch nicht etwa wieder in die alte Klinik?»

«Nein, in gar keine Klinik. Du könntest mit mir anfangen zu studieren.»

Annika hob abwehrend beide Arme. «Tina, bitte!» Über dieses Thema hatten sie sich schon mehrere Nächte lang die Köpfe heiß geredet. Tina begann im kommenden Sommersemester mit einem Studium der Pflegewissenschaft. Seitdem sie sich dazu entschlossen hatte, ließ sie keine Möglichkeit aus, ihre Freundin ebenfalls dazu zu überreden. Aber Annika hatte einfach keine Lust.

«Mal ganz abgesehen davon, dass ich leider keine Multimillionärin bin – meinst du wirklich, dass würde meine Probleme lösen?»

«Na, ein paar schon. Zum Beispiel den geifernden Oberarzt und das frühe Aufstehen.» Tina grinste.

«Das wär' allerdings schon was», stimmte Annika ihr lachend zu. Sie merkte, wie sie sich langsam entspannte und sah ihre Freundin dankbar an.

«Weißt du was, ich mach uns jetzt ein paar Spaghetti, ich hab nämlich tierischen Hunger.»

«Aber ich wollte doch was kochen», protestierte Tina.

«Nee, also ich fände es besser, wenn du schon mal mit dem Vortrag anfangen würdest», versuchte Annika, Tina vom Kochen abzulenken. Ihre Freundin kochte für ihr Leben gern, allerdings war ihr Essen meistens ungenießbar. Sie hatte ein untrügliches Gespür für die falschen Gewürze und war lebensgefährlich kreativ bei der Gestaltung der Garzeiten. Weil sie aber mit so viel Leidenschaft und Freude für andere kochte, hatte Annika es bisher nicht übers Herz gebracht, ihr zu sagen, dass es scheußlich schmeckte. Vielleicht sollte sie das doch einmal tun – allerdings heute lieber nicht.

Annika erhob sich mit leichtem Stöhnen vom Sessel. Seit einigen Tagen quälten sie heftige Rückenschmerzen.

«Also dann, Spaghetti?», fragte Annika so, als habe sie Tinas Proteste nicht gehört.

«Hast du vielleicht noch was anderes im Angebot?» Annika liebte Pasta über alles und konnte Spaghetti immer und überall essen. Dabei entging ihr allerdings, wie häufig sie ihre Freunde damit traktierte. Auf Tinas Frage hin warf sie einen Blick in den Kühlschrank.

«Käsebrote oder Pizza-Taxi.»

«Pizza-Taxi», entschied Tina, ohne lange zu überlegen. Annika holte einen Stapel Speisekarten von Pizzerias mit Lieferservice aus einer Schublade und hielt sie Tina vor die Nase.

«Gibt's die alle hier in der Nähe?», fragte Tina verwundert.

«Erstaunlich, nicht wahr? Leider vergesse ich immer wieder, welcher Laden die Böden bei den Pizzas so dick macht. Das finde ich scheußlich.»

Nach einer kurzen Diskussion entschieden die beiden sich für den schrillsten Namen: *Pizzeria Anakonda*. Annika bestellte telefonisch zwei große Pizzas mit beinahe allem, was auf der Zubehörliste stand, und setzte sich zu Tina auf die Couch. Gemeinsam begannen sie mit den Vorbereitungen für Annikas Unterricht, und im Gespräch mit Tina schien jetzt alles plötzlich ganz einfach zu sein. Als eine halbe Stunde später die Pizzas geliefert wurden, stand das Konzept schon fest.

«Prima», brabbelte Annika mit vollem Mund, während sie sich Mühe gab, beim Essen nicht ihr T-Shirt zu bekleckern. «Dann muss ich jetzt nur noch die einzelnen Punkte füllen, und das Ganze steht. Du bist wirklich ein Schatz. Das hätte ich ohne dich so schnell nicht hingekriegt.»

«Ach was», wehrte Tina ab, war aber sichtlich erfreut über Annikas Lob.

Schweigend kauten die beiden an ihrer Pizza.

«Um noch mal auf die Sache mit eurem mysteriösen Todesfall zurückzukommen», ergriff Tina das Wort, nachdem sie die letzte Pizzaecke vertilgt hatte. «Erzähl das doch mal genauer. Vielleicht fällt uns dazu ja auch gemeinsam mehr ein.»

Annika sah sie einen Moment lang erstaunt an: «Ja. Warum nicht?» Dann berichtete sie ihr ausführlich, was sich in den letzten Tagen zugetragen hatte.

«Wirklich eine komische Geschichte», murmelte Tina nachdenklich, als Annika mit ihren Schilderungen zum Ende kam. «Weißt du, was ich nicht verstehe? Wie konnte dieser Manirsch unbemerkt im Keller getötet werden. Ich meine, gerade morgens zu der Uhrzeit. Laufen da nicht viele Leute rein und raus, oder wo zieht sich bei euch das Personal um?»

«Nein. Dieser Teil des Kellers wurde ja seit dem Krieg nicht mehr benutzt, wenn ich das richtig verstanden hab. Der ist total runtergekommen. Da läuft sonst keiner rum. Deshalb finde ich es ja so merkwürdig, dass Manirsch immer wieder da runter gegangen ist. Ich meine, das ist da unten wirklich alles andere als einladend.»

«Aber du hast doch gesagt, dass er verwirrt war», gab Tina zu Bedenken.

«Ja, war er wohl. Aber umgebracht worden ist er ja wirklich. Verwirrt oder nicht verwirrt.»

«Vielleicht war er nur zufällig zum falschen Zeitpunkt an der falschen Stelle. Was hältst du davon?»

«Unwahrscheinlich.»

Tina sah ihre Freundin fragend an. «Warum?»

«Manirsch ist mehr als einmal im Keller gewesen und hat immer dieselbe Richtung eingeschlagen. Von Anfang an. Einmal hat ihn sogar ein Bauarbeiter wieder auf die Station gebracht. Wenn jemand nur verwirrt ist, dann geht er doch einfach irgendwohin und nicht immer wieder an denselben Ort, oder?»

«Keine Ahnung. So verwirrt war ich bis jetzt noch nicht», meinte Tina grinsend. «Es sei denn, er verbindet mit diesem Ort etwas», setzte sie hinzu.

Annika nickte. «Genau. Vielleicht unbewusst oder so.»

«Könnte ja auch sein, dass dieser Manirsch den Verwirrten nur gespielt hat, oder?», mutmaßte Tina.

Annika überlegte einen Augenblick, schüttelte dann aber ungläubig ihren Kopf. «Weiß ich nicht. Dann hätte er das wirklich sehr gut gespielt.»

«Und deine Kollegin, diese Josefa: Wie gut kannte die eigentlich den Toten?»

«Wie gut? Na ja, sie hat ihn fast zwei Wochen betreut.» Plötzlich blitzte ein Gedanke bei Annika auf. «Mensch. Daran habe ich noch gar nicht gedacht. Du meinst, die haben sich vielleicht schon früher mal getroffen?»

«Wäre doch möglich.»

Nachdem Tina sich verabschiedet hatte, blieb Annika einen kurzen Moment unschlüssig im Wohnzimmer stehen. Ihr fröstelte. Ein Bad wäre jetzt genau das Richtige. Sie ließ Wasser in die Wanne laufen und entschied sich für ein Entspannungsbad mit Orangen- und Mandelöl. Wenig später tauchte sie wohlig in das duftende, warme Badewasser ein.

Samstag, 8. Januar

Annika lag schon seit einer Viertelstunde wach im Bett. Sie konnte sich einfach nicht entschließen aufzustehen. Draußen war es düster und stürmisch. Regen prasselte ans Fenster. «Nicht gerade das ideale Wetter zum Fotografieren», ging es ihr durch den Kopf. Wieder warf sie einen Blick auf ihren Wecker: elf Uhr. Wenn sie noch halbwegs gemütlich frühstücken wollte, musste sie jetzt wohl oder übel aufstehen. Statt eines Frühstücks im Bett hatte sie einen Besuch im Supermarkt vor sich. Annika dachte mit Unbehagen daran. Sich samstagmorgens ins Gewühl zu stürzen war etwas, worauf sie gut hätte verzichten können. Leider war sie in den vergangenen Tagen nicht zum Einkaufen gekommen, und deshalb führte kein Weg daran vorbei. Sie quälte sich aus dem Bett, schaffte es, sich in fünf Minuten anzuziehen und schnappte sich eine Einkaufstasche.

«Scheiße, verdammte!» Glas klirrte. Annika konnte sich gerade noch am Griff der Wohnungstür festhalten. Sie war über zwei große Plastiktüten mit Altglas gestolpert, die sie gestern Abend in ihrer kleinen Diele deponiert hatte, um nur ja nicht zu vergessen, das Zeug zu entsorgen. Die Reste zweier Rotweinflaschen breiteten sich auf dem Teppichboden aus. Annika fluchte und holte schnell einen Lappen, um das Gröbste wegzuwischen.

Entnervt nahm sie ihre Einkaufstasche, klemmte sich einen Schirm unter den linken Arm und griff die beiden Plastiktüten. Sie öffnete mit dem Ellbogen die Tür und zog sie umständlich wieder zu. Nur wenige Schritte von ihrem Haus entfernt standen zwei Altglascontainer. Annika stellte eine der beiden Tüten vorsichtig ab und begann, die andere zu leeren.

«Hören Sie mal Frau Meinke, so geht das aber nicht.» Annika vernahm eine zeternde Stimme hinter sich und drehte sich um. Heute war eindeutig ihr Glückstag. Das Wetter, die Sauerei mit dem Wein und jetzt noch Frau Krätzig, die alte Giftnudel. Sie war weit über achtzig, hatte aber die Kraft der zwei Herzen, wenn es darum ging, ihre Mitmenschen zu foltern. Es gab nichts, was ihr entging, und Annika war dankbar, dass sie nicht auch noch im selben Haus mit ihr wohnte.

«Frau Krätzig, schönen guten Morgen auch. Was liegt denn heute an?», entgegnete Annika und sah kampfeslustig auf die gut zwei Köpfe kleinere Frau herab.

«Ich hab ganz genau gesehen, wie sie eine braune Flasche in den Container für die grünen geschmissen haben», kreischte es ihr entgegen.

Annika sah sie halb entnervt, halb belustigt an. Irgendwie konnte einem die Alte ja auch Leid tun. Sie gab sich einen Ruck und machte auf entsetzt: «Oh mein Gott. Was machen wir denn jetzt? Todesstrafe? Oder auf die Teufelsinsel mit mir?»

«Unverschämtheit! Auch noch frech werden.» Frau Krätzig lief rot an und schnappte nach Luft. Der Regen rann ihr übers Gesicht und sie sah in diesem Moment gar nicht gut aus. «Das wäre wirklich die Krönung des Tages: erste Hilfe beim Blockwart im strömenden Regen vor dem Altglascontainer», ging es Annika durch den Kopf und sie entschied sich, der Sache ein schnelles Ende zu machen.

«Wissen Sie was Frau Krätzig? Wir können das ja später in Ruhe diskutieren, aber jetzt hab ich noch was anderes vor.» Annika drehte sich auf dem Absatz um, wünschte ihr von weitem noch einen schönen Tag, spannte den Schirm auf und überließ den Giftzwerg sich selbst.

*

Im Supermarkt war es so voll, dass es kaum noch freie Einkaufswagen gab. Annika kramte ihren Einkaufszettel hervor und schob nach einem Blick darauf den Wagen zur Gemüsetheke. Sie hatte keine großen Erwartungen, denn das Gemüse hier war meistens besser abgehangen als die Filets in der Fleischtheke. Wenn man Glück hatte, erwischte man einen Tag, an dem tatsächlich frische Ware geliefert worden war. Das war heute eindeutig nicht der Fall. Der Salat hing welk über die Ränder der blauen Plastikkartons und die Tomaten schimmelten vor sich hin. Annika verzog angewidert ihr Gesicht: also Tiefkühlkost.

Als sie schließlich zu den Kassen kam, standen dort bereits etliche Leidensgenossen in einer langen Schlange. Obwohl der Laden ja mehr als gut besucht war, war nur eine Kasse besetzt, und die arme Kassiererin musste in Hochgeschwindigkeit ihre Arbeit machen und sich gleichzeitig die Beschwerden der Kunden anhören. Annika hatte Mitleid mit ihr, spürte aber auch den Drang, so schnell wie möglich hier rauszukommen.

Irgendwann trennten sie dann nur noch zwei Wagen von der Kasse, da beobachtete Annika fasziniert und entgeistert zugleich, wie die ältere Dame direkt vor ihr damit beschäftigt war, auf dem Laufband ihre Waren nach Größe zu ordnen. Dabei verströmte sie den durchdringenden Lavendelgeruch von Kölnisch Wasser. «Was kommt wohl als Nächstes heute», dachte Annika resigniert, denn von früher Kindheit an hatte sie eine starke Abneigung gegen diesen Duft. Wohl nicht zuletzt, weil ihre Großmutter sie mit diesem Zeugs immer wieder traktiert hatte.

«133 Mark 97», hörte sie die Kassiererin sagen. Was dann geschah, konnte Annika kaum fassen. Die Aromaspenderin vor ihr zog eine blaue Plastiktüte aus ihrer Manteltasche und legte sie auf das Band. In der Tüte befand sich ausschließlich Hartgeld, und es war offensichtlich, dass sie damit bezahlen wollte. Annika sah sich um. Die Schlange war mittlerweile so lang geworden, dass man das Ende nicht mehr ausmachen konnte. Als sie wieder zur Kasse sah, fing sie einen verzweifelten Blick der noch sehr jungen Kassiererin auf, die offensichtlich nicht genau wusste, was sie jetzt tun sollte. Annika fasste sich ein Herz, deutete auf den Beutel mit Geld und sagte betont sanft: «Ähm, Entschuldigung, aber wenn ich Sie mal was fragen darf: Können Sie vielleicht heute mit Scheinen bezahlen? Hinter uns ist eine Riesenschlange.»

Die Frau drehte sich langsam zu ihr um und bedachte sie mit einem grimmigen Blick: «Wieso dat denn? Kleingeld is doch auch Geld, oder etwa nich?»

«Ja sicher», beeilte sich Annika zu sagen. «Ich mein ja nur, dass die anderen dann so lange warten müssen.»

«Ja und? Is dat mein Problem? Solln se doch noch ne Kasse mehr aufmachen. Außerdem hab ich sowieso kein anderes Geld dabei.»

Annika fügte sich ergeben in ihr Schicksal und durfte dabei zusehen, wie die verzweifelte Kassiererin den Betrag aus der Tüte abzählte. Etwa zehn Minuten später verließ Annika erschöpft den Supermarkt. «Wenigstens hat es aufgehört zu regnen», dachte sie, sah in den Himmel und atmete tief durch.

*

Albert blickte auf die Uhr. Schon fast zwei. Nun musste er sich beeilen, wenn die Appeltate noch fertig werden sollte, bevor Annika und Josefa eintrafen. Um Annika zu überraschen, wollte er eine Spezialität Werdens anbieten, und die Appeltate, eine besondere Art von Apfelkuchen, war bisher bei allen immer gut angekommen. Da er sein Leben lang allein gewohnt hatte, konnte er den Haushalt mühelos bewältigen, was für einen Mann seines Alters sicher ungewöhnlich war. Von allen Hausarbeiten waren ihm Kochen und Backen mit Abstand am liebsten. Es machte ihm Spaß, Freunde zu bewirten. Oft fragte er sich, wie es wohl heute wäre, wenn er vor vielen Jahren geheiratet hätte. Aber Martha entschied sich damals für seinen besten Freund. Sie war seinerzeit und auch danach die einzige Frau gewesen, mit der er sich ein gemeinsames Leben hatte vorstellen können. So blieb ihm keine andere Wahl, als allein zu bleiben, und bisher hatte er es auch noch nie bereut, denn er hatte mit den Jahren viele Freunde gewonnen. Erst in letzter Zeit, seit ihm das Laufen immer mehr Mühe machte und das Rentenalter immer näher rückte, fragte er sich, wie es ihm wohl im Alter ergehen würde.

Albert setzte die Decke aus Hefeteig auf die Apfelfüllung, schob die Appeltatenschüssel in den Ofen und sah prüfend aus dem Fenster. Mittlerweile hatte es zwar aufgehört zu regnen, aber es sah immer noch stürmisch und ungemütlich aus. «Vielleicht sollten wir heute doch nicht zum Fotografieren nach draußen gehen», ging es ihm durch den Kopf. Er hatte gerade damit begonnen, die Küche aufzuräumen, als sein Telefon läutete. Josefa war am Apparat. «Albert es tut mir Leid, aber ich fühl mich nicht gut. Ich glaub es ist besser, wenn ich heute im Bett bleibe. Ich hoffe, du nimmst mir das nicht übel.»

«Nein, natürlich nicht. Ist nur schade. Ich hatte mich schon auf den Nachmittag gefreut. Was ist denn los?», fragte er besorgt.

«Ach, ich weiß auch nicht genau. Irgendwie ist mir übel. Ich muss was Verdorbenes gegessen haben.»

«Brauchst du irgendwas?»

«Nein, danke. Ich füll' mich gerade mit Kamillentee ab, und ansonsten haben wir auch alles im Haus. Mach dir keine Sorgen. Außerdem kommt Friedhelm heute Abend früher nach Hause. Hat er mir jedenfalls versprochen. Du siehst, ich bin bestens versorgt.»

«Na gut. Wenn was ist, kannst du ja anrufen, okay?»

«Mach ich», versprach Josefa.

Albert hatte gerade den Kaffeetisch gedeckt, als es an der Haustür läutete. Er sah auf die große Wanduhr. Das musste Annika sein. Er war ein wenig aufgeregt und sah sich noch einmal prüfend um, bevor er an die Tür ging.

«Hallo», begrüßte Annika ihn. «Ist das ein blödes Wetter.»

«Ja, wirklich nicht so toll, um nach draußen zu gehen und Fotos zu machen», stimmte Albert ihr zu. «Aber das kann ja noch besser werden», beeilte er sich zu sagen und schloss die Haustür. «Warten Sie, ich nehme Ihnen Ihre Jacke ab.»

Annika schnupperte. «Das duftet ja ganz toll», schwärmte sie. «Haben Sie was gebacken?»

«Ja, ist gerade fertig geworden. Und wenn sie wollen, können Sie gleich was davon probieren.» Albert führte sie in sein kleines Wohnzimmer, das ziemlich genau so eingerichtet war, wie sie es erwartet hatte. An der Wand stand ein rötlich braunes, dreisitziges Sofa, rechts und links davon jeweils ein dazu passender Sessel. Davor ein liebevoll gedeckter Couchtisch, über den eine Tischdecke drapiert war. Über der Couch hing eine dieser großen Wanduhren, deren Pendel ein tackerndes Geräusch machte, das man schon in der Diele hören konnte. Durch die dunklen Farben erschien Annika der Raum ziemlich düster. Das Zimmer wirkte ansonsten auffallend aufgeräumt, wurde aber durch zahllose Fotografien lebendig, die in unterschiedlichen Größen an den Wänden hingen.

«Haben Sie die alle gemacht?», fragte Annika und sagte sofort danach lächelnd: «'Tschuldigung, war 'ne blöde Frage.»

Albert hatte gerade den Kuchen angeschnitten und meinte: «Aber nein, die Frage war gar nicht blöde. Die Fotos sind nämlich gar nicht alle von mir.» Er deutete auf eine Aufnahme, die einen Blick auf die Ruhr und Werden zeigte. «Das hier zum Beispiel hat Josefa gemacht.»

Annika trat etwas näher an die Wand. Das waren wunderschöne Aufnahmen, die meisten in Schwarzweiß, denen man ansehen konnte, dass ein Profi am Werk war.

«Die sind wirklich toll», sagte Annika bewundernd.

«Ach, das kriegen Sie auch hin», wehrte Albert das Lob ab. «Alles nur Übung.»

«Na, ich weiß nicht», erwiderte Annika zweifelnd und dachte an ihre bisherigen Versuche, die im Freundeskreis zwar einige Heiterkeitsausbrüche, noch nie aber Bewunderung ausgelöst hatten.

«Wollen Sie lieber Kaffee oder Tee?»

«Kaffee ist prima. Aber warten wir nicht auf Josefa?», fragte Annika.

«Josefa kommt leider nicht. Sie hat vorhin angerufen. Es geht ihr nicht gut», erklärte Albert.

Annika stutzte. Als sie sich gestern von ihr verabschiedet hatte, war doch noch alles in Ordnung gewesen. «Was hat sie denn?»

«Hat wohl was Falsches gegessen und sich den Magen verdorben.»

Annika hob die Schultern, sah erst zu Albert, dann auf den gedeckten Tisch hinüber und sagte: «Die Ärmste. Und das nach *der* Woche.» Dann grinste sie ihn an und ergänzte schelmisch: «Andererseits bleibt dann wohl mehr Kuchen für mich.»

Sie sagte das, um die Stimmung etwas zu heben, denn sie hatte gleich gemerkt, dass Albert angespannt war. Draußen setzte der Regen wieder ein, jetzt heftiger als zuvor. Annika wies zum Fenster und meinte: «Ich glaube, das mit dem Fotografieren hat sich für heute erledigt.»

Albert nickte stumm, und sie setzten sich wortlos an den Tisch. Er schenkte ihr Kaffee ein und legte ein Stück Appeltate auf ihren Teller.

«Etwas Sahne dazu?»

«Aber ja. Gerne.» Annika bemerkte, dass Albert sie erwartungsvoll aus den Augenwinkeln beobachtete, als sie das erste Stück in den Mund steckte. Die noch warme, weiche, fast cremige Apfelmasse zerging im Mund. Es schmeckte himmlisch. Sie leckte sich mit der Zunge über die Lippen, seufzte genießerisch und erklärte feierlich: «Das ist ja phantastisch. Das soll bloß Apfelkuchen sein? Wahnsinn. So was Leckeres hab ich schon lange nicht mehr zwischen den Zähnen gehabt.» Sie deutete mit der Kuchengabel auf ihr angebrochenes Stück: «Wirklich, der ist spitzenmäßig.»

Annika kam aus dem Schwärmen gar nicht mehr heraus, und Albert ließ sie. Er lächelte zufrieden und hörte ihr schweigend zu, während sie ihm von ihren Lieblingsgerichten, von Tina und deren Kochversuchen und schließlich von ihrer eigenen Vorliebe für Pasta erzählte. Albert machte es Spaß, Annikas impulsiven Schilderungen zu folgen, die sie mit lebhaften Gesten unterstrich. Während des Kaffeetrinkens redeten die beiden, und die Tate verschwand nach und nach vor allem im Annikas Magen. Dabei störte es keinen von beiden, dass Annika mit vollem Mund fast nur von sich erzählte.

Albert wollte alles Mögliche wissen und hörte interessiert zu, während sie sprach. Als nach einer knappen Stunde das letzte Stückchen Kuchen in der Steingutschüssel lag, war die Stimmung merklich entspannter.

Albert schien sich jetzt wohler zu fühlen als zu Beginn, und sie hatten sich gegenseitig das Du angeboten.

«Wir wär's: Noch das letzte Stückchen?» Albert zückte schon die Kuchenkelle.

Annika wehrte lachend ab und blies ihre Backen auf. «Nein, ehrlich. Danke, aber ich kann nicht mehr. So viel Kuchen hab ich seit Monaten nicht gegessen. Es war toll.» Sie überlegte kurz und sagte dann spontan: «Weißt du was, wir rufen eben bei Josefa an. Vielleicht geht's ihr ja schon besser. Und dann bringen wir ihr das Stück Kuchen vorbei.»

Albert war überrascht, stimmte aber zu. Während er den Kaffeetisch abräumte, ging Annika zum Telefon in der Diele und fragte laut: «Weißt du Josefas Nummer auswendig?»

Albert rief ihr die Nummer aus der Küche zu. Annika ließ es eine Weile klingeln, aber niemand hob ab. Sie wartete noch etwas und legte dann nachdenklich auf. Albert kam ihr aus der Küche entgegen und sah sie fragend an.

«Komisch, sie geht nicht dran», sagte Annika skeptisch.

Albert berührte sie sanft an der Schulter. «Sie wird wohl schlafen, Annika. Und wenn wir anrufen, stören wir sie nur.»

Annika nickte, war aber immer noch besorgt: «Meinst du nicht, dass wir mal nachsehen müssen, wie es ihr geht?»

«Nein, glaub mir, da brauchst du dir keine Gedanken zu machen. Soll ich noch frischen Kaffee aufbrühen?», rief er aus der Küche.

«Ja, gern», antwortete Annika und sah sich weitere Bilder an, während Albert in der Küche hantierte. «Sind die Landschaftsaufnahmen hier alle aus der Umgebung?», fragte sie, als Albert mit dem Kaffee das Zimmer betrat.

Er nickte. «Ja, alles Werden und Umgebung. Meine Welt.»

«Ich wusste gar nicht, dass es hier so viele schöne Gegenden gibt. Oder sind das ältere Aufnahmen?»

«Nein, nein, an den meisten Stellen sieht das heute noch so aus. Wenn das Wetter besser gewesen wäre, dann hätte ich dir heute ein paar schöne Ecken gezeigt.» Albert ging aus dem Zimmer und kam kurz darauf mit zwei großen Schachteln wieder. Er winkte ihr zu. «Komm, setz dich zu mir. Ich hab die meisten Aufnahmen noch mal. Ich zeig dir die Bilder und erzähl dir was dazu.»

Wie sehr Albert mit seinem Heimatort verbunden war, spiegelte sich nicht nur in den Fotografien wider. Es war ihm selbst vielleicht gar nicht so bewusst, aber all seine Schilderungen waren voller Mitleid, Begeisterung und auch Bedauern – da, wo man durch idiotische Bebauung und Zerstörung der Natur unwiderruflich Schaden angerichtet hatte.

Nach und nach erfuhr Annika, dass Josefa und Albert sich schon viele Jahre kannten, dass Albert seine Familie im Krieg verloren hatte und von einem Bauernehepaar aufgezogen worden war. Er erzählte ihr auch, dass er Werden und Essen bisher nie freiwillig verlassen hatte. Der Krieg machte da die erzwungene Ausnahme. Seit vierzig Jahren lebte er nun in dieser Wohnung in dem Vierfamilienhäuschen auf der Forstmannstraße und fühlte sich hier sehr wohl. Dieses Haus, das er mit seinen besten Freunden teilte, schien für ihn seine Zuflucht zu sein.

«Hattest du niemals Lust, irgendwo anders hinzugehen, deinen Arbeitsplatz zu wechseln oder einfach irgendwo neu anzufangen?», fragte Annika ein wenig erstaunt, dachte dabei aber wohl eher an sich selbst.

Albert sah sie fragend an: «Nein. Warum auch? Ich kann mir nicht vorstellen, dass ich irgendwo bessere Freunde gefunden hätte. Wozu dann also? Außerdem hat mir meine Arbeit immer gefallen, die meisten Leute sind nett, und *ich* bin in fünf Minuten im Krankenhaus.» Dabei grinste er sie triumphierend an, denn Annika hatte ihm erzählt, wie grauenhaft ihr Weg zur Arbeit von Duisburg nach Essen mitunter sein konnte.

«Davon abgesehen, geht das auch gar nicht anders, denn ich muss ja morgens um kurz vor sechs alle Türen aufschließen und abends gegen neun Uhr hinten wieder zumachen. Wenn ich dafür jedes Mal eine halbe Stunde mit dem Auto fahren müsste ...»

An dieser Stelle fiel Annika wieder ein, dass sie Albert nach den Umbauarbeiten fragen wollte. «Sag mal, was ist eigentlich mit dem Keller im Krankenhaus? Das sieht ja ziemlich verbaut und verwinkelt aus. Jedenfalls hatte ich den Eindruck, als ich da unten war. Wahrscheinlich, weil durch das Bauen jetzt alles durcheinander ist.»

Albert dachte kurz nach. «Na ja, die Klinik ist schon weit über hundert Jahre alt.» Er zog die zweite Schachtel mit Fotos zu sich heran. Dann kramte er einige Zeit darin herum und hatte schließlich gefunden, wonach er suchte. Er reichte es Annika mit den Worten: «Das Bild hier habe ich von einem Bekannten bekommen, als ich vor knapp zwanzig Jahren im Krankenhaus eine Fotoausstellung gemacht hab.»

«Eine Fotoausstellung? Worüber denn?», wollte Annika wissen.

«Das war, als wir in der Klinik 125-jähriges Bestehen gefeiert haben. Da hatte ich die Idee, dass man zu diesem Anlass die Geschichte der Klinik ein bisschen aufarbeiten könnte. Und als ich das dann vorgeschlagen hab, ist es natürlich an mir hängen geblieben.» Albert zeigte auf das Bild. «Hier siehst du das St. Barbara Krankenhaus um 1940.»

Annika sah ein efeubewachsenes altes Gebäude, das eher an einen Gutshof als an ein Krankenhaus erinnerte. Sie schaute ungläubig auf das Foto. «Also, da wäre ich jetzt nicht drauf gekommen. Das sieht dem von heute ja überhaupt nicht ähnlich.»

«Sieh es dir mal genau an», ermutigte Albert sie. «Da gibt es schon noch Ähnlichkeiten.»

Annika nahm das Foto zur Hand und betrachtete es näher. Dann schien sie etwas entdeckt zu haben. «Ungefähr der gleiche Grundriss. Meinst du das?», fragte sie gespannt.

Albert nickte. «Genau. Das alte Gebäude wurde nicht vollständig abgerissen, sondern alles nach und nach restauriert. Und der alte Keller ist dabei sozusagen auch noch übrig geblieben.»

«Sieht der denn heute noch genauso aus wie früher?»

«Nur zum Teil», erklärte Albert. «Du kennst ja sicher auch das Luther-Krankenhaus?»

«Ja, direkt gegenüber von unserem.»

«Genau. Zu Kriegszeiten hatten beide Krankenhäuser keinen Bunker. Deshalb hat man einen unterirdischen Gang gebaut und an beiden Seiten mit den bestehenden Kellern verbunden. Dieser Gang war dann der Bunker für beide Kliniken. Und außerdem hat er die beiden Krankenhäuser miteinander verbunden. Das heißt, man konnte durch den Bunker auch schnell von einem Haus ins andere kommen. Bei Fliegerangriffen sind dann alle in den Gang runter, Patienten und Personal. Manchmal haben Dr. Gladenbach und Dr. Brunnen da unten sogar operiert und Kinder auf die Welt gebracht. Meistens allerdings in einem der Nebengewölbe.»

«Hast du gesagt *Gewölbe*?» Annika sah ihn erwartungsvoll an.

«Ja, da gab es mehrere. Die Leute erzählen sich, dass das älteste noch auf den Ferberschen Gasthof zurückgeht, an dessen Stelle der früheste Krankenhausteil gebaut wurde.»

Annika war jetzt hellwach. «Wie alt ist dieses Gewölbe denn?»

«Das muss damals so um 1817 gewesen sein. Ein Theodor Ferber hat die Clemenskirche am Borner Berg gekauft, und zwar auf Abbruch von der Gemeinde Kettwig. Die Kettwiger wiederum hatten sie 1816 von der Gemeinde Werden. Die Clemenskirche selbst soll schon vor 857 gebaut worden sein. Also ganz schön alt, ne? Ferber hatte aber wohl wenig Ehrfurcht vor dem hohen Alter. Er dachte nur praktisch und hat das Gemäuer einfach als Baumaterial für seinen neuen Gasthof gebraucht.»

Annika kam eine Idee. ‹Stammte der komische Stein, von dem Dagobert gesprochen hatte, vielleicht daher? Wenn Alberts Geschichte stimmte, dann wäre der Schlussstein ja genau an seinem richtigen Platz. Nur löste das leider nicht die Frage, was Manirsch an dieser Stelle immer wieder gewollt hat.›

«Kamen denn auch Leute von außerhalb in den Bunker?», erkundigte sich Annika.

«Ja, auch. Der Gang war nämlich der größte Bunker in Werden.»

«Und jetzt wird da gebaut?»

«Ja, jedenfalls an den Eingängen. Der größte Teil wurde irgendwann nach dem Krieg zugemauert. Auf beiden Seiten. An das zugemauerte Stück hat man sich dann im Laufe der Zeit gewöhnt. Die meisten wissen heute gar nicht mehr, dass es mal einen Gang gegeben hat. Kommt man ja auf Anhieb auch nicht drauf. Nur weil jetzt gebaut wird, haben sie ihn wieder geöffnet.»

Annika erinnerte sich plötzlich daran, dass sie jemanden im Keller gesehen hatte. «Sag mal, sind denn beide Eingänge wieder offen? Könnte man jetzt durch diesen Gang wieder zwischen beiden Häusern hin- und hergehen?»

«Klar, könnte man. Das ist ja der Hauptgrund für die Bauarbeiten. Die beiden Kliniken sollen mehr zusammenarbeiten. Aber im Moment dürfen wir den Gang noch nicht benutzen. Erst muss alles geprüft werden, ob es sicher ist und so. Stehen ja auch überall Warnschilder. Außerdem ist es da unten auch noch total drekkig. Bis das wieder als Verbindungsgang genutzt werden kann – das dauert bestimmt noch ein paar Monate. Ich glaub nicht, dass das in diesem Jahr noch was wird.»

Annika nickte stumm. Zumindest wäre das eine Erklärung dafür, dass sie Josefa nicht wieder aus dem Keller hatte herauskommen sehen. Falls es Josefa war, die sie gesehen hatte. Allerdings: Wenn Josefa diese Verbindung kannte, dann gab es sicherlich noch mehr Leute, die davon wussten.

Albert zeigte ihr danach noch eine ganze Reihe weiterer Fotos und erzählte dabei von den Veränderungen, die er die Jahre hindurch miterlebt hatte. Annika war allerdings nur mit halbem Ohr bei der Sache.

«Sag mal», unterbrach sie ihn, «kanntest du eigentlich diesen Johann Manirsch?»

Überrascht schaute Albert sie an. «Du meinst den Patienten von euch, der die Tage umgekommen ist?»

Annika nickte.

«Klar kannte ich den. Sein Restaurant ist doch stadtbekannt.»

«Weißt du, ob Josefa ihn besser gekannt hat?»

Albert kniff die Augen zusammen. «Was meinst du denn mit *besser*?»

«Na ja, ob die beiden sich früher schon mal begegnet sind?»

Albert legte die Fotos wieder in die Kartons zurück, während er sich Annikas Frage durch den Kopf gehen ließ. «Keine Ahnung», antwortete er knapp und bückte sich nach einem heruntergefallenen Foto.

«Ich dachte, sie hätte dir vielleicht davon erzählt, weil ihr euch doch ziemlich gut versteht», erklärte Annika.

«Was willst du eigentlich genau wissen?», fragte Albert und sah Annika dabei gespannt an.

«Irgendwie glaube ich, dass sie der Tod von Manirsch ziemlich mitgenommen hat. Deshalb hab ich gedacht, dass die beiden sich vielleicht besser gekannt haben. Aber vermutlich war er ihr einfach nur sympathisch.

Das ist ja schon schwierig genug, wenn Patienten sterben. Aber wenn das dann unter solchen Umständen passiert», antwortete Annika ausweichend.

Sie hatte das ungute Gefühl, Albert mit ihrem abrupten Themenwechsel und den Fragen verletzt zu haben. Statt ihm zuzuhören, hatte sie ihn ausgefragt. Annika bemühte sich, das wieder gutzumachen, und erkundigte sich eingehend nach technischen Details beim Fotografieren und stellte ihm Fragen nach den Preisen, die er im Laufe der Jahre gewonnen und auf einer Anrichte im Wohnzimmer aufgestellt hatte. Schon bald schienen der Keller, Josefa und Manirschs Tod vergessen, und Albert erzählte weiter mit erkennbarer Begeisterung.

*

Über dem Erzählen hatten die beiden die Zeit vergessen, und Albert musste sich beeilen, wenn er die hinteren Ausgänge in der Klinik noch pünktlich schließen wollte. Da es immer noch regnete, bot Annika ihm an, ihn in ihrem Wagen mitzunehmen und anschließend auch wieder nach Hause zu bringen. Albert nahm das Angebot dankbar an.

*

Annika steckte den Zündschlüssel ins Schloss und zog den Schalter zum Vorglühen. Als sich der Glühdraht orange verfärbte, hörte sie statt des vertrauen Tackerns nur, wie der Anlasser ein paar gequälte Umdrehungen schaffte und schließlich stumm blieb. Sie versuchte es wieder und wieder, aber es war zwecklos. Entschuldigend sah sie zu Albert hinüber, der auf seinem Sitz mittlerweile nervös hin und her rutschte. Er gehörte offenbar zu den Menschen, die es kaum ertragen konnten, sich zu verspäten.

«Komm, ich hab eine Idee.» Er forderte sie auf, auszusteigen. Sie hasteten zurück ins Haus, und Albert klingelte bei seinem Nachbarn.

«Hallo Paul. Entschuldige die Störung. Aber Annikas Auto springt nicht an, und jetzt komm ich zu spät in die Klinik und sie nicht nach Hause.»

Nachdem Albert die beiden kurz einander vorgestellt hatte, nahm Paul sich seine Jacke vom Haken und rief in Richtung Wohnzimmer: «Karin, ich muss kurz weg. Albert braucht Hilfe.» Ohne eine Antwort abzuwarten zog er die Wohnungstür hinter sich zu, grinste und sagte: «Ihr habt mich gerettet. Karins Freundin ist da.» Dabei rollte er mit den Augen.

Er schob die beiden nach draußen. «Wir bringen dich erst zum Krankenhaus», erklärte er mit einem Blick auf Albert, «und dann seh' ich mir Ihren Wagen an, okay?»

«Ja, also das wäre sehr nett», entgegnete Annika erfreut.

Wenige Minuten später waren sie am Krankenhaus. «Ich hol dich gleich wieder ab. Warte am Haupteingang», rief Paul Albert nach, der sich schon auf dem Weg zum Hintereingang befand.

Leider schaffte Paul es nicht, Annikas Auto wieder in Gang zu setzen. Immerhin schleppten sie den Wagen zu einer Werkstatt in der Nähe.

«Der Olgemann ist gut und nicht so teuer», begründete Paul. Er kannte den Besitzer und wollte sich am nächsten Tag um alles kümmern. Schließlich bot er noch an, Annika nach Hause zu fahren, aber das lehnte sie ab.

«Nein, bitte, das kann ich nicht annehmen. Jetzt haben Sie sich schon den halben Abend versaut, um mir zu helfen. Es reicht völlig, wenn Sie mich an einer Bushaltestelle absetzen, damit ich zum Hauptbahnhof komme. Von da aus ist es dann kein Problem mehr», erklärte Annika.

Paul bestand allerdings darauf, sie wenigstens zum Bahnhof zu fahren, und Annika nahm sein Angebot schließlich schuldbewusst an.

*

Die S-Bahn nach Duisburg war trotz der fortgeschrittenen Uhrzeit ziemlich voll. Am Ausgang des Hauptbahnhofs wäre sie beinahe gegen ein Absperrungsband gelaufen, das an einer Stelle aufgestellt worden war, wo Bauarbeiter den Betonboden aufgestemmt hatten. Annika blickte auf das weiß-rote Plastikband, und plötzlich wusste sie die Antwort auf Dagoberts Frage. «Was war an dem Tag, als Manirsch mit seinen Kellerbesuchen begonnen hatte, anders als sonst?»

Das war genau der Tag, an dem man mit den Bauarbeiten begonnen hatte. Sie erinnerte sich noch an Hildes ironische Bemerkung über die Computer, die jetzt überall installiert werden sollten. Langsam lief sie Richtung Hauptausgang und grübelte darüber nach, ob es einen Zusammenhang zwischen dem Beginn der Bauarbeiten und Manirschs Ausflügen in den Keller geben könnte.

Als Annika gegen elf Uhr endlich zu Hause ankam, griff sie kurz entschlossen zum Telefon und rief Dagobert an. Sie ließ es lange klingeln, hörte das Besetztzeichen und versuchte es ein zweites Mal. Wieder nichts. Dann wählte sie seine Nummer im Präsidium.

«Hätte ich mir ja denken können», begrüßte sie ihn.

Er erkannte ihre Stimme sofort und fragte ein wenig abweisend: «Annika, was gibt's?»

Annika war sich sicher, dass er heute schon viel zu lange im Büro gesessen hatte, und entschloss sich, seine schlechte Laune zu ignorieren. «Mir ist eingefallen, was an dem Tag, als Manirsch das erste Mal in den Keller gegangen ist, anders war als sonst. Ich kann nur nichts damit anfangen.»

«Erzähl», gab Dagobert knapp zurück.

«Die Bauarbeiten. An diesem Tag wurde mit den Bauarbeiten im Keller begonnen.» Annika wartete auf eine Reaktion. «He, was ist? Bist du noch dran?»

«Klar. Ich überlege», grummelte Dagobert. «Woher wusste Manirsch das überhaupt?»

«Von mir.»

«Wie, von dir?», fragte Dagobert erstaunt.

Annika erklärte es ihm, danach schwiegen beide einige Augenblicke.

«Aber wo soll denn da ein Zusammenhang bestehen?», gab Dagobert zweifelnd zu Bedenken. «Was hätte sich durch die Bauarbeiten denn für ihn geändert? Also, ich glaub nicht, dass es da eine Verbindung gibt.»

«Weiß ich nicht», beharrte Annika. «Überleg doch mal aus der anderen Richtung: Er hört von den Bauarbeiten, geht von da an immer wieder genau dort hin, und zwar obwohl er weiß, dass das für ihn gefährlich ist, und dann wird er dort ermordet. Das ist doch kein Zufall.» Annika war nicht bereit, ihre Entdeckung so schnell aufzugeben. «Wenn da nicht auf Anhieb ein Zusammenhang klar wird, dann bedeutet das doch nicht, dass es keinen gibt.»

«Schönen Dank für den Hinweis», sagte Dagobert ein wenig eingeschnappt. «Wenn du dich da mal nicht in was festbeißt, was gar nichts mit der Sache zu tun hat. Nee, bevor ich dazu nicht mehr Anhaltspunkte finde, will ich mir erst mal die Manirschs noch genauer ansehen.»

«Aber man kann doch beides machen», entgegnete Annika.

Dagobert wollte nicht weiter darüber diskutieren und schlug einen Kompromiss vor: «Also gut. Du kannst ja überlegen, was dir noch zum Keller einfällt und deine Patienten und Kollegen im Auge behalten. Und ich konzentriere mich auf die Manirschs, ja?»

Beide verabschiedeten sich sachlich und versprachen, sich weiter auf dem Laufenden zu halten. Annika war mit Dagoberts Reaktion ganz und gar nicht zufrieden. Sie hatte sich die Wirkung ihrer Entdeckung wesentlich dramatischer vorgestellt.

Sonntag, 9. Januar

Annika saß unter einer Decke auf ihrem Sofa – in der rechten Hand eine Halblitertasse Kaffee, in der linken ein Buch. *Raufgefallen* von Shel Silverstein war eigentlich ein Kinderbuch, auf das sie wohl nie gekommen wäre, wenn man es nicht in ihrer Buchhandlung empfohlen hätte. Es war eben doch ein Unterschied, ob man Bücher in einem anonymen Kaufhaus aus dem Regal nahm oder ob man es mit Buchhändlern zu tun hatte, die gelesen hatten, wovon sie sprachen.

Sie schaute auf die Uhr: Es war jetzt kurz nach 10, und ab 12 hatten Swedlana und Jürgen zum Brunch eingeladen. Einerseits freute Annika sich darauf, die beiden wieder zu sehen, aber andererseits würde sie gern unter ihrer Decke bleiben, den Regen von drinnen betrachten und weiterlesen. Die Tatsache, dass sie heute den Bus nehmen musste, versetzte ihrer Tatkraft einen zusätzlichen Dämpfer. Wenn sie vorher noch duschen und sich anziehen wollte, würde sie jetzt wohl oder übel ihren Hintern in Bewegung setzen müssen.

Mit einem Ruck schlug Annika die Decke zurück, erhob sich stöhnend von der Couch und schlurfte in Richtung Bad. Auf dem Weg dorthin warf sie einen prüfenden Blick in den Spiegel. Sie grinste breit und riss die Augen weit auf; beides zusammen ergab eine schrille Grimasse. «Ob ich das die nächsten paar Stunden so durchhalten kann?», dachte sie amüsiert und trat einen Schritt zurück. Sie legte den Bademantel ab, unter dem sie nackt war, drehte sich vor dem Spiegel und prüfte kritisch ihre Figur. «Könnte schlimmer sein», murmelte sie und trollte sich in die Dusche.

Tatsächlich hatte Annika eine auffallend gute Figur und war ohne jeden Zweifel hübsch. Wenn ihr das überhaupt hin und wieder bewusst wurde, spielte es für sie eine eher untergeordnete Rolle – eine Haltung, die man ihr durchaus auch schon als Koketterie oder Ignoranz ausgelegt hatte. Allerdings tat sie so gut wie nichts, um ihre Attraktivität durch entsprechende Kleidung oder Make-up besonders hervorzuheben. Ironischerweise wurde sie immer wieder gefragt, womit sie denn ihre langen roten Haare färbe, die tatsächlich noch mit keinem Tropfen Tönung oder Farbe in Berührung gekommen waren. Solche Nachfragen und Bemerkungen über ihr Aussehen hatten sie dazu gebracht, Äußerlichkeiten keine allzu große Bedeutung zuzumessen. Solange ihre mäßige Eitelkeit keine Warnmeldungen herausgab, nahm sie die Dinge einfach so, wie sie waren.

Nach dem Duschen stand sie nun unentschlossen vor dem geöffneten Kleiderschrank. Wie üblich konnte sie sich nicht entscheiden und zog deshalb alle möglichen Pullover, Hemden, Hosen und Jacken an und wieder aus, ohne zu einem Ergebnis zu kommen. Nach und nach wurde der Kleiderhaufen auf dem Boden größer und der Schrank immer leerer.

Am Boden des Kleiderschranks kam ein buntes Plastikgerät zum Vorschein, das Annikas Aufmerksamkeit auf sich lenkte: ein Wecker in Form eines Huhns, den sie hier vor langer Zeit verstaut hatte. Annika nahm ihn vorsichtig in die Hand. Sie hatte ihn seinerzeit von Harald bekommen, kurz bevor sie sich von ihm getrennt hatte.

Annika dachte an die nächtelangen Diskussionen mit Harald: Er wollte um jeden Preis Kinder – sie nicht. Es fiel ihr immer noch schwer zu begreifen, dass sie sich nur deshalb getrennt hatten. Noch jetzt erschien seine Sturheit ihr wie ein Vertrauensbruch, als habe Harald sie im Grunde nicht wirklich geliebt. Kinder waren ihm offenbar wichtiger als sie selbst, und ihre ganze Beziehung löste sich schließlich mit Annikas Entscheidung auf. Viel zu schnell danach hatte sie dann Harry kennen gelernt, und vielleicht war deshalb dann auch alles so kompliziert geworden.

Mit Harry hatte sie über dieses Thema nie geredet, und Harald hatte sie nur einmal kurz erwähnt. «Wann hätten wir auch darüber reden sollen? Wir haben uns ja bloß ein paar Mal getroffen», dachte Annika traurig. Irgendwann, als es zwischen Harry und Annika problematisch wurde, zog Harry sich zurück. Verrückterweise tat er das genau in dem Moment, als sie begann, Vertrauen zu ihm zu gewinnen. Annika erinnerte sich genau an die Situation: Sie hatten die halbe Nacht im Kino verbracht und sich tatsächlich alle drei Episoden der Star Wars-Trilogie angesehen, als Harry ihr plötzlich eröffnete, dass er schon eine Woche später für etwa ein Jahr aus beruflichen Gründen nach England umziehen würde. Annika war geschockt – einmal, weil seine Ankündigung sie so unvorbereitet traf, und dann auch, weil sie nicht einschätzen konnte, ob er nur nach England musste oder ob er das auch selbst wollte. Annika hatte in jenem Moment gar nichts gesagt. Sie nickte nur stumm, und auch Harry schwieg sich über seine Gründe und Gefühle aus. Dann wechselten sie schnell das Thema, und der Abend endete mit einer frostigen Verabschiedung.

Danach hatten sie sich nur noch ein Mal getroffen und sich sachlich und gefasst alles Gute gewünscht, ohne sich gegenseitig irgendwelche Versprechungen zu machen. Erst als Annika damals zu Hause angekommen war, fiel ihr ein, dass sie nicht einmal nach seiner Adresse gefragt hatte. Noch Wochen danach war sie in einer merkwürdigen Stimmung aus Irritation, Enttäuschung und Traurigkeit. Obwohl sie ihm übel nahm, dass er so plötzlich aus ihrem Leben verschwunden war, musste Annika sich eingestehen, dass sie nicht allzu viel dazu beigetragen hatte, den Kontakt aufrechtzuerhalten. Als sie Harry jetzt in Duisburg wieder gesehen hatte, war ihr bewusst geworden, wie viel sie immer noch für ihn empfand. Nur wusste sie im Moment überhaupt nicht, was sie mit dieser Einsicht anfangen sollte.

Annika legte den Wecker zur Seite und starrte sekundenlang ins Leere. Dann fiel ihr Blick auf einen senfgelben Pullover, der direkt vor ihr lag. Das gute Stück war ziemlich ausgeleiert und jetzt wohl mindestens zehn Jahre alt, gehörte aber immer noch zu ihren Lieblingsklamotten. Kurz entschlossen nahm sie sich genau diesen Pullover und eine etwa ebenso alte Jeans. Wenig später war sie angezogen und musste nur noch das Geschenk für Swedlana und Jürgen einpacken. Der Brunch war gleichzeitig eine Abschiedsfeier – in der nächsten Woche würden die beiden nach Hamburg ziehen, wo sie eine neue Arbeitsstelle in zwei verschiedenen Krankenhäusern gefunden hatten: Swedlana als Krankenschwester, Jürgen als Arzt. Nach den Ereignissen im vergangenen Jahr war es für sie ein Neuanfang, und sie wollten ihn möglichst weit weg von hier machen.

Mit Tasche und Regenschirm bepackt machte Annika sich auf den Weg zur Bushaltestelle. Die Straßen waren menschenleer, dafür war der Bus erstaunlicherweise umso voller. Ein rappelvoller Bus am Sonntagmittag zur Essenszeit – Annikas Stimmung sank, und sie wünschte sich in ihre Wohnung zurück. Den letzten freien Sitzplatz machte sie neben einem Burschen aus, der schon aus einem Meter Abstand erbärmlich nach Tabak, Bier und Schweiß roch und sie erwartungsvoll anstrahlte. Sie verzichtete auf das Vergnügen, eine gute halbe Stunde neben ihm ein- und auszuatmen, und verbrachte die Fahrt stehend. Währenddessen durfte sie am eigenen Leib erfahren, dass die ätzenden Kommentare über die Busfahrer der Duisburger Verkehrsbetriebe in diesem Fall nicht übertrieben waren. Der Typ hinter dem Lenkrad machte sich offenbar einen Spaß daraus, an jeder Haltestelle mit Vollgas loszufahren, bevor sich die so genannten «Fahrgäste» den auf kleinen Hinweisschildern an den Seitenwänden vorgeschriebenen «festen Halt» verschaffen konnten. Sie konnte nicht widerstehen und verließ den Bus vorschriftswidrig durch den Vordereingang, wobei sie dem «Fahrzeugführer» beim Aussteigen ein herzhaftes «Arschloch» zurief.

Die Feier fand in einer Kneipe im Ortsteil Duissern statt, und als Annika gegen ein Uhr eintraf, waren die meisten anderen Gäste schon da. Annikas Blicke wanderten nach bekannten Gesichtern suchend durch die Menge. Der fürs Brunch angemietete Raum war ziemlich groß, und an der Fensterseite, gegenüber der Bar, hatte man ein Büffet aufgestellt. Annika entdeckte in der Menge als Erste Tina, die in einer kleinen Menschentraube stand und wild gestikulierte. Zu Annikas Erstaunen trug Tina heute mal keinen ihrer zu großen Pullover, sondern einen kurzen schwarzen Rock, darunter eine dunkelgrüne Strumpfhose und dazu eine schwarze, grob gestrickte Jacke. Ihre blonden Haare waren wie immer zerzaust. Mittlerweile hatte auch sie Annika erkannt und sich zu ihr durchgekämpft.

«Hi. Wir haben uns schon gewundert, wo du bleibst», begrüßte Tina sie und nahm ihr den Mantel ab.

«Mein Auto steht in Essen in einer Werkstatt», erklärte Annika und machte dazu eine Leidensmiene.

«Oh, verstehe. Und das bei dem Wetter – und noch dazu mit der Tasche.» Sie deutete auf Annikas Lederbeutel. «Ist da das Geschenk drin?»

Annika nickte.

«Komm, dann gehen wir erst mal zu den beiden Süßen. Die sind nämlich gerade mal von niemandem umzingelt.»

Annika sah in die Richtung, in die Tina sich gedreht hatte. In einer Ecke standen eine zierliche, schwarzhaarige Frau und neben ihr ein großer, stämmiger Mann. Swedlana schien Jürgen gerade etwas Witziges zu erzählen, denn er lachte laut und sah sie dabei strahlend an. Als Annika damals von dem Verhältnis zwischen ihrer Kollegin Swedlana und dem unbeliebten Chefarzt Jürgen Bolte erfuhr, war sie entgeistert gewesen und hatte, wie alle anderen auch, den beiden keine allzu große gemeinsame Zukunft vorhergesagt. Niemals, so dachten alle seinerzeit, würde der ewig übellaunige und nervtötende Bolte sich von seiner Frau und den Kindern trennen. Bolte, der Albtraum von einem Chefarzt schlechthin, und Swedlana, die Krankenschwester als Geliebte? Die meisten dachten dabei entweder besorgt oder hämisch an Arztromane und Pilcher-Verfilmungen.

Aber dann entwickelte sich alles ganz anders. Annika war sich zwar immer noch nicht so sicher, ob sie Bolte nun sympathisch finden sollte oder nicht, aber er war wirklich lockerer geworden, und dass er Swedlana liebte, war nicht zu übersehen. Allein die Tatsache, dass er mit ihr gemeinsam Wohnort und Arbeitsplatz wechselte, schien jedenfalls für ihn zu sprechen.

«Annika!» Swedlana umarmte Annika stürmisch. «Schön, dass du da bist.»

«Bitte einen Augenblick Konzentration», unterbrach Tina Swedlana, baute sich vor den beiden auf und überreichte ihnen feierlich das Geschenk. «Damit ihr eure lieben Freunde in der Ferne nicht vergesst.»

Swedlana und Jürgen bestaunten unentschlossen das Paket. Beide wollten dem Anderen beim Auspacken den Vortritt lassen, aber lange Verhandlungen konnte Tina nicht akzeptieren.

«Nun pack schon aus», drängte sie Swedlana, die sich das Paket gebannt ansah.

Während Swedlana sich an der Schleife zu schaffen machte, bemerkte Annika, dass jemand von hinten an sie herantrat.

«Guten Morgen Superschwester. Ausgeschlafen?» Klaus legte einen Arm um sie und sah ihr grinsend ins Gesicht. Annika roch sein dezentes Eau de Toilette, das er schon benutzte, seit sie ihn kannte.

«An deiner Stelle würde ich sie heute lieber nicht ärgern», warnte Tina ihn grinsend. «Ihr Auto ist kaputt.»

«Glaubst du etwa, sie wäre mit Auto auch nur eine Minute früher hier gewesen?», erkundigte Klaus sich mit ironischem Unterton. «Aber egal, unser Ständchen war auch so das Highlight des Tages, oder?» Klaus sah Beifall heischend kurz zu Swedlana und Jürgen, die ihm merklich zögernd zunickten.

Annika, die den gemeinsamen Auftritt vergessen hatte, machte auf demütig: «Scheiße, hab ich völlig verschwitzt. Das tut mir total Leid. Keine Ahnung, was mit meinem Gedächtnis los ist.»

Klaus konnte nicht widerstehen, sie zu hänseln: «Stress, Alkohol, unsteter Lebenswandel. Das Übliche eben bei alternden Frauen.»

Annika atmete tief ein und wollte sich gerade dazu äußern, als Klaus fortfuhr: «War aber halb so schlimm. Wir haben nämlich einen großartigen Ersatz gefunden.» Offensichtlich schienen alle zu wissen, wen er damit meinte, denn sie sahen Annika gespannt an, als sie sich umdrehte und Klaus' Blicken folgte.

Annikas Magen zog sich zusammen, und sie registrierte noch, dass ihr leichtes Hungergefühl im gleichen Moment verschwand. Dort stand Harry und unterhielt sich mit Swedlanas Mutter.

«Soll ich euch bekannt machen?» Klaus beugte sich verschmitzt lächelnd zu Annika, die ihn giftig ansah. Langsam ging sie zu Harry hinüber, der sie entweder noch nicht wahrgenommen hatte oder nicht wahrnehmen wollte. Seit ihrem Treffen bei Schradler hatten sie nicht mehr miteinander gesprochen.

«Hallo», begrüßte Annika Harry knapp, der sie freundlich ansah. Beide bemerkten nicht, wie Swedlana ihre Mutter wegzog. Harry sah wie üblich aus wie aus dem Ei gepellt, nur die Schatten unter seinen Augen wirkten unpassend. Annika war unwohl. Sie hatte nicht damit gerechnet, ihn hier zu treffen, und sie war sich ziemlich sicher, dass Klaus und Tina ihre Finger im Spiel hatten.

Sie gab sich einen Ruck: «Ich hab gehört, du hast mich vorhin beim Chorsingen vertreten?»

Harry sah sich verschwörerisch um und sagte hinter vorgehaltener Hand mit gedämpfter Stimme: «Wenn ich ehrlich bin: Ich hab nur den Mund auf und zu gemacht. Ich kann nämlich nicht den kleinsten Ton halten.» Beide mussten grinsen.

Einige Sekunden lang standen sie nur schweigend beisammen, bis Annika meinte: «Du siehst müde aus.»

«Im Moment ist mal wieder irre viel zu tun», erklärte er achselzuckend.

Sie sprachen eine Weile über ihre Arbeit, bis Harry unruhig wurde und immer wieder auf seine Armbanduhr schaute. Schließlich sagte er: «Hör mal, ich muss jetzt weg.»

Als Annika nichts erwiderte, sah er sie entschuldigend an und setzte hinzu: «Leider.» Dabei konnte man ihm ansehen, dass er das ehrlich meinte. «Ich will mich nur eben noch von Swedlana und Jürgen verabschieden.» Nach wenigen Minuten kam er wieder. «Du musst ab morgen auch wieder arbeiten?»

«Ja, ich hab die ganze Woche Spätdienst», erklärte Annika.

«Vielleicht können wir uns ja trotzdem wieder mal treffen?»

Annika nickte und sagte nach einer kleinen Pause: «Ja, das wäre schön.»

Die beiden sahen sich unschlüssig an und verabschiedeten sich schließlich umständlich. Annika blickte Harry traurig hinterher, als er zwischen den vielen Menschen verschwand. Dann nahm sie sich ein trockenes Brötchen vom Büffet und knabberte lustlos daran herum. Sie bedauerte, dass sie überhaupt keinen Hunger mehr hatte, denn sie spürte, wie der Kaffee ihrem Magen zusetzte. Mit einem Mal fühlte sie sich einsam und deplatziert unter all den Leuten. Eigentlich hatte sie sich auf diesen Tag gefreut, darauf, ihre Freunde und früheren Kollegen wiederzutreffen, aber die Begegnung mit Harry hatte sie in eine merkwürdige Stimmung versetzt.

Aus einer kleinen Gruppe ihr gegenüber ertönte schallendes Gelächter. Tina hatte wieder einmal die Stimmung im Griff und spielte Kabarett. Sie hatte sich auf einen Hocker gestellt und hielt eine flammende Rede. Aber selbst das konnte Annikas trübe Laune nicht verbessern. Sie beobachtete teilnahmslos Tinas Vorstellung, bis sie jemand unter den Zuhörern entdeckte, mit dem sie hier ganz und gar nicht gerechnet hatte. Inmitten der lachenden Menge stand Max, ihr alter Freund, der jetzt als Winzer auf seinem Weingut in Koblenz lebte. Annika grübelte darüber nach, wie Max wohl von Koblenz nach Duisburg gekommen war – vor allem, da er Swedlana ja gar nicht kannte. Sie war so in ihre Gedanken versunken, dass sie Klaus nicht bemerkte, der sich neben sie gestellt hatte und nun seinen Arm um sie legte. «Na, schöne Frau, was stehst du so alleine hier?»

Annika sah ihn irritiert an und schmollte unwirsch: «Die schöne Frau hat heute eine Scheißlaune und will wieder nach Hause.»

Klaus sah sie überrascht an. «Ich dachte eigentlich, dass Harry dich in Hochstimmung versetzen würde. Wo ist er denn?» Er sah sich suchend um.

Annika atmete hörbar aus und erklärte: «Der ist schon wieder weg, und von Hochstimmung kann überhaupt keine Rede sein.»

«Habt ihr euch denn wenigstens verabredet?»

Sie schüttelte den Kopf: «Nicht so richtig.»

«Wie verabredet man sich denn ‹nicht so richtig›?»

«Ach, Mensch», stieß Annika hervor und war den Tränen nah.

Klaus nahm sie in den Arm und tröstete sie: «Hey, entschuldige.» Eine Zeit lang schwiegen die beiden einfach, bis Klaus sagte: «Ich wollte dir doch nur helfen. Ich dachte, na ja, ihr zwei mögt euch doch, und ich begreife einfach nicht, warum ihr es nicht hinkriegt, in Ruhe miteinander zu reden.»

Annika nickte: «Das versteh ich auch nicht. Manchmal macht man wohl einfach ziemlichen Mist, und obwohl man das weiß, macht man damit weiter.» Annika sah ihn unglücklich an.

«Soll ich dich nach Hause bringen?», bot Klaus sich an.

«Und Peter?»

«Na, der amüsiert sich doch prächtig.» Klaus zeigte in seine Richtung: «Guck mal da rüber.» Peter stand zwischen zwei etwa 16-jährigen, prustenden Mädchen und führte Fingerkunststücke vor.

«Er hat irgendwie was von Tina, oder?», meinte Annika und konnte sich ein Lächeln nicht verkneifen.

«Absolut, und leider hat er auch Tinas Talent beim Kochen. Und den gleichen Enthusiasmus.» Klaus verzog heftig sein Gesicht, sodass Annika schließlich laut lachen musste.

«Weißt du was, ich bleibe doch noch ein bisschen», verkündete sie spontan und befreite sich aus Klaus' Umarmung. «Außerdem muss ich auch noch Max begrüßen.» Klaus nickte ihr ermutigend zu und machte sich dann in Richtung Büfett auf.

Annika konnte sehen, dass Tina und Max sich angeregt unterhielten. Im gleichen Moment schienen die beiden sie auch entdeckt zu haben und kamen zu ihr herüber. Max umarmte Annika zur Begrüßung. «Hallo. Schön dich zu sehen. Tina hat mir erzählt, dass du heute auch hier sein würdest.»

‹Tina hatte ihm erzählt...?› Annika wunderte sich, denn eigentlich kannten Tina und Max sich kaum. Wenn Max ins Ruhrgebiet kam, dann besuchte er immer sie, und manchmal war dann auch Tina bei ihr gewesen. Annika wusste, dass Tina Max mochte, vielleicht sogar sehr mochte, aber sie hatte nicht den Eindruck, dass sich da etwas entwickeln würde. Außerdem hätte Tina ihr das ja wohl kaum vorenthalten.

Max war mittlerweile ein anerkannter und zugleich sehr erfolgreicher Weinbauer, und Annika und er waren seit vielen Jahren gute Freunde. Als sie sich kennen lernten, hatten sie mal so etwas wie eine kurze Romanze, waren damals aber beide in einer Phase, in der eine dauerhafte Beziehung für sie nicht infrage kam. Trotzdem hatten sie sich über die Jahre hinweg nicht aus den Augen verloren. Sie mochten sich, schliefen auch hin und wieder miteinander, gingen aber sonst ihre eigenen Wege.

Es war jetzt das erste Mal, dass Max sich bei einem Besuch in Duisburg nicht bei ihr gemeldet hatte. Annika spürte, wie ihr das einen Stich versetzte. Dabei hatte sie überhaupt keinen Grund, ihm Vorwürfe zu machen. Vor etwa einem Jahr, kurz bevor sie Harry kennen lernte, hatten die beiden noch einmal eine gemeinsame Nacht zusammen verbracht. Max hatte ihr ziemlich deutlich erklärt, dass er sie liebte, aber Annika hatte das nicht allzu ernst genommen. Erst später war ihr klar geworden, dass Max für sie mehr empfand, als sie für ihn. «Jetzt reiß dich zusammen und spiel hier nicht die Beleidigte», sagte sie sich und wartete gespannt darauf, wie es weitergehen würde.

Max wandte sich an Annika: «Ich besuch hier in der Nähe einen Weinhändler. Dem habe ich eine Fuhre vorbeigebracht, und für dich sind auch ein paar Flaschen dabei. Ich hol sie eben aus dem Auto», erklärte er und verschwand.

Annika hätte Tina gern gefragt, was es mit Max' Besuch auf sich hatte, aber Klaus, der mit einem gefüllten Teller vom Büfett zu ihnen gestoßen war, redete die ganze Zeit. Wenig später kam Max mit einem Karton zurück und stellte ihn vor Annika ab. «Ich würde dich ja gerne mit der Kiste hier nach Hause fahren, aber Tina und ich wollen gleich noch ins Kino.»

«Ins Kino?» Annika sah die beiden fragend an.

«Ja, im Filmforum gibt es eine Nachmittagsvorstellung. Sie zeigen *Was vom Tage übrigblieb* im Original –, und Max wollte den total gerne sehen», erklärte Tina. Dann wandte sie sich an Max. «Wenn wir erst noch zu mir wollen, müssen wir jetzt gehen, sonst kommen wir zu spät.»

«Jo, machen wir uns auf», stimmte Max zu und wollte von Annika wissen: «Wann kommst du denn mal wieder nach Koblenz? Ich hab zwei neue Weine, die du unbedingt verkosten musst.»

Annika nickte und sagte zögernd: «Mal sehen. Im Moment ist viel los. Ich ruf dich an.»

Nachdem Tina und Max sich von allen verabschiedet hatten, stand Annika sprachlos neben Klaus, der sie unschlüssig ansah. Schließlich sagte er: «Ich vermute mal, dass du jetzt gerne nach Hause möchtest.»

«Da vermutest du richtig», gab sie knapp zurück.

Klaus besprach sich kurz mit Peter, und Annika verabschiedete sich von Swedlana und Jürgen, wobei sie versprach, die beiden auf jeden Fall zu besuchen. Während der Autofahrt nach Rheinhausen war Annika auffallend schweigsam. Zu viele Dinge schwirrten ihr im Kopf herum, und weil sie nicht wusste, worüber sie zuerst reden sollte, sagte sie gar nichts. Klaus war ein guter Beobachter und schloss sich ihrem Schweigen an. Als sie vor Annikas Wohnung angekommen waren, parkte er seinen Wagen und fragte: «Sollen wir noch einen Kaffee zusammen trinken?»

Annika schüttelte den Kopf. «Das ist lieb von dir Klaus, aber heute nicht.»

«Na gut, dann bring ich dir aber noch den Wein hoch.» Ohne eine Antwort abzuwarten, holte Klaus den Karton aus dem Kofferraum und begleitete sie in ihre Wohnung.

«Wo soll ich ihn hinstellen?»

«In die Küche.»

Klaus lud den Wein ab und kam zu Annika zurück. «Soll ich dich jetzt wirklich allein lassen?»

Annika nickte. «Ist schon in Ordnung, wirklich.»

«Okay, aber du meldest dich, wenn was ist. Versprochen?»

«Versprochen.»

Klaus nahm Annika fest in die Arme. Er sagte nichts, und dafür war Annika ihm dankbar.

*

Nachdem Klaus gegangen war, stand Annika unschlüssig in ihrem Wohnzimmer. Sie sah zum Fenster hinaus. Der Regen hatte aufgehört. Ihre Blicke schweiften durch den Raum, so als suche sie nach etwas, das bei der Lösung all ihrer Probleme helfen könnte. Der Anrufbeantworter blinkte, und einen Moment lang dachte sie darüber nach, ob sie wirklich wissen wollte, wer angerufen hatte. Die Neugier siegte, und Annika drückte auf die Wiedergabetaste. Mit blechern klingender Stimme ließ Paul, Alberts Nachbar, sie wissen, dass sie ihr Auto morgen Vormittag abholen könne. Immerhin ein Lichtblick, genau genommen die erste gute Nachricht heute.

Annika drehte die Heizung auf, nahm das Buch, mit dem sie heute Morgen begonnen hatte, und verkroch sich auf ihr Sofa. Auf dem Tisch stand ein großer blauer Glasteller in Griffnähe, randvoll mit Süßigkeiten. Sie hatte ihre Vorräte an Schokolade, Trüffelpralinen und Marzipan am Tag zuvor aufgefüllt und dabei diesen Nachmittag im Sinn gehabt, den sie lesend und faulenzend genießen wollte.

Von Genuss konnte im Moment aber kaum die Rede sein, denn es gelang ihr nicht, sich aufs Lesen zu konzentrieren. Frustriert legte sie das Buch zur Seite und schaltete den Fernseher ein. Sie zappte eine Zeit lang durch die Programme, fluchte über die idiotische Werbung und schaltete den Apparat nach wenigen Minuten wieder aus. Die Bilder vom Brunch gingen ihr nicht aus dem Kopf. Tina und Max in trauter Zweisamkeit, Harry, zwischen Tür und Angel, übermüdet und irgendwie traurig... «Ach, verdammt», dachte Annika und versuchte, ihre zahllosen Deutungen und Überlegungen beiseite zu schieben. «Vielleicht sollte ich mich wieder etwas mehr auf meine Arbeit und die Geschichte mit Manirsch konzentrieren.» Kurz entschlossen stand sie auf und rief Dagobert an.

«Fromm», meldete er sich mit verschlafener Stimme.

«Hallo Dagobert. Annika hier. Ich hoffe, ich stör nicht, aber ich hatte ja versprochen, über das Treffen mit Albert zu berichten.»

«Mit Albert?»

«Ja, du weißt, der Hausmeister...»

«Ah ja, der», unterbrach Dagobert sie, nun etwas wacher. «Und, was hast du herausbekommen?»

«Was hältst du davon, wenn wir das beim Essen besprechen?», schlug Annika vor. «Ich würde auch zu dir kommen.»

«Ja, nein, also ich weiß nicht. Also, grundsätzlich...» Dagobert druckste herum. «Ähm, Ines ist nämlich da, und eigentlich wollten wir ... Warte mal eben.»

Annika hörte, wie die beiden miteinander sprachen, konnte aber den Wortlaut nicht verstehen. Dann meldete sich Dagobert wieder: «Annika? Also Ines schlägt vor, dass wir zu dritt essen gehen sollen.»

«Klar, gute Idee. Wenn es ihr nichts ausmacht, dass wir über den Fall reden», gab Annika vorsichtig zu Bedenken.

«Nein, das ist schon in Ordnung», meinte Dagobert. «Wo sollen wir denn hin? Hast du 'nen Vorschlag?»

«Ja, hab ich. Kennst du den *Jägersitz*?»

Dagobert dachte einen Moment lang nach. «Du meinst das Restaurant in Werden? Das mit der phantastischen Aussicht?»

«Genau. Ich war zwar noch nie da, aber der Beschreibung nach müsste es das sein. Wagner hat mir gesagt, man sollte sein Auto direkt am Bahnhof parken und dann zum Restaurant hochlaufen.»

«Okay, das können wir heute vielleicht noch so eben bewältigen.» Dagobert schien zu merken, dass seine letzte Äußerung leicht doppeldeutig verstanden werden konnte und legte noch nach: «Ich mein, es ist ja heute ein trüber Tag, und ein bisschen frische Luft wird uns nicht schaden und ...»

Annika musste grinsen und unterbrach ihn mit einer nicht weniger zweideutigen Bemerkung: «Schon gut, Dagobert, ich weiß genau, was du meinst.»

Sie schaute auf ihre Uhr. «Wann sollen wir uns treffen? Gegen halb sechs?»

«Was, so früh? Bist du sicher, dass die dann schon auf haben?»

«Ja, ich glaub die machen schon mittags auf.»

«Na gut», willigte Dagobert ein, und sie verabschiedeten sich. Annika merkte nun doch langsam, dass sie außer einem trockenen Brötchen heute noch nichts gegessen hatte, und stopfte sich zwei Trüffelpralinen zugleich in den Mund. Als sie nach ihrem Autoschlüssel suchte, fiel ihr siedend heiß ein, dass ihr Wagen ja noch in der Essener Werkstatt stand. Sie fluchte. Mit Bus und Bahn war das bis halb sechs nicht zu schaffen. Kurz entschlossen schellte Annika bei ihren Nachbarn. Sybille öffnete die Tür.

«Entschuldigt, dass ich störe. Sagt mal, könntet ihr mir vielleicht heute Abend euer Auto leihen? Meins ist in der Werkstatt, und ich müsste dringend für ein paar Stunden nach Essen.»

Ohne zu zögern antwortete Sybille: «Klar. Kannst du haben. Wir brauchen den Wagen erst wieder morgen früh.» Nach wenigen Minuten kam sie mit den Autoschlüsseln und Wagenpapieren zurück. «Schmeiß einfach beides in unseren Briefkasten, wenn du wiederkommst.»

Annika strahlte. «Mach ich. Das ist wirklich total nett. Vielen Dank.»

Mittlerweile kannte sie die Strecke nach Essen auswendig und musste sich nicht mehr so sehr auf den Weg konzentrieren. Als sie auf den Parkplatz am Werdener Bahnhof fuhr, waren Dagobert und Ines noch nicht zu sehen. Annika vertrat sich ein wenig die Beine und beobachtete die Leute. Die meisten von ihnen waren offensichtlich Sonntagsspaziergänger, die jetzt nach Hause wollten, denn der Parkplatz leerte sich zusehends. Pünktlich um halb sechs kam Dagobert. Er parkte seinen Wagen neben dem kleinem Polo, den sich Annika geliehen hatte. Dagobert sah sich irritiert um und fragte Annika nach ihrem Oldtimer. Sie erklärte es kurz und versuchte dann, sich zu orientieren.

«Ich glaube, wir müssen jetzt erst mal durch die Unterführung da drüben an der S-Bahnhaltestelle. Seid ihr schon mal da hochgelaufen?», wandte sich Annika an Ines und Dagobert.

Dagobert schüttelte den Kopf. «Nö, eigentlich nicht. Ich war vor Urzeiten mal hier, aber da sind wir mit dem Auto hochgefahren, obwohl man das damals auch schon nicht durfte. Du kennst doch den Weg, oder?», erkundigte sich Dagobert misstrauisch.

Annika nickte ohne zu zögern, obwohl sie sich ganz und gar nicht sicher war. «Ja, ja, keine Sorge. Das ist nicht weit. Höchstens eine Viertelstunde, hat Wagner gesagt.»

Ines nickte zustimmend, und die drei machten sich langsam auf den Weg.

«Wer ist denn eigentlich Wagner? Irgendwie kommt der Name mir bekannt vor», nahm Dagobert das Gespräch wieder auf, während sie auf eine Anhöhe zusteuerten.

«Kein Wunder», meinte Annika. «Der ist Patient bei uns. Den hast du übrigens vor ein paar Tagen verhört», bemerkte sie spöttisch. Als Dagobert nichts darauf sagte, setzte sie hinzu. «Ja, genau, und dem gehört der *Jägersitz*.» Annika sprach ein wenig gepresst und kurzatmig, denn es ging jetzt ziemlich steil bergauf, und Ines legte ein kräftiges Tempo vor.

Dagobert war in seinen Gedanken offenbar schon beim Essen, denn er fragte: «Ja, wenn das so ist. Essen wir dann gleich für lau?»

Annika spielte die Erstaunte und schüttelte ungläubig den Kopf. «Ich glaub es nicht. Das wäre dann doch wohl Bestechung, oder? Außerdem weiß Wagner gar nicht, dass wir kommen. Und schließlich ist er ja noch immer im Krankenhaus. Wusstest du eigentlich, dass Wagner früher mal als Koch bei Manirsch gearbeitet hat?»

Dagobert sah sie erstaunt an. «Im *Harlekin*? Nein, wusste ich nicht. Warte mal. Der *Harkelin* liegt doch auch hier oben, oder?»

«Genau. Nur wenige Meter vom *Jägersitz* entfernt.»

«Warum hat Wagner denn bei Manirsch aufgehört? Also ich meine, der *Harkelin* ist doch ein echter Nobelschuppen und außerdem seit Jahren gut im Rennen. Da wird man als Koch doch sicher reichlich verdienen. Und dann noch in direkter Nachbarschaft ein anderes Restaurant aufmachen? Das stell ich mir ziemlich riskant vor.»

«Wenn ich das richtig verstanden habe, dann war es Wagner viel zu nobel bei Manirsch. Er wollte selbst zwar auch eine gute Küche, aber im bezahlbaren Bereich. Ist doch eigentlich sympathisch, oder?»

«Doch, ist es. Aber mich wundert, dass er nicht mehr Schiss gehabt hat, einen solchen Laden direkt neben dem anderen aufzumachen. Er muss schon sehr von sich überzeugt sein.»

Annika nickte. «Das ist er auch. So wie er über seine Küche spricht – das muss echt überirdisch sein. Ich vermute allerdings, dass ihn im Endeffekt die Probleme mit Manirschs Tochter in die Selbstständigkeit getrieben haben. Er hat nämlich erzählt, dass sich so ziemlich alles geändert hätte, nachdem sie den Laden übernommen hat. Und besonders gut bezahlt haben sie ihn wohl auch nicht. Zumindest nicht so gut, wie das Geschäft es hätte erwarten lassen.»

Dagobert dachte ein Weile nach und fragte dann: «Hat er auch gesagt, wie lange das alles her ist?»

«Ja, hat er. Das muss vor ungefähr zehn Jahren gewesen sein. Wagner hat nämlich erzählt, sie hätten in diesem Jahr zehnjähriges Jubiläum.»

Dagobert strich nachdenklich über sein Kinn. «Zehn Jahre. Das ist wirklich interessant. Vor zehn Jahren hat Manirsch zum zweiten Mal geheiratet.»

«Genau. Das junge Hühnchen», warf Annika ironisch ein.

«Hühnchen ist gut ... Mit dreißig ist man doch wohl schon Huhn, oder? Die Frau war damals Kellnerin im *Harlekin*. Sie scheint sich übrigens außergewöhnlich gut mit seiner Tochter zu verstehen», erklärte Dagobert.

«Was meinst du denn mit ‹außergewöhnlich gut›?», wollte Annika wissen.

«Na ja, stell dir doch mal vor, dein 70-jähriger Vater will kurz nach dem Tod deiner Mutter eine 30-jährige Frau heiraten. Fändest du das nicht schräg? Vor allem wenn man bedenkt, dass der alte Manirsch wirklich reich war.»

Annika wiegte den Kopf hin und her. «Weiß ich nicht. Vielleicht mochten die beiden sich ja wirklich. Soll gelegentlich vorkommen. Also ich meine, du kannst doch nicht einfach nur deshalb davon ausgehen, dass seine Frau ihn umgebracht hat, weil sie jünger und er reich war. Außerdem hätte sie das Geld doch über kurz oder lang sowieso bekommen.» Annika sah Dagobert zweifelnd an.

«Klar, aber vielleicht hatte sie das Leben mit ihm einfach über und hat dann eben ein wenig nachgeholfen.»

Annika nickte. «Tja, kann sein. Hast du denn eine Erklärung dafür, wieso sich Manirschs Tochter und seine zweite Ehefrau so gut verstehen?»

«Nein, ich hab absolut keine Idee», gab Dagobert zu. «Seltsam ist nur, dass zum selben Zeitpunkt der Koch weggegangen ist, der seit Jahren gut mit Manirsch zusammengearbeitet hat. Und das genau in dem Moment, als Manirschs Tochter den Laden übernimmt und Manirsch noch mal heiratet. Glaub mir, da ist etwas faul.»

«Ich will euch ja nicht bei eurer angeregten Diskussion stören, aber wir stehen gerade vor dem berüchtigten *Harlekin*.» Ines, die die ganze Zeit schweigend neben den beiden hergelaufen war, zeigte auf ein gut erhaltenes und offenbar erst kürzlich restauriertes Fachwerkhaus. Es lag idyllisch in einem Wäldchen, durch das sie schon seit wenigen Minuten gegangen waren, ohne es zu bemerken. Annika lief zur Eingangstür, neben der eine Speisekarte hing. Die Karte war in einen goldenen Rahmen gefasst, in dem zwei winzige Lampen das Menü von unten beleuchteten. Wie in allen edlen Restaurants, oder solchen, die sich dafür hielten, gab es nur eine begrenzte Auswahl an Gerichten.

«Willst du lieber hier reingehen?» Dagobert trat neben sie und sah auf die Karte. «Sind das etwa die Preise? Das meinen die nicht ernst, oder? Wer kann sich so etwas denn leisten?»

«Offensichtlich gibt es solche Leute», erklärte Ines und setzte verschmitzt hinzu: «Immerhin existiert der Laden schon länger als du.»

Annika sah sie überrascht an. «Ach was ... Seit wann gibt es den denn?»

«Oh, ich glaube, der wurde relativ bald nach dem Krieg eröffnet. Von Anfang an ziemlich nobel. Alle haben sich damals gefragt, woher die das Geld dafür hatten», erklärte Ines.

«Woher weißt du das denn alles?», wunderte sich Dagobert.

«Das weiß fast jeder hier in Werden. Meine Eltern haben's mir mal erzählt.»

Dagobert nickte. «Also hatte Manirsch vorher kein Geld?»

«Na ja, *kein Geld* kann man nicht gerade sagen. Seine Familie gehörte früher mal zu einer der angesehensten Handwerkerfamilien Werdens. Anfang des 20. Jahrhunderts gab es dann eine erste Flaute, und in den dreißiger Jahren mussten die Manirschs schließen. Sie lebten danach zwar nicht mehr so wie die anderen Fabrikanten, aber immer noch um Längen besser als die meisten Einwohner hier. Natürlich hatten die Manirschs nach Schließung der Fabrik weniger Geld als früher. Das hat sich auch in den folgenden Jahren nicht gebessert. Ja, aber dann kam der Krieg, und danach hatten sie plötzlich Geld wie Heu.»

«Das ist ja wirklich interessant. Warum hast du mir das nicht früher erzählt?» Dagobert sah Ines vorwurfsvoll an.

«Erst mal, weil wir uns seit einer Woche nicht mehr gesehen haben und dann, weil du mich nicht danach gefragt hast», gab Ines trocken zurück.

Annika, die entdeckt hatte, dass das Restaurant um 18.00 Uhr öffnete, ging um das Haus herum. Sie wusste nicht genau, was sie dort suchte, aber vielleicht gab es ja irgendwas zu entdecken.

Wenige Minuten später war sie wieder bei Dagobert. «Das ist hier ja totenstill. Ich kann mir gar nicht vorstellen, dass die wirklich gleich aufmachen wollen.» Misstrauisch sah sie auf die noch verschlossene Eingangstür. «Hast du nicht erzählt, dass Manirschs Enkel hier wohnt?», erkundigte sie sich bei Dagobert.

Er nickte. «Ja, stimmt. Er hat eine kleine Wohnung direkt über dem Restaurant. Alle anderen wohnen irgendwo in Essen verstreut.»

Dagobert und Annika standen schweigend vor dem Haus. «Wo ist eigentlich Ines?» Annika sah sich suchend um. Als sie sich ein Stück vom Haus entfernte, konnte sie Ines sehen, die einige Meter vor ihr auf einer Aussichtsplattform stand. Annika und Dagobert gingen zu ihr hinüber. Es war bereits ziemlich dunkel, aber der Blick hinunter auf die Ruhr war wundervoll.

«Toll», sagte Annika. «Wenn Wagner auch so eine Aussicht hat, kann ich verstehen, warum er hier oben nicht wegwollte und einen eigenen Laden aufgemacht hat.»

«Ja, es ist wirklich schön hier», stimmte Ines ihr zu. «Aber wir sollten jetzt langsam Gas geben, sonst ist es gleich völlig dunkel, wenn wir oben im *Jägersitz* ankommen.»

*

«Noch einen Nachtisch?» Dagobert sah in die Runde, aber Annika und Ines lehnten kopfschüttelnd ab.

«Wenn ich auch nur einen Löffel mehr esse, könnt ihr mir Tabletten bringen.» Annika rieb sich den Bauch. Das Essen hatte ausgezeichnet geschmeckt, allerdings längst nicht so gut, wie Wagner es angepriesen hatte. Sie fragte sich, ob es Selbstüberschätzung war und Wagner nicht auch seinen eigenen Teil zum Streit und Bruch mit Manirsch beigetragen haben könnte.

«Ihr seid schon satt?» Dagobert schaute sie enttäuscht an. Ines ließ sich von ihm überreden, und die beiden bestellten sich Erdbeer-Tiramisu.

«Du glaubst also, dass jemand aus Manirschs Familie etwas mit dem Mord zu tun hat?», nahm Annika das Gespräch wieder auf.

Dagobert drehte seine Handflächen nach außen. «Das Problem ist, wir haben keine handfesten Beweise oder Anhaltspunkte. Im Prinzip könnten es eine Menge Leute gewesen sein, und die Tatsache, dass sich der Mord im Krankenhaus ereignet hat, macht die Sache nicht gerade einfacher.»

«Wie meinst du das?», wollte Annika wissen.

«Ja nun, jedes Mal, wenn ich auch nur andeute, dass ich einen der Ärzte oder jemand vom Pflegepersonal verdächtigen könnte, fallen bei denen die Klappen runter. Dann ist Feierabend, und ich kann mich dann wundfragen.»

Annika unterbrach ihn: «Und das wundert dich? Wenn mir jemand einen Mord anhängen wollte, wäre ich auch nicht gerade begeistert.»

«Ja, das ist klar. Aber so mein' ich das nicht. Die verhalten sich so, als wenn Krankenschwestern bessere Menschen wären und schon von Berufs wegen gar nicht dazu in der Lage, jemanden umzubringen. Wenn man die befragt, dann geben die einem ein echt schlechtes Gefühl. Außerdem sind die meisten keine große Hilfe. Keiner will was gesehen haben. Man könnte fast denken, die haben alle mit Manirschs Tod zu tun.»

Annika grinste. «Du bist ganz schön paranoid. Oder meinst du, es ist wie bei Agatha Christie?»

Dagobert sah sie fragend an.

«Mord im Orientexpress», präzisierte Annika.

Dagobert verzog sein Gesicht. «Sehr witzig. Ich finde eben nur, dass sich die ‹weiße Front› auch mal in meine Lage versetzen sollte. Ich will ja keinen reinreißen, aber ich muss eben auch erst mal ausschließen, dass von der Seite was kommen könnte. Nach allem, was wir bisher erfahren haben, scheint es mir sowieso wahrscheinlicher, dass es jemand aus der Familie war – oder eben Wagner.»

Annika schien ehrlich erstaunt. «Wagner? Was sollte der denn für ein Motiv haben? Der hat sich doch mit Manirsch ganz gut verstanden.»

«Vielleicht kannst du dich ja noch mal mit Wagner unterhalten.»

«Kann ich machen, ja», versprach Annika.

Dagobert machte sich in einem kleinen Heft Notizen und sah ein wenig schuldbewusst zu Ines hinüber. Die kämpfte mit ihrer Portion Tiramisu und murmelte mit vollem Mund «schmeckt super, füllt aber unheimlich ab.»

Dagobert konzentrierte sich jetzt auf sein Dessert. Während er zunächst zaghaft die kunstvoll arrangierte, rot-weiße Komposition mit seinem Löffel untersuchte, fragte er: «Was hast du denn jetzt von diesem Hausmeister erfahren?»

Annika berichtete vom Keller, der Verbindung zur Nachbarklinik und der Bedeutung des Schlusssteins. Als sie begriff, dass Dagobert von alledem noch nichts wusste, war sie erstaunt, sagte aber nichts weiter dazu. Dagobert war es offensichtlich ein wenig peinlich, dass Annika ihm hier eine Neuigkeit nach der anderen beibrachte. Vielleicht tat er deshalb so, als sei das alles im Moment nicht so wichtig. Er war nach wie vor nicht davon zu überzeugen, dass der Keller eine Schlüsselrolle spielen könnte.

«Annika, wir haben uns da unten alles angesehen. Da ist nichts.»

«Wenn ihr euch den Keller wirklich so gründlich angesehen habt, wieso habt ihr dann die Verbindung übersehen?», dachte Annika, behielt den Gedanken aber für sich, um Dagobert nicht zu verärgern.

«Ich hab noch was anderes entdeckt. Vielleicht kommen wir damit weiter», wechselte sie das Thema und kramte das Foto heraus, das sie in Manirschs Sachen gefunden hatte.

Dagobert sah es sich interessiert an und fragte: «Wo hast du das denn her?»

Annika erklärte es ihm und wartete auf Vorwürfe und Drohungen, weil sie das Foto an sich genommen und bisher nicht erwähnt hatte. Zu ihrer Überraschung schien Dagobert das zu schlucken. Jedenfalls sagte er nichts dazu.

«Wie alt wird das Foto sein?», fragte Annika ihn schnell, obwohl sie das ja im Fotogeschäft schon erfahren hatte. Sie wollte vermeiden, dass er vielleicht doch noch auf ihre kleine Eigenmächtigkeit zu sprechen kam.

«Mindestens fünfzig Jahre», schätzte Dagobert, ohne das Bild aus den Augen zu lassen. «Kommt dir darauf jemand bekannt vor?»

«Gib's mir noch mal», bat Annika. Noch einmal sah sie sich die drei Gestalten an. Für einen kurzen Augenblick blitzte so etwas wie Erkennen in ihr auf, aber sie konnte es nicht greifen. Dieser Junge – an irgendetwas oder irgendjemanden erinnerte er sie. Mit gemischten Gefühlen gab sie Dagobert das Foto zurück. Dass sie sich eine Kopie davon hatte anfertigen lassen, behielt sich vorsichtshalber für sich.

«Darf ich Ihnen noch etwas bringen?» Ein Kellner nahm die geleerten Dessertschalen an sich und sah abwartend in die Runde.

«Nein danke. Wir würden gern zahlen», antwortete Annika. Alle drei waren vom vielen Reden und Zuhören – und nicht zuletzt auch vom Essen erschöpft und saßen pappsatt und abgeschlafft am Tisch.

Der Rückweg zum Auto verlief schweigsamer als der Hinweg. Dagoberts Bemerkungen gingen Annika nicht aus dem Kopf. Sollte er Recht haben? Spielte der Keller wirklich keine Rolle? Das Verhalten der Manirschs, das Foto im Kofferfutter und nicht zuletzt Wagner selbst waren tatsächlich merkwürdig genug. Das ließ sich nicht leugnen. Dennoch – es konnte kein Zufall sein, dass Manirsch vor seinem Tod immer wieder in den Keller wollte. Davon war Annika nach wie vor überzeugt.

Nach einer guten Viertelstunde hatten sie den Parkplatz erreicht und standen vor den Autos. Dagobert schloss seinen Wagen auf und verkündete: «Ich werde morgen mit dem Foto zu den Manirschs gehen. Vielleicht wissen die, wer die Leute auf dem Bild sein sollen. Sprichst du noch mal mit Wagner?»

«Ja klar, hatte ich ja gesagt», versprach Annika ein wenig abwesend, denn in Gedanken war sie schon ganz woanders.

Sie verabschiedeten sich voneinander und stiegen in ihre Wagen. Dagobert fuhr zuerst vom Parkplatz, und Annika sah dem Wagen noch eine Weile nach. Sie hatte soeben beschlossen, noch nicht nach Hause zu fahren. Vorsichtig lenkte sie den Polo aus der Parklücke und versuchte, sich zu orientieren. Keine leichte Aufgabe bei der „sanierten“ Trassenführung von Bahn und Straßen. Einmal bog sie falsch ab, und landete vor dem von Beethoven mit *ba-ba-ba-bam* benoteten Toilettenfenster, doch nach etwa zehn Minuten war sie oben am *Harlekin*. Auf dem legalem Weg über Bredeney hätte es länger gedauert.

Der Parkplatz war fast bis auf den letzten Platz besetzt. «Der Laden muss wirklich gut laufen», dachte Annika, parkte neben einem nagelneuen 7er-BMW und öffnete vorsichtig die Wagentür. Sie sah hinauf zum Dachgeschoss, wo in einem der Fenster ein schwaches Licht brannte. Sie ging auf die andere Seite des Fachwerkhauses zu dem Privateingang, den sie vor zwei Stunden entdeckt hatte. Neben einem handgeschriebenen Namensschild mit der Aufschrift *Olaf Manirsch* gab es eine altmodische Türklingel aus Messing. Sie zögerte einen Moment lang, drückte dann aber auf den Knopf. Eigentlich hatte sie eine Gegensprechanlage erwartet, aber statt einer Lautsprecherstimme öffnete sich einfach die Tür einen Spalt. Zugleich wurde eine Lampe im Hausflur eingeschaltet.

Annika ging die schmale Treppe hinauf und stand einige Sekunden später vor einem verblüfften Olaf Manirsch. Anstelle einer Begrüßung sah er Annika lediglich fragend an. Offensichtlich konnte er sich nicht an sie erinnern. Immerhin hatten sie sich nur einmal kurz gesehen, und da trug Annika Arbeitskleidung und hatte die Haare zu einem Dutt aufgetürmt. Sie stellte sich vor.

Olaf nickte. «Ach so, ja. Jetzt erinnere ich mich. Was wollen Sie?», erkundigte er sich ein wenig barsch.

Annika ließ sich dadurch nicht abschrecken und kam gleich zur Sache. «Es geht um den Tod Ihres Großvaters. Ich würde sie deshalb gerne noch was fragen.»

Olaf sah sie erstaunt an. «*Sie* wollen sich mit mir über den Tod meines Großvaters unterhalten? Wie kommen Sie denn dazu?»

Annika fröstelte mittlerweile, denn sie standen immer noch im Halbdunkel der Deckenlampe im kalten Hausflur. Olaf machte absolut keine Anstalten sie hineinzubitten.

Annika suchte nach einer glaubwürdigen Erklärung für ihren Besuch, der ja allein schon wegen der fortgeschrittenen Uhrzeit eine Zumutung war. «Wissen Sie, ich mochte Ihren Großvater sehr, und möchte einfach wissen, wie das passieren konnte. Irgendwie fühl ich mich dafür mitverantwortlich.» Etwas Besseres fiel ihr nicht ein, und sie hoffte, dass er ihr das abkaufen würde. Die Skepsis in Olafs Blick war unübersehbar, doch plötzlich entschied er sich dazu, sie hereinzubitten.

«Okay, kommen Sie rein. Aber ich hab nicht allzu viel Zeit. Ich hab morgen ein Referat und bin noch nicht sehr weit.»

Die beiden betraten einen weitläufigen, etwa 40 Quadratmeter großen Raum, der zugleich gemütlich und übersichtlich wirkte.

«Wow, das ist aber schön hier.» Annika war wirklich beeindruckt. Sie hätte diesem Burschen eigentlich keinen besonders guten Geschmack zugetraut.

Olaf schien sich über ihr unverkennbar ernst gemeintes Lob zu freuen. Er wies auf ein Sofa. «Hier können Sie sich hinsetzen. Und übrigens: Sie müssen mich nicht Siezen.» Damit drehte er sich um und ging zu einem alten Bauernschrank.

Annika musste grinsen. Sie kannte dieses Gefühl nur zu gut. «Danke gleichfalls. Ich heiße übrigens Annika.»

Olaf hantierte lässig mit einem Korkenzieher und meinte: «Okay, Annika. Wie wär's mit einem Glas

Wein?» Während er fragte, holte er schon zwei Gläser aus dem Schrank.

«Ja, gern», antwortete Annika. «Was studierst du eigentlich?»

«Philosophie. Du weißt schon: Fach ohne Zukunft, völlig überflüssig, bringt keine Kohle und so weiter», setzte er bitter hinzu.

Annika musste lächeln. «Und macht es dir Spaß?»

«Ja und nein. Das Fach selbst gefällt mir, aber das ständige Geschwafel über Perspektivlosigkeit ist nervtötend.» Er machte eine kleine Pause, um die Flasche zu öffnen. Dann fuhr er fort: «Und dass man ständig erklären muss, wozu das alles gut ist und warum man nicht lieber Naturwissenschaften oder Computerkram studiert.»

Annika nickte und meinte grinsend: «Verstehe. Also keine weiteren Fragen, Euer Ehren.»

Olaf schien mit ihrer Bemerkung zufrieden zu sein. Er gab Annika ein Glas mit Rotwein und setzte sich ihr gegenüber in einen Sessel. Er beobachtete sie eine Weile schweigend, ehe er fragte: «Warum solltest du dich für den Tod meines Großvaters verantwortlich fühlen? Du warst doch gar nicht da, als er abgehauen ist. Ich hab schließlich alles vermasselt und nicht du.»

Den letzten Satz sprach er leise und sah dabei zum Fenster hinaus. Plötzlich brach es aus ihm heraus: «Wenn ich nicht eingeschlafen wäre, würde er jetzt noch leben.»

Annika dachte angestrengt über eine Antwort nach, weil sie selbst nicht genau wusste, ob er damit nicht vielleicht Recht hatte. Bevor sie etwas sagen konnte, sah Olaf wieder weg und meinte: «Andererseits ist es vielleicht ja auch gut so.»

Er starrte wieder aus dem Fenster und schien sie völlig vergessen zu haben. Annika fühlte sich unwohl, wollte aber die Gelegenheit nutzen, von Olaf noch mehr zu erfahren. Immerhin hatte er sich ihr gegenüber ein wenig geöffnet. «Wie meinst du das?», fragte sie ihn.

Olaf reagierte nicht und sah weiter zum Fenster hinaus. Hatte er sie nicht verstanden? Dann drehte er sich in ihre Richtung und sah sie verzweifelt an. «Auch wenn das alles nicht passiert wäre, er wär doch sowieso bald gestorben, oder?»

«Ich denke schon», bestätigte Annika. Sie war sich da zwar nicht ganz so sicher, aber irgendwie wollte sie Olaf trösten oder ihn wenigstens beruhigen. Außerdem war die Frage jetzt ohnehin rein hypothetisch.

«Davon mal ganz abgesehen: Inzwischen steht ja fest, dass es jemanden gibt, der dafür verantwortlich ist. Wer immer das war. Dein Großvater war ja schon vorher ein paar Mal unten im Keller, und ihm ist nie etwas passiert.»

«Ja, das haben die Bullen auch gesagt. Aber ich kann mir nicht vorstellen, wer das gewesen sein soll. Wer bringt einen alten, kranken Mann um. Ich mein': Wer hätte denn was davon?»

«Hatte dein Großvater keine Feinde?»

Olaf zuckte mit den Schultern. «Was genau soll *das* denn sein – Feinde? Er war ein komischer Typ, aber die meisten Leute, mit denen ich zu tun habe, sind irgendwie komische Typen. Du kommst mir auch nicht gerade normal vor – tauchst hier mitten in der Nacht auf und stellst seltsame Fragen.» Er grinste und fuhr fort: «Jedenfalls gab er sich die größte Mühe, dass alle ihn mochten. Er war berüchtigt für seine Partys und war ziemlich großzügig. Aber wenn er jemanden nicht ausstehen konnte ... Dann war das nicht zu übersehen. Dann konnte er ein richtiges Ekel sein. Aber irgendwie fand ich das immer ehrlich.»

«Mochtest du ihn denn?»

Er antwortete, ohne zu zögern. «Ja. Sehr. Und nicht nur, weil er mir finanziell geholfen hat. Er war auch immer auf meiner Seite. Zum Beispiel, als ich meinen Eltern erklärt habe, dass ich Philosophie studieren will. Die waren so stinkig, dass sie mir den Unterhalt gestrichen haben. Damals hat er mir angeboten, hier einzuziehen.»

«Hatten deine Eltern ein gutes Verhältnis zu ihm?»

Olaf schien einen Augenblick zu zögern. «Ich weiß nicht. Mutter hat häufig über ihn geschimpft. Vater hat sich meistens rausgehalten. Aber oft gesehen haben die sich nicht.»

«Und deine neue, äh, Großmutter?» Annika zögerte, als sie *Großmutter* sagte, denn sie hatte eine junge Frau vor Augen, und in ihrer Vorstellung mussten Großmütter wesentlich älter sein.

«Großmutter ist gut.» Olaf sagte das ein wenig abfällig. «Emma kann man wohl kaum als Oma bezeichnen.» Er machte eine kurze Pause. «Emma hat ihn nur wegen des Geldes geheiratet. Das war allen klar – außer ihm natürlich. Ich hab mich immer darüber geärgert, dass er das nicht begriffen hat. Oder nicht begreifen wollte. Wie kann sich ein intelligenter Mensch nur so verarschen lassen?» Er sah Annika fragend an.

«Er wird schon seine Gründe gehabt haben. Vielleicht war er einsam.»

«Kann ja sein. Aber ich glaube nicht, dass jemand wie Emma einem da raushelfen kann. Die denkt absolut nur an sich.»

«Woher willst du das denn wissen? Vielleicht ist sie ja gar nicht so berechnend, wie du denkst», wandte Annika ein.

Olaf nickte heftig. «Oh doch, das ist sie. Zuerst war sie ja mit Wagner befreundet, unserem Koch.»

Annika wurde hellhörig. «Mit dem Koch?»

«Ja, der hat ihr auch die Stelle bei uns verschafft. Dann hat sie Großvater kennen gelernt, und ehe wir uns versahen, redeten die beiden plötzlich von Heirat. Das war schon alles verrückt genug. Aber gut, ich bin der Letzte, der nicht was für verrückte Ideen übrig hätte. Aber das Beste kommt noch: Emma ist jetzt wieder mit Wagner zusammen.»

«Nee, ne?» Annika war völlig überrascht. «Woher weißt du das denn?»

«Ich hab sie zusammen gesehen. Letzten Freitag. Nachts, wenn ich keine Lust habe zu schlafen, gehe ich manchmal hoch zum *Jägersitz*. Und da saßen sie auf der Bank. Arm in Arm.» Olaf schüttelte angewidert den Kopf. «Na ja, ein Gutes hat es. Jetzt werde ich sie nicht mehr so häufig sehen.»

«Aber du bleibst doch hier wohnen, oder?», erkundigte sich Annika.

«Na klar», erwiderte Olaf. «Immerhin gehört mir ja jetzt die Wohnung.»

«Dir gehört die Wohnung?»

«Ja, Großvater hat sie mir vererbt und zusätzlich eine runde Million. Er wollte, dass ich nicht von meinen Eltern abhängig bin.»

«Nicht schlecht.» Annika wusste nicht so recht, wie sie darauf reagieren sollte. Schließlich hatte Olaf damit ein ziemlich klares Motiv gehabt, seinen Großvater umzubringen.

«Ja, aber trotzdem wäre es mir lieber, wenn er noch leben würde.»

«Was würdest du denn dann tun?», wollte Annika wissen.

«Mehr mit ihm reden. Ihn nach seinem Leben fragen.»

«Hast du das nie gemacht?»

«Nicht richtig. Ein paar Mal habe ich es versucht, aber von sich aus hat er nie viel erzählt. Er war nicht der Typ, den man leicht zum Reden bringt.»

Olaf zuckte mit den Schultern und schenkte sich noch ein Glas ein. Annika hatte den Eindruck, dass er das Gespräch damit für beendet hielt. Sie nippte schweigend an ihrem Wein und ließ sich alles durch den Kopf gehen. Konnte man Olaf glauben? Vielleicht lag Dagobert ja richtig mit seinem Verdacht, dass die Familie Manirsch, auf welche Weise auch immer, mit seinem

Tod zu tun hatte. Annika schwirrte der Kopf, und sie spürte, wie sich eine bleischwere Müdigkeit in ihr ausbreitete. Mit einem Blick auf ihre Armbanduhr stellte sie erschrocken fest, dass es bereits Mitternacht war.

«Du liebe Güte. Schon so spät. Du wolltest doch noch was arbeiten.» Annika erhob sich. «Ich werd mich mal aufmachen. Danke, dass du mit mir geredet hast.»

«Ist schon in Ordnung. Ich denke ja auch ständig daran.» Olaf begleitete sie noch bis zur Haustür und schloss dann hinter ihr ab.

Als Annika wieder in die Dunkelheit trat, blieb sie einen Augenblick stehen und atmete die kalte, frische Luft tief ein. Langsam ging sie zum Auto zurück und dachte dabei weiter über das Gespräch nach. Der dicke BMW war inzwischen verschwunden, sodass Annika beim Ausparken nicht besonders vorsichtig sein musste.

Als sie Autoschlüssel und Fahrzeugpapiere bei Sybille und Karsten in den Briefkasten warf, merkte Annika, wie erschöpft sie war. Die Gespräche mit Dagobert und Olaf waren anstrengend gewesen. Andererseits hatte sie ihre eigenen Sorgen darüber völlig vergessen. Vor ihrem Vortrag morgen gruselte es sie zwar, aber neben all ihren anderen Problemen und der Manirschen Familienchronik erschien er ihr jetzt relativ unbedeutend. Sie legte sich ihre Sachen für den morgigen Tag zurecht, sprach Dagobert noch kurz aufs Band, was sie von Olaf erfahren hatte, und verzog sich mit ihrem derzeitigen Lieblingsgetränk, Malzkaffee mit Eierlikör, ins Bett. Nachdem sie eine Seite in ihrem Buch gelesen hatte, fiel es ihr auf die Nase, und sie schaffte es gerade noch, die kleine Nachttischlampe auszuknipsen.

Montag, 10. Januar

Annika brachte ihr Fahrrad in den Keller zurück. Der Unterricht in der Krankenpflegeschule war halb so wild gewesen, was Annika zu großen Teilen dem Montagmorgen zurechnete. Die meisten der Auszubildenden saßen mit müden Gesichtern vor ihr und waren einfach nur froh, wenn man sie in Ruhe ließ. Zuhören ist dann wohl weniger schmerzhaft als selber zu sprechen.

Annika beeilte sich, in ihre Wohnung zu kommen. Es war jetzt kurz nach zehn, und sie wollte sofort wieder los. Ihr Vater musste gleich hier sein. Er hatte versprochen, vorbeizukommen und sie nach Essen zur Werkstatt zu fahren. Gerade als sie ihre Wohnungstür aufschloss, klingelte das Telefon. Sie schaffte es so eben bis ins Wohnzimmer, bevor der Anrufbeantworter anspringen konnte. «Meinke?»

«Hey, ich bin's», wurde sie fröhlich von Klaus begrüßt. «Ich wollte nur wissen, wie es dir geht.»

Annika freute sich, ihn zu hören. Nicht nur, weil sie ihn zufällig auch sprechen wollte, sondern weil er wirklich wissen wollte, wie es ihr ging.

Klaus hatte eine ehrliche Antwort verdient. «Eigentlich ganz gut. Ich war gestern Abend noch mit Dagobert und Ines essen. In Essen, ähem, so idiotisch das auch klingen mag – essen in Essen.»

«Ja, inzwischen kenne ich auch fast alle mehr oder weniger witzigen Sprüche über Essen: Essen in Essen, haha, Abnehmen in Essen und so weiter. Was soll's – man gewöhnt sich daran.»

Annika nickte und erzählte dann, was sie seit ihrem letzten Treffen erfahren hatte. Am Ende ihres Berichts kam sie zu ihrer Frage, dem Grund, weshalb sie ihn hatte sprechen wollen. «Sag mal, könnten wir uns heute Abend treffen? Ich bräuchte deine Hilfe.»

«Wobei?», fragte Klaus verhalten.

«Och, nichts Besonderes eigentlich. Ich will einfach noch mal in den Krankenhauskeller und mich dort ein wenig umsehen.» Annika versuchte, alles so belanglos wie möglich klingen zu lassen. Sie wusste, dass Klaus ihr abraten würde. Am liebsten hätte sie diese Aktion allein durchgezogen, aber Klaus hatte einen Schlüssel für den Osteingang, den sie dringend brauchte. Nur durch den Osteingang konnte sie ungesehen das Krankenhaus verlassen, und da Albert dort gegen 21.00 Uhr abschloss, brauchte sie eben Klaus und seinen Schlüssel. Außerdem war ihr bei dem Gedanken, nicht allein in den Keller gehen zu müssen, wesentlich wohler.

Wie erwartet, protestierte Klaus heftig. «Annika, du spinnst! Du weißt genau, dass uns das den Job kosten kann, wenn das rauskommt. Wieso überlässt du das nicht Dagobert? Du bist eine Krankenschwester, verstehst du? Kranke pflegen, dich um die Lebenden kümmern und so weiter. Erinnerst du dich?»

Annika wollte eine längere Diskussion vermeiden. «Ach Klaus, komm schon. Erstens wird uns niemand dort sehen. Wer sollte denn abends da noch rumlaufen? Und was Dagobert angeht, mit dem, äh, also mit dem arbeite ich mehr oder weniger so ein bisschen zusammen. Nur wollen wir das nicht an die große Glocke hängen, weil er sonst vielleicht Ärger bekommt.»

Annika war sich ziemlich sicher, dass Dagobert ihren Plan nicht so toll finden würde, aber sie betrachtete es einfach als Notlüge. Klaus schwieg. Immerhin hatte er seinen Protest eingestellt.

«Bitte Klaus. Du hast gestern noch gesagt, wenn ich deine Hilfe bräuchte, könnte ich dich jederzeit anrufen», bettelte sie.

«Hoffentlich kann ich dir danach auch noch helfen. Ich mein', nachdem die uns zwei Witzbolde da unten ausgehoben haben. Und ich finde immer noch, dass du völlig bescheuert bist.»

Annika wusste, dass sie gewonnen hatte. «Also um halb neun vor dem Krankenhaus?»

«Ja, toll, okay. Meine Güte, das kannst du alles nie wieder gutmachen.»

«Du bist der Süßeste», flötete Annika ins Telefon und legte auf.

*

Das Hämmern einer Spitzhacke, begleitet von Blümchens *Herz an Herz*, das in voller Lautstärke aus einem Radio schepperte, tönte Annika entgegen, als sie die Treppe am Osteingang zum Krankenhauskeller hinunterlief. Was für ein Anblick: ein 140-Kilo-Brocken im verschwitzten Netz-T-Shirt, die Spitzhacke in beiden Händen, und im Hintergrund trällerte ein Schnulzenhühnchen mit Kreidestimme ihre Banalitäten durch die Gänge.

«Ey, hier könn Se aber nich durch, junge Frau», blaffte der Hackenschwinger sie an. Offenbar hatte die Botschaft von *Herz an Herz* noch nicht sein tiefstes Inneres erreicht.

«Keine Sorge, ich möchte hier auch gar nicht durch. Ich will Sie nur eben was fragen.» Annika tat einfach so, als wäre es ganz normal, dass sie hier Fragen stellte.

Es schien zu funktionieren. «Wat wolln Se denn wissen?»

«Durch Ihre Arbeiten – wird sich da hier unten viel ändern?»

«Wie meinen Se datt denn? Klar ändert sich hier viel. Wir müssen die Wände aufreißen. En paar sollen auch ganz weg.»

«Das Gewölbe da hinten auf der linken Seite...», Annika zeigte mit ihrem Finger dorthin, wo sie Manirsch gefunden hatte, «...wird da auch was eingerissen?»

«Dat is ja wirklich drollig. Dat hat mich letztens der verrückte Alte auch gefragt. Der hier unten immer im Schlafanzug rumgerannt is.»

Annika schaute ihn verblüfft an. «Im Ernst?»

«Klar, der war immer ganz hibbelig.»

Ein Kollege, der das Gespräch bisher wortlos verfolgt hatte, mischte sich ein. «Dat weiß ich auch noch ganz genau. Weil ich hab den nämlich am nächsten Tag auf die Station zurückgebracht. Der war ganz schön durch'n Wind.»

Annika blickte den Bauarbeiter verwundert an. «Haben Sie den denn öfter auf die Station zurückgebracht?»

«Nee, nur dat eine Mal.»

«Aber am Tag vorher, als er...»

Der Bauarbeiter unterbrach Annika. «Da is er alleine wieder hoch.»

Annika kam aus dem Staunen gar nicht mehr heraus. «Ach was? War er da denn nicht so durcheinander?»

«Nö, durcheinander eigentlich nich. Nur ziemlich zittrig. Ich wollt ihm ja auch helfen...», fügte er verteidigend hinzu «...aber da war nix zu machen. Der wollt sich nich helfen lassen.»

Annika war bemüht, sich ihre Aufregung nicht anmerken zu lassen. Sie versuchte, den Mann mit der Spitzhacke so sachlich wie möglich zu fragen: «Was haben Sie dem Mann denn auf seine Frage geantwortet?»

«Na datselbe, wat ich Ihnen gesacht hab: Wird alles eingerissen.»

Annika bedankte sich bei den beiden und ging durch den Ostausgang hinaus. Sie wollte wie üblich das Gebäude durch den Haupteingang betreten, damit niemand erfuhr, dass sie hier unten gewesen war.

Auf dem Weg zur Station traf sie Albert, der sie strahlend begrüßte. «Hallo Annika. Wie geht's?»

«Prima. Ich hab gerade meinen Wagen aus der Werkstatt geholt. Sag deinem Freund noch mal vielen Dank für alles. Das war wirklich total nett von ihm.»

«Och, das hat der gerne gemacht. Außerdem war er froh, dass er von zu Hause weg konnte. Du weißt ja, der komische Besuch, den die hatten. Als wir wieder zurück waren, hat er noch eine halbe Stunde bei mir gesessen.» Albert grinste. «Manchmal hat das Alleine-Wohnen auch seine Vorteile.»

«Das kann ich dir sagen», stimmte Annika ihm zu. «Sag mal, hast du eigentlich inzwischen was von Josefa gehört? Ich hab öfter mal versucht, sie anzurufen, aber da ist nie jemand dran gegangen.»

Er nickte. «Ja, ja, der geht's schon wieder besser. Ich hab ihr gestern dann noch was Appeltate gebracht.»

«Prima, dann seh' ich sie ja gleich.» Annika verabschiedete sich und lief in Richtung Station.

*

Während der Übergabe herrschte gedrückte Stimmung. Doris kam auf das schlechte Arbeitsklima zu sprechen und schlug vor, dass man sich deshalb bald einmal zusammensetzen sollte.

«Ich weiß, dass in letzter Zeit nicht immer alles so toll gelaufen ist, und ich denke, es wäre gut, wenn wir mal über alles reden würden. Außerdem möchte ich mich bei euch entschuldigen. Ich war die Tage ziemlich neben der Spur. Aber ich geb' mir Mühe, ein bisschen ruhiger zu werden.» Sie lächelte etwas unsicher. «Außerdem hab ich mit Dirk und Jens wegen der Schwierigkeiten letztens Gesprächstermine vereinbart. Agnes kommt dabei mit.»

Als die Interna besprochen waren, begann Agnes mit der Übergabe. Das Wochenende war ziemlich strapaziös gewesen. Aber es gab auch eine gute Nachricht: Herrn Hollberg ging es schon wieder besser.

Nachdem der Frühdienst nach Hause gegangen war, machten sich Josefa, Annika und Petra an die Arbeit. Annika legte sich die Kurven ihrer Patienten heraus. Sie wollte zuerst einmal kurz bei allen vorbeischauen, um nach dem freien Wochenende wieder auf dem Laufenden zu sein.

«He, Annika.» Von weitem sah Annika David und Frau Will, die ihr beide zuwinkten. Sie hatten sich untergehakt und machten gemeinsam einen Spaziergang über den Flur. Der knapp zwei Meter große Junge und die kleine Frau gaben ein drolliges Pärchen ab. Annika ging zu ihnen hinüber, um sie zu begrüßen. Beiden ging es heute sichtlich besser als am Freitag, und sie würden schon bald nach Hause gehen können, was Annika egoistischerweise gar nicht gefiel.

«Hallo zusammen. Und? Wie geht's?», fragte Annika.

«Hervorragend», antwortete David. «Euer Doc hat mir gesagt, dass ich morgen eine halbe Stunde nach draußen darf, wenn das Wetter schön ist.»

Annika nickte. «Ja, das hab ich schon gehört. Da ist dann aber einer happy, was? Aber sag mir bitte morgen Bescheid, bevor du rausgehst, ja?»

«Kein Problem», versprach David.

Die beiden zockelten weiter den Flur entlang und Annika schob ihren Arbeitswagen in das erste Zimmer.

*

«Schwester? Sagen Sie mal, wann wird denn endlich mein Verband gewechselt?» Annika stand im Pflegearbeitsraum und leerte eine Urinflasche. Sie drehte sich um und sah einen etwa dreißigjährigen Mann mit Brille, dessen Hals vor lauter Wut mit hektischen roten Flekken übersät war.

«Also, das ist wirklich unverschämt! Ich warte jetzt schon seit heute Morgen, dass mir mal irgendjemand hier den Verband wechselt! Der ganze Flur ist voller Personal, aber zu mir kommt einfach niemand. Vor einer Stunde hat Ihre Kollegin mir versprochen, *sofort* vorbeizukommen. Aber seitdem habe ich sie nicht mehr gesehen. Man könnte hier verrecken, und das würde niemand merken.» Er hatte sich mittlerweile so aufgepumpt, dass er eine Atempause einlegen musste.

Annika bemühte sich, nicht auf seinen Ton einzugehen. «Sie müssen Herr Schlanz sein. Meinke mein Name. Ich bin heute Nachmittag als Krankenschwester für sie zuständig und wollte jetzt auch zu Ihnen kommen. Tut mir Leid, wenn sie warten mussten, aber heute Morgen war so viel los, dass es nicht anders ging.»

Von Agnes wusste sie, dass Herr Schlanz offensichtlich seine ganz privaten Vorstellungen von pflegerischer

Betreuung hatte. Er schien so etwas wie eine persönliche Rund-um-die-Uhr-Pflege im Sinn zu haben, und jeder Hinweis auf andere Patienten oder Aufgaben im Krankenhaus waren bei ihm überflüssig. Wenn ihm etwas nicht passte, hörte er einfach weg. Agnes hatte ihm mehr als einmal erklärt, dass der Verband erst am Nachmittag erneuert werden würde.

Herr Schlanz zog sich grummelnd in sein Zimmer zurück, und Annika war sich sicher, dass er von jetzt an die Uhr nicht mehr aus dem Auge lassen würde. Während sie Verbandsmaterial heraussuchte, kam Wagner zu ihr. Er hatte das Gespräch zwischen Annika und Schlanz mitgehört und grinste sie verständnisvoll an. «Mit dem kriegen Sie noch 'ne Menge Spaß, was? Ich sag' Ihnen jetzt besser nicht, was ich mache, wenn ich solche Gäste habe.»

Annika lächelte zaghaft, denn sie war sich nicht sicher, ob sie das so genau wissen wollte – selbst wenn er es ihr sagen würde. «Ja, Sie haben's gut. Sie können die Leute rausschmeißen, wenn Sie wollen. Wir nicht. Wir müssen uns hier um alle kümmern, die kommen.»

Wagner grinste breit und meinte selbstgefällig: «Das ist wohl wahr. Aber machen Sie sich nichts draus. Es gibt ja auch so nette Typen wie mich.»

Annika nickte artig und meinte: «Übrigens war ich gestern im *Jägersitz*. Hat mir gut gefallen.» Sie überwand sich und lobte das Essen überschwänglich. Schließlich wollte sie, dass Wagner ihr gewogen blieb, und außerdem war er ihr nach wie vor sympathisch. Sie konnte sich nur schwer vorstellen, dass er in irgendwelche Intrigen oder gar einen Mord verwickelt sein sollte.

«Ja wirklich?», sagte Wagner und strahlte sie an. Er schien sich über die Anerkennung sehr zu freuen, obwohl sie ja gar nicht direkt ihm galt. «Ja, ich habe vor zwei Jahren noch einen Koch eingestellt, und mit dem habe ich einen ganz guten Fang gemacht. Sie müssen uns aber unbedingt noch mal besuchen, wenn ich wieder in der Küche bin.»

«Auf jeden Fall», versprach Annika und beeilte sich dann, zu Herrn Schlanz zu kommen.

*

«Doris? Herr Bill hat mal wieder seine Medikamente nicht genommen.» Petra, die Oberkursschülerin, legte das gefüllte Medikamentenschälchen vor Doris auf den Tisch. «Er ist gerade erst von einem Spaziergang mit seiner Frau zurückgekommen, sonst hätte ich ihm die Mittagspillen noch gegeben. Soll ich das jetzt noch machen?» Petra blieb unschlüssig vor Doris stehen und wartete auf eine Antwort.

Annika, die gerade ihre Hände desinfizierte, konnte beobachten, wie Doris sich zwingen musste, nicht aus der Haut zu fahren. Herr Bill fiel in den Verantwortungsbereich von Margit, und die hatte heute nicht zum ersten Mal vergessen, ihm seine Tabletten zu geben. Damit brachte sie die Therapie durcheinander, und der ganze Ärger blieb immer wieder an Doris hängen. Sie schluckte ihre Wut herunter, nahm einige Tabletten aus dem Schälchen heraus und gab es Petra zurück.

Doris wusste, dass man sich auf Petra verlassen konnte. Sie seufzte und sagte: «Dann gib ihm jetzt noch die Mittagspillen. Und die für heute Abend dann nicht zum Abendbrot, sondern zwei Stunden später.»

«Okay.» Petra verließ das Stationszimmer, und Doris setzte sich zurück an den Schreibtisch, um die fehlende Medikamenteneinnahme zu dokumentieren. Dann sah sie zu Annika.

«Darf ich mich jetzt darüber aufregen oder nicht?»

«Klar darfst du dich darüber aufregen», entgegnete Annika. «Manchmal hilft das sogar, zumindest bei mir. Aber irgendwann musst du Margit klarmachen, dass sie für ihre Patienten verantwortlich ist und dass es sie ihren Job kosten kann, wenn sie in dem Stil weitermacht.»

«Ehrlich gesagt hasse ich solche Diskussionen. Ich hab immer gedacht, es würde reichen, wenn ich meine Arbeit gut mache. Aber diese ständigen Querelen setzen mir echt zu.»

«Ja, kann ich mir gut vorstellen. Das war ja für mich einer der Gründe, warum ich den Arbeitsplatz gewechselt hab.»

Doris konnte sich ein Grinsen nicht verkneifen. «Na toll. Dann bist du hier ja genau richtig. Mitten auf der Insel der Seligen.»

Annika zögerte. «Och, weiß ich nicht. Könnte ich jetzt noch nicht sagen. Ich bin hier wohl nur nicht gerade zur günstigsten Zeit angekommen. Aber das kann ja alles noch werden.»

«Hoffentlich hast du Recht.»

«Immer mit der Ruhe. Und wenn ihr dann irgendwann Queitlinger ausgetauscht habt, dann reden wir noch mal über die Insel der Seligen.» Nun mussten beide grinsen, denn inzwischen war Queitlingers Vorliebe für Annika kein Geheimnis mehr.

«Gut. Dann werd ich mich jetzt mal auf den Weg machen. Mein Mann wartet bestimmt schon. Wir wollen noch zusammen einkaufen gehen.» Doris ging aus dem Zimmer, kam aber noch einmal zurück und sagte: «Danke für die Aufmunterung. Tut manchmal richtig gut.»

Annika überlegte, was sie als Nächstes tun wollte, als Tillmann ins Stationszimmer kam und fragte: «Sag mal, haben wir eigentlich mittlerweile eine Antwort aus der Mikrobiologie?»

«Du meinst wegen der Transfusionen von Frau Hasel und Herrn Hollberg?»

«Genau.» Tillmann kramte in einem Papierstapel.

«Davon hab ich nichts gehört, aber ich kann noch mal in den Kurven nachsehen.»

Während Annika die Kurven durchsuchte, kam Josefa herein. Tillmann stellte ihr die gleiche Frage.

«Ja wie? Ist noch kein Ergebnis da?», fragte sie erstaunt zurück. «Zumindest das von Frau Hasel müsste doch längst hier sein.»

Tillmann nickte heftig. «Aber hallo. Da werd' ich jetzt mal anrufen und Dampf machen.» Tillmann war seine Gelassenheit völlig abhanden gekommen. Die Schwangerschaft seiner Frau war eine Kette von Komplikationen. Seit er sie vor ein paar Tagen ins Krankenhaus bringen musste, pendelte er zwischen seiner Arbeit auf der Station hier und dem Zimmer seiner Frau auf der Gynäkologie. Er kam kaum noch aus dem Krankenhaus heraus und schlief selten, was man ihm inzwischen von weitem ansehen konnte. Während er telefonierte, machten die anderen sich wieder an ihre Arbeit. Als Annika mit einem Medikamententablett aus dem Stationszimmer gehen wollte, kam Tillmann aufgeregt aus seinem Zimmer.

«Stell dir vor, die haben die Konserve von Frau Hasel gar nicht bekommen.»

Annika sah ihn verblüfft an. «Wie, die haben die Konserve gar nicht bekommen?»

«Keine Ahnung, was los ist. Die ist nicht da. Niemals dort angekommen. Aber ich weiß genau, dass wir sie abgeschickt haben. Oder?» Tillmann schien am Ende seiner Kräfte angelangt zu sein. Seine Hände zitterten, und er blinzelte heftig mit seinen übermüdeten Augen.

Annika versuchte, ihn zu beruhigen. «Jetzt setz dich erst mal hin. Klar haben wir sie abgeschickt. Daran erinnere ich mich genau, weil das nämlich mein erster Tag bei euch war. Also keine Sorge.»

Annikas Bestätigung schien seine Panik zu dämpfen. Er atmete tief durch und setzte sich. Dann beugte er sich nach vorn, nahm den Kopf in beide Hände und rieb sich mit den Fingerspitzen die Augen.

«Was ist denn mit der von Hollberg?», wollte Annika wissen.

«Die haben sie angeblich heute erst bekommen.»

«Heute?»

Tillmann nickte. «Frag mich nicht. Im Moment klappt hier rein gar nichts mehr.» Fluchend ging er zurück in sein Zimmer.

*

Punkt halb neun verließ Annika das Krankenhaus. Sie sah Klaus schon von weitem. Seine Begrüßung fiel reserviert aus, und er schien schlecht gelaunt. Annika versuchte, seine Stimmung so gut wie möglich zu ignorieren und meinte: «Komm, wir stellen meinen Wagen bei dir ab. Ich denke, das ist am besten, oder?»

Klaus nickte wortlos, folgte ihr zum Auto und sie fuhren die paar Meter zu seiner Wohnung. Keine zehn Minuten später waren sie wieder zurück und gingen unbemerkt zum hinteren Krankenhauseingang. Die Tür war noch offen, was hieß, dass Albert noch nicht hier gewesen war. Vorsichtig schlichen sie die Treppe zum Keller hinunter.

«Annika! Hast du gelesen, was hier steht?» Klaus zeigte auf das Schild mit dem Hinweis auf Einsturzgefahr. «Wirklich klasse! Ich riskiere hier an einem Abend nicht nur meinen Job, sondern auch noch mein Leben. Und wozu? Weil ich einer Wahnsinnigen in einer Minute totaler Verblödung ein Versprechen gegeben habe, das die jetzt eiskalt einkassiert.» Klaus blieb wütend vor der Absperrung stehen.

«Verdammt, Klaus, jetzt komm! Albert kann jeden Moment hier sein, und dann haben wir wirklich Ärger.» Annika zog Klaus am Arm, und er folgte ihr widerwillig. Als sie gerade um die erste Ecke gebogen waren, hörten sie, wie jemand schwerfällig die Treppe herunterhumpelte. Starr vor Schreck blieben sie stehen und hielten die Luft an. Sie horchten. Als ein Schlüssel in die Ausgangstür gesteckt wurde, atmeten sie auf. Das war Albert, und der ging niemals weiter als bis zu dieser Tür. Erleichtert vernahmen sie, wie er einen Augenblick später wieder die Treppe hinaufging. Es war nicht zu überhören, dass er dabei schwer atmete – es schien ihm heute ziemlich schlecht zu gehen.

Annika wollte nicht länger als unbedingt nötig hier unten bleiben. Sie zupfte Klaus am Ärmel. «Hier, nimm du die Lampe von den Bauarbeitern. Ich hab mir eine eigene mitgebracht.»

Klaus schaltete die Lampe ein und leuchtete den Gang vor ihnen aus. Am Boden lagen Steine und Geröll verstreut. Es roch muffig und die Luft war kühl und feucht. In der rechten Seite der Mauer konnte man die Überreste von Sitznischen erkennen. Klaus gruselte, als er daran dachte, wie die Menschen im Krieg hier zusammengekauert gesessen und auf den Dauerton der Sirene gewartet hatten, der ‹Entwarnung› bedeutete und Rückkehr ins eigene Bett versprach. Er versuchte, seine Gedanken abzuschütteln und fragte Annika: «Wonach suchen wir eigentlich?»

«Ich weiß es nicht», antwortete Annika.

«Aha, dann ist ja alles klar.» Klaus schüttelte den Kopf und folgte Annika wortlos. Sie gingen ein Stück den Gang hinunter und bogen dann links in das kleine abgetrennte Gewölbe ein, wo Annika vor ein paar Tagen den ermordeten Manirsch gefunden hatte.

«Pass auf. Die Wand hier ist eingefallen», flüsterte Annika Klaus zu, bevor sie durch die Öffnung in das Gewölbe schlüpfte. Es war etwa 15 Quadratmeter groß und zumindest so hoch, dass Klaus darin aufrecht stehen konnte. Systematisch leuchteten sie jeden Zentimeter aus, konnten aber nichts Außergewöhnliches finden. Enttäuscht ließ Annika sich auf einem Absatz nieder, den man in die Mauer gehauen hatte. Sekunden später sprang sie wieder auf.

«Warte mal.» Sie leuchtete auf den Boden zu ihren Füßen. Dann trat sie einen Schritt vor und ließ den Lichtstrahl der Lampe ihrer Bewegung folgen. «Sieh dir das an!» Annika war ganz aufgeregt. «Sieh dir das an!»

Klaus verstand absolut nicht, worauf sie hinauswollte. «Was denn? Ich sehe nur den Boden.»

«Das mein ich doch. Schau dir den doch mal genau an. Der Boden hier direkt an der Mauer ist nicht aus Beton – wie sonst im Raum. Hier ist einfach nur Erde. Wenn jemand was versteckt hat, dann hier. Los, lass uns etwas zum Buddeln holen.» Annika eilte aus dem Gewölbe hinaus und ging nach vorn zum Kellereingang, wo die Bauarbeiter ihr Handwerkszeug zurückgelassen hatten. Sie fand eine Schaufel; als sie damit zu Klaus zurückkam, bemerkte sie seinen entnervten Gesichtsausdruck.

«Wie kommst du eigentlich darauf, dass hier was versteckt ist?», wollte er von ihr wissen. Ihm wäre es am liebsten, wenn sie hier bald wieder verschwinden könnten.

Annika antwortete nicht gleich und Klaus fuhr fort: «Ich meine, hat dir dieser Manirsch vielleicht irgendwas erzählt? Oder wie kommst du darauf, dass es hier was zu suchen gibt? Und wenn es etwas gibt, was genau soll das dann bitte sein?» Abwartend sah er Annika an.

«Manirsch wollte immer wieder hier runter, und zwar seitdem er wusste, dass hier die Bauarbeiten begonnen hatten. Richtig?» Ohne eine Antwort abzuwarten erklärte sie weiter: «Ich bin fest davon überzeugt, dass er hier was gesucht hat. Denn sonst wüsste ich nicht, was er hier unten immer wieder wollte. Wohl kaum bei den Bauarbeiten helfen, oder?»

«Aber das sind doch alles nur Vermutungen. Und selbst wenn das stimmt: Wie lange willst du denn hier suchen?»

Annika wurde ungeduldig. «Bitte Klaus. Lass uns nur eben an dieser Stelle nachsehen. Wenn wir hier nichts finden, verschwinden wir. Versprochen.» Mit aller Kraft versuchte Annika die Schaufel in den Boden zu rammen, aber der war hart und unnachgiebig. Sie versuchte es wieder und wieder, hatte aber keinen Erfolg. Vor lauter Anstrengung war ihr nicht aufgefallen, dass Klaus das Gewölbe verlassen hatte. Jetzt stand er breitbeinig mit einer Spitzhacke vor ihr und sagte betont lässig: «Geh mal zur Seite und lass das Männer machen.»

Annika verkniff sich eine freche Bemerkung, denn sie wollte das zarte Pflänzchen von Eifer auf keinen Fall gefährden. Klaus schlug die Hacke in den Boden und schaffte es nach einer Weile, die oberste, harte Schicht aufzubrechen. Wenig später sagte er dann: «Bitte schön, gnä' Frau, jetzt darfst *du* weiterbuddeln.»

Er trat zur Seite, und Annika machte sich wieder an die Arbeit. Nach einer Stunde waren beide verschwitzt und dreckig und hatten die gesamte Wandseite aufgewühlt. Enttäuscht stellte Annika die Schaufel zur Seite und setzte sich in die Nische. «Okay, okay, ihr hattet beide Recht, Dagobert und du. War offenbar keine besonders tolle Idee. Aber wenigstens weiß ich jetzt, wo ich *nicht* weitersuchen muss.»

Während Annika unaufhörlich redete und redete, leuchtete Klaus noch einmal den aufgebuddelten Boden ab. Er wollte die Lampe schon zur Seite stellen, als er erstarrte. «Moment mal.» Er hielt den Lichtschein auf eine bestimmte Stelle am Boden gerichtet. «Warte mal, da ist was.» Vor lauter Aufregung begann er zu flüstern. Annika sprang auf und stellte sich neben ihn. Jetzt konnte sie es auch sehen. Vom Lichtkegel der Lampe erfasst, lag ein kleiner Knochen in der aufgewühlten Erde.

Annika beugte sich hinunter und sagte: «Gib mir mal die Lampe.» Sie betrachtete den Knochen aus nächster Nähe, ohne ihn zu berühren.

«Und? Ist der von einem Menschen?» Klaus beugte sich zu Annika hinunter.

Annika zuckte mit den Schultern. «Keine Ahnung. Sieht aus wie ein Hand- oder Fußknochen.» Sie kniete auf dem kalten Boden, um besser sehen zu können. Nach einigen Minuten erhob sie sich ächzend. «Wir müssen Dagobert anrufen. Wir stochern hier besser nicht weiter in der Erde rum. Hast du dein Handy dabei?» Sie drehte sich zu Klaus um.

«Ja, aber hier unten funktioniert das nicht. Zu dicke Mauern.» Nachdenklich und nicht nur wegen der Kälte fröstelnd machten sie sich auf den Weg nach draußen.

Annika schilderte Dagobert in wenigen Worten, was sie entdeckt hatte. Klaus erwähnte sie dabei mit keinem Wort. Nach dem Telefonat gab sie ihm das Handy zurück. «Dagobert wird in etwa fünfzehn Minuten da sein. Es wäre nett, wenn du solange noch hier mit mir warten würdest. Ich versprech' auch, dass ich dich da raushalte.»

«Das ist nett Schwester, aber das haben wir gemeinsam angefangen, und jetzt beenden wir das auch gemeinsam.» Er grinste. «Den Satz wollte ich immer schon mal sagen. Außerdem: Wie willst du denn erklären, dass du unbemerkt aus dem Krankenhaus gekommen bist?»

«Ganz einfach. Durch den Haupteingang. Ich hatte eben das unverschämte Glück, das gerade mal keiner hingesehen hat. Soll mir erst mal jemand das Gegenteil beweisen.» Annika sah ihn ernst an und meinte: «Komm Klaus, ich weiß, dass du mich nicht hängen lassen willst. Aber ich möchte nicht, dass du Schwierigkeiten bekommst. Also bitte, sobald Dagobert mit seinem Trupp hier anrückt, machst du dich auf den Heimweg, okay? Ich komm dann später nach und erzähl dir, was war. Bitte.»

Klaus überlegte eine Weile, stimmte dann aber zu. Wenig später sahen sie Dagoberts Auto, und Klaus verabschiedete sich.

Dagobert wurde von einem Mann begleitet, den Annika nicht kannte. Sie sprachen miteinander, und Annika konnte sehen, dass Dagobert offensichtlich ebenso schlecht gelaunt war wie Klaus vorhin. Dabei sollte er eigentlich zufrieden sein, denn sie hatte heute schließlich einen Volltreffer gelandet. Sie merkte, wie Wut in ihr aufstieg.

«Hallo Annika», begrüßte er sie förmlich. «Das ist mein Kollege Steiger.» Sie nickten sich kurz zu. Aus einem anderen Auto, das gerade vor dem Krankenhaus gehalten hatte, stiegen zwei weitere Personen aus. «Habt ihr alles dabei?», begrüßte Dagobert sie. Die beiden Männer waren mit schweren Taschen bepackt. Nach einem kurzen Wortwechsel machten sie sich auf den Weg. Dagobert lief ohne zu fragen zum Haupteingang. Die Mitarbeiterin in der Lichtrufzentrale, die nachts auch für das Einlassen von Besuchern und Patienten zuständig war, kannte Dagobert. Er erklärte ihr knapp, um was es ging, und bat sie, die Krankenhausleitung zu informieren.

*

Während die Männer konzentriert arbeiteten, unterhielten Dagobert und Annika sich flüsternd.

«Was hast du dir eigentlich dabei gedacht, hier unten alleine rumzubuddeln?» Dagobert sah sie verärgert an.

«Sonst geht's dir aber gut, oder? Du wolltest doch, dass ich dir helfe. Und am Samstag hast du gesagt, dass ich mich auf den Keller konzentrieren soll.»

«Ich weiß noch sehr gut, was ich gesagt habe. Du sollst dir überlegen, was dir noch zu dem Keller einfällt. Und du sollst die Ohren offen halten, was die Station angeht. Aber ich wüsste nicht, dass ich dir gesagt hätte, du sollst den Keller umgraben.»

Annika wollte gerade ein paar passende Worte erwidern, als einer seiner Kollegen ihn rief. «Dagobert. Sieh dir das an.» Annika und Dagobert drehten sich gleichzeitig um. Steiger deutete auf den Boden. Aus der Erde ragte die Vorderseite eines Schädels. Stumm verfolgten die beiden, wie die Männer vorsichtig ein Skelett freilegten.

*

Dagobert und Annika saßen in einer Sitzecke in der Eingangshalle des Krankenhauses und unterhielten sich leise. Dagobert war es offensichtlich peinlich, dass Annika diesen Fund gemacht hatte und nicht er als Profi. Andererseits war er wütend, weil sie ihn zuvor nicht eingeweiht hatte.

«Dagobert, mal ehrlich, wärst du denn überhaupt darauf eingegangen?»

«Das ist doch jetzt nachher eine blöde Frage. Und darum geht's hier auch überhaupt nicht. Mal ganz davon abgesehen, dass wir gar nicht wissen, ob das Skelett überhaupt was mit Manirschs Tod zu tun hat.»

Entgeistert sah Annika ihn an.

«Bitte Annika, tu mir einen Gefallen: Du kannst dich ja gern weiter auf der Station umhören. Und das wär' mir auch eine große Hilfe. Aber hör damit auf, in meine Arbeit reinzupfuschen. Auch das Gespräch mit Olaf hättest du besser mir überlassen.»

Annika war völlig verstört vor Erstaunen. Einen Moment lang wusste sie nicht, was sie darauf sagen sollte. Die Bilder aus dem Keller mischten sich mit Dagoberts verkniffener Miene, und ihr Gespräch hier im Foyer des Krankenhauses vermittelte ihr ein Gefühl von Unwirklichkeit. Heftige Wut machte sich in ihr breit, und die ganze Anspannung der letzten Tage löste sich in diesem einen Augenblick.

«Reinpfuschen?! Reinpfuschen nennst du das?! Ich glaub', du hast sie nicht mehr alle! Du solltest mir verdammt noch mal dankbar sein. Du stocherst doch seit Tagen nur im Nebel und blickst überhaupt nicht durch.

So wie du hier ’rumfuhrwerkst, suchst du bis zu deiner Rente. Und dann kommt da die blöde kleine Krankenschwester und macht hier eine Entdeckung nach der anderen. Wenn hier einer pfuscht, dann doch wohl du, oder?» Annika wurde immer wütender und Dagobert hörte ihr fassungslos zu.

«Annika, ich ...», brachte er gerade noch heraus, bevor sie aufstand, sich vor ihm aufbaute und ihn anschrie: «Komm, vergiss es! Du kannst deinen Scheiß alleine machen! Und keine Sorge: Ich werde bestimmt nicht mehr in deine Arbeit reinpfuschen. Das kannst du sowieso selbst am besten.» Ohne eine Antwort abzuwarten, drehte sie sich um und verließ mit schnellen Schritten das Krankenhaus.

*

Es war schon weit nach Mitternacht, als Annika bei einer Flasche Wein in Klaus’ Küche saß. Klaus hatte einen kleinen Snack zubereitet, doch Annika verspürte keinen großen Appetit. Sie war immer noch wütend, traurig und enttäuscht. Klaus hatte sich schweigend angehört, was vorgefallen war. Im Gegensatz zu Annika machte er sich vor allem darüber Sorgen, wie die Krankenhausleitung auf Annikas Eskapaden reagieren würde. Dagobert würde sich allerdings wohl kaum über ihre Eigenmächtigkeit beschweren können, denn schließlich hatte er sie zu all dem mehr als ermutigt.

«Noch den letzten Rest Wein?» Klaus hielt die fast leere Flasche über Annikas Glas.

Sie sah auf die Uhr. «Nein danke, besser nicht. Es ist schon ziemlich spät, und ich muss morgen eine Menge erledigen.» Sie deutete auf zwei weitere geleerte Weinflaschen und setzte noch hinzu: «Vielleicht solltest du auch langsam aufhören.»

Grinsend entgegnete er: «Aufhören? So mitten drin?»

Annika musterte ihn eine Weile, bevor sie fragte: «Sag mal, bist du eigentlich total schwul? Ich meine, stehst du jetzt nur auf Männer oder kommen Frauen theoretisch auch mal in Frage?»

Klaus war sprachlos. Sie kannten sich nun schon wer weiß wie lange, und gerade von ihr hatte er diese Frage ganz und gar nicht erwartet. Im ersten Moment wollte er ihr kräftig die Meinung sagen, aber als er in ihre halb geschlossenen, glasigen Augen sah, musste er lächeln.

«Falls du damit meinst, ob mich Frauen sexuell antörnen: Nein, absolut nicht. Da tut sich gar nichts.»

Annika nickte, als ob sie keine andere Antwort erwartet hätte. Anstatt dieses Thema zu vertiefen, brachte sie mit Mühe eine neue Frage heraus: «Findest du mich eigentlich attraktiv?»

Klaus verzog seinen Mund und meinte: «Also, falls dich das beruhigt: Wenn ich hetero wäre, dann würde ich mich mit ziemlicher Sicherheit bei dir bewerben.»

«Wirklich?»

«Wirklich! Ich schwöre», antwortete Klaus und hob dabei die rechte Hand. «Das meinst du jetzt aber nicht ernst, oder? Machst du dir etwa wirklich Sorgen, dass du nicht gut genug aussiehst?»

Annika zuckte mit den Schultern. «Für *Harry* reicht das ja wohl nicht.»

Klaus nickte heftig. «Aha, daher weht der Wind. Du blickst bei Harry nicht durch, und wenn der sich nicht verhält, wie du's gerne hättest, dann muss es am Aussehen liegen. Wie wäre es denn, wenn du dich mal überwinden würdest und mit ihm redest? Vielleicht würdest du dann ...» Er unterbrach sich, denn während er sprach, war Annikas Kopf langsam auf die Tischplatte gesackt. Wenige Sekunden später konnte er hören, wie sie ruhig und gleichmäßig im Schlaf atmete.

Dienstag, 11. Januar

Ein durchdringendes Piepsen drang in Annikas Ohren. Mit geschlossenen Augen versuchte sie, den Lärm abzustellen, aber dort, wo eigentlich ihr Nachtschränkchen stehen sollte, war nichts. Sie fasste ins Leere und öffnete erstaunt ihre verquollenen Augen, die sie sofort wieder zusammenkniff: Die grellen Sonnenstrahlen waren zu viel für den ersten Blick auf einen ohne Zweifel anstrengenden Tag. Blinzelnd suchte sie nach dem Wecker, den sie schließlich auf dem Boden fand, und drückte erleichtert die Wecktaste herunter. Sie sah sich im Zimmer um, und allmählich kam ihr der gestrige Abend wieder ins Bewusstsein: der Skelettfund, der Streit mit Dagobert und danach das Wein-Gelage mit Klaus. Langsam setzte sie sich auf. Klaus hatte ihr das aufklappbare Sofa im Wohnzimmer zurechtgemacht, aber sie konnte sich nicht daran erinnern, wie sie ins Bett gekommen war. Vor allem wusste sie nicht, ob sie es geschafft hatte, sich ohne seine Hilfe auszuziehen.

Sie sah noch einmal auf den Wecker. Es war kurz nach elf. Ob Klaus schon auf war? In der Wohnung war jedenfalls kein Geräusch zu hören. Annika lief zum Schlafzimmer hinüber und öffnete vorsichtig die angelehnte Tür. Der Raum war leer, ebenso Arbeitszimmer und Küche. Auf dem gedeckten Küchentisch fand sie eine Nachricht, die zusammen mit einem Röhrchen Aspirin in einer Halbliter-Kaffeetasse steckte: *Einen ganz reizenden guten Morgen wünsche ich. Aspirin und Kaffee bringen dich wieder auf Deck. Wegen der Risiken und Nebenwirkungen – Sie wissen ja, wen Sie fragen sollen!*

Annika musste schmunzeln. «Was für eine subtile kleine Andeutung», ging es ihr durch den Kopf. Dabei fiel ihr Klaus' Empfehlung ein, doch endlich mal mit Harry zu reden. Bevor sie wieder ins Grübeln verfallen konnte, verdrängte sie den Gedanken an ein Wiedersehen mit Harry und stellte die Aspirin zur Seite. Offenbar hatten die paar Stunden Schlaf Wunder gewirkt, denn sie verspürte nicht mal einen Anflug von Kopfschmerzen. Nach einer ausgiebigen Dusche und einem kleinen Frühstück fühlte sie sich noch besser. Bis zum

Dienstbeginn blieb ihr noch eine knappe halbe Stunde. Wenig Zeit, um sich darauf vorzubereiten, was sie heute erwarten würde.

*

«Hallo, Miss Marple», wurde sie von Josefa grinsend begrüßt. Hinter ihr standen Sven und Doris. Während Sven ebenfalls grinste, blickte Doris ihr ernst entgegen. «Na wunderbar, dann wissen ja alle Bescheid», dachte Annika. Verrückterweise hatte sie gehofft, noch einmal davonzukommen, aber davon konnte wohl keine Rede sein. Annikas Exkursion in die Unterwelt war das Tagesgespräch im Krankenhaus, und zwar sowohl beim Personal als auch bei den Patienten.

Annika wusste noch nicht, dass der Skelettfund und ihre eigenmächtige Detektivarbeit nicht das einzige Problem an diesem Tag sein würden. «Annika, du sollst sofort zur Maibaum gehen», sagte Doris ohne große Vorrede.

Annika nickte. Sie hatte zwar damit gerechnet, zur Pflegedienstleitung zitiert zu werden, aber dass es so schnell gehen würde, verunsicherte sie ein wenig. «Ja, ist okay.» Ohne weiteren Kommentar drehte sie sich um und wollte das Stationszimmer wieder verlassen, als Doris sie zurückrief: «Annika, es gibt da noch was, das du wissen solltest.»

Annika sah Doris nichts Gutes ahnend an. «Was ist denn?»

«Heute Morgen hat die Mikrobiologie angerufen. Frau Hasels Konserve ist nach wie vor verschollen, aber in der von Hollberg hat man Bakterien entdeckt.»

Annika wurde blass. «Du meinst, es ist unsere Schuld?»

«Nicht, was die Kontamination der Blutkonserven angeht. Das Blut wurde höchstwahrscheinlich schon viel früher infiziert. Das Problem ist nur, dass wir nach Frau Hasels Tod nicht sofort reagiert haben.»

«Aber das haben wir doch. Die Konserve wurde doch eingeschickt», widersprach Annika.

«Das schon. Aber sie ist ja nie angekommen. Und Tillmann hätte sich darum kümmern müssen. Er hätte schon viel früher in Langen anrufen müssen.» Doris schüttelte resigniert den Kopf. «Das ist eine Katastrophe. Tillmann hat deswegen heute Morgen schon mit Seeghardt, Beinstein und Maibaum gesprochen. Du solltest dich also darauf gefasst machen, dass die Maibaum keine besonders gute Laune haben wird.»

«Hört sich gut an», murmelte Annika. «Vielleicht sollte ich einfach kündigen. Dann erspar ich mir den Anschiss.»

«Annika, bitte! Fang jetzt nicht so an. Versprich mir, dass du dich zusammenreißt, auch wenn es dir schwer fällt, ja?» Doris sah sie beschwörend an.

Annika nickte. «Ich werd' mir Mühe geben.»

*

Das Büro der Pflegedirektorin lag in einem Seitengebäude, dem so genannten Verwaltungstrakt. Annika meldete sich bei der Sekretärin an, die sie sofort zu Gerda Maibaum führte. Annika war nur einmal kurz in ihrem betont modern eingerichteten Büro gewesen. Es war, wie die meisten solcher Büros, in einen Schreibtisch- und Computerbereich und eine Sitzecke für Besprechungen aufgeteilt. Dort saßen neben Gerda Maibaum heute noch der kaufmännische Direktor, Wolfgang Seeghardt, und Martina Beinstein, die nicht nur Chefärztin, sondern auch ärztliche Direktorin war.

Annika fühlte sich überrumpelt, und sie war sich ziemlich sicher, dass Doris nichts von dieser Versammlung gewusst hatte, denn sonst wäre sie mit Sicherheit mitgekommen. Annika begrüßte alle Anwesenden so freundlich wie möglich und setzte sich auf den für sie vorgesehenen Platz. Beinstein lächelte ihr freundlich zu, aber die beiden anderen hatten eiserne Mienen aufgesetzt.

«Frau Meinke, wie Sie sich vermutlich denken können, haben Herr Seeghardt und ich gestern Abend einen etwas eigentümlichen Anruf erhalten. Leider haben wir Sie gestern nicht mehr im Krankenhaus angetroffen, und deshalb möchten wir jetzt gerne von Ihnen erfahren, was Sie sich dabei gedacht haben. Was in aller Welt hatten Sie zu dieser Uhrzeit auf der Baustelle im Keller zu suchen?» Gerda Maibaum war wie immer elegant gekleidet und dezent geschminkt. Lediglich ihre leicht zitternde Oberlippe verriet Gereiztheit.

Annika atmete tief durch und sagte: «Ich kann mir vorstellen, dass Sie das merkwürdig finden. Aber ich kann Ihnen alles erklären.»

«Ich bitte darum», knurrte Maibaum.

Annika erzählte die ganze Geschichte. Sie begann mit Manirschs Tod und endete mit dem Skelettfund, verzichtete allerdings auf etliche Einzelheiten, von denen sie hoffte, dass die Anwesenden sie nicht kannten. Als sie geendet hatte, schwiegen die drei eine Weile. Dann meldete sich Seeghardt zu Wort. Annika nahm verwundert zur Kenntnis, dass er eine angenehme, beruhigende Stimme hatte. *Was* er sagte, war allerdings weniger angenehm.

«Frau Meinke, ich weiß nicht, ob Sie sich darüber im Klaren sind, aber die ganze Geschichte ist für das Bild unseres Krankenhauses in der Öffentlichkeit sowieso schon denkbar schlecht. Je eher das alles aufgeklärt wird, umso besser. Wenn jetzt aber noch Skelette aus längst vergangenen Zeiten zum Vorschein kommen, die dazu noch von einer Krankenschwester nachts mit Spitzhakke und Schaufel zutage gefördert werden – welcher Patient wird sich dann noch für eine Behandlung in unserer Klinik entscheiden? Haben Sie nicht daran gedacht, dass Sie mit Ihrem Verhalten Arbeitsplätze gefährden? Nicht nur Ihren, sondern auch die Ihrer Kolleginnen.»

Annika traute ihren Ohren nicht. Die Tatsache, dass ein Skelett gefunden worden war, schien niemanden aufzuregen. Gab es da unten vielleicht noch mehr? Und wieso aus längst vergangenen Zeiten? Hier ging es jetzt offenbar einzig und allein um den Ruf des Krankenhauses.

«Frau Meinke? Haben Sie mir zugehört?» Seeghardt sah sie ernst an.

Annika schreckte hoch. «Ja, doch. Ich denke nur gerade darüber nach, was Sie gesagt haben.» «Und das ist nicht mal gelogen», fügte Annika in Gedanken hinzu.

«Und? Würden Sie mir zustimmen?»

«Ich verstehe, was Sie meinen», wich Annika aus und versuchte, so freundlich wie möglich zu klingen, wobei sie daran dachte, dass Doris sie gebeten hatte, sich zurückzuhalten.

«Nun, das ist ja schon einmal ein Anfang», meinte Seeghardt. «Dann möchten wir Sie bitten, die weiteren Ermittlungen der Polizei zu überlassen und sich wieder den lebenden Personen in diesem Krankenhaus zuzuwenden. Andernfalls sehen wir uns leider gezwungen, ihr Arbeitsverhältnis zu beenden. Habe ich mich klar ausgedrückt?»

«Ich denke schon.» Sie sah zu Beinstein hinüber, die während der ganzen Zeit nichts gesagt hatte.

«Gut, dann lassen wir es hierbei bewenden.»

Annika verabschiedete sich eilig und verließ das Büro. Als sie auf dem Flur stand, ging sie zu einem der Fenster am Ende des Gangs und sah hinaus, um das Gefühl der Enge loszuwerden. Gern hätte sie den dreien deutlich ihre Meinung gesagt, aber damit hätte sie nicht nur Doris enttäuscht, sondern sich selbst die Möglichkeit genommen, den ganzen Wirrwarr aufzuklären und zu verstehen. Allerdings würde sie ab jetzt mehr als vorsichtig sein müssen.

*

Annika füllte die Verbandskiste auf, bevor sie zu Herrn Schlanz ging, um dessen Drainagenverband zu erneuern. Sie war nicht ganz bei der Sache, denn ihr schwirrten mehrere Dinge zugleich im Kopf herum. Doris hatte sich nach Annikas Bericht einigermaßen beruhigt. Sie war überrascht, dass alles so glimpflich abgelaufen war und beschwor sie, ab jetzt mit ihren «Detektivspielchen» aufzuhören. Mit Ausnahme von Klaus waren auch alle davon überzeugt, dass Annika das Interesse an weiterem Ärger verloren haben musste.

«Hallo Frau Meinke. Das war ja ein toller Coup letzte Nacht. Das müssen Sie mir unbedingt genauer erzählen.»

Annika hatte nicht bemerkt, dass Queitlinger sich ihr genähert hatte und zuckte vor Schreck zusammen. Er machte auf sie einen völlig unbeschwerten Eindruck, so als ob das alles ein großer Spaß wäre.

«Toller Coup ... so ein Quatsch. Eigentlich sollte man Schmerzensgeld kriegen, wenn man mit solchen Typen zusammenarbeiten muss», schoss es ihr durch den Kopf bevor sie sagte: «Äh, ja, hallo. Ich muss jetzt zu Herrn Schlanz. Kein so großer Coup, aber muss auch gemacht werden.» Dabei grinste sie ihn bemüht an, schnappte sich die Verbandskiste und ließ Queitlinger enttäuscht zurück.

*

«Okay, Herr Schlanz. Das wär's erst mal wieder.» Schlanz brummelte etwas Unverständliches, stand auf und verschwand im Badezimmer. Annika wartete noch einen Augenblick, sammelte dann ihr Verbandsmaterial ein und ging aus dem Zimmer. Auf dem Flur stand David, der offensichtlich schon auf sie gewartet hatte.

«Hallo. Ich wollte nur mal fragen, ob irgendwas ansteht?»

«Ansteht?», fragte Annika irritiert.

«Ja, ob ich noch an irgendwelche Maschinen angeschlossen werde, für Menschenversuche missbraucht oder so was», erklärte David übermütig und wartete gespannt auf Annikas Reaktion.

«Nein, heute machen wir keine Versuche mehr. Jedenfalls nicht mit dir», entgegnete Annika und hatte Mühe, ernst zu bleiben.

«Prima. Dann kann ich ja raus, oder?»

«Klar. Das Wetter ist fabelhaft. Aber zieh dich warm an, okay? Es ist nämlich ziemlich kalt», mahnte Annika.

«Mach ich.» David stürmte in sein Zimmer. Wenige Minuten später kam er mit Thermojacke, Schal, Mütze und Handschuhen ausgestattet zurück und baute sich vor dem Stationszimmer auf.

«Versuchsobjekt David meldet sich fertig zum Ausgang!» Dabei knallte er die Hacken zusammen und legte die rechte Hand zu einer Art militärischem Gruß an den Kopf.

Annika schüttelte den Kopf und sagte: «Viel Spaß auch. Aber übertreib es nicht. Nicht länger als ne halbe Stunde. Versprochen?»

«Jepp», kam es von David, und gemeinsam mit seinem Freund Kai trottete er in Richtung Ausgang. Als die beiden außer Sichtweite waren, erschien Jens in der Tür. Annika sollte ihn heute Nachmittag unter ihre Fittiche nehmen, denn Doris war der Meinung, dass Annika mit ihrer manchmal etwas derben Art prima mit ihm zurechtkam. Annika mischte gerade eine Antibiotika-Lösung. Sie sah zu Jens:

«Hast du die Vitalwerte gemessen und in die Kurven eingetragen?»

Jens nickte. «Ja, hab ich gemacht.»

«Und? War was Auffälliges? Hatte Frau Kimme noch Temperatur?» Annika hatte sich daran gewöhnt, dass man ihm die Einzelheiten aus der Nase ziehen musste.

«Nein, alles in Ordnung. Frau Kimme hatte 37,0.»

«Wunderbar. Wenn ich hier fertig bin, gehen wir zusammen in die Zwei zum Bettenmachen. Da ist im Moment niemand. Du kannst ja schon mal den Wäschewagen auffüllen und anfangen. Okay?»

«Okay», meinte Jens und machte sich auf den Weg.

Annika war froh, eine Aufgabe für ihn gefunden zu haben, die nicht in einer Katastrophe enden würde – jedenfalls hoffte sie das. Sie legte die beiden Kurz-Infusionen für Herrn Bill vorläufig auf ein Tablett, weil er sie erst in einer halben Stunde bekommen sollte. Bis dahin konnte sie Jens noch bei den Betten helfen.

Als sie wenige Minuten später das Patientenzimmer betrat, in dem Jens schon mit der Arbeit begonnen hatte, bot sich ihr ein erstaunliches Schauspiel. Jens hatte sämtliche Kissen und Bettdecken der drei Betten auf Wagners Bett gestapelt. Annika war sich sicher, dass er schon nicht mehr wusste, welches Bettzeug zu welchem Bett gehörte. Auf den beiden freien Betten lag jeweils ein noch unbefestigtes Bettlaken. Am ersten Bett bemühte sich Jens mit hochrotem Kopf, das Laken quer einzuspannen. Das konnte so natürlich nicht funktionieren, weil oben und unten eine ganze Ecke fehlte.

Jens gab inmitten der von ihm verursachten Wäscheverwirrung ein ziemlich erbärmliches Bild ab. «Es wird Zeit, dass mal jemand mit ihm spricht», dachte Annika. Bisher hatte es allerdings niemand über sich gebracht, ihn zu fragen, ob er seine Berufswahl nicht besser noch einmal überdenken wolle. Immerhin gab es in dieser Gegend Lehrstellen nicht gerade im Überfluss. Wo würde Jens landen, wenn er hier weg musste? Gestern hatte er ihr voller Begeisterung eine Werbeanzeige aus einem Männermagazin gezeigt. Er träumte davon, Model zu werden und konnte nun einen ersten Erfolg verbuchen. Er war für eine Unterwäsche-Werbung engagiert worden, und Annika musste eingestehen, dass er auf den Fotos ziemlich gut aussah. Vielleicht war es wirklich für alle besser, wenn er sich in Zukunft darauf konzentrierte.

Sie stellte sich Jens gegenüber an die linke Seite des Bettes. Er schaute sie mit gequältem Gesichtsausdruck Hilfe suchend an und klagte: «Es klappt einfach nicht.»

Annika nickte und lächelte ihm aufmunternd zu. «Nicht zu übersehen. Pass auf, ich zeig es dir.» Sie drehte das Laken in die richtige Position und erklärte dann Schritt für Schritt, wie er vorgehen sollte. Mit ihrer Hilfe brachte er das Ganze dann zwar langsam, aber schließlich mit Erfolg zu Ende.

Erschöpft baute er sich neben dem letzten der drei Betten auf und fragte: «Ist das so gut?»

Annika nickte. «Ja, prima.»

*

«Annika, schnell! Komm! Frau Will kriegt keine Luft!» Annika stand im Stationszimmer am Waschbecken und hatte gerade die Hände mit Seife eingecremt. So schnell sie konnte, spülte sie die Seife von den Händen, trocknete sich flüchtig ab und rannte David hinterher. Frau Will saß auf ihrem Bett und hatte beide Arme auf den Nachtschrank gelegt. Sie keuchte schwer. Ihr Gesicht hatte eine leicht gräulich-blaue Farbe angenommen. Annika drehte den Sauerstoff auf und reichte ihr die Nasensonde. Gleichzeitig drückte sie die Notruftaste und ließ nach Tillmann rufen. Nach etwa einer halben Stunde, einer Spritze Cortison und einer Infusion ging es Frau Will langsam wieder besser. Annika war die ganze Zeit bei ihr geblieben, musste sich jetzt aber wieder um andere Patienten kümmern. Es war noch etliches zu tun.

«Frau Will, ich muss noch einiges erledigen. Jetzt ist aber Frau Kaiser wieder da, dann sind Sie nicht allein.» Die Bettnachbarin von Frau Will war gerade wiedergekommen.

«Is schon gut Schwester. Machen Se mal. Geht schon wieder viel besser.»

Sie hatte die Türklinke schon in der Hand und wollte gerade aus dem Zimmer gehen, als Frau Kaiser plötzlich aufschrie. Annika sah, wie etwas Schwarzes durch Frau Kaisers Beine huschte und zu Frau Will rannte. Sie traute ihren Augen nicht: da war eine Katze, und Frau Will war im höchsten Grade allergisch gegen Katzen. Annika lief zum Bett, schnappte sich das Tier am Halsfell, warf es beherzt ins Bad und verschloss schnell die Tür, bevor es wieder ausbüchsen konnte. Dann ging sie zurück zu Frau Will.

Sie seufzte und fragte nur knapp: «Kater Carlo?»

Frau Will hatte des Öfteren ihren Kater erwähnt, und auf dem Nachtschränkchen stand ein Foto, auf dem sie ihn im Arm hielt. Nur: Wie war das Tier ins Krankenhaus gekommen? Annika fühlte Ärger in sich aufsteigen und musste sich beherrschen, um nicht unfreundlich zu werden. Immerhin hatte Frau Will gerade einen heftigen Asthmaanfall überstanden. Aber Carlo konnte auf keinen Fall hier bleiben.

«Frau Will, vielleicht verraten Sie mir, wie die Katze hier reingekommen ist? Dann könnten wir sie auf dem gleichen Weg wieder nach Hause schaffen.»

Annika sah Frau Will eindringlich an, aber die sagte kein Wort. «Frau Will, bitte. Machen Sie es mir doch nicht so schwer.»

Ohne Annika anzusehen, sagte sie: «Dat is keine Katze, dat ist ein *Kater*. Lassen Se Carlo einfach raus. Der findet seinen Weg schon zurück. Sind ja nur zwei Straßen.»

Das schien immerhin die einfachste Lösung zu sein. Annika griff sich Carlo, der sich zu ihrer großen Erleichterung überhaupt nicht sträubte, und setzte ihn am Hintereingang ab. Als wäre das die normalste Sache der Welt, ging er mit erhobenem Schwanz seelenruhig in Richtung Hauptstraße, ohne sie eines Blickes zu würdigen. «Der Bursche hat Stil», amüsierte sich Annika innerlich und ging auf die Station zurück.

Kaum war sie wieder im Stationszimmer, da hörte sie Schlanz, der sie vom Flur aus anblaffte. «Kriegen wir heute eigentlich gar kein Abendbrot oder was ist los?»

Annika sah den Essenswagen vorn am Stationseingang stehen, immer noch ungeöffnet. Das Abendbrot war tatsächlich schon seit einer halben Stunde überfällig und sollte längst verteilt sein. Wo waren bloß die anderen? Annika ignorierte Schlanz, ging zum Wagen und begann mit dem Verteilen. Nach fünf Minuten kamen Jacqueline und Sven dazu. Die beiden waren während der letzten Stunde mit einer neuen Patientin beschäftigt gewesen, die eigentlich auf die Intensivstation hätte verlegt werden müssen. Weil es dort aber keine freien Betten mehr gab, mussten sie improvisieren.

Eine knappe halbe Stunde später und nach etlichen Erklärungen und Entschuldigungen wegen des späten Abendbrots saßen Annika, Jens, Jacqueline und Sven in der kleinen Stationsküche. Für eine Pause in der Cafeteria war heute keine Zeit mehr, und so hofften die vier, dass ihnen wenigstens eine ungestörte Viertelstunde zum Essen bleiben würde.

*

Jens sammelte die leeren Abendbrottabletts ein, während Annika sich beeilte, die abendlichen Infusionen und Spritzen zuzubereiten. Wenn sie Glück hatten, würden sie trotz aller Hektik vielleicht noch pünktlich nach Hause gehen können. Annika legte die letzte Infusion auf ihren Arbeitswagen, als David aus seinem Zimmer kam. «Na, hat dir der Spaziergang heute gut getan?», erkundigte sie sich, während sie weiter alles Nötige für den abendlichen Rundgang zurechtlegte.

«Ja, ja. War gut.» David machte eine kurze Pause. «Wie geht es eigentlich Frau Will?»

«Frau Will? Der geht es wieder besser.» Plötzlich beschlich Annika eine Ahnung. David war heute Nachmittag draußen gewesen. Er verstand sich überaus gut mit Frau Will, ja, die beiden hatten sich regelrecht angefreundet. Schließlich war er auch noch dabei gewesen, als Frau Will ihren Anfall bekam. «Sag mal David, weißt du eigentlich, dass Frau Will allergisch auf Katzenhaare reagiert?»

David sah sie entsetzt an. Frau Will hatte ihm also nichts davon gesagt. Annika seufzte.

«Nein, das wusste ich nicht.» Unsicher sah er auf den Boden. «Aber sie hat doch selbst eine Katze. Hat sie mir zumindest erzählt», fügte er noch hastig hinzu.

«Genau das ist das Problem. Die dürfte sie eigentlich gar nicht haben, aber das sieht sie nicht ein. Deswegen ist sie auch so oft hier in der Klinik.»

Davids Miene verfinsterte sich. «Mir hat sie erzählt, ihr Kater hätte heute Geburtstag. Ich fand das zwar ganz schön schrill, aber sie war ziemlich daneben deshalb, und da wollte ich ihr was Gutes tun. Wenn ich das gewusst hätte ... also, dann hätte ich doch nie im Leben diese Katze geholt.»

Annika nickte. «War ja sicher alles nett gemeint, aber wenn du weitere Ideen in der Richtung hast, fragst du uns besser vorher. Okay? Du hast ja gesehen, was passiert ist.» Annika ersparte sich und ihm eine ausführliche Strafpredigt. David schien hinreichend beeindruckt zu sein.

«Mach ich. Kann ich jetzt zu ihr gehen?»

«Ja. Aber bleib nicht zu lange. Sie braucht noch etwas Ruhe.»

*

«Achtzig. Prima. Das ist ein sehr guter Puls», erklärte Annika der ängstlichen Frau Tackel, die nach drei Wochen morgen entlassen werden sollte. «Ich hole Ihnen noch eben das Zäpfchen.»

Schon von weitem hörte Annika Jacquelines wütende Stimme. «Das Bett ist für morgen früh vorbestellt. Wir können niemanden mehr aufnehmen. Sehen Sie sich doch einmal unseren Bettenplan an.»

Queitlinger ließ sich nicht beirren. «Dann muss die andere Patientin morgen früh eben auf die Nachbarstation. Wo ist das Problem?»

«Wo das Problem ist? Wieso kann die Patientin nicht heute schon auf die Nachbarstation? Wir hatten schon drei ungeplante Neuaufnahmen. Sie wissen genau, was hier im Moment los ist. Nebenan sind fünf Betten frei und hier keins.»

Jacquelines Augen funkelten wütend, doch Queitlinger blieb gelassen. «Die Patientin kommt hierher und damit Ende der Diskussion! Wo kommen wir denn hin, wenn ich hier alle um Erlaubnis fragen soll?»

Queitlinger machte eine wegwerfende Geste und ließ Jacqueline stinkwütend stehen. Erst jetzt bemerkte er Annika. Er lächelte sie mit glasigem Blick an und verließ das Stationszimmer. Jacqueline schnaubte. «Das ist in den letzten drei Wochen das vierte Mal, dass er sich nicht an die Absprachen hält. So geht das echt nicht weiter!»

Sie knallte die Kurve, die sie die ganze Zeit in der Hand gehalten hatte, auf den Schreibtisch. «Jetzt können wir wieder Überstunden machen, bloß weil dieser Idiot seinen Kopf durchsetzen muss. Drüben sitzen sie zu dritt im Stationszimmer und können sich gegenseitig die Nägel feilen.»

«Das darf doch nicht wahr sein», murmelte Annika und überlegte krampfhaft an einer Lösung.

Jacqueline sah sie offen an. «Wie wär's denn eigentlich, wenn du mal mit dem Kerl sprechen würdest? Vielleicht hört er ja auf dich? Dem läuft doch der Sabber raus, wenn er dich sieht.»

«Ja, toll», giftete Annika sie an. «Du hast sie wohl nicht mehr alle. Komm wieder zu dir.»

«Ist ja schon gut. War nur so 'ne Idee.»

«Idee! Das war keine Idee, das war Schwachsinn. Das können wir uns nicht bieten lassen. Und dann sollten wir darüber vielleicht mit der Beinstein reden. Das dürfte ja wohl dann die bessere Idee sein, oder?»

In diesem Moment kam Sven mit einer Familienpackung Mon Chéri zu ihnen. «Was schaut ihr denn so betreten aus der Wäsche?»

*

«Frau Meinke, würden Sie sich bitte um die neue Patientin kümmern?» Annika maß gerade bei Frau Kimme Temperatur, als Queitlinger ins Zimmer kam. Er hielt es wie immer für überflüssig, die Patientinnen zu grüßen.

«Ich komme, sobald ich hier fertig bin.» Annika sah nicht zu ihm hinüber, hoffte aber, dass er sich ärgern würde. Ohne eine weiteres Wort zu sagen, schloss er die Tür.

Fünf Minuten später schob sie ihren Arbeitswagen zum Stationszimmer und sah schon von weitem eine etwa sechzigjährige Frau im Pelzmantel, die sich die Fotografien im Stationsflur betrachtete. «Wahrscheinlich eine Angehörige der neuen Patientin», überlegte sie. Im Stationszimmer saß Queitlinger über einem Stapel Akten.

«Haben Sie Frau Ohles schon ihr Zimmer gezeigt?», wollte er wissen.

«Wem?»

«Der neuen Patientin. Frau Ohles.»

«Nein, wie sollte ich? Wo ist sie denn?»

«Müsste irgendwo auf dem Flur stehen», erklärte Queitlinger knapp.

«Sie meinen doch nicht etwa die Frau im Pelz?»

«Doch, genau die meine ich.»

«Im Ernst? *Die* soll als Notfall gekommen sein?» Annika schaute ihn entgeistert an. «Was hat sie denn?»

«Sie hat sich heute mehrmals übergeben und klagt über Übelkeit und Magenschmerzen. Das müssen wir genauer abklären. Ich möchte ihr gleich noch Blut abnehmen. Außerdem soll sie bis morgen früh nichts essen und trinken.»

Annika setzte sich unwillig in Bewegung, um der Pelzträgerin ihr Zimmer zu zeigen. Wie sie es nicht anders erwartet hatte, handelte es sich bei ihr um eine Privatpatientin, was ihr dann wiederum Queitlingers Motivation verständlich machte.

«Hier drin ist es aber schrecklich kalt», jammerte Frau Ohles.

«Ja, das tut mir Leid, aber wir mussten das Zimmer lüften. Aber das wird schnell wieder warm. Wenn Sie möchten, mache ich Ihnen eine Wärmflasche und hole noch eine zusätzliche Decke.»

«Oh, ja, das wäre nett. Haben Sie auch noch etwas zu Essen? Was Warmes vielleicht?»

Annika erklärte ihr, dass sie bis morgen früh nüchtern bleiben müsse.

«Wer erzählt denn so einen Unsinn?», fragte sie erregt. «Wieso soll ich denn nüchtern bleiben?»

Annika wurde ungeduldig und war wütend auf Queitlinger, der Frau Ohles offensichtlich nichts gesagt hatte. Sie gab sich Mühe, ihr die Gründe zu erklären, aber Frau Ohles sah sie nur giftig an und meinte: «Sollte mir das alles nicht besser ein Arzt erklären?»

Annika stutzte, sagte dann aber: «Das ist eine ganz ausgezeichnete Idee. Ich kümmere mich sofort darum.» Grinsend ging sie aus dem Zimmer.

*

«Und, wie geht es Frau Ohles?» Queitlinger sah von seinen Unterlagen auf, als Annika das Stationszimmer betrat.

«Offensichtlich gar nicht so schlecht. Sie hat gerade bei mir etwas Warmes zu Essen bestellt.»

«Haben Sie ihr gesagt, dass das nicht geht?»

«Oh ja, aber sie möchte mit Ihnen darüber sprechen. Und zwar sofort.» Ohne sich weiter um ihn zu kümmern, räumte Annika ihren Arbeitswagen ab und machte sich danach an die Dokumentation. Dabei fiel ihr Blick auf die Packung Mon Chéri, Queitlingers Lieblingspralinen. Er mochte zwar auch sonst fast alles, was aus Schokolade bestand, aber Mon Chéri konnte er gar nicht widerstehen. Queitlingers Schokoladensucht war kein Geheimnis. Seit Annika auf der Station arbeitete, versuchte er allerdings abzunehmen. Auch das war inzwischen allen bekannt.

Annika wartete, bis er endlich das Stationszimmer verlassen hatte. Dann öffnete sie in Windeseile die Schachtel, nahm eine Praline heraus und stellte den Rest der Packung auf den Schreibtisch an Queitlingers Platz. Sie war sich sicher, dass er zulangen würde. Während sie sich die Praline genüsslich in den Mund schob, malte sie sich in Gedanken aus, wie Queitlinger sich ärgern würde, nachdem er über die Schachtel hergefallen war. «Was bin ich doch für ein kleines Ekel», dachte sie und grinste still in sich hinein.

«Hey, sind das meine Mon Chéri? Die wollte ich Katharina mitnehmen.» Ungläubig deutete Sven auf die geöffnete Schachtel. Hinter ihm kamen Jens, Jacqueline und Agnes, die heute Nachtwache hatte, ins Zimmer.

«Beruhig dich, ich kauf dir eine neue», erwiderte Annika und erklärte, was sie vorhatte. Sie waren mitten in der Übergabe, als Queitlinger zurückkam und sich wieder an den Schreibtisch setzte. Er schien die Anwesenden gar nicht zur Kenntnis zu nehmen. Während Annika berichtete, warteten alle gespannt auf den Moment, in dem er schwach werden würde. Wenig später hörten sie auch schon das erste Knistern, und dann ging es immer schneller. Bis zum Ende der Übergabe hatte Queitlinger mindestens die halbe Schachtel verdrückt. Gerade als er sich eine weitere Praline nehmen wollte, klopfte es an der Zimmertür, die während der Übergabe immer geschlossen wurde. Durch das Fenster sahen sie Frau Ohles, die im nächsten Moment unaufgefordert hereinkam. Sie sah sich kurz um und wandte sich dann an Queitlinger: «Herr Doktor, ich gehe wieder.»

Queitlinger sah sie entgeistert an. Gerade hatte er ihr Blut abgenommen, die Anamnese geschrieben und alle Papiere ausgefüllt. «Wie bitte?», fragte er hilflos. Alle warteten gespannt darauf, was als Nächstes passieren würde. Queitlinger war in solchen Situationen immer hoffnungslos überfordert.

Frau Ohles hob ihren Kopf und erklärte: «Das Zimmer ist immer noch kalt wie ein Kühlschrank. Außerdem habe ich wahnsinnigen Hunger. Ich hab doch heute den ganzen Tag nichts gegessen.»

«Ja, schon, aber ich denke, Ihnen ist übel und Sie haben Magenschmerzen?»

«Ach, das ist schon wieder besser geworden. Wenn es mir morgen früh wieder schlechter geht, kann ich ja immer noch kommen.» Frau Ohles lächelte ihn an, drehte sich um und verließ das Zimmer.

«Blöde Kuh», hörten sie Queitlinger murmeln.

*

«Tschüss Harry. Und danke, dass du vorbeigekommen bist.» Dagobert reichte Beimer die Hand, und sie verabschiedeten sich. Harry stieg in seinen Wagen und dachte an die Zeit, als Dagobert seiner Abteilung zugeteilt wurde. Er war für ihn so etwas wie sein Lehrling gewesen. Zwei Jahre hatten sie in Duisburg zusammengearbeitet, und er mochte ihn von Anfang an. Dagobert war feinfühlig, intelligent und hartnäckig, und diese Eigenschaften brachten ihm nach relativ kurzer Zeit einige Beförderungen und schließlich seine Stelle hier in Essen ein. Sicher würde er auch weiter Karriere machen, wenn es für Dagobert auch im Moment eine schwierige Zeit war.

Er hatte mit einigen Problemen zu kämpfen, und weil er nicht weiterwusste, hatte er ihn angerufen. Beimer stellte ziemlich bald fest, dass Dagobert ähnliche Schwierigkeiten hatte wie er selbst seinerzeit. Er wollte seinen ersten Fall nach allen Regeln der Kunst bewältigen. Dabei stieß er an die üblichen Grenzen, die sich einem stellen, wenn man versucht, etwas besonders gut zu machen. Es kostete einige Mühe, Dagobert begreiflich zu machen, dass er nicht unfähig, sondern eher zu ungeduldig war und zu schnell Ergebnisse sehen wollte. Was den Streit mit Annika anging, war er sich nicht sicher, wem er hier Recht geben sollte. Er hätte gern gehört, wie sie die Dinge sah.

Beimer warf einen Blick auf seine Armbanduhr. Es war viertel nach acht. Wenn Annika Spätdienst hatte, würde er sie vielleicht noch treffen, bevor sie nach Hause fuhr. Kurz entschlossen lenkte er seinen Wagen in Richtung Werden und parkte wenig später am Krankenhaus. Er stieg aus und setzte sich auf eine Bank, von der aus er den Eingang im Auge behalten konnte. Während er wartete, dachte er an das letzte Treffen mit Annika. Seit seinem Englandaufenthalt stand eine unsichtbare Mauer zwischen ihnen. Er wurde aus ihr einfach nicht schlau. Einerseits schien sie sich zu freuen, ihn zu sehen, andererseits war sie abweisend und gab ihm das Gefühl, etwas falsch gemacht zu haben. Dass er nach England gefahren war, konnte eigentlich nicht der Grund dafür sein, denn schließlich war sie es gewesen, die immer wieder betont hatte, dass sie es locker angehen sollten.

Harry sah wieder auf die Uhr. Mittlerweile war es viertel vor neun. Er hatte Annikas alten Mercedes gleich bei seiner Ankunft entdeckt, also musste sie noch im Krankenhaus sein. Ungeduldig lief er den Parkplatz ein paar Schritte hinunter und dann wieder in Richtung Klinikeingang zurück. Da sah er sie mit zwei anderen Personen aus dem Krankenhaus kommen. In diesem Augenblick kam ihm der Gedanke, dass Annika jetzt vielleicht lieber ihre Ruhe haben wollte, statt mit ihm zu reden. Für einen Rückzug war es nun aber zu spät. Sie hatte ihn bereits entdeckt.

«Harry! Was machst du denn hier?» Neugierig kam sie auf ihn zu und fragte: «Arbeitest du etwa mit an Dagoberts Fall?»

Genau das war die Frage, die er gern vermieden hätte. «Nein, nein», beeilte er sich zu sagen. «Ich war nur gerade bei ihm, um etwas zu besprechen und da dachte ich, vielleicht hast du ja Lust, mit mir ein Bierchen zu trinken oder so.» Erwartungsvoll sah er sie an. «Ich meine, wenn du zu gestresst bist, dann kann ich das verstehen, dann ...»

Annika unterbrach ihn. «Nein, nein, ist schon gut. War nicht unbedingt ein Traumtag, aber ein Tässchen Bier werde ich schon noch verkraften.»

«Schön. Wohin gehen wir? Nach Duisburg?»

«Wie wär's denn mit der irischen Kneipe bei der Buchhandlung? Dann ist der Heimweg nachher nicht zu lang», schlug Annika vor.

Beimer war einverstanden, und sie fuhren in ihren Autos nach Duisburg zurück.

*

Annika genoss ihren Cider und beobachtete die Leute, die sich zum Teil in Deutsch, zum Teil auch in Englisch unterhielten. Ihr Blick blieb schließlich an Beimer hängen, der auf sie heute ein wenig unsicher wirkte.

«Hast du mit Dagobert auch über den Fall in unserer Klinik gesprochen?», fragte sie ihn unvermittelt.

Er hatte offensichtlich mit dieser Frage gerechnet. «Ja. Er hat mir auch von eurem Skelettfund gestern erzählt. Alle Achtung. Wie bist du bloß darauf gekommen?»

Harry war tatsächlich beeindruckt. Annika berichtete ihm in aller Kürze von ihren Beobachtungen, Vermutungen und dem Gespräch mit den Bauarbeitern. «Dagobert scheint das allerdings nicht so toll zu finden wie du», schloss sie ihren Bericht und erzählte ihm von ihrem Streit.

«Ich hatte nicht den Eindruck, dass Dagobert das so schlimm findet, was du gemacht hast. Schließlich war das ja im Ergebnis ein toller Fund.»

Als Annika nichts darauf erwiderte, fuhr er fort: «Wenn Dagobert nicht an deine Fähigkeiten geglaubt hätte und dir nicht vertrauen würde, hätte er dich nicht gefragt, ob du ihm hilfst. Andererseits weiß er, dass er sich damit auf ziemlich dünnem Eis bewegt, und jetzt hat er einfach Angst, dass er die Übersicht verliert.»

«Hat er dir von unserem Streit erzählt?»

Beimer nickte. «Ja, hat er. Und glaub mir, er ist deshalb genauso geknickt wie du. Ihr müsst einfach noch einmal darüber sprechen. Jetzt, wo ihr beide Dampf abgelassen habt», schlug er lächelnd vor.

Annika fand es nicht unkomisch, dass ausgerechnet Harry ihr einen solchen Vorschlag machte. «Ich denk drüber nach», entgegnete sie.

Beimer sah sie eindringlich an, und sie hatte das Gefühl, dass er gleich ein wichtiges oder unangenehmes Thema anschneiden würde. Für heute war ihr Bedarf an Problemen und Krisengesprächen allerdings gedeckt. Bevor er etwas sagen konnte, kam sie ihm zuvor: «Harry, ich bin total müde. Sei mir bitte nicht böse, aber ich muss ins Bett.» Sie hielt nach der Kellnerin Ausschau.

Annikas letzter Satz löste bei Harry ein paar völlig unpassende Assoziationen aus. Er musste sich konzentrieren, um die Frage loszuwerden, die ihn seit Monaten beschäftigte. «Annika, bitte sag mir, ob du Harald noch triffst.» Man merkte ihm an, welche Überwindung ihn dieser Satz gekostet hatte.

Annika war durch Harrys Frage völlig aus dem Konzept gebracht. Sie verhaspelte sich, als sie zurückfragte: «Hara... wie, äh, wie kommst du denn darauf?»

«Edgar hat mir erzählt, dass er dich mit Harald gesehen hat.»

Annika sah ihn verständnislos an. Sie hatte Harald schon seit Ewigkeiten nicht mehr gesehen. Kurz nachdem Harry sich damals so plötzlich verabschiedet hatte, war Harald wieder aufgetaucht, und in einer merkwürdigen Stimmung hatten sie spontan ein Wochenende am Meer in Oostkapelle verbracht. Sie wussten in diesen Tagen beide nicht, was mit ihnen los war, und so hatten sie sich zwei Tage lang gegenseitig mehr getröstet als geliebt. Nach diesem Wochenende war ihnen dann allerdings klar, dass ihre gemeinsame Zeit damit nun endgültig zu Ende war. Wollte Harry etwa darauf anspielen?

«Ehrlich gesagt, weiß ich nicht, was Edgar meint. Das ist schon Monate her, seit ich Harald das letzte Mal gesehen habe.»

«Und seitdem habt ihr euch nicht mehr getroffen?», hakte Harry nach.

Annika schüttelte den Kopf. «Nein.»

Sie sah ihn an, und begann zu ahnen, warum er sich so plötzlich zurückgezogen und ihr aus England dann kaum noch geschrieben hatte. Und vor allem wurde ihr klar, warum er sich nicht bei ihr gemeldet hatte, als er wieder in Deutschland war. Er musste von ihrem kleinen Ausflug mit Harald erfahren haben. «Wann genau hat Edgar dir erzählt, dass er Harald und mich gesehen hat?», wollte sie wissen.

«Das ist schon ein bisschen her. Das war, als ich anfangs in England war. Edgar hat mich da einmal besucht.»

«Warum hast du denn nicht sofort mit mir gesprochen?»

«Ja, warum denn wohl? Weil ich eben geglaubt hab, dass du wieder mit Harald zusammen bist. Als ich damals gefahren bin, wusstest du ja noch nicht, wie und ob das mit uns weitergehen sollte. Wir wollten ja erst mal ganz langsam anfangen, und das hab ich auch verstanden und gut gefunden.»

Annika überlegte kurz. «Ja, gut, aber du hättest dich doch wenigstens mal melden können, anstatt dich auf das zu verlassen, was andere dir erzählen.»

«Edgar hatte doch gar keinen Grund, mir Lügengeschichten aufzutischen. Er hat es eigentlich eher so nebenbei erwähnt und war ganz überrascht, dass ich nichts davon wusste. Als er das gemerkt hat, war es ihm sogar peinlich. Vor allem, weil er mir erzählt hat, dass du dich ganz unübersehbar mehr als gut mit Harald verstanden hast. Und das hat mir gereicht. Ich bin kein Typ, der sich da einmischen würde.»

«Aber da war doch überhaupt nichts», protestierte Annika.

«Annika, was da war oder ist, das kann ich aus der Entfernung nicht sagen, da ...»

«Eben, deshalb hättest du mit mir darüber reden sollen», unterbrach Annika ihn.

«Hör mal, erst weiß ich nicht, wie das mit uns weitergeht, und ein paar Wochen später erfahre ich dann, dass du wieder mit deinem Ex-Lover zusammen bist. Und dann soll ich *dich* anrufen? Was hätte ich denn fragen sollen? Vielleicht: Hallo Annika, ich wollte nur mal eben nachfragen, ob du jetzt wieder mit Harald zusammen bist? Wie wäre es denn gewesen, wenn *du mich* mal angerufen hättest. Wenn dir was an mir liegt, hättest du dich doch wohl mal melden können. Vor allem dann, wenn nach diesem Meer-Wochenende angeblich alles vorbei gewesen sein soll. Danach hattest du doch dann Klarheit, oder?»

Annika hatte Beimer noch niemals so wütend erlebt und erschrak ein wenig. «Aber ich fand es nicht so wichtig, deshalb wollte ich nicht darüber reden», versuchte sie zu erklären.

«Ach, was? Komm, lassen wir das. Vielleicht solltest du erst einmal mit dir selbst ins Reine kommen und herausfinden, was du willst. Dann kannst du dich ja wieder bei mir melden.» Harry stand auf und sah sie traurig an. Er wirkte erschöpft und sagte: «Ich mach mich jetzt auf den Weg. Bis dann.»

Annika sah stumm hinter ihm her, als er zum Tresen ging und sein Bier bezahlte. Er drehte sich nicht noch einmal um, sondern verschwand einfach aus ihrem Blickfeld. In diesem Moment fühlte sie sich vollkommen allein und sterbensmüde. Wie gelähmt blieb sie noch eine Weile auf ihrem Hocker sitzen und ließ seine letzten Worte in sich nachklingen. «Vielleicht hat er ja Recht. Tina und Klaus hatten auch so etwas in der Richtung gesagt. Das ist allerdings jetzt nicht die beste Zeit für komplizierte Entscheidungen», ging es ihr durch den Kopf, bevor sie sich einen Ruck gab und auf den Weg nach Hause machte.

*

Mit letzter Kraft schleppte sich Annika die zwei Etagen zu ihrer Wohnung hoch. Auf ihrer Fußmatte stand ein Teller mit Süßigkeiten und Gute-Nacht-Wünschen ihrer Nachbarn. Annika neigte normalerweise nicht zu Rührseligkeit, aber diese Geste, nach all den Katastrophen heute, löste die ganze Anspannung in ihr. Annika wehrte sich nicht gegen die Tränen. Sie nahm den Teller, öffnete die Wohnungstür und setzte sich im Dunkeln ins Wohnzimmer. Nach einer Weile hörte sie auf zu weinen. Sie wischte sich mit ihrem Ärmel die Tränen aus dem Gesicht, zündete eine Kerze an und legte die CD mit der Filmmusik von *Die fabelhaften Baker-Boys* ein. Sie schloss die Augen, und schon bald mischten sich Bilder des vergangenen Tages mit denen des Films. Unter ihren Kopfhörern überließ sie sich einer Melancholie, die sie schließlich in den Schlaf hinübertrug.

Mittwoch, 12. Januar

Als am nächsten Morgen der Wecker schellte, tauchte Annika aus einem tiefen Schlaf auf, und sie brauchte einige Minuten, um sich zu orientieren. Die Kerze war heruntergebrannt und die Kopfhörer hatten sich in der Decke verwickelt. Sie hätte am liebsten einfach wieder die Augen geschlossen und den Rest des Tages weitergeschlafen. Schwerfällig quälte sie sich ins Bad, trank im Stehen eine Tasse Kaffee und machte sich auf den Weg zur Arbeit.

«Hallo Schwester!» Frau Will strahlte, als Annika ihr Zimmer betrat. Obwohl Annika und Tillmann gestern Abend noch ein ernstes Wort wegen Kater Carlo mit ihr geredet hatten, schien sie sich zu freuen, dass Annika wieder da war.

«Mir gehtet wieder viel besser», erklärte sie ihr, während sie ihrer Bettnachbarin, einer 99-jährigen Frau half, aus einer Schnabeltasse zu trinken. Danach deutete sie mit ihrem Kopf auf ihre Bettnachbarin und erklärte knapp: «Frau Driebusch. Die ist wirklich arm dran.»

Annika kam näher und wollte die neue Patientin begrüßen. Frau Kaiser war heute Morgen entlassen worden, und in ihrem Bett lag jetzt Frau Driebusch, die seit fast zehn Jahren in einem Altenpflegeheim lebte. Als Annika sich zu ihr hinunterbeugte, zuckte sie verschreckt zusammen. Annika redete beruhigend auf sie ein, doch Frau Driebusch starrte ihr nur ängstlich entgegen.

«Dat macht se immer, wenn jemand mit weißem Kittel kommt», erklärte Frau Will.

Annika war irritiert und trat unwillkürlich einen Schritt vom Bett zurück. Sie wusste nicht, was sie mir ihr machen sollte. Frau Driebusch schien völlig verängstigt zu sein, und aus der Kurve wusste sie, dass die alte Frau ein faustgroßes Druckgeschwür am Steißbein hatte, das versorgt werden sollte. Tillmann musste hier dringend was unternehmen.

Frau Will schien sich in den Kopf gesetzt zu haben, das Problem zu lösen. «Kommen Se doch noch mal her,

Schwester. Wenn die Frau Driebusch Sie erst mal kennen gelernt hat, hat se bestimmt keine Angst mehr.»

Annika dachte nach. Vielleicht hatte Frau Will ja Recht. Sie kam vorsichtig wieder näher und bemühte sich, beim Sprechen langsam und nicht zu laut zu reden und ihre Stimme zu senken. Vielleicht war sie ja auch schwerhörig und verunsichert, weil sie nicht hören konnte, was man ihr sagte. Annika musste unbedingt ihr Bett machen und sie auf die andere Seite legen. Sie beugte sich noch einmal zu ihr hinunter und erklärte ihr, was sie vorhatte. Dabei strich sie ihr sachte über die zitternde Hand.

Um sich Unterstützung zu holen, ging Annika ins Stationszimmer zurück. Dort traf sie auf Josefa. «Josefa, kannst du mir kurz helfen?»

«Klar. Wobei?»

«Frau Driebusch muss gebettet werden. Ich suche mir nur eben noch die Sachen zusammen.»

Während sie Verbände für die Versorgung des Dekubitus auf einem Tablett zurechtlegte, erzählte sie Josefa von der Patientin. Dann machten die beiden sich auf den Weg. Frau Will hatte sich mittlerweile einen Stuhl an das Bett von Frau Driebusch gezogen und las ihr aus der Tageszeitung vor. Als Annika und Josefa das Zimmer betraten, drehte sie sich aufgeregt zu ihnen um. «Haben Se dat schon gelesen?»

«Was denn?», fragte Annika nach.

«Na hier, die Geschichte über dat Skelett, dat se hier im Krankenhaus entdeckt haben. Is ja echt en Ding. Soll sogar 'ne Kollegin von Ihnen gefunden haben. Wissen Se, wer dat war? Hier steht kein Name.»

Annika war es ein wenig mulmig. Glücklicherweise erwartete Frau Will keine Antwort, sondern begann, den Artikel vorzulesen:

Grausiger Fund im alten Krankenhausgraben. Krankenschwester entdeckt Skelett aus dem 2. Weltkrieg.

Frau Will ließ die Zeitung sinken. «Woher wissen die denn, dat dat aus dem Zweiten Weltkrieg stammt?», überlegte sie laut. «Kann man dat denn so genau sagen?»

«Kann man», erklärte Annika und wollte gerade zu einer Erläuterung über Untersuchungsmethoden zur Altersbestimmung von Knochenfunden ansetzen, da wurde sie schon von Frau Will unterbrochen.

«Wat die hier schreiben, stimmt ja hinten und vorne nich», empörte die sich. «Da oben heißt et, dat Skelett is aussem Zweiten Weltkrieg, und hier unten steht, dat Skelett is vierundvierzig Jahre alt. Dann kann et ja wohl nich aussem Zweiten Weltkrieg sein, oder? Also wirklich. Rechnen können die heute auch nich mehr.»

Während Josefa und Annika mit Frau Driebusch beschäftigt waren, hörten sie Frau Will zu, die mit großem Eifer weiter aus der Zeitung vorlas.

«Steht denn da auch, wer das gewesen sein könnte?», wollte Josefa wissen.

«Warten Se mal.» Frau Will steckte den Kopf wieder in die Zeitung. «Nee, dat nich, aber hier sind Fotos. Die haben bei dem Skelett ne Uhrenkette mit Anhänger gefunden. Und da is ne Widmung drauf. Die Polizei will, dat man sich meldet, wenn man wat da drüber weiß.» Frau Will inspizierte die Fotos genauer.

«Steht da auch was über die Widmung?» Josefa hatte in ihrer Arbeit inne gehalten und sah gespannt zu Frau Will.

«Warten Se, da steht et: *Für Erwin von Anna.*»

Josefa wurde leichenblass, taumelte und sackte in sich zusammen. Annika war gerade noch rechtzeitig bei ihr und konnte sie abstützen. Vorsichtig ließ sie sie zu Boden gleiten, aber Josefa kam schon wieder zu sich. Frau Will schaute die beiden erschrocken an und beugte sich zu Josefa hinunter. «War dat getz meine Schuld?», fragte sie leise.

Josefa versuchte sich wieder aufzusetzen und sagte: «Nein, nein. Das war nicht Ihre Schuld.»

«Willst du nicht noch einen Moment liegen bleiben?», schlug Annika vor.

Josefa lächelte unsicher. «Nein danke. Der Boden ist verdammt hart. Geht schon wieder. Ich weiß auch nicht, was los war.»

Annika half ihr auf einen Stuhl und sagte: «Bleib hier sitzen. Ich mach eben noch Frau Driebuschs Bett fertig.»

*

Josefa hatte Frau Will um die Zeitung gebeten und saß nun im Stationszimmer über den Fotos. Seit sie das Patientenzimmer verlassen hatte, hatte sie kein Wort mehr gesagt. Doris und Annika warteten gespannt auf eine Erklärung.

«Komm, trink deinen Kaffee. Das bringt den Kreislauf wieder auf Trab», riet Annika ihr.

Josefa nippte vorsichtig an ihrem Becher und sah dabei immer wieder auf die Fotos. Wenn sie aufsah, schien sie in weite Ferne zu blicken.

Plötzlich brach sie das Schweigen und sagte langsam und betont: «Die Kette hier hat meinem Vater gehört.»

Doris und Annika sahen sich mit aufgerissenen Augen an. «Sie hat deinem Vater gehört?» Annika verstand kein Wort. «Wie kommst du darauf?»

«Mein Vater hieß Erwin. Und meine Mutter Anna. Sie hat sie ihm zur Hochzeit geschenkt.»

Sie strich über das Foto, als wolle sie die Kette berühren. «Für Erwin von Anna», flüsterte Josefa und eine Träne rollte über ihre Wange. Ohne Doris und Annika anzusehen, sprach sie weiter: «Es ist jetzt vierundvierzig Jahre her, seit mein Vater plötzlich spurlos verschwunden ist. Ich hatte immer gehofft, dass er eines Tages zurückkommen würde.»

Annika und Doris sahen sich kurz an und verständigten sich wortlos. Dann berührte Doris Josefa sacht am Arm. «Josefa, was hältst du davon, wenn du für heute nach Hause gehst?»

Josefa sah blinzelnd zu Doris, so als habe man sie geweckt. «Nach Hause? Ja, das wäre gut», murmelte sie geistesabwesend, stand auf und ließ die beiden verwirrt zurück.

Nachdem Josefa die Station verlassen hatte, wählte Annika Dagoberts Telefonnummer. Sicher war er noch im Präsidium. Ihr war etwas mulmig zumute, denn nach dem heftigen Streit letztens hatten sie nicht mehr miteinander geredet. Annika wartete und wollte schon wieder auflegen, als Dagobert sich plötzlich knapp und förmlich meldete. Im Hintergrund waren viele Stimmen zu hören.

«Dagobert, hier ist Annika. Tut mir Leid, wenn ich dich störe, aber ich glaube ich weiß, wer das Skelett ist.»

«Du weißt...» Er sprach nicht zu Ende, weil jemand aus dem Hintergrund eine Frage stellte. Dann wandte er sich ihr wieder zu. «Also, ich glaub es nicht.»

Zu Annikas Erleichterung schien Dagobert ehrlich begeistert. Bevor sie zu weiteren Erklärungen ansetzen konnte, fragte er aufgeregt: «Wo bist du? Kann ich vorbeikommen?»

Eine Viertelstunde später standen die beiden sich gegenüber und sahen sich verlegen an. Dagobert atmete tief ein und sagte: «Also, ich möchte mich entschuldigen. Das mit dem ‹Reinpfuschen› war völlig daneben. Und auch sonst. Ich hab mich idiotisch benommen.» Er sah sie unsicher an.

Annika nickte und seufzte. «Das war wohl für uns beide kein so toller Tag. Ich hab auch 'ne Menge Schwachsinn erzählt. Lass es uns vergessen, okay?»

Dagobert atmete erleichtert aus und sagte: «Einverstanden.»

Dann erzählte Annika von Josefa. Dagobert hörte gespannt zu. Als sie gerade zum Ende gekommen war, hörte sie eine vertraute Stimme vom Stationsflur: «Wird mein Bett heute eigentlich gar nicht gemacht?»

Mit in die Hüften gestemmten Armen stand Schlanz vor dem Stationszimmer. «Das ist ein richtiger Sauladen hier. Ich werde mich beim Chefarzt beschweren.»

Dagobert und Annika sahen sich an und mussten gleichzeitig losprusten. Ihr Lachen hallte über den Stationsflur, und Herr Schlanz, der mit einer solchen Reaktion überhaupt nicht gerechnet hatte, strich kopfschüttelnd die Segel.

*

Annika versuchte, sich darauf zu konzentrieren, mit dem mittlerweile dritten roten Kugelschreiber die Pulskurve zu verlängern. Zwei Stifte hatte sie schon in den Papierkorb befördert, weil sie ausgetrocknet oder leer geschrieben waren. Nur ein weiterer Kugelschreiber lag vor ihr – der magere Rest für das gesamte Pflegeteam. Doris' Sparwut trieb absurde Blüten. Überall wurde geknapst, nur damit sie am Ende des Jahres als die wirtschaftlichste Station dastehen konnten. Seit zwei Jahren gab es im St. Barbara Krankenhaus dafür eine besondere Auszeichnung. Das führte dann allerdings immer wieder zu Material-Engpässen, sodass man oft für Kleinigkeiten wie Kugelschreiber die Kolleginnen auf der Nachbarstation anpumpen musste. Die wiederum hatten verständlicherweise wenig Interesse, in Konkurrenz stehende Stationen zu unterstützen. Annika fragte sich oft, wie groß wohl der Schaden war, der durch brüchige Kollegialität und mangelhafte Ausstattung entstand. Eine tiefe Baritonstimme unterbrach sie in ihren Überlegungen.

«Guten Tag. Sagen Sie, ist mein Kollege Dr. Tillmann zu sprechen?»

«Ihr Kollege?» Annika hatte eine Abneigung gegen Leute, die sich ohne Not gleich als Mediziner vorstellten und dann erwarteten, ins Team aufgenommen zu werden.

«Ja.» Er verzog keine Miene. «Dr. Manirsch mein Name. Mein Vater ist vor einigen Tagen hier verstorben.»

Annika biss sich auf die Zunge. «So ein verdammter Mist», fluchte sie innerlich. Der hatte ihr gerade noch gefehlt. Sie entschied sich zunächst für strategische Höflichkeit und meinte: «Ah ja, Herr Manirsch. Gut, ich seh' mal nach, ob ich Herrn Tillmann für Sie auftreiben kann. Warten Sie hier?»

«Ja, danke», antwortete er und starrte dabei weiter mit leerem Blick durch sie hindurch.

Annika verließ das Dienstzimmer. «Muss Spaß machen, bei dem Patient zu sein», dachte sie und zögerte, als sie vor der Tür zu Tillmanns Büro stand. Eigentlich wollte sie zumindest einen kurzen Augenblick mit Manirsch allein sprechen. Statt anzuklopfen wartete sie zwei Minuten vor seinem Zimmer und ging dann wieder ins Stationszimmer zurück. Manirsch hatte sich inzwischen an den Besprechungstisch gesetzt.

«Herr Tillmann spricht gerade mit einem Patienten. Warten Sie bitte einen Moment, er wird gleich kommen.»

Manirsch stand auf. Er wollte gerade etwas sagen, als Wagner hereinkam. Die beiden stutzten und starrten sich erstaunt an, bis Manirsch fragte: «Herr Wagner. Was machen Sie denn hier? Ich dachte, Sie wären schon in Südamerika.» Er reichte ihm die Hand. «Sie sind doch hoffentlich nicht als Patient hier.»

Wagner nickte. «Doch, leider schon. Aber ich geh' heute schon wieder nach Hause.» Er machte eine kurze Pause, ging einen Schritt auf Manirsch zu und reichte ihm zögernd die Hand. «Tut mir Leid. Das mit Ihrem Vater.» Wagner schien sich nicht sicher zu sein, ob er gerade das Richtige getan hatte, denn er sah Manirsch unsicher an. Der allerdings machte einen durchaus gefassten Eindruck. Er bedankte sich knapp und erklärte mit erhobenem Kopf: «Ja, verrückte Sache, das

Ganze. Aber mein Vater hat schon immer viel Unsinn gemacht. Hat immer das gemacht, was er sich in den Kopf gesetzt hat, ohne an die Folgen zu denken. Mich wundert nur, dass so was nicht schon früher passiert ist.»

In diesem Augenblick kam Tillmann herein und Annika beeilte sich, ihm Manirsch vorzustellen, bevor jemand bemerkte, dass Tillmann noch gar nichts von seinem Besucher wissen konnte. Sie hatte Glück, und die beiden gingen ins Arztzimmer.

Wagner stand immer noch in der Tür und wandte sich nun an Annika. «Ja, Frau Meinke, ich wollte mich eigentlich nur von Ihnen verabschieden und mich für Ihre Hilfe bedanken.»

«Das ist nett, Herr Wagner. Ich wünsche Ihnen alles Gute. Wollen Sie denn wirklich Ihr Restaurant aufgeben?»

«Ja, das hab ich vor, aber das ist gar keine so neue Idee. Darüber habe ich schon länger nachgedacht. Ich hab Freunde in Südamerika, und zusammen mit denen will ich dort noch mal neu anfangen. Ein Restaurant in dieser Gegend, das war schon immer mein Traum. Allein hätte ich das nie geschafft, aber jetzt glaube ich, dass wir es hinkriegen. Also, wenn Sie mal in die Gegend da kommen, sind Sie herzlich eingeladen.»

Annika stutzte. Hatte er diesen Plan jemals erwähnt? Nein. Sie war sich sicher, dass sie davon heute zum ersten Mal hörte. Das passte auch nicht zu der Einladung in den *Jägersitz* von neulich. Davon war jetzt offenbar nicht mehr die Rede, und Annika zweifelte sehr daran, dass Wagner ihr gerade die Wahrheit gesagt hatte. Sie wollte ganz sicher gehen und meinte: «Danke für die Einladung. Aber ich finde es schade, weil ich gern noch mal hier zu Ihnen essen gekommen wäre.»

«Ja, das ist wirklich schade. Aber ich hatte auch gar nicht damit gerechnet, dass jetzt alles so schnell geht. Wir sind davon ausgegangen, dass es mindestens ein

Jahr dauern würde, ein vernünftiges Lokal zu finden. Aber warum nicht jetzt schon? Mich hält hier jedenfalls nichts.»

Annika hörte sich seine Erklärung aufmerksam an und suchte in seinem Gesicht nach Anzeichen dafür, dass er log. Aber sie konnte nichts entdecken. Sie wechselten noch einige Worte, dann gab Annika Wagner den Arztbrief und verabschiedete sich von ihm.

*

Dadurch, dass Josefa im Spätdienst ausgefallen war, hatte alles länger gedauert und Annika war, wie oft in letzter Zeit, nicht pünktlich aus dem Krankenhaus gekommen. Als sie ihre Wohnungstür aufschloss, war es schon wieder halb zehn.

«Wie soll man unter solchen Umständen ein halbwegs normales Leben führen?», fragte sie sich und warf ihre Tasche wütend in die Garderobe. Dann ging sie ins Bad und drehte dort die Heizung auf. Sie hatte große Lust auf ein Entspannungsbad. Seit sie im St. Barbara angefangen hatte, war ihr Bedarf an Beruhigungsbädern bedenklich gestiegen.

Bevor sie das Bad genießen konnte, musste sie unbedingt noch mit Dagobert sprechen. Sie war sich ziemlich sicher, dass er Wagners Auswanderungspläne noch nicht kannte. Als sie das Telefon aus der Ladestation nahm, sah sie, dass das Lämpchen ihres Anrufbeantworters hektisch blinkte. Drei Anrufe. Annika stöhnte und drückte unwillig auf die Wiedergabetaste. Die ersten zwei Anrufer hatten glücklicherweise keine Nachricht hinterlassen. Der dritte Anruf kam von Olaf, der Annika dringend bat, zurückzurufen. Annika wählte seine Nummer.

«Olaf Manirsch», meldete er sich.

«Annika hier. Was gibt's denn?»

«Mensch, gut dass du anrufst. Du glaubst nicht, was ich heute erfahren habe. Wagner will den *Jägersitz* verkaufen und mit Emma nach Südamerika. Was sagst du dazu?»

«Ja, das hat er mir heute selbst erzählt. Für mich war das auch eine Überraschung. Aber er hat gesagt, dass er das schon länger geplant hat.»

«Nee, nie im Leben», entgegnete Olaf. «Aber das ist noch gar nicht das Merkwürdigste. Weißt du, an wen er den Laden verkaufen will?» Olafs Stimme überschlug sich fast vor Aufregung.

«An wen?»

«An meine Mutter.»

Annika brauchte ein paar Sekunden, um diese Neuigkeit aufzunehmen. «Deine Mutter? Aber ich denke, die ist mit dem *Harlekin* gut ausgelastet. Wozu denn noch ein Restaurant?»

«Größenwahnsinn», meinte Olaf lapidar. «Die will da oben eine Sterne-Küche für die High Society aufbauen. Also alles noch mal zwei Klassen besser als jetzt. Und dann wahrscheinlich unbezahlbar für die Eingeborenen», setzte er sarkastisch hinzu.

«Hat sie dir das alles so erzählt?»

«Na ja, nicht direkt», erklärte Olaf. «Sagen wir mal, ich hab es mehr oder weniger zufällig gehört.»

Annika dachte an ihr Gespräch mit Wagner, in dem er ihr von seiner Abneigung gegen eine versnobte Küche erzählt hatte und dass er gute Qualität für Menschen mit durchschnittlichem Einkommen anbieten wollte. Wie konnte er nach all diesen Streitigkeiten mit den Manirschs ausgerechnet an die sein Restaurant verkaufen?

«Hey, bist du noch dran?», wollte Olaf wissen.

«Ja, ja. Ich versuch' nur gerade, mir darauf einen Reim zu bilden.»

«Das ist irre, nicht wahr?»

«Kann man wohl sagen», stimmte sie zu.

Nach dem Gespräch mit Olaf rief sie sofort Dagobert an. Dabei ersparte sie sich große Vorreden und kam gleich zur Sache. «Ich habe heute einiges erfahren, was deine Theorie in Sachen Manirsch bestätigen dürfte.»

«Du meinst, so ganz ohne neue Ausgrabungen?» Dagobert war bester Stimmung und wollte sie veräppeln, aber Annika ging nicht darauf ein.

«Genau. Pass auf und hör zu.» Sie erzählte ihm von Wagner, den Manirschs und dem *Jägersitz*. Als Dagobert nach ihrem Bericht eine Weile schwieg, wusste sie, dass er soeben von ihr mal wieder etwas Neues erfahren hatte.

Donnerstag, 13. Januar

Als Annika ins Stationszimmer kam, beugte Queitlinger sich gerade über den Tisch und hielt ein mächtiges Stück Schokoladenkuchen in seinen Pranken. Zu Anfang des Spätdienstes war die Torte, die Tillmann zur Geburt seiner Zwillinge spendiert hatte, noch völlig unversehrt gewesen. Mittlerweile war sie auf die Hälfte ihrer ursprünglichen Größe geschrumpft, und Annika war sich ziemlich sicher, dass Queitlinger den größten Teil des fehlenden Stückes verschlungen hatte.

Seit seiner Affäre mit der Packung Mon Chéri stopfte er noch mehr Süßes in sich hinein als zuvor. Einerseits amüsierten sich alle über seine Maßlosigkeit, wo er doch vor seinen Patienten immer wieder Disziplin predigte. Andererseits war seine Sucht inzwischen auch ärgerlich, denn man konnte keine Süßigkeiten herumliegen lassen, wenn er in der Nähe war. In unbeobachteten Augenblicken griff er einfach zu, und später leugnete er, sich bedient zu haben. Seit einigen Tagen machte er nicht einmal vor ungeöffneten Pralinenschachteln halt.

«Na, schmeckt's?», fragte Annika.

Erschrocken drehte Queitlinger sich um. Seine Mundwinkel waren dunkelbraun eingefärbt und an der rechten Wange hingen noch Schokoladenkrümel. Sie konnte sich ein Grinsen nicht verkneifen.

«Was ist denn so witzig?», herrschte Queitlinger sie barsch an. Nachdem Annika auf seine Werbungsversuche nicht eingegangen war und er das auch begriffen hatte, versuchte er nun, sie zu ignorieren, so gut es ging. Annika war das nur recht.

«Sie haben da was an der Backe», bedeutete Annika ihm und beugte sich dann über eine Kurve. Das Telefon erlöste beide aus der peinlichen Situation. Annika nahm den Hörer ab. «St. Barbara Krankenhaus, MK 3, Meinke hier», meldete sie sich.

«Anna Manirsch», hörte sie eine ältere, raue Frauenstimme. «Könnte ich wohl meine Tochter sprechen?»

Annika war irritiert. «Manirsch? Ihre Tochter? Äh, ich wüsste nicht, dass wir hier eine Patientin mit diesem Namen haben. Allerdings ...» Annika wollte gerade auf Johann Manirsch zu sprechen kommen, aber sie wurde ziemlich unfreundlich unterbrochen.

«Wieso Patientin? Wer sind Sie denn eigentlich? Meine Tochter arbeitet doch auf der Station und hat mir heute Morgen noch erzählt, dass sie jetzt Spätdienst hat.»

«Ihre Tochter arbeitet hier?» Annika war nun völlig verunsichert.

«Ja, Josefa. Josefa Braun.»

Annika verschlug es die Sprache.

«Hallo? Sind Sie noch da?», wollte die Anruferin wissen.

«Entschuldigen Sie, ja. Ich hole Josefa eben», sagte Annika, legte den Hörer auf den Schreibtisch und suchte nach ihr. Frau Manirsch hatte ihre Tochter angerufen, weil sie dabei war eine Todesanzeige aufzugeben und nicht genau wusste, was sie schreiben sollte. Josefa war davon alles andere als begeistert, akzeptierte aber letztendlich den Wunsch ihrer Mutter. Als Josefa nachdenklich den Hörer auflegte und kommentarlos aus dem Stationszimmer verschwand, ließ sie Annika mit all ihren Fragen und Vermutungen zurück.

*

«Josefa, wir müssen gleich unbedingt noch den BTM-Bestand überprüfen.» Annika und Josefa hatten gerade das Abendbrot ausgeteilt und brachten die leeren Teekannen in die Küche zurück.

Josefa kniff ihre Augen zusammen und meinte: «Sollen wir nicht erst was essen? Sonst kommen wir wieder nicht dazu.»

«Auch wieder wahr, einverstanden. Wo sind eigentlich Annette und Petra?»

«Bei Frau Driebusch.»

In diesem Moment hatte Annika eine Idee. «Sag mal, was hältst du davon, wenn wir nach dem Dienst gemütlich irgendwo Essen gehen? Hättest du Lust?»

«Ist das nicht schon ein bisschen zu spät?», wandte Josefa ein.

«Nö, wieso? Wenn wir jetzt keine Pause machen, schaffen wir noch alles. Und nachher können wir dann wenigstens in Ruhe essen. Die Viertelstundenpausen schlagen mir nämlich langsam auf den Magen. Also?»

«Gut, warum nicht? Und ein bisschen Abwechslung tut mir sowieso gut. Hast du schon eine Idee, wo wir hingehen können?», erkundigte sich Josefa.

«Ich denk noch drüber nach», entgegnete Annika. «Komm, lass uns jetzt erst mal fertig machen.»

*

Pünktlich um halb neun verließen Annika und Josefa das Krankenhaus.

«Und, wohin geht's nun?», wollte Josefa wissen, als sie in Annikas Wagen saßen.

«Das ist eine Überraschung», antwortete Annika feierlich.

Josefa schien damit einverstanden zu sein. Sie lehnte sich entspannt zurück und sagte: «Schön. Ich liebe Überraschungen.»

Annika schlug den Weg Richtung Ruhrbrücke ein und dachte: «Ob das eine tolle Überraschung ist, wird sich gleich zeigen.» Während der kurzen Fahrt erzählte Josefa von ihrem geplanten Urlaub in der Toskana. Annika hörte nur mit halbem Ohr zu, denn sie musste sich auf den Weg konzentrieren, damit sie nicht wie beim letzten Mal in die falschen Straßen einbog und wieder bei Beethovens *ba-ba-ba-bamm* landete. Plötzlich unterbrach Josefa sich und fragte misstrauisch: «Wo fährst du eigentlich hin? Hier oben gibt's doch bloß den *Jägersitz* und den *Harlekin.*»

«Ja, ich weiß», entgegnete Annika. «Du hast doch selbst erzählt, der *Harlekin* wäre ganz phantastisch. Das wollte ich mal testen.»

«Bist du verrückt? Das können wir uns bei unserem Gehalt doch nicht leisten.»

Annika lachte und schüttelte den Kopf. «Mach dir deswegen keine Gedanken. Ich lad dich ein.»

«Na gut, wenn du unbedingt willst. Du musst es ja dicke haben.» Josefa schien ganz und gar nicht begeistert.

«Nee, ich nicht, aber mein Vater. Und da er sein Töchterlein über alles liebt, steuert er schon mal was zu meinem Einkommen bei. Obwohl ich ja manchmal den Verdacht habe, dass er das nur tut, um mir klar zu machen, dass ich mit diesem Beruf auf die Dauer finanziell nicht glücklich werde.»

«Wenn du öfters in solchen Läden isst, wird er wohl Recht behalten», knurrte Josefa.

«Komm, jetzt genieß es doch einfach mal. Ich finde, hier oben ist es phantastisch.»

*

Als die beiden ihr Essen bestellt hatten, saßen sie sich einen Augenblick schweigend gegenüber. Josefa blickte nachdenklich. «Wolltest du hier hin, weil der *Harlekin* Manirschs Restaurant war?»

«Auch», gab Annika zu.

«Warum? Um zu sehen, ob Manirsch die Wahrheit erzählt hat?»

«Vielleicht. Aber nicht nur.»

Annika zögerte. Wenn sie etwas von Josefa erfahren wollte, musste sie ihr gegenüber ehrlich sein. Ganz gleich, welche Rolle Josefa bei Manirschs Tod gespielt hatte. «Warum hast du mir nicht gesagt, dass du mit Manirsch verwandt bist?», fragte sie unvermittelt.

Josefa sah sie fassungslos an. «Woher weißt du das?»

«Von deiner Mutter.»

«Wie bitte?»

«Josefa, sie hat doch vorhin angerufen. Und da hat sie ihren Namen genannt. Manirsch. So häufig dürfte der doch nicht sein, oder?»

«Sie hat sich mit Manirsch gemeldet?», fragte Josefa ungläubig.

«Aber ja.» Annika verstand nicht, warum Josefa das so irritierte.

«Meine Mutter hat diesen Namen seit mehr als dreißig Jahren nicht mehr in den Mund genommen. Überall hat sie sich mit ihrem Mädchennamen vorgestellt», erklärte Josefa.

Sie fingerte nach einem Taschentuch und putzte sich die Nase. Dann sah sie wieder zu Annika. «Also deshalb hast du mich heute Abend hierher eingeladen. Du wolltest gar nicht einfach so mit mir Essen gehen. Du willst bloß wissen, was ich mit Manirsch zu tun habe. Richtig?»

Josefa wurde immer lauter. «Hast du eigentlich sonst nichts zu tun? Bist du nicht ausgelastet? Musst du anderen Leuten hinterherspionieren? Zum Kotzen finde ich das. Und ich dachte, du wärst eine nette Arbeitskollegin oder könntest vielleicht sogar eine Freundin werden.» Sie rückte ihren Stuhl weg und stand auf.

Annika hielt sie am Handgelenk fest. «Bitte Josefa, bleib hier. Das hat überhaupt nichts mit Neugierde zu tun. Aber wenn man jemanden kennen lernt, dann will man auch wissen, mit wem man es zu tun hat, oder?»

Josefa zögerte einen Moment, setzte sich dann aber wieder.

Annika atmete tief ein und fragte dann: «Warum hast du die Polizei angelogen, als sie dich gefragt haben, wo du an dem Morgen von Manirschs Tod gewesen bist? Und was hast du am selben Tag nach dem Frühdienst im Keller gesucht?»

Josefa zuckte erschrocken zusammen. «Woher weißt du das?»

«Ich war auch dort», antwortete Annika knapp.

«Aha.» Josefa sah sich kurz um, wie um sicherzugehen, dass ihnen niemand zuhörte. «Hast du mit jemandem darüber gesprochen?»

Annika schüttelte den Kopf. «Nein, noch nicht. Aber es ist ja wohl verständlich, dass ich verwirrt war, als ich den Namen deiner Mutter erfahren habe. Und das hat schon gar nichts mit Spionieren zu tun.»

Annikas Eröffnungen schienen Josefa erschüttert zu haben. Zusammengesunken saß sie in ihrem Stuhl und wirkte plötzlich um Jahre älter. Annika ließ ihr Zeit, sich an die neue Situation zu gewöhnen. Josefa musste schließlich erst einmal verkraften, dass die neue Kollegin, die ihr gerade gegenübersaß, eine Menge von ihr wusste.

Zwei Kellner brachten die Vorspeisen. Annika hatte *Kleine Jakobsmuscheln mit jungem Knoblauch auf Tagliatelle* ausgewählt und Josefa *Rehragout auf Buchweizennudeln*. Sie bestaunten, wie perfekt alles angerichtet war und genossen dann beide schweigend. Auch das Hauptgericht – für Annika *Wildentenbrust* und für Josefa *Fasanenbrust mit Möpkenbrot und Zimtsauerkraut* – erforderte ihre ganze Konzentration, und sie wechselten nur wenige Worte. Sie diskutierten eine Zeit lang, was wohl Möpkenbrot sein sollte, kamen aber zu keinem Ergebnis und wollten beide auch nicht nachfragen. Annika hatte den Verdacht, dass es sich dabei um eine Art Blutwurst handelte, konnte sich aber mit dieser Meinung bei Josefa nicht durchsetzen.

«Das war wirklich hervorragend. Gut, dass ich nicht gegangen bin», meinte Josefa, nachdem sie ihren Fasan mitsamt dem dubiosen Möpkenbrot gegessen hatte. Sie schob ihren leeren Teller zur Seite.

Annika lächelte sie an. «Ja, das finde ich auch.» Sie war von ihrem Hauptgang ebenso begeistert. Man konnte gegen die Manirschs sagen, was man wollte – die Küche hier war großartig. Und um Längen besser als die im *Jägersitz*.

«Was findest du auch? Dass das Essen gut war, oder gut, dass ich nicht gegangen bin?», wollte Josefa wissen.

«Beides.» Annika war immer noch ganz und gar beim Essen. Sie studierte die Speisekarte, die der Kellner gerade noch einmal gebracht hatte. «Möchtest du auch einen Nachtisch?»

«Nein danke. Ich kann nicht mehr. Vielleicht einen Kaffee.»

Annika bestellte Kaffee für Josefa und *Schokoladensoufflee mit Grand Marnier-Parfait* für sich. Danach wandte sie sich wieder an Josefa und fragte: «Warum hat deine Mutter denn ihren Familiennamen so lange verleugnet?»

Josefa antwortete nicht sofort. Dann begann sie langsam und mit leiser Stimme zu erzählen.

«Meine Eltern haben sich in Amerika kennen gelernt. Kurz nach Kriegsende. Mein Vater ist noch während des Kriegs aus Deutschland geflohen und in die amerikanische Armee eingetreten. Als er dann drüben meiner Mutter begegnete, hat er sich entschlossen, nicht nach Deutschland zurückzukehren. Die beiden haben geheiratet, und 1947 wurde ich geboren.

Die Ehe meiner Eltern war nicht besonders gut, soweit ich das beurteilen kann. Gut, sie haben sich nie angeschrien oder so was. Eigentlich kann ich mich nicht daran erinnern, dass sie sich je gestritten hätten. Sie waren einfach nicht glücklich miteinander, und ich glaube, im Endeffekt sind sie nur meinetwegen zusammengeblieben.»

Josefa kämpfte mit den Tränen. Sie schluckte, bevor sie fortfuhr.

«Vater hat sich alle Mühe gegeben, uns ein gutes Leben zu bieten, aber mit seinen Gedanken war er immer woanders. Er war unruhig und rastlos. Und er hat oft seinen Arbeitsplatz gewechselt. Mindestens zweimal im Jahr sind wir an einen anderen Ort gezogen. Immer, wenn ich irgendwo Freunde gefunden hatte, mussten wir wieder weg. Als ich acht Jahre alt war, lebten wir zum ersten Mal in unserem eigenen kleinen Häuschen am Rand eines Dorfes. Direkt neben unserem Haus gab es einen Fluss, und einige Schritte von uns entfernt wohnte ein Junge in meinem Alter mit seinem Großvater. Es war die schönste Zeit mit meinen Eltern, an die ich mich erinnern kann. Aber irgendwann wollte mein Vater da auch wieder weg. Damals bin ich dann von zu Hause weggelaufen. Zwei Tage hat es gedauert, bis sie mich fanden. Meine Eltern müssen sich schreckliche Sorgen gemacht haben, aber sie haben nicht mit mir geschimpft. Damals hat Mutter mir versucht zu erklären, warum Vater es nirgendwo lange aushält. ‹Er ist unglücklich›, hat sie gesagt. ‹Er sucht nach einem Ort, an dem er zur Ruhe kommt.› Ich konnte das nicht verstehen.»

Josefa schwieg, als suche sie noch heute nach einer Erklärung für alles.

«Hast du deinen Vater geliebt?», wollte Annika wissen.

«Ja.» Josefa blickte in die Ferne, dann wieder zu Annika. «Ja, das hab ich. Sehr sogar. Weißt du, er war auch nicht immer traurig. Wenn es ihm gut ging, dann hat er mir abends wundervolle Geschichten erzählt. Oder wir haben gemeinsam Ausflüge gemacht. Aber über seine Gefühle hat er nie mit mir gesprochen, und ich hab nicht danach gefragt, wenn wir zusammen waren. Ich hatte zu viel Angst, dass er dann böse werden könnte. Erst viele Jahre später, als er schon lange verschwunden war, hat meine Mutter einmal darüber gesprochen. Und nachdem sie mir das erzählt hatte, hat sie seinen Namen nie mehr in den Mund genommen. Bis gestern.»

Josefa blickte zum Fenster, in dem sich ihr trauriges Gesicht spiegelte. Annika traute sich nicht, etwas zu sagen und wartete gespannt ab.

«Mein Vater ist hier in Werden aufgewachsen. Er hatte wohl das, was man eine schöne Kindheit nennt. Seine Eltern waren finanziell ziemlich gut gestellt, und sie konnten ihren Kindern auch einiges bieten. Nur mit seinem älteren Bruder hat er sich nicht so gut verstanden.»

«Sein älterer Bruder, war das Johann Manirsch?», fragte Annika.

Josefa nickte.

«Dein Vater war der Bruder von unserem Johann Manirsch, der hier umgekommen ist?»

Josefa nickte wieder. «Ja, Annika», sagte sie feierlich. «Johann Manirsch war mein Onkel.»

«Aber ... das verstehe ich nicht.»

«Lass mich weitererzählen. Vielleicht verstehst du es dann.»

«Ja, okay, entschuldige.»

«Die Streitereien zwischen Johann und Erwin wurden immer schlimmer, und als die Nazis an die Macht kamen, entzweite das die Familie. Johann ging zur SS, mein Vater in den Widerstand. In dieser Zeit hat Vater dann wohl ein Mädchen kennen gelernt, in das sich Johann auch verliebt hatte. Sie hat sich aber für meinen Vater entschieden, und die beiden wollten heiraten. Dann muss irgendetwas Schreckliches passiert sein, aber ich habe keine Ahnung, was. Mein Vater ist nach Amerika gegangen und erst wieder Ende 1956 nach Deutschland zurückgekehrt.»

«Weißt du, warum dein Vater überhaupt nach Amerika gegangen ist?»

«Du meinst, vom Krieg abgesehen?»

Annika nickte.

«Nein. Was sich genau abgespielt hat, weiß ich nicht, aber es muss die Persönlichkeit meines Vaters sehr verändert haben. Mutter hat immer nur Andeutungen gemacht, und ich bin mir nicht mal sicher, ob sie alles weiß.» Josefa hielt kurz inne, dann fuhr sie fort: «Als ich neun Jahre alt war, sind wir nach Deutschland gegangen. Eigentlich sollte es nur für kurz sein. Meine Großmutter war gestorben und Vater wollte zu ihrer Beerdigung. Kurz danach hat er meiner Mutter dann eröffnet, er wolle in Deutschland bleiben und versuchen, hier ein neues Leben zu beginnen. Mutter war zunächst völlig dagegen und wollte alleine mit mir nach Amerika zurück. Aber wir hatten kein Geld, und hier hatten wir das Elternhaus meines Vaters ganz für uns allein.»

Josefa stockte wieder. Es war vermutlich das erste Mal seit vielen Jahren, dass sie jemandem ihre Geschichte erzählte.

«Schon bald nach der Beerdigung meiner Großmutter ist Vater dann verschwunden. Ganz plötzlich, von einem Tag auf den anderen. Damals waren wir fest davon überzeugt, dass es wieder seine Unruhe sei, und dass er wieder nach einem anderen Ort suchte und uns bald nachholen würde. Aber er kam nicht zurück. Nie wieder. Mutter hat tagelang geweint und ist ziemlich krank geworden. Ich war verzweifelt, weil ich nicht wusste, was ich tun sollte. Ich dachte damals, sie würde sterben, und ich hab mich gefragt, was dann aus mir werden sollte. Irgendwann ging es ihr aber wieder etwas besser, und sie verbrachte nicht mehr den ganzen Tag im Bett. Aber ihr schlechtes Gewissen hat sie zermürbt. Immer wieder hab ich sie sagen hören ‹Es ist meine Schuld›. Sie war der festen Überzeugung, ihr hätte es gelingen müssen, meinen Vater glücklich zu machen. Mein Onkel Johann hat sie darin bekräftigt. Er hat sich widerwärtig benommen. Er hat meiner Mutter vorgeworfen, sie sei für Erwins Verschwinden verantwortlich. Vater sei nur deshalb abgehauen, weil sie ihn nicht liebe. Das war absurd. Wenn, dann war es höchstens umgekehrt.»

«Aber warum seid ihr damals denn nicht wieder nach Amerika gegangen?»

«Das hab ich mich auch oft gefragt. Ich bin mir bis heute nicht ganz sicher, warum meine Mutter letztendlich geblieben ist. Wegen der finanziellen Sicherheit? Oder weil sie gehofft hat, Vater würde irgendwann zurückkommen? Vielleicht war es ein bisschen von beidem.»

«Und ihr habt dann in dem Haus der Manirschs gewohnt?»

«Ja. Seltsamerweise hatte Johann nichts dagegen.»

«Hat er denn nicht dort gelebt?»

«Nein, er wohnte glücklicherweise in Wuppertal, also weit genug weg. Nachdem mein Vater verschwunden war, ist der Kontakt zu meinem Onkel völlig abgebrochen. Ich hab ihn das erste Mal im Krankenhaus wieder getroffen.»

«Aber warum hast du bloß niemandem gesagt, dass du mit ihm verwandt bist?», fragte Annika.

«Ich hab ihn nicht gemocht, vielleicht sogar gehasst. Wie er sich gegenüber meiner Mutter verhalten hat und die Streitereien, wenn er bei uns war: Als ich ihn dann wieder gesehen hab, ist das alles in mir hochgekommen. Am liebsten hätte ich damals sofort Urlaub genommen. Ich wollte nichts mit ihm zu tun haben, und ich wollte schon gar nicht darüber reden. Also habe ich nichts gesagt.

Nachdem ich mich dann von dem Schreck erholt hatte, ist mir der Gedanke gekommen, dass er vielleicht wissen könnte, wohin Vater damals gegangen ist. So habe ich versucht, von ihm alles Mögliche über seine Familie zu erfahren. Zu meiner Überraschung hat er bereitwillig erzählt. Auch von seinem Bruder. Wie der plötzlich verschwunden sei und wie sehr ihn das alles mitgenommen hätte. Er war so nett, dass ich mich immer wieder gefragt habe, ob das wirklich das Monster war, das ich aus meiner Vergangenheit in Erinnerung hatte.»

Josefa machte eine kleine Pause und fuhr dann fort: «Andererseits: Wenn er gewusst hätte, mit wem er da so freimütig über sein Leben spricht – ich bin mir sicher, dass er mich aus dem Zimmer geworfen hätte. Auch deshalb habe ich für mich behalten, dass ich mit ihm verwandt bin.»

«Aber als er dann tot war, warum hast du da denn immer noch nichts gesagt?»

Josefa sah sie entgeistert an: «Warum sollte ich? Damit sofort der Verdacht auf mich fällt?»

Annika nickte. «Das verstehe ich, aber du hättest das doch alles erklären können – so wie du es mir jetzt erklärt hast. Und du hättest der Polizei auf jeden Fall erzählen sollen, dass du im Keller gewesen bist. Sonst kommen die wirklich noch auf die Idee, du hättest bei Manirschs Tod die Finger im Spiel.»

«Kann sein. Aber ist es dafür jetzt nicht ein bisschen spät? Was soll ich denn tun?»

«Ruf Dagobert Fromm an und erzähl ihm die Wahrheit.»

Josefa sah Annika hilflos an.

«Wieso bist du eigentlich überhaupt in den Keller gegangen?», wollte Annika wissen.

«Darauf hast du mich gebracht. Erinnerst du dich? Als Manirsch noch gelebt hat, hast du es ja komisch gefunden, dass er immer wieder an denselben Ort gegangen ist. Immer, wenn wir meinten, dass er verwirrt sei. Ich dachte mir: Vielleicht hat er ja einen Grund dafür. Keine Ahnung, was ich eigentlich erwartet habe. Wenn ich jetzt darüber nachdenke, komme ich mir ziemlich bescheuert vor. Jedenfalls bin ich dann morgens vor dem Frühdienst in den Keller gegangen.»

«*Vor* dem Frühdienst?», fragte Annika erstaunt.

«Ja. Da bin ich dann über den toten Manirsch gestolpert. Ich war nicht einmal fünf Minuten da unten. Danach war ich so nervös, dass ich mich erst mal in der Toilette eingeschlossen habe, um mich wieder zu beruhigen. Ich hab also nur ein bisschen gelogen.»

«Und dann bist du mittags noch mal runter?»

«Genau.»

«Hast du damals im Keller irgendwas gefunden?», fragte Annika unvermittelt. Im selben Augenblick fiel Josefas Kaffeelöffel klirrend zu Boden, und sie bückte sich nach ihm, um ihn wieder aufzuheben.

«Was hast du gerade gefragt?», erkundigte Josefa sich, als ihr Kopf wieder auftauchte.

«Ich wollte wissen, ob du damals was im Keller gefunden hast?», wiederholte Annika ihre Frage.

Josefa schüttelte den Kopf. «Nein. Aber ich hab auch nach nichts gesucht, und es war ja auch ziemlich dunkel.»

«Merkwürdig ist es schon, dass dein Vater und sein Bruder mit vierundvierzig Jahren Unterschied am selben Ort umkommen. Findest du nicht?»

«Ja», stimmte Josefa ihr zu. «Merkwürdig, traurig und gruselig. Ich weiß nicht, ob ich so erleichtert bin wie meine Mutter, dass wir jetzt Klarheit darüber haben, dass mein Vater tot ist. Irgendwie ...»

Sie stützte ihren Kopf auf die Hände. «Was weiß ich denn schon über meinen Vater? Sie haben ein Skelett entdeckt. Und niemand weiß, was passiert ist. Daran muss ich jetzt immer wieder denken. Wieso ist das passiert? Wer hat meinen Vater so sehr gehasst, dass er ihn umgebracht hat?»

«Hat deine Mutter keine Ahnung?»

Josefa schüttelte den Kopf. «Nein. Alles, was meine Mutter mir erzählt hat, weißt du jetzt.»

«Wie geht es deiner Mutter eigentlich?»

«Erstaunlich gut. Jetzt, wo sie weiß, dass Vater uns damals nicht freiwillig verlassen hat, hat sie wieder Selbstvertrauen gewonnen. Das Erste, was sie sagte, als sie von dem Fund erfuhr, war: ‹Er hat uns nicht im Stich gelassen. Johann hatte Unrecht›. Da erst habe ich begriffen, wie sehr sie sich all die Jahre gequält haben muss. So sehr, dass sie versucht hat, die ganze Vergangenheit mit meinem Vater zu verleugnen.»

Josefa sah wieder zum Fenster. Ihre Augen glänzten, aber sie weinte nicht. «Wenn ich daran denke, wie oft ich auf sie wütend war, weil sie mir nichts erzählen wollte. Aber ich war schließlich ein Kind. Ich wollte wissen, wo mein Vater ist.»

Beide schwiegen eine Weile, bis Josefa sich entschuldigte, um auf die Toilette zu gehen. Währenddessen suchte Annika in ihrer Tasche nach der Armbanduhr, die sie auf der Arbeit abgenommen hatte. Dabei fiel ihr die Kopie von Manirschs Foto in die Hände. Kurzentschlossen legte sie das Bild auf den Tisch.

Nach kurzer Zeit kam Josefa mit langsamen Schritten zurück. Sie war sichtlich müde und sagte: «Lass uns zahlen, Annika. Es muss schon fast Mitternacht sein. Ich bin todmüde. Und außerdem sieht es so aus, als wollten die hier gleich schließen.»

Annika nickte. Sie sah sich nach dem Kellner um und bat um die Rechnung. Dann deutete sie auf das Foto, das Josefa auf dem Tisch noch gar nicht gesehen hatte. «Sag mal, erkennst du irgendjemanden darauf?»

Sie reichte es Josefa, aber die gab es ihr nach einem kurzen Augenblick zurück. «Nee, tut mir Leid. Die Gesichter sagen mir nichts.»

War Josefa ganz kurz zusammengefahren, oder sah Annika vor lauter Müdigkeit jetzt schon Gespenster?

Sie war inzwischen auch erschöpft, und ihre Aufmerksamkeit hatte in der letzten halben Stunde spürbar nachgelassen.

«Das Foto muss schon total alt sein. Wo hast du das denn her?», wollte Josefa wissen.

Annika erklärte es ihr. «Meinst du, deine Mutter könnte darauf jemanden erkennen?»

Josefa zuckte mit den Schultern. «Keine Ahnung.»

«Könnte ich es ihr einmal zeigen?»

«Ja, warum nicht?»

«Wie wär's mit morgen?»

«Morgen?»

«Ja, vor dem Spätdienst. Ich könnte dich abholen und wir fahren zusammen zu deiner Mutter.»

Josefa zögerte einen Moment, willigte dann aber ein. «Na gut. Aber abholen musst du mich nicht, ich bin morgen sowieso bei meiner Mutter.»

Der Kellner brachte die Rechnung, und obwohl Annika schon eine saftige Summe erwartet hatte, war sie jetzt doch überrascht. «Man vergisst immer den Wein», dachte sie, denn als sie den Betrag beim Aussuchen überschlagen hatte, waren die Getränke noch nicht bestellt. Für das heutige kulinarische Abenteuer würde Annika ihren Dispokredit bis an die Grenze ausreizen müssen, denn was sie Josefa vorhin über den Geldsegen ihres Vaters erzählt hatte, stimmte nur zum Teil: Er wollte ihr zwar immer wieder Geld geben, aber sie war zu stolz, um es anzunehmen. Noch eine Eskapade in dieser Größenordnung, und sie würde von seinem Angebot Gebrauch machen müssen.

Freitag, 14. Januar

Annika saß in ihrem Wohnzimmer und versuchte krampfhaft, die Ereignisse der letzten Tage noch einmal systematisch nachzuvollziehen. Es fiel ihr schwer, sich zu konzentrieren, denn immer wieder wurde sie durch unregelmäßiges metallisches Hämmern aus dem Hintergrund abgelenkt. Die Heizung war gestern plötzlich ausgefallen, und die Monteure waren seit acht Uhr an der Arbeit. In der Wohnung war es inzwischen eiskalt, und Annika trank bereits den dritten Kaffee, um sich warm zu halten.

Noch vor dem Frühstück wollte sie mit Dagobert sprechen, aber der hatte an diesem Morgen mehrere Termine. Seine Sekretärin versprach ihr, dass er so bald wie möglich zurückrufen würde. Immer wieder sah sie ungeduldig zum Telefon, und nach einer Stunde stand sie schließlich auf, um zu kontrollieren, ob das Gerät überhaupt funktionierte. Annika wartete an diesem Morgen nicht nur auf Dagobert – sie hoffte auch auf Anrufe von Tina und Harry.

«So, jetzt ist wieder alles in Ordnung.» Einer der beiden Monteure hielt ihr einen Block hin. «Wenn Sie bitte hier unterschreiben würden.» Als die Tür hinter den beiden Männern ins Schloss fiel, ging das Telefon. Es war Dagobert, der sich mit schniefender Nase meldete.

«Du hörst dich an, als solltest du besser im Bett liegen», bemerkte Annika.

«Keine schlechte Idee. Das würde ich auch machen, aber bei uns sind so viele krank, dass wir zumachen können, wenn noch einer wegbleibt. Man hat mir gesagt, dass du mich sprechen wolltest?»

«Ja. Du erinnerst dich sicher an meine Kollegin Josefa Braun.»

«Klar. Ich hab vorgestern noch mit ihr gesprochen.»

«Wusstest du auch, dass sie die Nichte von Johann Manirsch ist?»

«Die Nichte von Manirsch?» Dagobert wiederholte das so laut, dass Annika unwillkürlich den Hörer etwas vom Ohr wegnahm. «Wer sagt denn das? Ich meine: Woher weißt du das denn schon wieder?»

Annika konnte sich seinen verblüfften Gesichtsausdruck lebhaft vorstellen und musste lächeln. «Ganz einfach: von ihr selbst.»

Annika setzte ihn ins Bild und berichtete ihm ausführlich von ihrem Gespräch mit Josefa. «Was für ein Zufall», murmelte Dagobert. «Wenn die Mutter nicht bei dir auf der Station angerufen hätte, hätten wir das vermutlich nie erfahren.»

«Warst du nicht vorgestern bei Josefas Mutter?», wollte Annika wissen.

«Doch, aber sie hat sich ja mit einem ganz anderen Namen vorgestellt. Biggins, glaube ich, oder so ähnlich. Das stand auch auf dem Türschild. Dann bin ich natürlich davon ausgegangen, dass das der Name ihres Mannes war.»

«Ja, klar.» Annika wusste, dass Dagobert sich darüber ärgerte. «Aber immerhin haben wir es ja noch entdeckt», versuchte sie ihn zu trösten.

«*Wir* ist gut», knurrte er unzufrieden. «Ich frag schon mal vorsichtshalber: Hast du vielleicht noch andere Entdeckungen gemacht?»

Annika hielt einen Moment inne, aber seine Frage schien ganz ernst gemeint zu sein. «Ich weiß nicht, ob uns das weiterbringt, aber die Brüder Manirsch haben sich während des Krieges offenbar zerstritten. Soweit ich weiß, haben die sich auch später nicht wieder vertragen. Ich hab aber keine Ahnung, was dahinter steckt. Josefa erwähnte ja, dass sich die beiden angeblich in dasselbe Mädchen verliebt haben. Außerdem hatten sie politisch völlig entgegengesetzte Meinungen. Macht aber auch keinen Sinn, denn das erklärt vielleicht, weshalb die Brüder sich nicht mochten. Aber warum sie beide am gleichen Ort umkamen ...»

«Wie meinst du das?»

«Überleg doch mal. Johann Manirsch geht immer wieder in den Keller, wo sein Bruder Erwin seit vielen

Jahren begraben liegt. Und dann wird er an genau derselben Stelle umgebracht. Das ist doch nie im Leben Zufall.»

«Du meinst, Manirsch wusste, dass sein Bruder da vergraben lag?»

«Ich glaub schon», antwortete Annika unsicher. «Sonst macht das alles ja überhaupt keinen Sinn.»

«Okay, nehmen wir mal an, er wusste davon. Vielleicht hat er ihn ja sogar umgebracht, was wir sowieso nie beweisen könnten. Aber selbst wenn das so wäre: Was in aller Welt hätte ihn denn dann an diesen Ort zurückgetrieben, nach all den Jahren? Und komm mir bitte nicht mit Sprüchen wie ‹Den Täter treibt es immer wieder an den Tatort zurück›. Das ergibt doch immer noch keinen Sinn. Es sei denn, dort unten wäre noch irgendwas zu holen gewesen. Aber wie du weißt, haben wir nichts mehr gefunden.»

«Vielleicht hat er ja auch nur *geglaubt*, da unten wäre noch was. Dann hätte er sich einfach geirrt», wandte Annika ein.

«Schon möglich. Aber das sind doch alles nur Spekulationen. Nee, so kommen wir nicht weiter. Ich muss erst noch mehr über die beiden Brüder erfahren und herausfinden, was mit Wagner, seiner Tussi und Manirschs Tochter läuft. Das Ganze kommt mir komisch vor.»

«Ich wollte gleich noch kurz zu Josefas Mutter und ihr das alte Foto von Manirsch zeigen», erklärte Annika.

«Das Foto? Aber das hab ich doch?»

Annika spürte, wie ihr das Blut ins Gesicht schoss. Gut, dass Dagobert sie jetzt nicht sehen konnte. «Na ja, ich hab mir eine Kopie davon gemacht», gab sie kleinlaut zu.

«Aha, eine Kopie. Du wirst mir langsam unheimlich, weißt du das?», kommentierte Dagobert ihre Antwort. «Sag mal», begann er vorsichtig, «bist du denn sicher, dass Josefa Braun nichts mit der Sache zu tun hat?»

«Absolut», erwiderte Annika. «Und um deine nächste Frage gleich vorwegzunehmen: Nein, dafür hab ich keine Beweise. Ich glaub es ihr einfach. Alles andere macht für mich keinen Sinn, und außerdem würde sie nie jemanden umbringen. Kann ich mir einfach nicht vorstellen.»

Annika hörte Dagobert am anderen Ende grummeln. «Das ist dein gutes Recht, aber ich muss mir das vorstellen können, wie du dir denken kannst. Aber egal erst mal, du kannst dich ja melden, falls das Gespräch mit ihrer Mutter was Neues ergibt.»

«Mach ich.»

«Und äh, ja, bevor ich's vergesse: Ich soll dir noch Grüße von Harry bestellen.»

«Ach ja?» Annikas Stimme klang spitzer, als sie wollte.

«Na, wenn das keine Begeisterung ist...», konterte Dagobert ironisch.

Annika hatte überhaupt kein Verlangen, mit Dagobert jetzt über Harry zu reden. «Lassen wir das», meinte sie nur. «Ich meld mich dann bei dir, okay?»

Sie verabschiedeten sich und Annika packte ihre Tasche für die Arbeit. Es war schon spät, und wenn sie noch genügend Zeit für den Besuch bei Josefas Mutter haben wollte, musste sie sich aufmachen.

*

Das Geburtshaus von Johann und Erwin Manirsch lag ganz in der Nähe des Krankenhauses. Es war ein schönes altes Fachwerkhaus mit zwei Etagen, das man in den letzten Jahren vollständig renoviert hatte. Die obere Etage war an einen «allein stehenden Herrn mittleren Alters», wie Josefa es ausdrückte, vermietet worden. Der kümmerte sich um den Garten, erledigte kleinere Reparaturen am Haus und musste dafür nur eine geringe Miete zahlen. Josefas Mutter lebte allein in der unteren Wohnung.

Annika drückte auf die Schelle und bemerkte den Namen «Biggins» auf dem Klingeltaster. Josefa öffnete ihr. Sie sah blass und müde aus.

«Hallo. Du siehst ja auch nicht viel besser aus als ich», meinte Josefa zur Begrüßung. «Auch schlecht geschlafen?»

«Danke gleichfalls. Für das Kompliment, meine ich. Nee, geschlafen hab ich gar nicht mal so schlecht, nur viel zu kurz. Aber gerädert bin ich von der Heizungsgeschichte», erklärte sie und berichtete von der Reparatur.

«Na, dann sind wir ja das optimale Team für den Spätdienst», bemerkte Josefa spöttisch und führte Annika ins Wohnzimmer, wo Frau Biggins alias Manirsch in einem für sie viel zu großen alten Armsessel saß.

«Guten Tag, Frau Manirsch», begrüßte Annika sie und fügte hinzu: «Wir hatten ja neulich telefoniert.»

Frau Manirsch nickte ihr aufmunternd zu und bat sie, sich auf die Couch zu setzen.

«Kaffee, Annika?», rief Josefa aus der Küche.

Annika lehnte ab; sie hatte heute schon viel zu viel davon getrunken, ihre Hände zitterten bereits bedenklich. Josefa kam mit einer Thermoskanne und Kaffeegeschirr herein und setzte sich zu Annika auf das Sofa.

«Ich hab' meiner Mutter von dem Foto erzählt. Hast du es dabei?»

«Ja, Moment.» Annika suchte in ihrer Tasche und zog ein Buch hervor, zwischen dessen Seiten sie das Foto gesteckt hatte. Sie nahm es vorsichtig heraus und reichte es Frau Manirsch.

«Josefa, kommst du an meine Brille?» fragte die, worauf Josefa ein Brillenetui von einer Kommode nahm und es ihr gab. Während ihre Mutter das Foto betrachtete, schenkte sie zwei Tassen Kaffee ein.

Annika und Josefa verfolgten gespannt jede ihrer Regungen. Annika wurde zuerst ungeduldig und fragte: «Und, kommt Ihnen jemand bekannt vor?»

«Ja, der junge Mann, also der ältere, nicht das Kind, das ist mein Erwin.» Während sie das sagte, ließ sie das Bild nicht aus den Augen.

«Und die anderen beiden? Kennen Sie die auch?»

Frau Manirsch schüttelte den Kopf. «Nein.» Sie sah immer noch auf das Foto. «Die junge Frau neben Erwin, das könnte vielleicht das Mädchen sein, in das Erwin sich früher verliebt hatte», vermutete sie. «Jedenfalls sieht sie so aus, wie er sie immer beschrieben hat. Sein Leben lang hat er wegen ihr ein schlechtes Gewissen gehabt. Er hat geglaubt, dass er an ihrem Tod mit Schuld hätte.»

«Hat er denn gesagt, wieso? Ich meine, weshalb hat er sich denn die Schuld gegeben?»

«Ich konnte mit meinem Mann über diese Geschichte nicht sprechen. Ich hab das ein oder zwei Mal versucht, aber er war dann immer sehr abweisend. Das Einzige, was er mir erzählt hat, war, dass er schon einmal verlobt war. Alles, was ich sonst darüber weiß, hab ich bei Gesprächen zwischen Erwin und Johann zufällig mit angehört.»

«Heißt das, Johann Manirsch wusste, was damals passiert ist?»

«Ja, ich glaube schon. Warum hätten sie sonst darüber reden können?», gab Frau Manirsch zu Bedenken.

Annika überlegte kurz, ob sie das jetzt schon fragen sollte, fasste sich dann aber ein Herz: «Können Sie sich vorstellen, wie ihr Mann in den Krankenhausgraben gekommen ist?»

Frau Manirsch schüttelte den Kopf. «Früher, im Krieg, da war er dort wohl für kurze Zeit so etwas wie Bunkerwart.»

«Das heißt, er kannte sich dort gut aus», dachte Annika laut.

«Ja ja, aber als das passiert ist, war der Krieg doch schon viele Jahre vorbei», wandte Frau Manirsch ein.

«Das ist wohl wahr», stimmte Annika ihr nachdenklich zu. «Sagen Sie, die Gespräche zwischen Ihrem Mann und seinem Bruder, wie verliefen die eigentlich? Also, ich meine, waren die eher friedlich oder haben sich die beiden oft gestritten?»

Frau Manirsch schüttelte heftig den Kopf. «Die sind ständig aneinander geraten. Es war schrecklich mit den beiden. Sie haben sich abgrundtief gehasst. Wenn ich wusste, dass Johann zu Besuch kommt, hab ich vorher schon Magenschmerzen gehabt. Ich denke, es wäre besser gewesen, wenn die beiden sich einfach nicht mehr gesehen hätten. Wer weiß, vielleicht würde Erwin dann jetzt noch leben.»

Josefa und Annika sahen sie entsetzt an.

«Glaubst du etwa, dass Onkel Johann Vater umgebracht hat?», fragte Josefa ungläubig.

Frau Manirsch ließ sich für ihre Antwort Zeit. Schließlich sagte sie: «Ich weiß es nicht.» Mit ernster Miene setzte sie hinzu: «Aber ich denke, er wäre dazu fähig gewesen.»

Annika war ganz bei der Sache. Sie hatte alles um sich herum vergessen und fragte weiter: «Meinen Sie das nur, weil die beiden sich so oft gestritten haben? Oder gab es da einen bestimmten Anlass?»

Josefa sah ihre Mutter an, die lange schwieg und über Annikas Frage nachdachte. Schließlich erzählte sie weiter: «An dem Abend, als Erwin verschwunden ist, war er mit Johann zusammen in der Kneipe. Die beiden müssen betrunken gewesen sein und sich an der Theke fürchterlich gestritten haben. Das hat mir später jedenfalls eine Nachbarin erzählt, die an dem Abend auch da war. Spät in der Nacht kam Johann noch zu mir, allerdings allein. Er war so besoffen, dass er immer wieder das Gleiche gelallt hat. Er hat immer wieder Erwin verflucht und laut gerufen, dass er ihn sprechen wolle. Ich hatte einige Schwierigkeiten, ihm klarzumachen, dass Erwin nicht da ist und dass er sich nach Hause scheren soll. In den Nachbarhäusern gingen schon die Fenster auf, und mir war das alles furchtbar peinlich.»

Während des Redens hatten sich ihre Augen mit Tränen gefüllt. Sie versuchte, die Fassung zu bewahren, kniff die Lider kurz zusammen und sah dann zu Annika und Josefa. «Das ist alles, was ich weiß. Danach habe ich Erwin nie wieder gesehen.»

Josefa nahm die Hand ihrer Mutter und streichelte sie. «Danke, dass du uns das erzählt hast.»

Annika legte das Foto wieder zwischen die Buchseiten und bedankte sich ebenfalls. Den beiden war nicht wohl dabei, die alte Frau in dieser Stimmung jetzt allein zu lassen. Josefa machte eine Bemerkung über das Wetter, und schon bald kamen sie auf unkompliziertere Themen zu sprechen. Frau Manirsch machte sich Sorgen, ob sie mit der Fernbedienung ihres neuen Fernsehers zurechtkommen würde, und nach einer knappen halben Stunde ließen sie Frau Manirsch dennoch mit gemischten Gefühlen allein zurück.

*

«Sag mal, vielleicht sollten wir Albert das Foto auch zeigen. Was meinst du?» Annika sah zu Josefa hinüber, die damit beschäftigt war, den Sicherheitsgurt anzulegen, während Annika ihr Auto startete.

«Ja, warum nicht? So lange, wie der schon hier lebt – der kennt doch fast jeden Werdener persönlich. Weißt du was? Gib mir doch das Bild. Ich wollte sowieso noch eben kurz bei ihm vorbeischaun. Dann kommen wir wenigstens nicht beide zu spät zur Übergabe. Außerdem ist Doris bei mir etwas gnädiger als bei dir.»

Annika hatte absolut nichts dagegen einzuwenden, wenn sie auch lieber selbst zu Albert gegangen wäre. Aber das hätte sie Josefa kaum sagen können, ohne bei ihr den Verdacht zu wecken, dass sie ihr nicht vertraute.

Es dauerte eine Zeit lang, bis Annika einen freien Parkplatz gefunden hatte. Direkt vor dem Krankenhaus war alles besetzt. Sie gab Josefa das Foto und machte sich auf den Weg zum Umkleideraum, während Josefa in den Keller eilte, wo Albert seine Werkstatt hatte. Eine Viertelstunde nach Annika traf auch Josefa auf der Station ein. Die Übergabe war beinahe zu Ende, doch Doris schien sich über Josefas Verspätung nicht zu ärgern. Annika platzte fast vor Spannung, bis sie Josefa endlich allein zu fassen kriegte. Josefa gab ihr das Foto zurück, zuckte mit den Schultern und sagte: «Tut mir Leid. Albert erkennt auch niemanden auf dem Foto.»

*

«Hallo, Frau Driebusch.» Annika trat an das Bett der alten Frau, die immer noch mit niemandem gesprochen hatte. Aber zumindest zuckte sie nun nicht mehr jedes Mal zusammen, wenn jemand im weißen Kittel vor ihr stand. Tillmann hatte erwirkt, dass das Pflegeheim, aus dem man sie hergebracht hatte, untersucht wurde. Die Angehörigen bemühten sich momentan, ein anderes Heim für ihre Mutter zu finden.

Annika reichte ihr die Hand. Frau Driebusch umschloss sie mit ihren beiden Händen und streichelte sie vorsichtig. Das war ihre Art zu zeigen, wie sehr sie sich über Annikas Besuch freute. Annika hatte sich angewöhnt, sich zu ihr ans Bett zu setzen, wann immer sie Zeit hatte. Dann erzählte sie ihr etwas vom Tagesgeschehen oder las ihr aus der Zeitung vor. Die Angehörigen kamen nur am Wochenende, aber mit Frau Wills Unterstützung ging es ihr bereits wesentlich besser als bei der Ankunft.

Annika ging zurück zum Stationszimmer, wo Jacqueline sie mit in die Hüften gestemmten Händen empfing. «Gut, dass du kommst. Wir haben gerade drei Neue bekommen und dürfen sie uns nun schwesterlich aufteilen.»

«Drei auf einmal? Wer hat sich das denn ausgedacht?»

«*Drei*mal darfst du raten», entgegnete Jacqueline bitter lachend.

«Doch nicht etwa unser Schleckermäulchen?»

«Doch, genau der. Die Patienten waren alle gerade in seiner Ambulanz, und er hat beschlossen, dass die alle das Wochenende dringend hier verbringen müssen. Jetzt sind sie aber erst noch mal kurz nach Hause gefahren, um ihre Sachen zu packen.»

«Ja, das klingt doch nach einem dringenden Notfall.» Annika goss sich ein Glas Wasser ein. «Schade, der Mittag fing so schön an.»

«Was fing so schön an?», wollte Josefa wissen, die nur noch die letzten Worte von Annikas Bemerkung mitbekommen hatte.

«Der Mittag», wiederholte Annika. «Hast du schon von unseren drei Aufnahmen gehört?»

«Hab ich. Habt ihr schon von der vierten gehört?»

«Was?» Annika und Jacqueline sahen Josefa entgeistert an. «Ich glaub, ich muss kotzen», meinte Annika.

«Nur zu», antwortete Josefa. «Ich habe gerade mit Tillmann gesprochen.»

«Hast du ihm denn nicht von den drei Aufnahmen erzählt?»

«Doch hab ich. Aber *seine* neue Patientin ist Frau Ehrig. Da konnte ich doch unmöglich was sagen, oder?»

Frau Ehrig hatte Magenkrebs und war schon zigmal bei ihnen gewesen.

«Sie liegt im Sterben, und ihre Angehörigen haben darum gebeten, dass sie wieder zu uns kommt», erklärte Josefa.

Die drei sahen sich betreten an.

Josefa seufzte und erklärte: «Ich hab Frau Ehrig in die vierzehn gebracht, dann können die Angehörigen heute Nacht bei ihr bleiben».

Zimmer vierzehn war eines der wenigen Einzelzimmer. Josefa ging wieder zu Frau Ehrig und Annika und Jaqueline begannen damit, die Formulare für die vier neuen Patienten zusammenzusuchen. Nach kurzer Zeit wurden sie dabei vom Lichtruf unterbrochen, und das ging dann den ganzen Nachmittag so weiter. Als dann der Container mit dem Abendbrot am Stationseingang stand, hatten sie noch keine einzige Kurve angelegt. Annika knurrte der Magen, denn seit dem Frühstück hatte sie nichts mehr gegessen, und momentan stand es noch in den Sternen, ob sie heute überhaupt zu einer Pause kommen würden.

«Ich helfe Herrn Bill bei seinem Abendbrot», informierte Annika Jacqueline, nahm das Tablett und verschwand damit in dessen Zimmer.

Der rechte Arm von Herrn Bill war fast auf das Doppelte angeschwollen und entzündet. Bei ihm war gestern eine Infusion danebengelaufen, und statt zu schellen, hatte er die Zähne zusammengebissen und abgewartet, bis die ganze Flüssigkeit durchgelaufen war.

Danach hatte er furchtbare Schmerzen, war aber stolz, dass er das alles ausgehalten hatte, ohne nach Hilfe zu rufen. Im Moment konnte er den bandagierten Arm nicht bewegen, und auf seinem linken Handrücken hatte man ihm eine neue Braunüle gelegt. Der arme Mann war so gut wie handlungsunfähig. Annika stellte das Tablett auf das ausgezogene Nachtschränkchen und fragte: «Soll ich Ihr Kopfteil hochstellen?»

«Nee, danke. Ich lass die Beine baumeln», erklärte er, strampelte die Bettdecke zurück und ließ seine Beine an der Bettseite heraushängen.

Annika nahm den Deckel vom Essenstablett. Ein würziger Duft von Essiggurken, Salami und Käse schlug ihr entgegen. Sie hatte einen solchen Hunger, dass sogar die Verpflegung des Catering-Service gut roch.

«Soll ich Ihnen ein Brot schmieren?»

Herr Bill hatte immer großen Appetit, auch wenn er den ganzen Tag im Bett zubrachte. «Zwei Scheiben mit Wurst und eine mit Käse. Und das Wurstbrot mit Gurken belegen, bitte.»

Annika goss ihm eine Tasse Hagebuttentee ein und begann, die Brote zu schmieren. Im Hintergrund lief der Fernseher, den die drei Männer im Zimmer nicht aus den Augen ließen: ein Fußballspiel wurde übertragen. Annika hatte von Fußball absolut keine Ahnung und ließ ihre Gedanken schweifen.

«Na, schmeckt's?» Herr Bill sah Annika halb belustigt, halb entgeistert an, und Annika wusste im ersten Augenblick gar nicht, was er meinte.

Da bemerkte sie das Stück Käse in ihrer Hand, auf dem sich eindeutige Bissspuren zeigten. Ihr Hunger war offenbar so groß, dass sie reflexartig den übrig gebliebenen Käse in ihren Mund gesteckt hatte. Sie fühlte, wie ihr Gesicht warm wurde und war sich sicher, dass sie puterrot angelaufen war. Die drei Männer sahen sie an und grinsten breit.

«Wenn Sie wollen, können Sie von mir auch noch ein Stück haben. Das ess' ich sowieso nicht alles.» Herr Müller zeigte auf seinen Teller, aber Annika war sich nicht sicher, ob er sie jetzt ärgern wollte oder ob er es ernst meinte. Vorsichtshalber bedankte sie sich freundlich, lehnte aber ab.

«Das tut mir schrecklich Leid», murmelte sie. «Aber ich hab seit dem Frühstück nichts mehr gegessen. Ich hab gar nicht gemerkt, dass ich mir den Käse in den Mund geschoben habe.»

«Na, dann gehen Sie jetzt besser mal selber was essen», meinte Herr Bill, nachdem sie seine Brotscheiben zerteilt hatte. «Mit dem Rest komm ich schon zurecht.»

Annika wünschte allen guten Appetit und verließ dann schnell das Zimmer. Josefa und Jacqueline hatten inzwischen das restliche Abendbrot ausgeteilt.

«Lasst uns auch schnell was essen», schlug Jacqueline vor.

Die drei schafften es so eben, ein Brot zu essen, als es aus der Sprechanlage tönte: «Schwester bitte.»

«Ja?», meldete Annika sich.

«Annika, der Patient in Zimmer sechs möchte gern sein Fenster zugemacht bekommen.»

Herr Schlanz. Annika kochte. Vor ein paar Minuten war Schlanz noch am Stationszimmer vorbeigelaufen.

«Edith?» Annika drehte sich zum Lautsprecher der Rufanlage um. «Tust du mir einen Gefallen? Sag ihm doch bitte, er möchte sein Fenster selber schließen.»

«Kann ich gerne machen», antwortete Edith fröhlich.

Jacqueline sah sie belustigt an. «Das gibt Ärger, das ist dir doch wohl klar. Schlanz ist Privatpatient und außerdem noch Maximilians liebster.»

«Der kann froh sein, dass die Nachrichten über die Rufzentrale gehen. Dem würde ich gern mal sagen, wo er sich seinen Privatpatienten hinstecken kann.» Damit verließ Annika das Zimmer.

«Wenn das mal die richtige Einstellung ist», rief Jacqueline ihr grinsend nach.

*

«Annika, Telefon für dich.» Jacqueline steckte den Kopf aus dem Stationszimmer und winkte Annika zu, die gerade mit einer Patientin sprach.

Am Apparat war Olaf Manirsch, der Annika aufgeregt begrüßte: «Hast du schon das Neueste gehört? Wagner und Emma wollen in drei Wochen nach Brasilien fliegen.»

«Was? Schon in drei Wochen?», fragte Annika überrascht.

«Ja. Heute ist ein Freund von denen runtergeflogen, um ein Haus zu kaufen.»

«Hast du schon mit Dagobert Fromm gesprochen?»

«Nein, ich wollte dir erst Bescheid sagen. Aber das kann ich jetzt gleich machen», versprach Olaf und verabschiedete sich. Annika legte den Hörer wieder auf und kaute nachdenklich an ihrer Unterlippe.

*

«Mensch, was war denn heute wieder bei euch los?», begrüßte Klaus Annika, die müde und abgeschlagen eine halbe Stunde zu spät bei ihm vor der Tür stand.

«Frag mich nicht.» Annika ging an ihm vorbei ins Wohnzimmer und ließ sich auf das Sofa plumpsen. «Haben wir noch Zeit? Ich würde mich gern kurz duschen.»

«Duschen? Jetzt? Dann kommen wir ja erst um zehn an.» Ein Oberarzt feierte heute seine Ernennung zum Chefarzt und hatte dazu fast alle Mitarbeiter der Klinik eingeladen.

«Du kannst ja schon vorgehen, wenn du willst. Aber ich hab das Gefühl, dass ich stinke wie ein Iltis. Ohne Dusche gehe ich nicht unter die Leute.»

Klaus rollte mit den Augen, dann nahm er die Fernbedienung in die Hand und ließ sich in seinen Sessel fallen. «Okay, aber übertreib es nicht. Ich geh ja auch ungeschminkt hin», rief er ihr zu, aber Annika war schon im Bad verschwunden.

*

«Bist du sicher, dass das hier richtig ist?», erkundigte Klaus sich bei Annika. Sie standen vor der Haustür einer pompösen Villa in Bredeney. Sie hatten zwar schon ein Haus der Oberklasse erwartet, aber das hier war unglaublich, fast wie aus einem James Ivory-Film. Noch bevor Annika antworten konnte, wurde ihnen die Tür von einem livrierten Butler geöffnet. Er nahm ihnen die Mäntel ab und führte sie dann in einen Saal, in dem sich mindestens hundert Leute aufhielten.

«Sag mal, haben wir auf der Einladungskarte vielleicht irgendwas übersehen?», raunte Klaus Annika zu.

Die sah ihn fragend an und meinte: «Und du wolltest nicht mal, dass ich dusche. Guck doch mal, was die alle anhaben.»

Die meisten Besucher trugen elegante Abendkleidung. Annika und Klaus kamen sich einigermaßen deplatziert vor. Annika verzog ihren Mund und dachte eine Weile darüber nach, was sie jetzt wohl am besten machen sollten. Schließlich atmete sie tief ein und sagte zu Klaus:

«Komm, was soll's? Wenn das Büffet nur halb so gut ist wie die Hütte hier, dann sollten wir bleiben.» Sie grinste ihn an und zog ihn in den Raum hinter dem Saal, in dem man aufgetischt hatte.

Klaus ließ seinen Blick kreisen und war beeindruckt. «Wow. Das nenn ich ein Büffet. Wahnsinn, das kann ich nie im Leben alles probieren.»

Trotz der kulinarischen Übermacht kämpften sie sich tapfer durch die Delikatessenvielfalt. Annika nahm sich zuerst Lauchcremesuppe, um sich nach dem Duschen wieder aufzuwärmen. Dann probierte sie ein Stück Lammrücken, der mit einer ganz hervorragenden Kräuterkruste bedeckt war. Dazu gab es Brokkoliröschen in Mandelbutter. Nachdem sie noch eine Reihe hiesiger Spezialitäten gekostet hatten, trafen sich Klaus und Annika beim Dessert wieder. Da gab es alle Sorten von Mousse: Die bekannte Mousse au Chocolat, aber in allen Variante bis hin zu Mousse aus weißer Schokolade und dazu noch eine rosafarbene Wildbeeren-Mousse. Es gab verschiedene Sorten von Cremes, Welfenspeise, Eis und Sorbets, exotische Obstsalate, Rote Grütze und Tiramisu. Österreichische Klassiker wie Topfenpalatschinken oder Salzburger Nockerln schließlich wurden von Köchen auf Wunsch frisch zubereitet.

«Das glaub ich nicht», sagte Annika verblüfft. «Wozu geht der Bursche denn arbeiten? Wer sich so eine Fete leisten kann, muss doch geerbt haben, oder?»

Klaus nickte. «Allerdings. Das alles hier kann sich nicht mal ein Chefarzt von seinem Gehalt leisten. Du weißt doch: Die Generation der Erben ist an der Arbeit.»

«Von wegen an der Arbeit», konterte Annika abfällig.

Sie nahm sich von der Beeren-Mousse, während sich Klaus mit einer Überdosis Welfenspeise wieder unter die Leute mischte. Sie genoss versonnen ihr Dessert, während sie von ihrem Sitzplatz aus die Gäste beobachtete. Dabei musste sie feststellen, dass sie so gut wie niemanden hier kannte, und wenn sie nicht vom Gastgeber begrüßt worden wäre, hätte sie daran gezweifelt, wirklich auf der richtigen Feier zu sein.

«Na, so allein hier? Ich bin der Bernd.»

Annika sah entgeistert zu ihrer Linken. Dort hatte sich ein etwa vierzigjähriger, sonnenbankgebräunter Muskelprotz niedergelassen und grinste sie selbstzufrieden an. Sie brauchte einen Moment, um sich klarzumachen, dass sie diesen Satz gerade wirklich gehört hatte. Annika hätte nie gedacht, dass das mal irgendjemand zu ihr sagen würde.

Sie atmete tief durch und entgegnete mit betonter Verachtung: «Ja, ganz allein. Und ich wäre sehr erfreut, wenn das auch so bleiben würde.» Dabei lächelte sie ihn herablassend an und widmete sich weiter ihrem Dessert. Die Antwort tat ihre Wirkung, und der Gebräunte verzichtete auf einen zweiten Versuch.

Annika hielt nach Klaus Ausschau und sah von weitem, wie er mit Peter flirtete, der inzwischen auch eingetroffen war. Während sie noch darüber nachdachte, ob sie weitere Desserts probieren sollte, erkannte sie plötzlich Olaf in der Menge. Sie winkte ihm zu, aber er schien sie nicht wahrzunehmen. Er sprach gerade mit einem jungen Mann, der ungefähr so alt sein mochte wie er selbst. Kurz darauf verabschiedete er sich von ihm und verschwand aus ihrem Blickfeld. Annika sprang auf, um ihn zu suchen, und erreichte ihn gerade eben noch an der Haustür.

«Olaf!», rief sie ihm zu, als er gerade aus der Tür gehen wollte.

Olaf drehte sich erstaunt um, ging auf sie zu und fragte: «He, was machst du denn auf dieser Schickimicki-Fete?»

Annika erklärte es ihm und meinte: «Ehrlich gesagt hatte ich keine Ahnung, wo ich hier landen würde. Und du?»

«Ach, ich kenn hier jemanden», entgegnete er einsilbig. Offensichtlich hatte er in diesem Moment jemanden bemerkt, dem er gerne entkommen wäre, denn er sagte gehetzt: «Ja, okay. Also, ich muss jetzt gehen.»

«Olaf!», hörte Annika eine Frauenstimme hinter sich rufen. Sie drehte sich um und sah eine junge Frau in einem bodenlangen Abendkleid, die auf Olaf zulief.

«Verdammte Scheiße», hörte Annika ihn leise zischen, dann wurde er von der Frau in Beschlag genommen und weggezogen. Annika beobachtete unauffällig, wie die beiden sich heftig stritten. Einige Minuten später sah sie, wie Olaf das Haus verließ. ‹Heute halt ich mich mal aus allem raus›, dachte sie und ging nachdenklich in den Saal zurück. Sie wurde bereits von Klaus und Peter erwartet, die dicht aneinander gedrängt die Gäste beobachteten und sich dabei köstlich amüsierten.

«Hallo Schwester, wo warst du denn?», wollte Klaus wissen und rückte gleich einen Sessel weiter, sodass Annika sich zwischen die beiden setzen konnte.

«Ach, ich habe jemanden getroffen, den ich kenne», erklärte sie kurz.

Klaus sah sie prüfend an. «Ist alles in Ordnung?»

Annika nickte mit geschlossenen Augen. «Doch, doch. Ich bin einfach nur ziemlich groggy. Ich glaub, ich mach mich mal besser auf den Weg nach Hause.»

«Ja, ja, die jungen Leute. Nix mehr mit los», scherzte Peter, und Klaus fügte hinzu: «Das ist doch nicht dein Ernst. Jetzt schon? Es ist noch nicht mal elf.»

Annika setzte ihre theatralische Miene auf. «Ha! Jung! Jung kannst du vergessen. In meinem Job kannst du zugucken, wie man stündlich altert. Aber mal davon abgesehen: Wenn ich das richtig sehe, hab ich den besten Teil der Party schon erlebt, oder? Außerdem muss ich morgen arbeiten.»

Klaus und Peter machten noch ein paar freche Bemerkungen über Frauen und deren Probleme mit dem Älterwerden, und Annika verabschiedete sich schließlich mit dem Versprechen, sich bei nächster Gelegenheit mit ihnen über die Bombenstimmung unter alternden Schwulen zu unterhalten.

Annika war froh, als sie wenig später allein in ihrem Auto saß. Es waren nicht nur die aufgedonnerten Leute und die merkwürdige Atmosphäre heute Abend, die sie nach Hause getrieben hatten. Die Zärtlichkeit und Vertrautheit zwischen Klaus und Peter konnte sie heute nur schwer ertragen. Nicht, dass sie den beiden das missgönnt hätte, aber neben so viel Harmonie und Glück kam sie sich unaussprechlich einsam vor.

Während der Fahrt zurück nach Duisburg musste sie unentwegt an Harry denken. Statt weiter in Richtung Rheinhausen zu fahren, nahm sie kurz entschlossen die Autobahn in den Duisburger Süden. Sie war nur zweimal bei Harry zu Hause gewesen, und als sie nun in die Straße einbog, in der er wohnte, kamen ihr Bedenken, ob ein Besuch bei ihm um diese Zeit wirklich eine gute Idee war. Annika verdrängte alle Zweifel, sie musste ihn einfach sehen, und zwar jetzt sofort.

Sie parkte direkt vor dem Dreifamilienhaus, in dem er seine Wohnung gemietet hatte. Annika stellte den Motor ab und zögerte noch einen Moment. Sie hatte plötzlich ein ganz komisches Gefühl im Magen und erschauerte. «Meine Güte, jetzt mach dich nicht kirre», sagte sie aufmunternd zu sich selbst und stieg schnell aus dem Wagen. Sie wollte gerade abschließen und warf einen Blick in die dritte Etage. Sie erstarrte. Am hell erleuchteten Wohnzimmerfenster konnte sie ganz deutlich eine Frau stehen sehen. Neben ihr tauchte nun Harry auf.

Annika hatte für einen Moment ein Gefühl völliger Leere. Sie setzte sich wieder ins Auto und blieb einige Minuten lang bewegungslos in der Dunkelheit sitzen. Dann startete sie mit zitternden Händen den Wagen und fand auch irgendwie den Weg zurück nach Hause.

Als Annika ihre Fassung wiedergewonnen hatte, fand sie sich in ihrer dunklen und kalten Wohnung wieder. Beim Durchstöbern ihrer Videosammlung wurde ihr bald klar, dass es heute nicht leicht sein würde, Trost zu finden. Ratlos nahm sie sich ein Glas Wein und stellte sich ans Wohnzimmerfenster. Plötzlich fiel ihr eine Aufnahme mit Kompositionen von Max Bruch wieder ein, die sie vor einigen Monaten gekauft hatte. Sie legte die CD ein und schon erklang die *Schottische Fantasie*, eines ihrer Lieblingsstücke. Sie musste bei diesen Klängen unwillkürlich an Schottland denken, an Aberdeen, an den Wochenmarkt dort und die grünen Hügel der Highlands. Die Bilder nahmen sie mehr und mehr gefangen, und als sie bemerkte, dass ihre Tränen flossen, musste sie lächeln. Wäre doch nur alles so unwiderstehlich klar, wären doch alle Empfindungen so mächtig. Annika gab sich den Erinnerungen hin und sehnte sich nach ihren schottischen Freunden und einer überschaubareren Welt. Unvorstellbar, morgen wieder aufzustehen und nicht dort zu sein.

Samstag, 15. Januar

Josefa saß allein in ihrer Küche, in der nur das Ticken der Wanduhr zu hören war. Noch eine Stunde bis zum Spätdienst. Bis dahin musste sie eine Entscheidung getroffen haben.

Vor ihr auf dem Tisch stand eine Pralinendose aus Blech, der man die vergangenen Jahrzehnte ansehen konnte. Neben der Dose lag eine Kladde aus längst vergangenen Schultagen. Die Kladde war gerade eben so groß, dass sie in die Dose passte. Obwohl sie darin einigermaßen geschützt gewesen sein musste, sah das dicke Heft so aus, als wäre es oft benutzt worden: Die Seiten waren vergilbt, zum Teil eingerissen und an den Ecken umgeknickt, und die Feuchtigkeit hatte den Pappeinband aufgetrieben. Josefa strich mit ihrer Hand behutsam über das Heft.

Es war mehr oder weniger Zufall gewesen, dass sie die Dose gefunden hatte. Als sie vor ein paar Tagen Manirsch tot im Krankenhauskeller entdeckt hatte, war sie so erschrocken, dass sie sofort das Weite suchen wollte. In ihrer Panik rannte sie aber nicht zum Ausgang, sondern lief in ein Gewölbe, das durch einen Mauerdurchbruch mit dem Kellerraum, in dem Manirsch lag, verbunden war. Sie erschauerte immer noch, wenn sie daran dachte, wie sie plötzlich den Halt unter ihren Füßen verloren hatte und in einem Graben stand. Mit Mühe schaffte sie es, sich zu befreien, und beim Hinausklettern war sie dann auf diese Blechdose gestoßen, die ihr eine ganz neue Welt eröffnet hatte.

Mit einer sanften Berührung klappte sie den Deckel des Tagebuchs auf. Wie oft hatte sie nun schon den Namen gelesen, der dort in einer schwungvollen, beeindruckend schönen Handschrift geschrieben stand? Sarah Rosenthal hatte 1940 mit ihrem Tagebuch begonnen. Zunächst hatte sie nur sporadische Notizen zu alltäglichen Beobachtungen eingetragen. Ab 1944 aber gab es auf eng beschriebenen Seiten tägliche, ausführliche Berichte. Sarah war die Frau, nach der Erwin Manirsch sein ganzes Leben gesucht hatte und die er nicht vergessen konnte. Sie beschrieb ihre Empfindungen zu Josefas Vater mit einer Intensität und Zärtlichkeit, die Josefa immer wieder überraschte und verunsicherte, sooft sie in diesem Buch las. Josefa selbst hatte nie so tief empfunden und sie begann zu verstehen, warum ihr Vater so verzweifelt und rastlos war. Ihr wurde klar, dass er nie aufgehört hatte, Sarah zu lieben. Und er hätte ihre Mutter niemals heiraten dürfen.

Josefa wandte ihren Blick widerstrebend von den Seiten ab. Sie hatte noch mit niemandem über ihren Fund gesprochen, auch nicht mit Friedhelm. Ob sie ihm überhaupt davon erzählen sollte? Würde er verstehen, was Sarah da aufgeschrieben hatte? Friedhelm war ein liebevoller Mann, und sie hatten sich beide auch heute, nach vielen Jahren, immer noch gern. Aber wenn sie abends zusammen im Wohnzimmer oft lange stumm vor dem Fernseher saßen, dann schwiegen sie, weil sie sich nicht mehr allzu viel zu sagen hatten. Das war für sie und auch für Friedhelm nie etwas Schlimmes gewesen, aber eine Innigkeit und Leidenschaft, wie Sarah sie beschrieben hatte, war ihnen fremd.

Josefa dachte nicht darüber nach, was wohl geschehen würde, wenn sich herausstellte, dass sie dieses Tagebuch an sich genommen und viele Tage lang für sich behalten hatte. Die Folgen waren ihr im Moment gleichgültig. Den Menschen, um die es auf diesen Seiten ging, konnte sowieso nicht mehr geholfen werden. Johann Manirsch allerdings war nach Josefas Ansicht viel zu spät gestorben. Wer auch immer für seinen Tod verantwortlich war, hatte richtig gehandelt. Da war sie sich absolut sicher, und diese Sache beunruhigte sie jetzt auch nicht mehr. Nicht, nachdem sie nun wusste, was sich damals ereignet hatte. Jetzt drängte es sie vor allem, mit jemandem über Sarahs Gedanken sprechen zu können. Sie war sich nur nicht darüber im Klaren, wer das sein sollte. Zuerst hatte sie an Albert gedacht, aber sie wusste, wie sehr er unter der Zurückweisung seiner einstigen Geliebten gelitten hatte. Solch ein Gespräch würde ihn auf jeden Fall belasten. Nein, die einzige Person, mit der sie darüber reden konnte, war Annika. Die würde ihr vielleicht auch die Entscheidung abnehmen, was mit dem Tagebuch geschehen sollte.

*

Annika stand vor der Teeküche und fragte sich irritiert, was sie hier eigentlich wollte. Heute fiel es ihr auffallend schwer, sich zu konzentrieren, denn die Bilder der vergangenen Nacht ließen ihr keine Ruhe. Sie war wieder einmal mit Kopfschmerzen aufgewacht und hatte ein Frühstück, das aus Haferflockensuppe, Malzkaffee und Paracetamol bestand, eingenommen. Die Kopfschmerzen waren erträglich, aber nach wie vor spürbar, und ihr schon immer leicht reizbarer Magen meldete sich mit kleinen Krämpfen, wenn sie an die Szene dachte, die sich ihr gestern in Beimers Wohnzimmerfenster geboten hatte.

«Hallo Frau Meinke», sagte plötzlich jemand hinter ihr und unterbrach sie in ihren Grübeleien.

Annika hatte die Bartels nicht kommen hören, die mit langsamen Schritten an ihr vorbeigingen und sie freundlich anlächelten. Seit drei Tagen war das Ehepaar auf der Station. Beide waren Ende achtzig und litten unter Herzinsuffizienz. Man hatte ihnen ein gemeinsames Zimmer gegeben, und Annika sah gerührt, wie sie gelassen und in stiller Eintracht Hand in Hand über den Flur spazierten. Es kam nicht oft vor, dass zwei Menschen in diesem Alter Hand in Hand gingen, und gerade heute versetzte Annika dieser Anblick in eine undefinierbare Stimmung, in der sie sich hier auf der Station irgendwie überflüssig oder fehl am Platz fühlte. Sie seufzte tief und dachte darüber nach, was sie tun konnte, um sich abzulenken.

Wie auf Bestellung hörte sie eine vertraute Stimme, die ihr entgegenkeifte: «Hey Schwester, was ist? Kommt mein Tee heute noch, oder muss ich mir den selbst machen?»

«Oh Gott, Schlanz», dachte Annika. Jetzt fiel ihr wieder ein, warum sie zur Küche gegangen war: Schlanz wollte einen Tee haben. Annika war heute viel zu müde und traurig, um sich über ihn zu ärgern. Sie winkte ihm nur kurz zu und verschwand in der Küche. Fünf Minuten später hatte er seinen Tee, den er zu ihrem Erstaunen kommentarlos entgegennahm. Annika hatte bei der Gelegenheit eine Kanne Kamillentee für sich selbst aufgebrüht und ging damit ins Stationszimmer. Josefa sah nur kurz auf, als sie hereinkam und steckte ihre Nase dann wieder in den Infusionsschrank. Da es heute vergleichsweise ruhig war, hatten sie beschlossen, Arbeiten zu erledigen, die seit langem überfällig waren.

«Ging gestern wohl hoch her auf der Party», bemerkte Josefa, ohne ihre Arbeit zu unterbrechen.

«Wie bitte?» Annika hatte nicht zugehört.

«Die Party. Du warst doch da, oder?»

Annika fiel wieder ein, dass Josefa selbst keine Lust gehabt hatte, dort hinzugehen. Sie antwortete zerstreut: «Äh, ach ja, das. Ja, ich war da. Aber nicht sehr lange. Das Büffet war wirklich erstaunlich, aber die Leute: gruselig!»

Josefa lächelte zufrieden. Das hatte sie im letzten Jahr auch so empfunden. Da hatte es die gleiche Party gegeben. «Und da hast du aus lauter Verzweiflung gegessen und getrunken, stimmt's?»

«Ja, stimmt. Allerdings nicht auf der Party, sondern zu Hause.»

«Zu Hause?» Josefa begriff nicht ganz. Dann dämmerte es ihr langsam. «Du meinst, du warst nicht wegen der Feier gefrustet?»

«Nein, leider nicht.» Annika zögerte einen Moment, bevor sie fortfuhr. «Das Übliche: Herz, Schmerz und so weiter», erklärte sie so lapidar wie möglich und zwang sich zu einem Lächeln.

«Das tut mir Leid», murmelte Josefa ernst.

«Ist schon gut. Ich erhol mich schon davon. In irgendeinem Film hat mal einer gesagt – nach einer ziemlichen Katastrophe, glaube ich: Das Schöne am Leben ist doch, dass es immer weitergeht.»

«Klingt gut, stimmt aber nicht», meinte Josefa kopfschüttelnd. «Jedenfalls nicht immer, wie wir ja wissen», setzte sie nachdenklich hinzu.

Annika nickte wortlos, nahm zwei Schalen mit Medikamenten und machte sich daran, die Tabletten für den nächsten Tag zu stellen. Beide hatten eine halbe Stunde schweigend gearbeitet, als ein Lichtruf kam.

«Lass mal, ich geh schon», wehrte Josefa ab, als Annika aufstehen wollte. «Ich bin mit dem Schrank hier sowieso fertig.»

Sie ging aus dem Stationszimmer, und Annika beugte sich wieder über die Medikamente, als Tillmann ins Zimmer trat.

«Hallo. Was machst du denn heute hier? Ich denk, du hast frei.»

«Ja, das habe ich auch gedacht.» Ironisch grinsend erklärte er: «Aber Drösig ist krank geworden, und weil ich so wahnsinnig nett bin, hab ich seinen Dienst übernommen.»

Tillmann war unrasiert und sah blass und völlig übermüdet aus. Annika blickte ihn kopfschüttelnd an: «Möchtest du eine Tasse Kaffee? Und Kuchen haben wir sogar auch noch. Queitlinger war seit gestern nicht mehr hier.» Sie grinsten sich an, und er bedankte sich für Kaffee und Kuchen. Schwerfällig nahm er sich einen Stuhl und ließ sich ächzend darauf fallen.

«Wie geht es eigentlich deiner Frau und den Kindern?», erkundigte sich Annika.

«Gute Frage. Wenn ich sie mal länger als fünf Minuten zu Gesicht bekäme, dann könnte ich darauf auch eine Antwort geben.»

Annika sah ihn mitfühlend an.

«Ich konnte sie heute noch nicht mal aus dem Krankenhaus abholen. Klasse, was?» Er klang bitter. «Das habe ich mir früher anders vorgestellt. Ich meine, als ich mit dem Studium angefangen hab.»

«Würdest du es noch mal machen?»

«Was?»

«Na, das Studium.»

«Nein.» Er sagte das mit solch absoluter Bestimmtheit, dass Annika ihn verwundert anblickte.

«Kannst du das etwa nicht verstehen?», fragte er, als er ihr erstauntes Gesicht sah.

Annika sah ihn ernst an. «Doch, sehr gut sogar. Aber irgendwie hast du auf mich keinen unzufriedenen Eindruck gemacht. Ich hab gedacht, du würdest deine Arbeit gern machen.»

Tillmann schüttelte heftig den Kopf. «Komm, sei doch nicht naiv. Das ist bei dir doch wohl kaum anders. Es ist doch nicht die Arbeit als Arzt, die mich fertig macht.» Er legte eine kleine Pause ein, bevor er fortfuhr. «Wobei ich mich ehrlich gesagt oft frage, was eigentlich meine Arbeit ist. Nimm doch nur mal die Tatsache, dass es völlig normal zu sein scheint, dass ich täglich eine oder zwei Stunden länger arbeite, ohne dafür bezahlt zu werden. Das hat ja schon im Studium und in der Assistenzzeit angefangen, das haben wir einfach alles mitgemacht. Da hatte man sowieso keine andere Wahl. Aber jetzt, mit Familie? Jetzt kann ich doch noch weniger sagen, ich schmeiß einfach alles hin und hör auf. Ganz davon abgesehen, dass ich auch gar nicht wüsste, was ich sonst machen sollte. So ein Multitalent bin ich nicht.»

Annika war völlig überrascht, ihn so desillusioniert zu sehen. «Ich weiß nicht, würd' ich nicht sagen. Du gehörst zu den besten Ärzten, die ich bisher kennen gelernt hab, sowohl fachlich als auch menschlich. Was ich zum Kotzen finde, ist, dass immer die guten Leute aufhören wollen. Soll ich später denn nur noch mit Queitlingers zusammenarbeiten?» Annika zog eine Grimasse, und Tillmann musste lachen.

«Wir können ja unseren eigenen Laden aufmachen», schlug er vor.

«Meinst du das ernst? Daran hab ich nämlich auch schon oft gedacht.»

«Und wie ernst ich das meine. Ein Krankenhaus ohne Leitbilddiskussionen, Qualitätsmanagement und Kundenorientierung. Wahnsinn, ein Traum.»

Tillmann lehnte sich zurück und schien sich seinen Traum auszumalen. In diesem Moment trat Frau Will ins Stationszimmer. Neben ihr stand David, der Freitag entlassen worden war. Alle begrüßten sich freudig.

«Herr Doktor. Darf ich wohl ein wenich draußen spaziern gehn? David begleitet mich.» Frau Will sah fragend von Tillmann zu Annika.

«Und es werden auch keine Katzen besucht», ergänzte David grinsend.

«Also gut, wenn das so ist, dann man los», entgegnete Tillmann und das ungleiche Paar machte sich auf den Weg.

«Apropos Katzen», meinte Annika. «Wäre es eigentlich nicht gut, wenn man bei Frau Will noch mal eine Hyposensibilisierung versucht?»

Tillmann nickte. «Doch, das wäre sogar sehr gut. Aber sie müsste ja damit einverstanden sein. Und das ist das Problem.»

In diesem Moment kam Josefa hinzu und fragte erstaunt in Tillmanns Richtung: «Oh, was machst du denn hier?»

«Ja, ich hab's zu Hause nicht mehr ausgehalten, und deshalb bin ich vorbeigekommen, um mich mal so richtig mit Kaffee und Kuchen abzufüllen», antwortete er mit sarkastischem Unterton.

«Möchte ich wetten», entgegnete Josefa und wandte sich dann wieder an Annika. «Kannst du mir mal kurz beim Lagern helfen?»

«Klar, natürlich.» Annika schob den Stuhl weg und folgte ihr.

*

Zum ersten Mal seit langem saßen Josefa und Annika während ihrer Pause zusammen und konnten das Abendbrot genießen, ohne dabei gestört zu werden. Josefa suchte nach den richtigen Worten, um Annika von dem Tagebuch zu erzählen.

Sie gab sich einen Ruck und sagte: «Hör mal, erinnerst du dich, wie du mich letztens im *Harlekin* gefragt hast, ob ich was im Keller gefunden hab?»

Annika nickte.

«Ich hab da nicht ganz die Wahrheit gesagt. Also, ich hab nämlich doch etwas gefunden.»

Annikas Müdigkeit, der Kopfdruck und das Magengrimmen waren mit einem Schlag verschwunden. «Du hast doch was gefunden?»

Josefa nickte.

«Was?»

«Ein Tagebuch.» Mit gedämpfter Stimme, aus Angst, es könne jemand mithören, erzählte Josefa ihr von ihrem Zufallsfund.

Annika konnte das Schichtende kaum erwarten. Immer wieder bat sie Josefa, ihr doch zu erzählen, was in dem Tagebuch stand, aber Josefa wollte, dass Annika sich ihren eigenen Eindruck verschaffte.

*

«Schwester?» Annika und Josefa wollten gerade die Klinik verlassen, als sie Frau Will hörten. Sie erhob sich aus einem der Sessel am Krankenhauseingang, kam auf sie zu und wandte sich an Annika.

«Ich hab mir dat überlecht, wat Se vorhin zu mir gesacht haben. Ich glaub, Se haben Recht. Also, wenn dat bei Ihnen auf der Station gemacht werden kann und wenn der Doktor Tillmann dat macht, dann bin ich einverstanden.»

Annika war erfreut. «Aber ja, das geht. Wenn ich Doktor Tillmann morgen früh noch sehe, dann red ich mit ihm darüber.»

Frau Will verabschiedete sich zufrieden und ging zurück in die Sitzecke, wo noch eine andere Patientin von der MK 3 saß.

Josefa sah Annika verständnislos an. «Worüber willst du mit Tillmann sprechen?»

«Über eine Hyposensibilisierung.»

«Sie lässt eine machen?», fragte Josefa erstaunt, während sie zu Annikas Auto gingen. «Wie hast du das denn geschafft?»

«Ich hab nur noch mal mit ihr darüber gesprochen. Nichts weiter.» Annika schloss den Wagen auf. «Was ist eigentlich mit deinem Fahrrad?»

«Ich bin heute zu Fuß gekommen», erklärte Josefa und setzt sich neben Annika ins Auto.

*

Josefa lebte mit ihrem Mann in einer großen Wohnung in der ersten Etage eines Zweifamilienhauses. Das Haus gehörte Josefas Schwiegereltern, aber vor ein paar Jahren hatten sie Friedhelm die Wohnung überschrieben. Als Josefa die Haustür aufschloss, kam ihnen ein schwarzer Kater entgegen. Er rieb seinen Körper an Josefas Beinen und schnurrte dabei zufrieden.

«Das ist Smigel», stellte Josefa ihn vor.

«Wie kommst du denn auf den Namen?»

«Keine Ahnung, das war Herberts Idee, einem alten Freund von Friedhelm. Aber es klingt irgendwie gut, und dann haben wir es dabei gelassen. Komm, wir gehen ins Wohnzimmer. Da ist es wärmer. Friedhelm kommt erst spät nach Hause. Also haben wir unsere Ruhe.»

Sie führte Annika in einen großen hellen Raum, der auf der einen Seite einen offenen Kamin hatte. «Möchtest du was trinken oder essen?»

«Nein, im Moment nicht.» Annika platzte förmlich vor Aufregung.

Josefa lächelte. «Klar, blöde Frage. Also gut, dann wollen wir mal.»

Aus der obersten Schublade einer alten Holzkommode holte sie die Pralinendose und stellte sie auf den Tisch. Sie hob vorsichtig den Deckel ab und gab Annika das Tagebuch. Annika öffnete es behutsam und las auf der Innenseite des Einbands den Namen.

«Wer war denn diese Sarah Rosenthal? Kanntest du sie?»

Josefa schüttelte den Kopf.

«Weißt du, ob sie noch lebt?»

«Ob sie noch lebt?»

«Ja. Das wäre doch möglich.»

«Aber was hätte dann das Tagebuch im Keller zu suchen gehabt?», gab Josefa zu Bedenken. Sie hatte nicht eine Sekunde lang darüber nachgedacht, dass Sarah noch leben könnte. «Und außerdem hat meine Mutter doch auch von ihrem Tod erzählt. Erinnerst du dich nicht?»

«Doch, ja, stimmt. Aber immerhin wusste sie das ja nur aus Erzählungen. Was, wenn die alle nicht stimmen? Vielleicht musste Sarah fliehen, und dein Vater ist davon ausgegangen, dass sie tot ist. Wäre das nicht denkbar?»

Josefa überlegte kurz. «Ich weiß nicht. Scheint mir ziemlich unwahrscheinlich zu sein. Wenn du jemanden so sehr liebst wie mein Vater diese Frau, dann suchst du doch nach diesem Menschen, bis es einfach nicht mehr geht. Ich kann mir nicht vorstellen, dass er aufgegeben hätte, wenn da auch nur noch ein Fünkchen Hoffnung gewesen wäre.»

Annika nickte. «Wahrscheinlich hast du Recht. Aber vielleicht wäre es ja gut, wenn Dagobert trotzdem versucht, etwas dazu herauszufinden.»

«Dagobert?»

«Ja. Dagobert Fromm. Du weißt schon, der Polizist, der die Untersuchung im Fall Manirsch leitet.»

Josefa sagte nichts.

«Josefa, du hast doch nicht etwa gedacht, wir können ihm das Tagebuch verschweigen.»

«Ach, ich weiß auch nicht. Es ist ein Tagebuch. Sarah hat Dinge geschrieben, die sicher niemand lesen sollte. Mir war das auch schon unangenehm, auch wenn es schließlich um meinen Vater ging. Und jetzt sollen da alle möglichen Leute drin rumschnüffeln?»

Annika sah sie nachdenklich an. «Ich könnte Dagobert bitten, dass es nur die Personen zu lesen bekommen, die an dem Fall arbeiten. Also keine Presse oder so, okay? Vielleicht bekommst du es ja später wieder zurück.»

Josefa nickte zustimmend. Sie nahm das Tagebuch, umwickelte es mit Küchenkrepp und legte es vorsichtig zurück. Wortlos reichte sie ihr die Dose. Annika sah sie erstaunt an.

«Aber willst *du* es nicht Dagobert geben?»

Josefa antwortete mit einer Gegenfrage: «Willst du denn nicht wissen, was Sarah schreibt?»

«Ja, doch, aber ich dachte, ich soll es hier lesen.»

«Nein. Nimm es bitte mit nach Hause. Dafür brauchst du Zeit und Ruhe.»

*

Es war fast Mitternacht. Der Rücken tat ihr weh, weil sie stundenlang in angespannter Haltung gesessen hatte. Annika hatte sich mit dem Tagebuch an ihren Wohnzimmertisch gesetzt und blätterte jede einzelne Seite so sachte wie möglich um, weil sie fürchtete, etwas zu beschädigen. Je mehr sie las, desto unbegreiflicher schien ihr alles.

Sarah musste mit ihrem Bruder und den Eltern mehrere Wochen in diesem kleinen Gewölbe im Krankenhauskeller gelebt haben. Josefas Vater Erwin hatte sie dort versteckt gehalten und mit dem Nötigsten versorgt.

Als Annika das Tagebuch zu Ende gelesen hatte, verstand sie, warum Josefa es für unwahrscheinlich hielt, dass Sarah noch lebte. Sie war offensichtlich mitten im Schreiben unterbrochen worden. Ihr letzter Satz war unvollständig, und danach gab es keinen Eintrag mehr. Annika blätterte wieder an die Stelle zurück, wo Sarah geschrieben hatte:

«Für Erwin wird es immer schwieriger, zu uns zu kommen. Johann verfolgt ihn überall hin. Wenn er uns entdeckt, wird er uns verraten. Mutter glaubt nicht, dass er das tun wird, weil er früher immer ihre Einkaufstaschen nach Hause getragen hat. Sie kennt ihn nicht, wie ich ihn kenne, aber ich lasse sie in dem Glauben.» Eine Seite weiter stand: *«Erwin hat einen Fluchtplan ausgearbeitet. Vielleicht können wir schon in ein paar Tagen diesem schrecklichen Kellerloch Ade sagen.»*

Auf den folgenden Seiten erzählte sie haarklein von Streitigkeiten zwischen ihrem Bruder und den Eltern, einem Sturz des Vaters, bei dem er sich verletzt hatte und immer wieder von ihren Gefühlen für Erwin, den sie heiraten wollte, sobald sie aus ihrem Gefängnis befreit sein würden. Ganz ausführlich hatte Sarah schließlich ihre Vorstellungen von den Hochzeitsvorbereitungen beschrieben, und mitten in diesen Überlegungen brachen ihre Eintragungen ab.

Annika sah von dem Tagebuch auf und rieb sich den Nacken. Ihre Gedanken kreisten immer wieder um den einen Punkt: War Sarah, war den Rosenthals vielleicht doch die Flucht gelungen? Hatte sie einfach deshalb abrupt mit dem Schreiben aufgehört, weil Erwin unverhofft wiedergekommen war? Annika wollte, es wäre so gewesen. Nur: Warum hatte Sarah dann nicht das Tagebuch mitgenommen? Gab es dafür irgendeine Erklärung?

Annika konnte sich einfach nicht vorstellen, dass der nette alte Johann Manirsch für den Tod auch nur eines Menschen verantwortlich sein sollte. Dieser alte Herr, dem sie vor einigen Tagen noch beim Essen und Ankleiden geholfen hatte und der von seinem Enkel geliebt wurde – dass dieser Mann so etwas tun könnte. Andererseits waren Sarahs Eintragungen unmissverständlich: Johann würde sie verraten, wenn er von ihrem Versteck erfuhr.

Annika erhob sich. Ihre Augen brannten, und sie spürte, wie die Kopfschmerzen langsam wiederkamen. Sie entschied sich, jetzt besser ins Bett zu gehen. Schon jetzt blieben ihr nicht mehr allzu viele Stunden, denn bereits um fünf Uhr musste sie sich auf den Weg zum Frühdienst machen. Sie suchte nach dem Fläschchen mit Pfefferminzöl und rieb sich damit ihre Schläfen ein, während sie in den Flur ging. Dabei fiel ihr erst jetzt auf, dass jemand auf ihren Anrufbeantworter gesprochen hatte. Beim Nachhausekommen hatte sie darauf gar nicht geachtet, weil sie viel zu neugierig auf das Tagebuch gewesen war. Sie drückte die Wiedergabetaste und hörte Harrys Stimme. Er wollte wissen, wie es ihr ging und bat sie, ihn zurückzurufen.

«Nee, also das ist jetzt wirklich zu viel für mich», dachte Annika, ließ das Band zurücklaufen, stellte den Anrufbeantworter wieder auf Bereitschaft und ging ins Schlafzimmer.

Sonntag, 16. Januar

Um den Frühstückstisch, den sie wie immer am Wochenende im Stationszimmer gedeckt hatten, saßen vier blasse Gestalten: Annika hatte nur vier Stunden geschlafen, Sven war direkt aus der Düsseldorfer Altstadt zum Frühdienst gekommen, Christel hatte die Hälfte der Nacht bei ihrem fiebernden Sohn zugebracht und Beinstein, die gestern Abend auf der Autobahn geblitzt worden war, hatte sich darüber so geärgert, dass sie deshalb die ganze Nacht kein Auge zutun konnte.

«Kann mir noch mal jemand den Kaffee reichen?», fragte Sven in die Runde.

«Nur, wenn du dich gleich unter die Dusche stellst. Du stinkst drei Meilen gegen den Wind», schimpfte Christel. Es war neben ihm kaum auszuhalten: Sven roch nach einer Mischung aus kaltem Tabak, Knoblauch und Schweiß. Annika dachte an die armen Patienten, die ihm heute Morgen ausgeliefert waren. «Wenn du noch Reste von Mitgefühl für unsere Patienten hast, würde ich dir das auch empfehlen», kam es von Annika, die Schwierigkeiten hatte, ihr Frühstück zu genießen, weil sie direkt neben ihm saß.

«Ist ja schon gut. Ich gehe unter die Dusche.» Sven stand auf und ging aus dem Zimmer.

Beinstein grinste in die Runde. «Sie sind aber hart.»

«Sie können ihn ja noch aufhalten», entgegnete Annika ironisch.

«Och, nö, lassen Sie ihn mal ruhig duschen. Verringert vermutlich das Infektionsrisiko», meinte Beinstein lachend. Sie schien kurz über etwas nachzudenken und sagte dann zu Annika: «Sagen Sie, Sie haben doch einen guten Draht zur Polizei, oder?»

Annika war überrascht. «Wie kommen Sie denn darauf?»

«Na, Sie haben doch erzählt, dass sie den Kommissar kennen, der im Fall Manirsch ermittelt.»

«Ja, das stimmt.» Annika hatte keine Ahnung, worauf Beinstein hinaus wollte.

«Gibt's da vielleicht irgendeine Verbindung zur Verkehrspolizei?»

So langsam dämmerte es ihr. Frau Doktor wollte offensichtlich ihr Knöllchen nicht bezahlen. Annika mochte die Chefärztin – vor allem deshalb, weil sie zurückhaltend war und ihre Fähigkeiten nicht an die große Glocke hängte. Allerdings hatte sie eine Schwäche: Ihren Oldtimer, einen grasshoppergrünen Jaguar MK 7 M, mit dem sie nicht selten reichlich schneller als vorgeschlagen fuhr. Annika grinste ihr breit entgegen. «Wie viel waren es denn gestern?»

«190», brachte sie mit gespielter Verlegenheit heraus.

«190 Stundenkilometer?!» Annika konnte es kaum fassen. «Und wie viel waren erlaubt?»

«Angeblich nur 100.» Beinstein sah nun beinahe beleidigt aus.

«Ehrlich gesagt, das ist ja auch ein bisschen, na wie soll ich sagen ...» Annika wollte nicht unhöflich sein, aber das fand sie wirklich übertrieben.

Beinstein brachte für sie den Satz zu Ende: «... größenwahnsinnig? Bescheuert? Pubertär? Suchen Sie sich was aus, Sie haben auf jeden Fall Recht.» Sie atmete tief aus und meinte dann: «Jedenfalls bin ich den Führerschein wohl erst mal los.»

Annika nickte mit gespitztem Mund und stimmte ihr zu. «Na ja, 90 mehr ist schon ziemlich heftig. Da kann Ihnen wohl selbst der Polizeipräsident nicht weiterhelfen.» Außerdem dachte sie, dass es Beinstein gut tun würde, mal eine Zeit lang das Tempo zu drosseln und auf den Führerschein zu verzichten, aber das sagte sie ihr lieber nicht.

*

«Christel, ich bring' kurz das Blut ins Labor.» Annika warf einen Blick in den Aufenthaltsraum, wo Christel gerade bei einem Patienten den Blutdruck maß. Die nickte ihr kurz zu und Annika machte sich auf den Weg. Unterwegs traf sie Albert, der im Blaumann den Flur entlang schlich.

«Hallo Albert. Ganz in Blau heute? Wie isset?»

Seit ihrem Besuch bei ihm vor einer Woche waren sie sich immer nur während der Arbeit und von weitem begegnet. Annika erschrak, als sie nun vor ihm stand. Albert hatte sie zunächst gar nicht wahrgenommen. Seine Wangen waren eingefallen und das Gesicht aschfahl. Als er Annika erkannte, versuchte er ein Lächeln, aber er gehörte nicht zu den Menschen, die sich gut verstellen können.

«Es geht so», antwortete er mir rauer Stimme. «Ich glaub, ich muss mit meinem Rheuma morgen mal wieder zum Arzt.» Er machte eine kurze Pause, als überlege er, wie er seine nächste Äußerung formulieren sollte, sagte dann aber doch nichts.

«Sind die Schmerzen wieder schlimmer geworden?», fragte Annika.

«Oh ja, das kann man wohl sagen.»

«Kann ich dir vielleicht irgendwie helfen?» Annika wusste nicht, was sie sonst sagen sollte.

«Nein, nein, ist schon in Ordnung. Bis morgen ist das noch auszuhalten. Aber wenn's mir wieder besser geht, dann versuchen wir's noch mal mit einer Fototour, ja?»

«Ja, gerne», stimmte Annika zu. «Mit Appeltate nachher.»

«Auf jeden Fall.» Jetzt lächelte er wieder ein wenig.

«Ich muss jetzt weiter, Albert.» Sie deutete auf die Blutproben. «Aber wenn ich doch was für dich tun kann, dann sagst du mir Bescheid, ja?»

Albert versprach es, und sie verabschiedeten sich.

*

Als Annika vom Labor zurückkam, schob Christel gerade den Essenscontainer auf die Station.

«Hast du unterwegs einen Geist gesehen?», wollte Christel wissen.

«Wie kommst du denn darauf?»

«Weil du so guckst», erklärte Christel.

«Wie guck ich denn?» Annika schüttelte den Kopf. «Nee, ich hab vorhin Albert getroffen. Hast du den in den letzten Tagen mal gesehen?»

«Ja, hab ich. Der sieht gar nicht gut aus, oder?»

«Finde ich auch. Er meinte, er hätte Rheumaschmerzen und dass er morgen zum Arzt gehen will.»

«Wenn er das mal tut. Eigentlich sollte er gar nicht mehr arbeiten. Ich weiß überhaupt nicht, wie er das noch schafft.»

Annika erwiderte darauf nichts. Nachdenklich half sie, das Mittagessen zu verteilen.

*

«So, jetzt nur noch die Medikamentenbestellung für morgen. Das Lager können die ja heute Nachmittag machen, oder?» Annika sah Christel mit müden Augen an.

«Aber ja», stimmte Christel ihr zu. Deutlich langsamer als üblich hantierten die beiden an den Schubladen und Schränken, und als Annika vor lauter Müdigkeit beinahe eine Medikamentenschublade aus der Führungsschiene gerissen hätte, kam Klaus ins Stationszimmer. Christel strahlte ihn an, und ihre Erschöpfung schien mit seinem Anblick wie verflogen.

«Soll ich Ihnen einen Kaffee machen?», flötete sie ihm entgegen.

«Ja, gern. Das wäre wirklich nett», entgegnete Klaus mit einem betörenden Lächeln.

«Alter Schleimer», meinte Annika, nachdem Christel das Stationszimmer verlassen hatte.

Klaus grinste nur. «Übrigens: Die Fete am Freitag war noch ganz lustig. Schade, dass du so früh gegangen bist.»

«Ja, das bedaure ich inzwischen auch», entgegnete sie bitter.

Der düstere Unterton war nicht zu überhören, und Klaus sah sie fragend an. «Wie meinst du das denn?»

Annika erzählte ihm, was sie vor Harrys Wohnung gesehen hatte.

Klaus verdrehte die Augen, schüttelte den Kopf und sagte: «Das ist wirklich mal wieder typisch Annika. Woher willst du überhaupt wissen, dass Harry mit dieser Frau ein Verhältnis hat? Du hast sie lediglich am Fenster gesehen.»

«Um elf Uhr abends?»

«Na und? Du warst letztens die ganze Nacht bei mir, wenn ich dich daran erinnern darf.»

«Das ist ja wohl was anderes», grummelte Annika.

«Ach was. Würde das auch jemand sagen, der von draußen zusieht?» Klaus sah sie eindringlich an. «Wo warst du überhaupt gestern Abend, wenn wir schon dabei sind. Ich hab mindestens drei Mal versucht, dich anzurufen.»

«Ich war bei Josefa.» Sie wollte Klaus gerade von dem Tagebuch erzählen, als Christel mit dem Kaffee hereinkam.

«Mit Milch und Zucker?», erkundigte sie sich bei Klaus.

«Nur Milch bitte.»

Sie reichte ihm die Tasse und verwickelte ihn in einen ausgedehnten Smalltalk, während Annika weiter den Medikamentenbestand kontrollierte. Es schien ihr wie eine Ewigkeit, bis ein Lichtruf kam und Christel gehen musste.

«Ich hab schon gedacht, das würde niemals mehr enden», meckerte Annika und kam nun endlich dazu, ihm von dem Tagebuch zu erzählen.

«Hast du es dabei?», fragte Klaus aufgeregt, nachdem sie mit ihrem Bericht zu Ende gekommen war.

«Ja, ich wollte es Dagobert geben, aber ich kann ihn schlecht von hier aus anrufen. Es soll ja nicht gleich die ganze Klinik erfahren.»

«Wenn du willst, dann ruf ich ihn an», schlug er vor.

Annika überlegte kurz. «Ja, warum nicht? Frag ihn doch, ob ich nach dem Frühdienst kurz vorbeikommen kann, ja?»

Klaus versprach es und machte sich auf den Weg zu seinem Büro.

*

Gegen ein Uhr traf Annika bei Dagobert ein. Sven und Christel hatten sie überredet, früher zu gehen, weil heute kaum noch etwas zu tun war, und Annika hatte dankbar angenommen. Sie wollte jetzt nur noch Dagobert das Tagebuch geben und dann auf schnellstem Wege nach Hause fahren und sich ausschlafen.

«Du hechelst ja wie ein Köter. Ich dachte, du hast das Rauchen aufgegeben», begrüßte Dagobert sie weniger charmant als besorgt.

«Herzlichen Dank auch, Monsieur. Nette Begrüßung, muss ich sagen. Außerdem hab ich das Rauchen aufgegeben, und zwar schon lange», erwiderte Annika atemlos. Die Zigarillos von Freitagnacht hatte sie längst vergessen.

«Wenn ich aber gewusst hätte, dass du in der vierten Etage wohnst, wär ich heute auf keinen Fall hier vorbeigekommen.»

Er grinste breit und bat sie in die Wohnung. «Na dann setz dich mal, du schlappe Socke. Einen Kaffee zu Kräftigung?»

«Um Gottes willen, nein. Ich will mich gleich zu Hause hinlegen. Hab sowieso schon zu viel Kaffee intus. Eigentlich wollte ich dir nur eben das Tagebuch geben und dann wieder abhauen.»

Annika setzte sich auf die Sofakante, nahm die Dose aus ihrer Tasche und reichte sie Dagobert. Während er die Kladde herausnahm und sie gründlich untersuchte, erzählte Annika ihm in Kurzfassung, was sie von Josefa wusste und was sie im Tagebuch gelesen hatte.

Dagobert hörte ihr schweigend zu, bis er fragte: «Du meinst, Johann Manirsch könnte vor etwa vierzig Jahren seinen Bruder umgebracht haben? Den Vater von Josefa Braun?»

«Genau.»

Er zog seine Stirn kraus und sah Annika nachdenklich an. «Was wäre denn, wenn Josefa Braun das Tagebuch schon vor Manirschs Tod gefunden hat?»

Annika nickte. «Theoretisch wäre das möglich, ja. Aber warum sollte sie mich anlügen?»

«Weil sie Manirsch umgebracht hat, zum Beispiel, oder weil sie Angst hat, verdächtigt zu werden, oder weil sie jemand anderen decken möchte.»

Annika sah Dagobert zweifelnd an. «Nein. Sie hat ihn nicht umgebracht. Da bin ich mir sicher.»

«Ach ja? Und das kannst du beweisen?»

«Nein, kann ich nicht, und du weißt auch, dass ich das nicht kann», entgegnete sie entnervt.

Dagobert kannte diesen Ton und ihren Blick. «Hör mal, lass uns nicht schon wieder streiten. Ich verstehe, dass du auf ihrer Seite stehst, und ich will dich auch nicht davon abbringen. Aber ich kann mir so was nicht erlauben, und das müsste dir ja klar sein. Du musst doch zugeben, dass sie ein gutes Motiv hatte, ihn umzubringen.»

Annika nickte stumm.

«Und selbst wenn sie es nicht getan hat», fuhr Dagobert fort, «könnte sie möglicherweise jemandem von Sarahs Berichten erzählt haben.»

«Dabei setzt du aber voraus, dass Josefa das Tagebuch tatsächlich vor dem Mord gefunden hat. Nimm doch einfach mal an, dass sie die Wahrheit sagt.»

Dagobert seufzte tief. «Ja, toll. Dann wäre ich wieder ganz am Anfang.»

«Macht man dir Druck?»

«Ziemlich.»

Annika versetzte sich in Dagoberts Lage. Wenn der Fall unaufgeklärt zu den Akten gelegt werden müsste, wäre das für Dagobert ein schlechter Start. Immerhin war das hier sein erster selbstständiger Fall. Während die beiden schweigend dasaßen, spürte Annika, dass sie zu frösteln begann.

«Dagobert, ich muss jetzt wirklich fahren, sonst schlaf ich gleich hier auf deinem Sofa ein.» Schwerfällig erhob sie sich, und Dagobert begleitete sie zur Haustür.

«Sag mal, arbeitet Josefa am Montag?», wollte er wissen.

«Ja, sie hat Frühdienst. Warum?»

«Na ja, ich müsste wegen des Tagebuchs noch mal mit ihr reden. Könntest du ihr vielleicht sagen, dass sie mich anrufen soll? Ich würde es ihr gerne ersparen, im Krankenhaus vorbeizukommen.»

«Ich hab am Montag eigentlich frei. Aber ruf du sie doch einfach am Montagnachmittag an. Nach dem Frühdienst geht sie immer erst nach Hause.»

«Okay, mach ich.» Sie verabschiedeten sich, und Annika war schon die ersten Treppen hinunter gelaufen, da beugte Dagobert sich über das Geländer: «Annika?»

Sie sah zu ihm hoch.

«Ich glaube auch nicht, dass Josefa es war.»

*

Verschwitzt stand Harry in seiner Küche und trank ein großes Glas Mineralwasser. Normalerweise half das Laufen immer, wenn er seine Gedanken ordnen und einen klaren Kopf bekommen wollte. Aber in den letzten Wochen häuften sich die Probleme. Zu alledem war jetzt noch sein Sohn krank geworden, wovon er erst am Freitag erfahren hatte.

Harry spürte, dass irgendetwas passieren musste, wenn er nicht verrückt werden wollte, und er nahm sich vor, noch heute damit zu beginnen, die vielen losen Enden in seinem Leben zu verknüpfen. Er trank das Glas aus und ging ins Bad, um zu duschen. Danach würde er zu Annika fahren. Er würde ihr alles erzählen, egal, wie sie reagierte. Es war ein Fehler, dass er das bisher nicht gemacht hatte, aber er hoffte, dass sie ihn verstehen würde.

*

Nachdem er mehrmals die Straße rauf- und runter gefahren war, hatte Harry endlich Glück und fand einen Parkplatz. Mit leichtem Rumoren im Bauch stieg er aus dem Wagen und versuchte, seine widerstreitenden Vorahnungen in den Griff zu bekommen. Er klingelte und wartete geduldig, bis er den Türdrücker hörte. Erst als er vor ihr stand, fiel ihm ein, dass sie ja Nachtschicht haben konnte und vielleicht noch geschlafen hatte. Sie trug ein etwas zu kurzes Sweatshirt und eine bunt gemusterte Hose, die aus den frühen siebziger Jahren stammen konnte. Mit ihren zerzausten Haaren und kleinen Augen sah sie müde und verschlafen aus.

«Oh, tut mir Leid. Ich wollte nicht ...»

«Schon gut, komm ruhig rein. Jetzt bin ich sowieso einmal wach. Oder so ähnlich jedenfalls», sagte sie gähnend, drehte sich um und ließ ihn in der offenen Tür stehen. «Machst du uns Kaffee? Wo alles steht, weißt du ja. Ich bin kurz im Bad.»

Als Annika eine Viertelstunde später aus der Dusche kam, duftete es nach frischem Kaffee. Sie fühlte sich jetzt deutlich wohler, und – was das Wichtigste war – wacher.

«Hast du heute Nachtdienst?»

«Nein. Ich hatte Frühdienst. In der Nacht davor hab ich aber nur vier Stunden geschlafen», antwortete sie gereizt in Erinnerung an Freitag. «Gibt es einen bestimmten Grund, warum du mich aus dem Bett geholt hast?»

Harry versuchte, ihren aggressiven Tonfall zu ignorieren. «Ja, hab ich. Ich muss dringend mit dir sprechen.»

Annika nahm sich eine Tasse Kaffee, setzte sich im Schneidersitz auf ihren Lieblingssessel und sagte, ohne ihn dabei anzuschauen: «Musst du das? Ja, dann leg mal los.»

Harry war ein wenig verunsichert, denn er hatte Mühe, ihre Stimmung richtig einzuschätzen. Andererseits hatte er sich vorgenommen, heute für Klarheit zu sorgen, und so gab er sich einen Ruck und sagte:

«Ja, also ich glaube unsere Unstimmigkeiten in den letzten Wochen kamen doch größtenteils nur daher, dass wir nicht ehrlich zueinander waren.»

Er spürte, dass er mit dieser Formulierung nur neue Missverständnisse erzeugen würde und fügte rasch hinzu: «Zumindest was mich betrifft. Als wir uns zuerst begegnet sind, da hatte ich meine Scheidung noch nicht ganz verdaut. Und als ich dann irgendwann gemerkt habe, dass dir das mit Harald ähnlich geht, da habe ich für uns dann keine großen Chancen gesehen.»

Zu seiner Überraschung sagte Annika: «Aber angefangen hat doch alles sehr schön, oder?»

«Doch, das finde ich auch. Aber irgendwann gab's einen Knacks. Ich weiß auch nicht, was da passiert ist.

Ich glaube, das war nach dem Abend, als du dich mit Harald getroffen hattest und mir nichts davon erzählen wolltest. Das hat mich ganz schön erschüttert, und da kam mir dann der Englandaufenthalt gerade richtig. Da drüben hatte ich reichlich Zeit, über alles nachzudenken. Nicht nur über uns, sondern über alles, was in den letzten Jahren so passiert ist. Außer Arbeit war da nicht allzu viel, und in meiner Wohnung hab ich hauptsächlich geschlafen und geduscht. Ich hab mir keine große Mühe gegeben, sie einzurichten, und deshalb wollte ich auch immer lieber bei dir sein, verstehst du? Bei mir war's einfach zu ungemütlich.»

Er sah sie an und wartete auf eine Reaktion. Weil sie nur nickte, fuhr er fort. «Kurz vor Ende meiner Zeit in England hatte ich ein paar Entscheidungen getroffen: Zunächst wollte ich meine Wohnung verschönern, nicht mehr rund um die Uhr arbeiten und vor allem mit dir reden. Aber dann habe ich das von dir und Harald gehört, und seitdem bin ich irgendwie neben der Spur.» Harry holte tief Luft. «Gut, das hatten wir ja alles schon, aber vielleicht verstehst du mich gleich besser – wenn ich dir erzählt habe, was du noch nicht weißt.»

Annika war verwirrt und gespannt zugleich. Sie hatte eine leise Ahnung, dass es vielleicht mit der Frau zu tun haben könnte, die sie bei Harry gesehen hatte, aber sie sagte nichts und ließ ihn weiterreden.

«Du weißt ja, dass ich schon mal verheiratet war», begann Harry. «Wir, also Klaudia und ich, hatten uns während einer Fortbildung kennen gelernt. Sie ist auch Kriminalbeamtin, und ihr Beruf war ihr immer sehr wichtig, genau wie mir. Manchmal frage ich mich heute, wie wir es überhaupt geschafft haben, Zeit füreinander zu finden. Jedenfalls: Nachdem wir fünf Jahre mehr oder weniger zusammengelebt hatten, wollte sie plötzlich heiraten. Ich hab damals zwar nicht verstanden warum, aber weil mir kein Argument dagegen eingefallen ist, haben wir dann eben geheiratet. Romantisch, was?» Harry zog eine Grimasse. «Ein Jahr nach der Hochzeit war Klaudia dann schwanger.»

Annika war sprachlos, bis sie voll und ganz begriffen hatte. Mehr zu sich selbst sagte sie: «Schwanger? Du hast ein Kind? Ich meine, also, ihr habt ein Kind?» Das war so ungefähr das Letzte, womit Annika gerechnet hatte, und sie war froh, dass er erst einmal weitersprach.

«Ja, genau. Sie hat mir das ganz beiläufig erzählt, so nach dem Motto *Da war doch noch was*. Dabei waren wir uns immer einig, dass Kinder für uns nicht in Frage kämen, weil wir eben beide beruflich noch eine Menge machen wollten. Jedenfalls war ich geschockt, wie du dir denken kannst. Ich fühlte mich betrogen, wir haben uns nur noch gestritten, und eine Woche später bin ich dann ausgezogen. Ich hatte mich noch nie in meinem Leben so hintergangen gefühlt wie damals.»

«Und jetzt? Wie alt ist das Kind denn jetzt?»

«Mein Sohn ist vier.» Er zögerte einen Moment. «Na ja, *mein Sohn* ist vielleicht etwas zu viel gesagt. Ich habe ihn ja noch nie gesehen. Wir haben damals vereinbart, dass ich sie finanziell unterstütze, aber dass wir ansonsten völlig getrennte Wege gehen.»

Annika war erschüttert. «Du wolltest deinen eigenen Sohn nicht sehen?»

«Verstehst du, ich hab mich nur noch hintergangen gefühlt. Ich wollte diese Frau nie mehr sehen, nie mehr mit ihr reden oder irgendetwas von ihr hören. Irgendwie habe ich mich für das alles nie verantwortlich gefühlt. Das war für mich nur ihr Kind, nicht meines.»

«Und wie ging das dann mit der Arbeit weiter?»

«Ich hab mich sofort versetzen lassen, und sie ist nach Stuttgart in die Nähe ihrer Eltern gezogen. Wir haben uns nur noch einmal bei Gericht zum Scheidungstermin gesehen. Bis sie dann letzten Freitag plötzlich vor meiner Tür stand.»

Annika klopfte das Herz vor Aufregung. «Was? Letzten Freitag?»

«Ja. Benjamin, also mein Sohn, ist krank geworden. Er hat Leukämie, und Klaudia weiß im Moment nicht, was sie machen soll. Sie hatte ihr Leben mit dem Kind bis dahin wohl ganz gut organisiert. Außerdem hat sie ein Kindermädchen und eine Haushaltshilfe.»

«Wow. Die muss ja gut verdienen.»

«Das auch. Aber ihre Eltern hatten Geld, und nach deren Tod hat Klaudia als einzige Tochter alles geerbt. Und von mir bekommt sie ja auch noch was.»

Annika brauchte ein paar Momente, um das alles zu verdauen. Harry beobachtete gespannt, wie sie wohl auf seine Eröffnungen reagieren würde. Schließlich brach sie das Schweigen und fragte:

«Dann verstehe ich aber nicht, wieso sie jetzt zu dir kommt, wo ihr doch eigentlich nichts mehr miteinander zu tun habt.»

«Das habe ich sie auch gefragt. Es ist wohl so, dass sie keine Freunde hat. Nur Arbeitskollegen, mit denen sie sich mehr oder weniger gut versteht. Sie wusste einfach nicht, mit wem sie über alles reden sollte.»

«Sie hat gar keine Freunde? Aber wie kann man denn so leben?»

Harry lachte bitter. «Das ist doch ganz einfach: Du arbeitest so viel, dass dir das schon bald gar nicht mehr auffällt. Von Menschen umgeben bist du im Beruf ja ständig. Natürlich trinkt man mit Kollegen auch mal einen Kaffee oder geht mit ihnen essen. Wunderbar. Aber das hat überhaupt nichts mit Freundschaft zu tun, und das merkst du erst, wenn es mal richtig brennt.»

«Ja, das ist tatsächlich was anderes. Und sie ist wirklich die weite Strecke gefahren, nur um mit dir zu reden?»

Harry schüttelte den Kopf. «Nicht ganz. Sie möchte, dass ich Benjamin im Krankenhaus besuche.»

Annika schluckte. «Und was hast du ihr gesagt?»

«Dass ich darüber nachdenken werde.»

«Willst du denn jetzt plötzlich den Vater spielen? Ich meine, das kann man ja nicht mal so eben machen und dann wieder verschwinden. Vor allem jetzt, wo er schwer krank geworden ist.»

Er zuckte ratlos mit den Schultern. «Sie sagt, dass er unbedingt seinen Papa kennen lernen will. Bisher hat sie das einfach ignoriert, aber jetzt, wo er krank ist, sieht plötzlich alles ganz anders aus.»

Annika war sich nicht sicher, ob sie ihn das fragen sollte, aber sie wollte auch vermeiden, dass sich neue Vorbehalte zwischen ihnen aufbauten. «Bist du denn sicher, dass es nicht eher um sie geht und gar nicht um den Jungen?»

«Ich weiß es nicht. Das kann natürlich sein.»

Er sah ihr offen in die Augen und fragte: «Was würdest du an meiner Stelle tun?»

«Ja, genau, auf die Frage hab ich gewartet», dachte Annika. Was würde es für sie beide bedeuten, wenn er jetzt viel Zeit mit seiner Ex-Frau und ihrem Kind verbrachte? Er hatte seinen Sohn noch nie gesehen. Was, wenn er plötzlich feststellte, wie gern er Vater war? Was, wenn er bei den beiden bleiben wollte? Annika hatte Angst davor, wie die Dinge sich entwickeln würden, aber konnte Harry Benjamins Wunsch unter diesen Umständen wirklich ablehnen?

«Ich denke, ich würde fahren», erklärte sie plötzlich.

«Ja, ich habe erwartet, dass du das sagst.»

Harry sah wie immer in den letzten Wochen müde aus. Er schien kaum noch zu schlafen. Sie hätte ihm gerne über den Kopf gestrichen, sich an ihn gelehnt und alles um sich herum vergessen.

«Harry?» Er sah sie an. «Denkst du, wir haben eine Chance?»

Er dachte lange über seine Antwort nach, bevor er sagte: «Das entscheide ich ja nicht alleine.»

«Hm.» Nachdenklich kaute Annika an ihrer Unterlippe. «Wann wirst du nach Stuttgart fahren?»

«Das weiß ich noch nicht, aber wenn du möchtest, ruf ich dich vorher an.»

«Ja, das möchte ich», sagte Annika mit fester Stimme.

Montag, 17. Januar

Annika war das erste Mal um sieben Uhr aufgewacht. Sie hatte sich auf die andere Seite gedreht und versucht, wieder einzuschlafen, und das war ihr schließlich auch gelungen, bis sie zwei Stunden später aus einem schrecklichen Traum aufschreckte. Es dauerte einen Moment, bis sie begriff, dass sie nur geträumt hatte. Sie setzte sich im Bett auf und sah nach draußen. Der Regen prasselte ans Fenster. Schon wieder einmal. Wie so oft in den letzten Wochen war es stürmisch und düster – ein Wetter, das Annikas finstere Stimmung nicht gerade verbesserte. Als Harry gestern gegangen war, hatte sie angefangen, ihre Wohnung zu putzen. Erst spät abends war sie dann bereit gewesen, sich über das Gespräch und ihre Reaktion darauf Gedanken zu machen.

Nach einer ausgiebigen Dusche wollte sie sich gerade mit Kaffee und Zeitung wieder ins Bett legen, als es an der Tür schellte. Sie öffnete ihre Wohnungstür und sah Tina die Treppe hinaufsprinten, die dabei zwei Stufen auf einmal nahm.

«Hallo. Stör ich dich etwa?», fragte sie wenig überzeugend und schlüpfte an ihr vorbei in die Wohnung.

«Wie könntest du?», rief Annika ihr kopfschüttelnd hinterher. Auch wenn sie ein bisschen beleidigt war, weil Tina sich nicht mehr gemeldet hatte, freute sie sich jetzt doch über ihren Besuch.

«Ich wollte mich gerade damit ins Bett legen», sagte Annika und hielt ihr demonstrativ Tasse und Zeitung entgegen. Willst du auch einen Kaffee und dich dazulegen?»

Tina war offenbar in Rage, denn sie ging auf Annikas Ton nicht ein. «Nein danke. Lieber was zur Beruhigung.»

«Was ist denn los?»

«Ich war bei meiner Tante zum Frühstück», erklärte sie mit einer Betonung, die keinen Zweifel daran ließ, dass sie durch die Hölle gegangen sein musste.

«Verstehe», meinte Annika und nickte mit gespieltem Ernst.

Die Frühstücks-Tante war die Schwester von Tinas Mutter. Tina hatte nie einen besonders guten Draht zu ihren inzwischen verstorbenen Eltern und deren Familien gehabt. Und obwohl ein Treffen mit ihrer Tante stets in einem Fiasko endete, wurde sie immer wieder eingeladen. Annika hatte sie einmal dabei begleitet, weil sie nicht glauben wollte, dass es eine noch nervtötendere Person als ihre eigene Mutter gab. Sie hatte mit Mühe eine Stunde dort durchgehalten. Hätte sie länger bleiben müssen, wäre sie ohne Zweifel ausfallend geworden. Käthe hatte kein anderes Thema als ihr angeblich unerträgliches Leben – und das verbrachte sie mit ihrem Mann und fünf Katzen in einer Luxusvilla in Düsseldorf-Angermund. Ihren Lebenssinn bezog sie aus zahllosen Klagen über Kleinigkeiten, die nur maßlos verwöhnte Wohlstandsneurotiker als Belästigungen empfinden. Da kam die Post eine Stunde zu spät, die Nachbarn grüßten sie nicht freundlich genug, die Ärzte weigerten sich, ihre eingebildeten Leiden zu behandeln und ihren Gatten schließlich hielt sie für einen unsensiblen und primitiven Tropf, der ihrer Meinung nach besser in einem Matrosenheim aufgehoben wäre.

«Tante Käthe hat heute beschlossen, eine Heirats-Annonce für mich aufzugeben», erklärte Tina kurzatmig vor lauter Wut.

«Sie hat *was*?»

«Genau das. Sie meinte, es ginge nicht an, dass ich mit dreißig noch keinen Mann hätte, und wenn ich mich in den nächsten Wochen nicht darum kümmere, dann will sie mir ein paar Herren zur Auswahl vorbeischicken.»

«Du willst mich jetzt verarschen, oder? Das meint sie doch nicht ernst.»

«Von wegen. *Die* meint das ernst. Du kennst sie doch. Aber ich habe ihr gedroht, dass ich ebenfalls eine Annonce aufgebe, falls sie ernst macht.» Tina grinste.

«Und an was hast du dabei gedacht?»

«Du weißt schon: 0190-irgendwas. *Ruf mich an. Noch heute Nacht.*» Tina imitierte die spätabendliche Stöhnwerbung, mit denen die Privatsender sich offenbar finanziell über Wasser halten müssen.

Annika musste laut lachen. «Das ist nicht dein Ernst.»

«Und wie das mein Ernst ist. Aber hallo!» Tina sah fest entschlossen aus.

«Obwohl...», begann Annika vorsichtig, «wenn ich das letzten Sonntag richtig gesehen habe, dann könnte dein Tantchen doch beruhigt sein, oder?»

Tina wurde plötzlich ganz leise, als sie antwortete: «Du meinst, weil ich mit Max da war?»

«Genau.»

«Warst du deshalb irgendwie sauer?»

«Na ja, das Ganze war schon ziemlich merkwürdig. Max und ich kennen uns schon seit über zehn Jahren, und jetzt fährt er das erste Mal ins Ruhrgebiet, ohne sich bei mir zu melden. Und dann geht ihr zwei zusammen ins Kino, und bei dir geschlafen hat er wahrscheinlich auch. Und ich erfahre davon nichts.»

«Du bist also tatsächlich sauer.»

«Ein bisschen schon. Kannst du das nicht verstehen?»

«Doch, kann ich», murmelte Tina.

Ihre Quirligkeit war mit einem Schlag verflogen.

«Du hast ja auch Recht. Ich hätte dich anrufen sollen. Tut mir Leid. Aber es ist nicht ganz so, wie du denkst. Und wenn ich nicht so frustriert gewesen wäre, hätte ich mich sicher gemeldet. Aber ich wollte einfach niemanden sehen und hören.»

Annika sah sie fragend an. «Was ist denn passiert?»

«Erinnerst du dich an unseren Besuch bei Max?»

«Klar. Ist ja noch nicht so lange her.»

«An dem Abend, als Max uns seine neuen Weine vorgestellt hat und du nach der zweiten Flasche schon ins Bett gegangen bist, haben wir uns noch fast die ganze Nacht unterhalten.» Tina sah Annikas skeptischen Blick und setzte hinzu: «Guck nicht so. Wir haben uns wirklich nur unterhalten. Aber es war eine wunderschöne Nacht, und deshalb habe ich Max vorgeschlagen, mich mal zu besuchen. Und vor drei Wochen hat er dann angerufen. Du kannst dir denken, dass ich mich ziemlich gefreut habe, denn ehrlich gesagt, hatte ich eigentlich nicht damit gerechnet. Aber mittlerweile bin ich davon überzeugt, dass er nur wegen dir hier war.»

«Wegen mir? Aber dann hätte er doch mich besucht.»

«Nicht unbedingt. Er hat mir von eurem letzten Treffen erzählt, und was für eine tolle Frau du bist und dass er offensichtlich nur für dich nicht der Richtige wäre. Ich würde sagen, die Hälfte der Zeit, die er hier war, haben wir über dich geredet, die andere Hälfte gegessen und im Kino gesessen. Du musst dir also überhaupt keine Sorgen machen», erklärte Tina mit bitterem Unterton.

Annika blickte sie entgeistert an. «Aber deshalb hab ich mir doch keine Sorgen gemacht.»

«Tatsächlich nicht? Da hatte ich aber einen ganz anderen Eindruck. Du hättest mal sehen müssen, wie du mich auf Swedlanas Feier angeschaut hast. Wahrscheinlich habe ich dich deshalb nicht angerufen.»

«Tina, ich war wirklich nicht eifersüchtig. Ich schwöre. Ich war nur enttäuscht, weil keiner von euch beiden mich angerufen oder mit mir darüber gesprochen hat.»

Tina musterte sie kritisch. Dann sagte sie: «Gut, dann lass uns das Thema beenden. Erzähl mir lieber, was *du* in den letzten Tagen gemacht hast.»

Sie wollte offensichtlich nicht weiter über ihre Gefühle für Max sprechen, und Annika akzeptierte das. Stattdessen erzählte sie von ihrer nächtlichen Stippvisite bei Harry und ihrem gestrigen Gespräch mit ihm.

Tina hörte ihr aufmerksam zu und als Annika geendet hatte, schüttelte sie den Kopf. «Ich versteh dich nicht. Du hast Harry einfach so gehen lassen, nur weil du Angst hast, er könnte sich für seinen Sohn und seine Ex-Frau entscheiden? Was glaubst du denn, warum er gestern bei dir war?»

«Ja, nein, ich meine: Solche Informationen muss man doch erst mal verdauen.»

«Ja gut, aber dann verdaut ihr sie eben zusammen. Sieh es doch mal so: Du hast dich doch wohl in ihn verliebt, oder etwa nicht?»

Annika nickte stumm.

«Du weißt jetzt nur nicht genau, was als Nächstes passiert. Du willst eine Garantie, dass alles gut gehen wird. Aber das kannst du vergessen.»

«Super, du machst einem wirklich Mut», sagte Annika.

«Ich will dir mal eins sagen: Ich hätte gern deine Entscheidungsmöglichkeiten.»

Annika sah in Tinas trauriges Gesicht.

«Und was würdest du dann tun?»

«Ich würde noch heute zu Harry gehen. Dass er auch etwas für dich empfindet, dürfte ja wohl klar sein. Sonst hätte er dir das alles wohl kaum erzählt oder wäre auf Swedlanas Fete gekommen, obwohl er eigentlich arbeiten musste. Also bitte, tut mir einen Gefallen und bringt dieses Drama endlich zu Ende.»

*

Annika lief unruhig in ihrer Wohnung hin und her. Nach ihrem Gespräch über Harry war Tina bald gegangen. Angeblich war sie noch mit jemandem verabredet, aber Annika glaubte eher, dass sie gegangen war, um ihr Zeit zu geben, eine Entscheidung zu treffen. Ohne weiter nachzudenken, nahm sie das Telefon, wählte Harrys Büronummer und wartete. Seine Sekretärin meldete sich.

«Meinke hier. Ist Herr Beimer zu sprechen?» Ihr Herz klopfte bis zum Hals.

«Nein. Der ist den ganzen Nachmittag unterwegs. Kann ich ihm etwas ausrichten?»

«Nein, danke. Ich melde mich später noch mal.» Annika verabschiedete sich und legte auf. Dann ging sie ins Badezimmer, nahm den Putzeimer und begann damit, die Kacheln zu schrubben. Als sie mit der linken Wandseite fast fertig war, schellte das Telefon. Annika war ein wenig enttäuscht, als sie Dagoberts Stimme hörte.

«Du hast wohl jemand anderen erwartet?», fragte Dagobert.

«Merkt man das?»

«Das ist unüberhörbar.»

«Tut mir Leid. Hast du das Tagebuch gelesen?»

«Ja. Aber ehrlich gesagt – ganz so viel können wir damit nicht anfangen. Ob Johann Manirsch irgendwann wirklich die Rosenthals verraten hat, geht daraus ja nicht hervor.»

«Aber das ist doch ziemlich wahrscheinlich.»

«Ja, aber das hilft uns nicht weiter. Aber ich habe etwas anderes herausgefunden. Über die Rosenthals. Die sind alle 1945, kurz vor Ende des Kriegs in Auschwitz umgebracht worden. Nur über den Sohn gibt es keinen Eintrag.»

«Du meinst er könnte das KZ überlebt haben?»

«Möglich. Oder, was wahrscheinlicher ist: Er war nie dort. Wir haben heute damit angefangen, das weiter zu recherchieren. Aber das ist eine echte Sisyphusarbeit. Rosenthals gibt's wahnsinnig viele. Sowohl in Essen als auch in anderen Städten.»

«Und du denkst, dass der Sohn weiß, was damals passiert ist?»

«Zumindest war er ja damals mit im Kellergewölbe. Er weiß vielleicht, ob Johann Manirsch tatsächlich seine Familie verraten hat. Wenn wir ihn bloß finden.» Dagobert seufzte. «Im Moment habe ich das Gefühl, dass alles verworrener wird, je mehr wir herauskriegen.» Im Hintergrund hörte Annika, wie jemand nach Dagobert rief.

«Hör mal, ich muss weiter. Wenn ich was Neues erfahre, melde ich mich.»

«Ist gut.»

Sie verabschiedeten sich und Annika versuchte es noch einmal im Präsidium, aber Harry war immer noch unterwegs. Mittlerweile war es später Nachmittag und Annika war mit ihrer Geduld am Ende. Sie stellte die Putzutensilien auf den Flur und ging unter die Dusche. Wenn sie Harry von hier aus nicht erreichen konnte, dann würde sie eben zu ihm fahren. Zu Hause hielt sie es keine Minute länger aus.

*

Annika sah zu seiner Wohnung hoch, aber diesmal war alles dunkel. Auch Harrys Wagen konnte sie nirgends entdecken. Trotzdem stieg sie aus und ging zur Haustür. Sie drückte die Klingel, aber der Türöffner blieb stumm. Als sie sich gegen die Tür lehnte, stellte sie fest, dass sie nur angelehnt war. Das Haus hatte drei Etagen, und Harry bewohnte die oberste alleine. Auf der letzten Treppenstufe ließ sie sich nieder. Die Treppen waren mit Teppich ausgelegt, sodass man einigermaßen bequem sitzen konnte. Dreimal kurz hintereinander wurde unten die Haustür geöffnet. Jedes Mal schreckte Annika hoch, aber niemand kam bis in die dritte Etage. Dann blieb alles ruhig. Sie hatte sich ihren langen schwarzen Schal vom Hals gewickelt und als Sitzkissen zusammengelegt. Mit der Zeit wurde sie immer müder, bis ihr Kopf zur Seite sackte und sie einschlief.

*

Annika spürte eine Hand an ihrer Wange. Sanft streichelte jemand über ihr Gesicht. Harry setzte sich neben sie auf die Treppe und sie lehnte wortlos ihren Kopf an seine Schulter. Sie spürte seine Wärme und Nähe und konnte nicht verhindern, dass ihr Tränen in die Augen traten. Ohne ihn anzusehen, tastete sie nach seiner Hand.

«Es tut mir Leid», flüsterte sie. «Es tut mir wirklich Leid.»

Behutsam strich er eine Haarsträhne aus ihrem Gesicht. «Komm lass uns reingehen. Hier wird es auf Dauer doch etwas ungemütlich.» Er stand auf und reichte ihr die Hand. Nachdem sie die Wohnungstür hinter sich geschlossen hatten, fielen sie sich in die Arme. «In meinem Schlafzimmer ist es ziemlich kalt», warnte Harry mit leiser Stimme.

«Macht nichts», war das Letzte, was sie sagen konnte, bevor die beiden sich einem Rausch von Zärtlichkeiten überließen.

Dienstag, 18. Januar

Harry war seit einer halben Stunde wach und beobachtete die schlafende Annika. Er war nicht sicher, ob er sie wecken sollte. Sie musste heute nicht arbeiten und konnte den Schlaf sicher gut gebrauchen. Er eigentlich auch, aber um zehn hatte er eine Sitzung. Im Moment konnte er sich allerdings kaum vorstellen, wie er sich nach dieser Nacht darauf konzentrieren sollte. Er bemerkte, wie Annika sich rührte und langsam aufzuwachen schien. Sie sah ihn lächelnd an und drängte sich an seine Seite. «Morgen. Hast du gut geschlafen?»

«So gut wie schon lange nicht mehr. Vielleicht nur etwas zu kurz.» Er sah sie zärtlich an.

«Du musst jetzt weg, nicht war?»

«Ja, leider. Obwohl ich lieber bei dir bleiben würde.»

«Du kannst ja heute Abend zu mir kommen. Ich koch uns was Leckeres. Was hältst du davon?»

«Hervorragende Idee. Um wie viel Uhr?»

Annika überlegte kurz. «So gegen sechs?»

«Okay», stimmte Harry zu. «Und was hast du heute vor?», erkundigte er sich, während er nach seiner Jeans suchte.

«Ich muss nach Essen.»

Harry sah sie fragend an. «Weiter recherchieren?»

«Ja, zu Dagobert könnte ich eigentlich auch, wenn ich schon mal da bin. Aber eigentlich muss ich ins Krankenhaus.»

«Wie, ich denke du hast frei?»

«Hab ich auch, aber wir haben heute Stationsbesprechung.»

«An deinem freien Tag?»

«Ja, so toll finde ich das auch nicht, aber du wirst nie einen Tag finden, an dem alle da sind.» Während Annika sich anzog, kochte Harry noch einen Kaffee. Dann verließen beide die Wohnung.

Sie standen vor Annikas Wagen. Harry hielt sie im Arm und sah sie an. «Pass auf dich auf, mach keinen Unsinn und treib dich nicht in Kellergewölben rum», sagte er grinsend.

Sie umarmten sich noch einmal innig, dann stieg Annika in ihren Wagen und Harry sah ihr hinterher, bis sie um die Straßenecke gebogen war.

*

Annika trat durch die Glastür des Krankenhauses und wäre fast mit Klaus zusammengestoßen.

«Klaus!» Ehe er wusste, wie ihm geschah, fiel Annika ihm um den Hals.

Irritiert sah er sie an, aber er begriff schnell. «Harry?»

Annika stutzte, nickte dann aber und erzählte strahlend von der letzten Nacht. Dabei ließ sie allerdings das

Finale aus. Klaus hatte ohne Zweifel Phantasie genug, um sich seinen Teil zu denken.

«Das wurde aber auch Zeit. Du warst ja in den letzten Tagen kaum noch auszuhalten.»

«War ich so schlimm?»

Klaus nickte grinsend. Dann machte er wieder ein ernstes Gesicht. «Leider muss ich deine Freude etwas trüben. Ich hab gerade Dagobert getroffen, und der sah nicht so glücklich aus.»

«Ist was passiert?»

«Nein, das Problem ist wohl eher, das nichts passiert. Er kommt nicht weiter.»

«Ja, das ist wirklich eine vertrackte Geschichte.» Annika sah nachdenklich an Klaus vorbei und schwieg.

«Alles in Ordnung?»

Sie zuckte zusammen. «Entschuldige, aber ich habe gerade über was nachgedacht. Aber was anderes: Sag mal, hast du Lust am Mittwochabend zu mir zu kommen?»

Klaus freute sich über die Einladung und versprach, Peter mitzubringen.

*

Als Annika das Stationszimmer betrat, war man noch bei der Übergabe. Sie grüßte knapp und setzte sich auf den letzten freien Stuhl. Josefa saß teilnahmslos in der Ecke. Sie hatte dunkle Schatten unter den Augen. Annika lächelte ihr zu. Ob Dagobert doch hier im Krankenhaus mit ihr geredet hatte? Warum sollte er sonst heute Morgen hier gewesen sein? Während sie über Dagoberts Erscheinen nachdachte, ging die Tür des Stationszimmers auf, und Tillmann setzte sich mit rotgeränderten, tränenden Augen und schniefender Nase zu ihnen. Weil am Tisch nichts mehr frei war, nahm er sich einen der beiden Bürostühle und rollte ihn an den Besprechungstisch.

«Mensch Ludger. Was willst du denn hier in deinem Zustand?» Agnes schaute ihn über ihre Brille hinweg strafend an.

«Das kann ich dir sagen. Weil die anderen zwei Kollegen mit Fieber zu Hause im Bett liegen.»

Tillmann sah erbarmungswürdig aus. Während Agnes noch weiter leise mit ihm diskutierte, erklärte Doris, warum sie zu dieser außerplanmäßigen Besprechung geladen hatte. Sie sprach über die zahlreichen Spannungen und Streitereien, die es in den letzten Wochen gegeben hatte und Jacqueline, Margit und Annika äußerten sich dazu. Josefa, die sonst immer als Erste das Wort ergriff, saß schweigend in ihrer Ecke. Alle anderen beteiligten sich wie üblich kaum, und so ergriff Doris wieder das Wort.

«Ein paar von euch wissen es ja schon: Jens und Dirk haben gekündigt.» Wie zu erwarten, brach deshalb niemand in Trauer aus.

«Und was wird aus ihnen?», wollte Annika wissen.

«Dirk geht nach Bayern, und was aus Jens wird, weiß ich ehrlich gesagt nicht. Dass er seine Ausbildung abbricht, habe ich erst heute Morgen erfahren. Aber er wirkte auf mich alles andere als unglücklich.»

«Und wen kriegen wir jetzt an deren Stelle?», fragte Jacqueline.

«Tja, das ist das Problem. So wie es aussieht, werden wir uns in den nächsten Wochen mit Aushilfen durchschlagen müssen.»

«Hervorragend», nörgelte Margit, aber auch alle anderen murrten. Sie hatten mit den letzten Aushilfen keine guten Erfahrungen gemacht. Ganz davon abgesehen, dass alle nur ungelernte Hilfskräfte gewesen waren, kaum selbstständig arbeiten konnten und immer mühsam eingearbeitet werden mussten, hatten sie sich ausnahmslos als unzuverlässig erwiesen. Sie waren zum Teil gar nicht zur Arbeit erschienen oder hatten so kurzfristig abgesagt, dass man oft mit halber Besetzung arbeiten musste. Immer wieder wurden die Festangestellten aus ihren freien Wochenenden geholt, mussten Doppelschichten schieben, oder freie Tage wurden gestrichen.

«Es ist ja nur für kurze Zeit», versuchte Doris ihre Kolleginnen zu beruhigen.

«Ja, genau. Das hast du letztes Mal auch gesagt, und dann hat das Ganze ein halbes Jahr gedauert.» Margit sah sie verärgert an.

«Wenn ihr einen tollen Vorschlag habt, dann bitte.» Doris versuchte, sich zu beherrschen.

«Wie wär's mit Dienst nach Vorschrift, bis wir Ersatz bekommen?», schlug Jacqueline vor.

«Wie soll das denn gehen?», wandte Sven ein, und alle sahen ihn überrascht an, weil er sonst fast nie etwas sagte. «Im Endeffekt leiden doch darunter die Patienten.»

«Ja sicher, aber die leiden auch, wenn sie von übermüdetem, frustriertem oder unqualifiziertem Personal versorgt werden», entgegnete Jacqueline.

Die Diskussion verlief wie meist ergebnislos, und nach einer heftigen Debatte starrten alle mit unzufriedenen Gesichtern ratlos in die Runde.

«Wolltest du nicht auch noch etwas sagen?», wandte Doris sich an Tillmann, der seine Nase schon wieder in einem Taschentuch vergraben hatte.

«Ja. Es geht um die beiden Transfusionszwischenfälle, die wir hier hatten. Ihr wisst ja inzwischen, dass die durch exogene Bakterien hervorgerufen wurden. Dabei hat man bei Hollberg dieselben Bakterienstämme entdeckt wie bei einem ähnlichen Fall etwa zur selben Zeit in der Luther-Klinik. Das Problem für uns bzw. für mich ist jetzt, dass der Transfusionsbeutel von Frau Hasel bis heute verschwunden ist. Der ist bisher weder hier noch in der Mikrobiologie aufgetaucht. Wenn also irgendjemand was darüber weiß, dann sagt es mir bitte.» Er machte eine kurze Pause, um sich noch mal seine Nase zu putzen.

«Was bedeutet das denn für uns, wenn der Beutel verschwunden bleibt?», wollte Margit wissen.

Tillmann konnte gerade noch ein Taschentuch vor die Nase halten, als er wieder niesen musste.

«Ich hab absolut keine Ahnung. Das hab ich vorher noch nie erlebt», antwortete er mit verschnupfter Stimme. «Aber vielleicht sollte ich mich schon mal vorsichtshalber nach einem netten, ruhigen Bürojob umsehen.» Er lächelte gequält.

«Erzähl keinen Quatsch. Warum sollte man dich denn dafür verantwortlich machen?»

Tillmann sah Doris zweifelnd an, sagte aber nichts.

In diesem Moment kam Queitlinger ins Stationszimmer. «Was ist denn hier los? Hab ich was verpasst?», erkundigte er sich scheinheilig, denn er hätte an der Besprechung ebenfalls teilnehmen sollen.

«Ja, einen großen Schokoladenkuchen, der hervorragend geschmeckt hat», antwortete Jacqueline.

Queitlinger sah sie giftig an, drehte sich wütend um und verschwand wieder. Alle redeten nun durcheinander. Die Besprechung hatte sich von selbst aufgelöst, und nach und nach machten sich alle an ihre Arbeit. Zum Schluss saßen nur noch Annika und Josefa am Tisch. Annika rutschte zu ihr in die Ecke.

«Wie geht's dir?»

«Ich bin vor allem müde», antwortete sie, und Annika hatte den Eindruck, dass sie nicht nur einfach erschöpft war, sondern dass die Ereignisse der letzten Tage sie an die Grenzen ihrer Kräfte gebracht hatten. Josefa schwieg und sah abwesend in die Ferne. Annika nahm einen zweiten Anlauf.

«Woran denkst du?»

«Ich versuche mir vorzustellen, wie mein Leben verlaufen wäre, wenn mein Vater noch leben würde. Verrückt, oder?»

«Wieso das denn? Finde ich überhaupt nicht.» Sie sah Josefa an und wartete darauf, dass sie weitersprach.

«Herr Fromm war übrigens heute Vormittag hier», erklärte sie unvermittelt.

«Ja, das hab ich schon gehört. Was wollte er denn?»

«Das wüsste ich auch gerne. Mich hat er nur gefragt, ob ich heute Nachmittag zu Hause bin. Wegen des Tagebuchs. Mit Andrea hat er auch gesprochen.»

Annika sah sie fragend an. «Mit Andrea?»

«Ja, die aus dem Lichtruf.»

«Was wollte er denn von der?»

«Wissen, ob sie die Familie Rosenthal kennt. Irgendwie sind die bei der Polizei wohl davon überzeugt, dass die Älteren vom Personal hier etwas über die Rosenthals wissen müssten.»

«Wie kommst du darauf?»

«Weil mir Andrea erzählt hat, dass sie alle älteren Mitarbeiter dazu befragt haben.»

Annika nickte. «Na ja, möglich wäre das ja. Überleg doch mal. Die Rosenthals und die Manirschs waren enge Nachbarn, und sie haben ganz in der Nähe des Krankenhauses gewohnt. Und dein Vater hat ja damals auch hier gearbeitet. Ich kann mir schwer vorstellen, dass hier keiner sein soll, der nicht auch Sarahs Bruder gekannt hat.»

«Vermuten die denn, dass diese Bekannten etwas mit dem Mord zu tun haben?», wollte Josefa wissen.

«Das wäre ja durchaus möglich, meinst du nicht? Nach allem, was wir aus dem Tagebuch und von Manirschs Familie selbst wissen, kann es doch eigentlich nur jemand aus der Familie gewesen sein.»

«Also auch ich», stellte Josefa sachlich fest.

«Theoretisch natürlich schon», antwortete Annika vorsichtig, «aber das sagt doch keiner. Außerdem hast du das Tagebuch ja erst nach Manirschs Tod gefunden. Du wusstest vorher doch gar nichts über deinen Vater.»

«Da könnte ich ja gelogen haben.»

Annika sah Josefa irritiert an. «Hast du?»

«Nein. Aber ich weiß nicht, ob dieser Fromm mir glaubt. Warum will er zu Hause mit mir sprechen und nicht hier, wie mit den anderen?»

«Vielleicht denkt er, das wäre für dich angenehmer. Nach dieser ganzen Geschichte mit deinem Vater.»

Josefa sah sie skeptisch an. «Meinst du, die finden Sarahs Bruder?»

Annika zuckte mit den Schultern. «Kommt darauf an, wie viele Rosenthals es gibt. Es wird auf jeden Fall dauern.»

«Wenn sie ihn gefunden haben und du das erfährst, könntest du mir dann Bescheid sagen? Ich würde gern jemanden aus dieser Familie kennen lernen. Vielleicht erfahre ich dann ja noch was über meinen Vater.»

Annika versprach es. Wenig später kam Doris zurück ins Stationszimmer und drückte Annika einen Brief in die Hand. «Du hast offensichtlich einen tiefen Eindruck bei Jens hinterlassen, wenn er dir sogar einen Abschiedsbrief schreibt», erklärte sie grinsend.

«Der ist von Jens?», wunderte Annika sich.

«Ja. Und er hat mir ausdrücklich gesagt, dass ich ihn nur dir persönlich geben darf.»

Annika bedankte sich und steckte den Brief in ihre Jackentasche. Sie wollte ihn später in Ruhe lesen.

«Ich geh jetzt, Annika», erklärte Josefa und stand auf. «Wir sehen uns ja morgen. Du hast doch auch Frühdienst, oder?»

Annika nickte. «Ja. Leider.»

Annika wechselte noch einige Worte mit Doris und machte sich dann ebenfalls auf den Weg nach Hause.

*

Mit zwei schweren Einkaufstaschen stand Annika vor ihrer Haustür und kramte ungeduldig nach dem Haustürschlüssel. Endlich fand sie ihn in ihrer rechten Jackentasche und zog ihn zusammen mit Jens' Brief heraus, der dabei zu Boden fiel. Umständlich hob sie ihn auf und lief hinauf zu ihrer Wohnung.

Mit einem Glas Orangensaft setzte sie sich auf ihr Sofa und öffnete den Umschlag. Jens hatte offenbar einen kleinen Anstoß gebraucht, um eine Entscheidung zu treffen, über die er schon länger nachgedacht haben musste. Er schrieb, dass er bei einer bekannten Modezeitschrift eine Praktikumsstelle antreten werde. Nebenher wollte er dann als Model und mit seinen Fotografien sein Einkommen aufbessern. Außerdem war er zu Hause ausgezogen, nachdem seine Eltern, wie er es nannte, «komplett ausgerastet» waren. Alles in allem schien Jens mit seiner Entscheidung überaus glücklich zu sein, und er bedankte sich am Schluss seines Briefes bei Annika für ihre Tipps.

«Toll, wenn man genau weiß, was man will», dachte sich Annika, denn sie war sich ganz und gar nicht immer sicher, ob sie in ihrem Beruf an der für sie richtigen Stelle war. Bevor sie weiter darüber nachdenken konnte, klingelte das Telefon. Dagobert war am Apparat und kam ohne große Vorrede zur Sache.

«Ich war heute noch mal bei Olaf, und ich schwöre dir, der Bursche hat etwas mit der Sache zu tun.»

«Langsam, langsam. Wie kommst du denn plötzlich darauf?»

«Ich habe ihm dieselben Fragen gestellt wie damals. Aber er hat nicht dasselbe geantwortet», erklärte Dagobert.

«Ich weiß jetzt nicht, was du ihn gefragt hast, aber ist das denn nicht normal?»

«Ja, sicher, das mein' ich nicht. Vielleicht vertust du dich mit Kleinigkeiten, aber nicht damit, wo du zu einem bestimmten Zeitpunkt gewesen bist. Nicht nach so kurzer Zeit, und nicht, wenn es so wichtig ist.»

«Was hat er denn gesagt?»

«Dass er im Keller gewesen wäre oder besser gesagt davor. Also nur an der Kellertür. Da hätte er dann gehorcht, und weil er nichts gehört habe, sei er wieder hochgegangen.»

Annika schwieg einen Augenblick.

«Bist du noch dran?», fragte Dagobert.

«Ja, ich überlege nur gerade, warum er jetzt plötzlich damit rauskommt. Da kann er sich doch unmöglich vertan haben.»

«Nein, hat er auch nicht. Ich hab ihm zu Anfang einfach vorgehalten, dass ihn jemand im Keller gesehen hat. Und daraufhin hat er das dann gesagt.»

«Hat ihn denn wirklich jemand gesehen?»

«Natürlich nicht. Aber auf jeden Fall hat er jetzt zugegeben, dass er da unten gewesen ist.»

«Warum hat er uns das denn nicht früher gesagt?»

«Rate mal. Jetzt ist er natürlich verdächtiger als je zuvor. Der Bursche schwitzt Blut und Wasser.»

«Was willst du jetzt machen?»

«Noch einmal im Keller nach Spuren von ihm suchen, um sicher zu gehen, dass er nicht wieder lügt. Jetzt, wo wir genau wissen, wonach wir suchen, finden wir ja vielleicht doch noch was in dem Durcheinander da unten. Allerdings hab ich keine große Hoffnung, wenn ich ehrlich bin.»

Annika dachte an die Besprechung heute Morgen und fragte ihn: «Warst du auch schon bei Josefa?»

«Ja, das auch. Was sie sagt, hört sich völlig plausibel an, aber ich bin mir nicht sicher, ob ich ihr glauben soll. Sie macht auf mich einen komischen Eindruck.»

«Komischen Eindruck?», unterbrach ihn Annika. «Wenn ich das gesagt hätte, würdest du jetzt wieder damit kommen, dass man alles beweisen muss, oder?»

Dagobert schien verblüfft. Jedenfalls zögerte er einen Moment, bevor er antwortete. «Ja ja, geschenkt. Wenn mir ein Motiv einfallen würde, das Josefa Braun und Olaf Manirsch verbindet, würde ich fast sagen, die beiden haben ihn gemeinsam umgebracht.»

«Also jetzt komme ich gar nicht mehr mit. Ist das nicht ein bisschen dünn? Bloß weil die beiden an diesem Tag im Keller waren? Wer weiß, wer noch da unten war?»

«Ja, wer weiß? Annika, dieser Keller ist doch wirklich kein Ort, den man ohne guten Grund aufsucht. Alle Mitarbeiter, die ich befragt habe, waren noch nie dort – mit Ausnahme des Notfallteams natürlich. Wenn sich die beiden da unten rumgetrieben haben und dann noch zum fraglichen Zeitpunkt, dann muss es dafür einfach einen Grund geben.»

«Aber den haben sie dir doch genannt.»

«Wohl wahr. Aber ich glaube ihnen das einfach nicht. Da steckt mehr dahinter.»

«Und was ist mit Manirschs Witwe, Wagner und Olafs Mutter? Zuerst hast du doch gedacht, dass die damit zu tun haben.»

«Hör mal, ich bin ja nicht ganz daneben. Das hab ich doch längst überprüft. Die haben alle ein Alibi. Das weißt du doch.»

«Tolle Alibis. Emma war bei Wagner und Olafs Mutter bei ihrem Mann. Haha. Das kann doch genauso gut gelogen sein. Wo ist da der Unterschied?»

Annika und Dagobert waren mit ihrem Gespräch vorerst in einer Sackgasse gelandet. Dagobert versprach ihr, wieder anzurufen, sobald er etwas Neues wusste.

*

Während Annika ihre Einkäufe einräumte, ließ sie sich das Gespräch noch einmal durch den Kopf gehen. Ihr war klar, dass Dagobert Recht hatte und seine Argumente stichhaltig waren, und das gefiel ihr nicht.

Sie legte sich die Zutaten für eine Quiche mit Spinat und Tunfisch zurecht und versuchte, sich auf das Kochen zu konzentrieren. Gerade als sie den Spinat in einen Topf gab, klingelte es an der Tür. Sie sah auf die Küchenuhr. Sollte das schon Harry sein? Sie betätigte den Drücker, und einen Augenblick später küssten die beiden sich leidenschaftlich.

«Wie bist du denn so schnell von der Arbeit weggekommen?», neckte Annika ihn.

«Ich hatte ein eindeutiges Motiv», gab Harry zurück. «Oder vielleicht sogar auch zwei.»

«Zwei?»

Er grinste und meinte: «Es gibt doch was zu essen, oder?»

Annika schnitt ihm eine Grimasse. «Triebhaft wie zu erwarten. Da kommt ja was auf mich zu. Okay, dann komm mal mit in die Küche. Dann kannst du zusehen, wie ich an deinem zweiten Motiv arbeite.»

«Ich kann dir auch helfen», bot er sich an.

«Nee, lass mal, das schaff ich schon. Setz dich einfach dazu und staune.»

«Okay, das krieg ich hin.»

Annika erzählte ihm von ihrem Telefonat mit Dagobert, und sie diskutierten eine Weile darüber. Im Endeffekt war Harry aber derselben Meinung wie Dagobert. Annika hatte auch nichts anderes erwartet. Sie hatte gerade beide Hände im Teig, als es wieder an der Tür schellte. «Könntest du vielleicht aufmachen?», bat sie Harry. Kurz darauf kam er mit einem jungen Mann an seiner Seite zurück.

«Olaf! Was machst du denn hier?», rief Annika erstaunt.

Er sah sich verunsichert um und sagte: «Ich muss unbedingt mit dir sprechen, aber ich hätte wohl vorher anrufen sollen. Ich kann ja... »

«Quatsch. Das ist schon in Ordnung», unterbrach sie ihn und sah dabei kurz zu Harry hinüber.

Der verstand den Wink und meinte: «Ich lass euch dann mal allein. Wenn du nichts dagegen hast, würde ich gern duschen, ja?»

«Klar. Mach nur. Das mit dem Essen dauert ja noch etwas.»

Harry verschwand aus der Küche, und Annika forderte Olaf auf, sich zu setzen.

«Dein Freund?», fragte Olaf kurz und wies in Richtung Wohnzimmer.

«Ja, genau.» Annika nickte bestätigend, so als ob sie sich das selbst noch klar machen müsste.

«Jetzt erzähl mal, worum es geht.»

«Also, dieser Bulle war heute wieder bei mir und hat mich noch mal gründlich ausgefragt. Der scheint zu denken, ich hätte meinen Großvater umgebracht.» Seine Stimme überschlug sich fast vor Aufregung.

«Jetzt entspann dich erst mal. Der hat nicht nur dich, sondern auch andere Leute aus dem Krankenhaus noch einmal befragt. Das heißt nicht unbedingt, dass er dich verdächtigt, sondern vielleicht, dass er etwas Neues gefunden hat. Und jetzt muss er gucken, wie das ins Bild passt.» Annika hoffte, dass Olaf ihr das abnahm. «Aber weshalb regst du dich darüber überhaupt auf?» Sie verteilte den Spinat auf dem Teigboden und wartete auf eine Antwort.

«Weil... Ich hab beim ersten Mal nicht die Wahrheit gesagt», murmelte Olaf leise. Dann erzählte er ihr genau das, was Annika schon von Dagobert wusste.

«Mensch Olaf, das hättest du doch sagen müssen. Was würdest du denn an Fromms Stelle denken? Versetz dich mal in seine Lage.»

«Ich hab aber überhaupt nichts damit zu tun. Ich schwöre, wirklich.» Olaf sah verzweifelt aus.

«Hast du denn irgendwas bemerkt, als du da unten warst?»

Er schüttelte den Kopf. «Nein, nichts», antwortete er eine Spur zu schnell, und Annika bemerkte, wie sein rechtes Auge nervös zuckte. In diesem Augenblick steckte Harry seinen Kopf zur Küchentür herein. «Kann ich helfen?»

Annika war einen Moment verwirrt, weil sie nicht wusste, was er damit meinte. Dann sagte sie: «Ja, du könntest im Wohnzimmer den Tisch decken. Willst du auch mitessen?», fragte sie in Olafs Richtung.

Der winkte ab. «Nein, danke. Ich hab keinen Hunger. Und außerdem bin ich noch verabredet.» Er sah auf seine Armbanduhr. «Ich muss mich beeilen, damit ich nicht zu spät komme.» Damit stand er auf und verabschiedete sich. Annika begleitete ihn zur Tür und kam dann nachdenklich ins Wohnzimmer zurück.

«Der hatte es aber eilig, wieder zu verschwinden», bemerkte Harry, während er das Besteck neben die Teller legte und nach Servietten suchte. «Ist was passiert?»

«Ja. Mir ist gerade klar geworden, warum er gelogen hat.» Harry sah erstaunt zu ihr. Annika setzte gerade zu einer Erklärung an, als das Telefon klingelte. Sie blickte ihn entschuldigend an und nahm ab. Es war noch einmal Dagobert.

«Und, was hast du Neues entdeckt?», fragte Annika gespannt.

«Fehlanzeige. So wie es aussieht, gibt es tatsächlich keinen Beweis dafür, dass Olaf im Keller war und nicht nur davor.»

«Er war im Keller», gab Annika knapp zurück.

«Wie bitte?»

Annika berichtete von Olafs Besuch und seinem seltsamen Verhalten.

«Und was heißt das jetzt?», wollte Dagobert wissen.

«Dass Olaf weiß, wer der Mörder ist. Er war an diesem Morgen tatsächlich im Keller und mit Sicherheit auch weiter, als er uns weismachen will. Dort hat er dann gesehen, wie sein Großvater umgebracht wurde. Das ist der Grund, warum er lügt. Er will den Mörder schützen. Was bedeuten würde, dass er ihn kennt.»

Dagobert musste das erst mal eine Weile sacken lassen. «Moment mal. Nehmen wir an, dass das stimmt: Willst du mir denn erzählen, dass er dann seelenruhig zugesehen hat, wie sein Großvater umgebracht wurde? Ohne was dagegen zu unternehmen?», fragte er ungläubig.

«Ja. Wenn du ihm einen Mord zutraust, dann könnte er doch auch zugesehen haben, wie das irgendjemand anders macht, oder?»

«Klar, das ist richtig. Du meine Güte», murmelte Dagobert. «Gehen wir mal davon aus, dass es so war. Dann muss er den Mörder kennen und ihn aus irgendeinem Grund mögen, denn sonst hätte er ihn doch längst verraten, oder?»

«Wenn der Mörder nicht weiß, dass ihn jemand beobachtet hat. Andernfalls könnte es natürlich auch sein, dass er Olaf unter Druck setzt.»

«Und womit?»

Annika war in ihrem Element. Ihre Gedanken überschlugen sich. Alles schien zusammenzupassen. Sie spann ihre Gedanken weiter. «Mit dem Erbe natürlich. Wenn er nichts sagt, bekommt er vielleicht einen Teil von der Erbschaft. Immerhin geht es da ja um ein ganz schönes Sümmchen.»

«Und was hältst du für wahrscheinlicher? Ich meine: Hält er still, weil er muss oder weil er das selber will», wollte Dagobert wissen.

«Ich denke, man muss beide Möglichkeiten in Betracht ziehen.»

Dagobert lachte trocken. «Hör mal, wir sind hier nicht auf einer Pressekonferenz. Ich will wissen, was *du* denkst.

Annika schmunzelte. Schließlich hatte er doch bisher ihre Parteinahme immer heftig kritisiert. Sie widerstand der Versuchung, ihm das vorzuhalten und sagte: «Also ich kann mir eigentlich nicht vorstellen, dass er so abgebrüht ist. Selbst wenn er auf seinen Großvater wütend war. Ich würde eher vermuten, dass ihn irgendetwas mit dem Mörder verbindet. Gefühlsmäßig. Und ich glaube nicht, dass es dabei um Geld geht. Aber was ist denn mit dir? Ich meine, wenn wir mal beiseite lassen, dass du als Polizist alle Möglichkeiten in Betracht ziehen musst.»

Sie hörte wieder sein trockenes Lachen. «Auch wenn du es kaum glauben wirst: Ich bin derselben Ansicht. Okay, ich muss mir jetzt überlegen, was ich als Nächstes tue. Irgendwie muss ich den Burschen dazu bringen, dass er redet.»

Nachdem sie das Gespräch beendet hatten, drehte Annika sich zu Harry um. Er saß auf der Couch und hatte das Telefonat offensichtlich verfolgt.

«Sag schon: Was denkst du?», wollte sie von ihm wissen.

«Absolut plausibel, und zwar beide Möglichkeiten. So könnte es sich abgespielt haben. Aber was wollt ihr jetzt machen?»

«Ich muss Olaf irgendwie dazu bringen, mir die Geschichte zu erzählen.»

«Du? Hör mal, das ist spätestens jetzt Dagoberts Job.»

«Glaubst du ernsthaft, Olaf würde mit Dagobert reden?»

«Und warum sollte er dir alles sagen, wenn er weiß, dass du damit sofort zu Dagobert rennst?»

Annika wollte sich von ihm jetzt nicht bremsen lassen. «Ich werde es einfach versuchen. Was hab ich denn zu verlieren?»

Harry nickte lächelnd. «Ich nehme mal an, jetzt sofort, oder?»

Annika sah ihn bittend an, ohne zu fragen. Harry war selbst schon zu oft in dieser Situation gewesen, um diesen Wunsch nicht verstehen zu können.

«Also gut, dann man los. Dagobert wird dich umbringen, und da komm ich lieber mit.»

Er bemerkte Annikas abwehrende Haltung. «Mach dir keine Sorgen, ich bleibe im Auto sitzen.»

Damit war sie einverstanden. Beide warfen noch einen sehnsüchtigen Blick in die Küche, wo auf dem Tisch die Quiche darauf wartete, in den Ofen geschoben zu werden.

Als sie draußen vor ihren Wagen standen, entschieden sie sich für Annikas Oldtimer, in den Harry sich bereits etwas früher als in Annika verliebt hatte. Sie reichte ihm die Autoschlüssel. Sie wusste, wie gern er den Wagen fuhr, und außerdem konnte sie so besser darüber nachdenken, was sie Olaf fragen wollte. Nach einer guten halben Stunde waren sie vor seiner Haustür angekommen, aber es öffnete niemand. Sie sahen zu seiner Wohnung hinauf, wo alles dunkel war. «Hat Olaf vorhin nicht irgendetwas von einer Verabredung erzählt?», erkundigte Harry sich vorsichtig.

«Ja, aber ich dachte, das wäre nur eine Ausrede gewesen», entgegnete Annika.

Unschlüssig trat sie von einem Bein auf das andere. Sie hatte den ganzen Tag kaum etwas gegessen, und jetzt knurrte ihr nicht nur der Magen, ihr war auch fürchterlich kalt.

Harry nahm sie in den Arm. «Was hältst du davon, wenn ich dich in den *Harlekin* einlade? Ich hab einen Wahnsinnshunger, und vielleicht ist Olaf ja zurück, wenn wir gegessen haben.»

Annika war hellauf begeistert von seinem Vorschlag. Das Essen war wie beim letzten Mal überirdisch, allerdings fiel es ihr heute schwer, sich darauf zu konzentrieren. Zu viel war in den letzten beiden Tagen passiert – Gutes, Schlechtes und Merkwürdiges. Nach dem Essen gingen sie erneut zu Olafs Wohnung, aber zu Annikas Enttäuschung war er noch nicht wieder aufgetaucht.

Mittwoch, 19. Januar

Annika hörte den Wecker erst, als er diesen hässlichen Ton in der dritten Alarmstufe von sich gab. Sie musste sehr tief geschlafen haben, denn dieser Ton kam frühestens, nachdem der Wecker schon fünf Minuten zunächst leise und dann immer lauter gepiepst hatte. Harry neben ihr drehte sich einfach um und schlief weiter. Er konnte noch zwei Stunden im Bett liegen bleiben. Annika quälte sich ins Bad. Auch diese Nacht war wieder viel zu kurz gewesen. Sie hatte Kopfschmerzen, ihre

Glieder taten weh und die Nase triefte. In bester Krankenhauspersonal-Tradition ignorierte auch Annika die eindeutigen Zeichen einer Erkältung und machte sich wider besseres Wissen auf den Weg zur Arbeit, um dort ihre Viren an Kolleginnen und Patienten weiterzureichen. «Ich dachte immer, man erkältet sich nicht, wenn man verliebt ist. Alles Lüge», ging es ihr durch den Kopf, bevor sie sich auf den Weg nach Essen machte.

*

«Hier, fang.» Josefa warf Annika eine Packung Taschentücher zu.

«Danke», brachte Annika gerade noch heraus, bevor sie wieder niesen musste. «Geh schon mal», schlug sie Josefa vor, mit der sie in der Cafeteria frühstücken wollte. «Wenn ich meine Tasche gefunden hab, komm ich nach.»

*

«Ist das hier zufällig deine?» Bärbel stand in der Tür und hielt eine schwarze Ledertasche hoch.

«Ja. Wo hast du die denn gefunden?» Erleichtert nahm Annika ihre Tasche entgegen.

«Auf der Toilette», erklärte Bärbel grinsend, nahm eine Nierenschale mit Blutproben und verschwand wieder. Annika suchte nach ihrem Portemonnaie und Taschentüchern. Dabei fiel ihr das kopierte Foto von Manirsch in die Hand. Sie hatte es sich schon so oft angesehen, dass ihr die Personen darauf eigentümlich vertraut erschienen. Wieder lachte ihr der kleine Junge entgegen, und wieder kam es ihr so vor, als habe sie ihn schon irgendwo getroffen.

«Frau Meinke?» Annika drehte sich um. Im Türrahmen stand Frau Will. «Könnten Se mir wohl hier ne neue Wickel drum machen?» Dabei zeigte sie auf ihre Braunüle am Arm.

«Ja, klar, mach ich.» In diesem Moment hatte Annika eine Idee. Sie nahm das Foto und sagte: «Ist vermutlich ne komische Frage, aber kennen Sie vielleicht jemanden auf diesem Bild?»

Frau Will nahm es in die Hand und betrachtete es eingehend.

«Also, bei dem jungen Mann, da bin ich mir nich so sicher. Aber die beiden hier ...», wobei sie auf die Frau und den lachenden Jungen zeigte «... dat sind die beiden Rosenthalkinder. Sarah und der kleine Albert. Wir haben als Kinder oft zusammen gespielt, aber dann sind se, glaub ich, weggezogen.»

Frau Will erzählte weiter, aber Annika hörte gar nicht mehr zu. Albert. Sarahs Bruder hieß Albert? Sie sah wieder auf das Foto und in das Gesicht des lachenden Jungen. Und da erinnerte sie sich. Das Kaffeetrinken bei Albert und sein herzhaftes Lachen, als sie ihm von Tinas Kochkünsten erzählt hatte. Deshalb war ihr der Junge so seltsam vertraut vorgekommen. Albert Maßen war Albert Rosenthal. Da gab es keinen Zweifel. Annika sah zu Frau Will, die immer noch redete.

«Entschuldigen Sie mich.» Sie rannte zum Stationsausgang und ließ die verblüffte Frau Will einfach stehen. Sie konnte Albert nirgends finden, und so lief sie zur Station zurück, um ihn über den Lichtruf suchen zu lassen. Eine Menge Gedanken und Fragen schossen ihr durch den Kopf. Warum hatte Albert sich verleugnet, als sie ihm das Foto gezeigt hatte? Und warum hatte er seinen Namen geändert? Wusste Josefa, wer Albert wirklich war? Und Olaf? Während Annika auf allen Stationen nach Albert fragte, stieg eine schreckliche Ahnung in ihr auf.

«Nein tut mir Leid. Albert ist nicht hier», kam es aus der Lichtrufzentrale. Das war die letzte Möglichkeit gewesen. Plötzlich fiel ihr ein, wo er noch sein könnte. Sie lief zum Osteingang, dort die Treppe zum Keller runter, durch den langen Gang, bis sie vor dem Gewölbe stand. Albert saß auf einer der in die Wand gehauenen Absätze. Er sah noch schlechter aus als bei ihrer letzten Begegnung. Er schaute nur kurz auf, und es schien fast, als habe er hier darauf gewartet, dass man ihn findet. Sie setzte sich schweigend neben ihn. Es dauerte einige Minuten, bis er zu reden begann. Er erzählte ihr zunächst von seiner Familie, die in den 30-er Jahren zu den angesehensten und reichsten Familien in Werden gehört hatte.

«Manirschs waren unsere Nachbarn, und wir hatten immer ein freundschaftliches Verhältnis zueinander. Irgendwann hat sich das geändert, und ich habe erst viele Jahre später begriffen, warum. Sie haben uns dann nicht mehr gegrüßt, und Johann hat mich sogar geschlagen, wenn er mich mit seinen Freunden getroffen hat. Nur Erwin hat immer zu uns gehalten, obwohl er dadurch Schwierigkeiten zu Hause hatte. An vieles erinnere ich mich nicht mehr, aber ich weiß, dass meine Schwester und Erwin sich ineinander verliebt haben. Ich musste immer ihre Briefe hin und her tragen. Und ich erinnere mich noch gut, wie Erwin auf meinen Vater eingeredet hat. Er wollte, dass wir Deutschland verlassen, aber unser Vater war dagegen. Es gab einen fürchterlichen Streit zwischen den beiden, und mein Vater hat Erwin aus dem Haus gewiesen. Nach einiger Zeit haben sie sich wieder vertragen, aber für eine Flucht war es da wohl schon zu spät.»

Albert unterbrach sich und brauchte eine Zeit lang, um weiterreden zu können.

«Irgendwann nachts hat Erwin uns in dieses Gewölbe hier geführt. Ich fand das grauenhaft, denn es war kalt und immer düster, und ich weiß noch, dass ich oft geweint habe. Ich war ja noch ziemlich klein damals. Dann hat Mutter angefangen, mir eine Geschichte zu erzählen, und die hat sie mir dann jeden Tag immer wieder aufs Neue erzählt. Über das Land, in das wir gehen, wenn wir das Kellergewölbe verlassen. In diesem Land habe ich gelebt in den Wochen hier unten. Und auch später noch, als ich nicht wusste, was mit meinen Eltern und meiner Schwester passiert ist. Erwin hat damals sein Leben für uns aufs Spiel gesetzt, aber das war mir zu dem Zeitpunkt noch nicht klar. Ohne ihn hätte es für uns keine Hoffnung gegeben. Wir dachten, dass es ihm gelingen würde, uns aus dem Keller rauszuholen. Wenn er nicht gewesen wäre, dann hätten wir in dem Loch hier keine Woche überlebt. Als dann alles anders gekommen ist, muss das für Erwin genauso schlimm gewesen sein wie für uns.»

Albert verbarg das Gesicht in seinen Handflächen und atmete tief ein. Das war für ihn vermutlich das erste Mal seit langem, dass er über seine Vergangenheit sprach. Annika sah sich in dem Gewölbe um, in dem man wegen des schwachen Lichts nur wenige Einzelheiten erkennen konnte. Sie sah diesen Ort nun mit anderen Augen und versuchte, sich vorzustellen, wie es wohl wäre, hier tage- und wochenlang eingesperrt zu sein. Schon der Gedanke, eine Nacht hier unten verbringen zu müssen, war schlimm genug. Aber wenn das Leben davon abhing ... Sie schüttelte die Gedanken ab, und sah zu Albert herüber, der sich zurückgelehnt hatte und ins Dunkle starrte.

«Albert, darf ich dir eine Frage stellen?»

«Ja.»

«Wie bist du von deiner Familie getrennt worden?»

Albert nickte und deutete auf einen Punkt hinter sich.

«Wenn du in den kleinen Nebenraum des Gewölbes gehst, dann findest du dort eine Öffnung im Boden. Sie ist ziemlich klein, jedenfalls so klein, dass nur ein Kind durchpasst. Hinter der Öffnung gibt es einen schmalen Gang, der nach draußen vor das Krankenhausgelände führt. Jedenfalls hat es den damals gegeben. Jetzt ist er längst verschüttet. Über diesen Gang hat Erwin uns mit Essen versorgt. Er hat nachts draußen auf mich gewartet, und ich musste da durchkriechen und dann alles in Empfang nehmen. Das war wesentlich unauffälliger, als wenn er durch das Krankenhaus gegangen wäre.

Mir war es strengstens verboten, in den Gang zu kriechen, wenn Erwin nicht da war. Aber natürlich habe ich mich hin und wieder verdrückt. Wenn alle schliefen, bin ich oft abgehauen und habe ein bisschen Luft geschnappt. Das war hier unten ja auch nicht auszuhalten. An einem Abend dann, als ich gerade wieder in den Tunnel zurück wollte, hab ich gehört, wie Männer in unser Versteck eingedrungen sind. Sie haben meine Eltern und Sarah mitgenommen. Ich konnte ja nichts machen, ich hab' nur Sarah schreien gehört. Es war grauenvoll. Ich hör das heute noch oft, und manchmal denke ich, je älter ich werde, desto schlimmer wird das. Ich hab' vor lauter Schreck noch stundenlang in dem Gang gelegen. Irgendwie hab' ich wohl gehofft, dass alle zurückkommen. Aber ich habe sie nie wieder gesehen.»

Annika merkte, dass Alberts Atem schwerer ging. Sie berührte ihn leicht am Arm. «Du musst jetzt nicht weiterreden, wenn du nicht willst.»

«Doch, lass mal. Jetzt erzähl ich zu Ende.»

Er hob seine Schultern und fuhr fort: «Ich weiß nicht, wie lange ich da so gelegen habe. Irgendwann bin ich in das Versteck zurückgeklettert, aber da war niemand mehr. Ich war bis dahin noch nie allein gewesen, und ich wusste überhaupt nicht, was ich jetzt tun sollte. In dem Keller wollte ich auf keinen Fall bleiben, und deshalb hab ich mich einfach erst mal im Kruppschen Wald am See in einem Tagesbruch verkrochen. Im Winter hätte ich das sicher nicht überlebt. Natürlich hab ich bald Hunger gekriegt, denn Erwins Vorräte waren ja immer nur für einen Tag gedacht. Also bin ich durch den Wald immer weiter gegangen, bis nach Fischlaken. Da hat mich ein Bauer beim Obstklauen erwischt. Er war davon gar nicht begeistert, aber seine Frau war unheimlich nett zu mir. Die beiden hatten keine eigenen Kinder, und da haben sie mich dann einfach so aufgenommen. Wie einen Sohn haben sie mich behandelt, und ich bin dann bei ihnen geblieben. Als der Krieg zu Ende war, haben sie mich adoptiert. In dem Chaos zwischen Besatzungsbehörden – erst Amis, dann Tommies – und deutscher Verwaltung im Rathaus war das einfach. Die Ämter waren froh, wenn ein Kind mehr ein Dach über dem Kopf hatte. So bin ich auch ganz leicht zu meinem neuen Namen gekommen.»

Albert schüttelte seinen Kopf, und Annika konnte sehen, dass er nur mit Mühe seine Tränen zurückhalten konnte.

«Mit ihrer Hilfe habe ich später erfahren, dass meine Eltern und Sarah im KZ umgebracht worden sind. Ich war zuerst völlig verzweifelt, und wenn die beiden nicht gewesen wären ... wer weiß, was aus mir geworden wäre. Als ich 17 Jahre alt war, sind sie bei einem Autounfall gestorben. Ich hab dann den kleinen Hof geerbt und bin zurück nach Werden gezogen. Ich hatte keine Ahnung, was ich machen wollte, und hab' hier erst mal eine Stelle als Hausmeister angenommen.»

Er lachte und schüttelte den Kopf. «Ja, und das mache ich eben heute noch. Was Besseres ist mir wohl nicht eingefallen.»

«Aber warum bist du bloß hierhin zurückgekommen? Wo dich doch alles an damals erinnern musste?»

«Ganz einfach: Weil das das Einzige war, was mir geblieben ist. Alle waren tot. Da war mir alles andere egal. Hier hatte ich wenigstens noch ein paar Erinnerungen.»

«Hast du jemals erfahren, wer euch verraten hat?»

«Da brauchte ich nicht lange zu suchen. Das konnte nur Johann gewesen sein. Aber ich hatte keine Beweise dafür. Ich hab mir immer wieder ausgemalt, was ich mit ihm machen würde, aber so ganz sicher war ich mir eben auch nicht. Damals gab es ja viele Spitzel und Verräter. Und über die Jahre hab ich dann einfach aufgegeben. Irgendwann ist mir Josefa im Krankenhaus begegnet und hat mir von ihrem verschollenen Vater erzählt. Das war auch das erste Mal, dass ich wieder was von Erwin gehört habe. Aber zu der Zeit hatte ich das alles schon lange hinter mir gelassen. Ich wollte nicht, dass es von vorn anfing. Wozu auch? Meine Leute waren alle tot, Erwin verschollen ... Deshalb hab ich Josefa auch nicht gesagt, wer ich bin.»

Annika sah ihn entgeistert an. «Du meinst, Josefa weiß gar nicht, wer du bist?»

Er schüttelte heftig den Kopf. «Nein. Was hätte das denn besser gemacht? Nein, nein, das wär' nur eine Quälerei gewesen. Für uns beide.»

«Das heißt also, du hast bis heute niemandem erzählt, dass Albert Maßen eigentlich Albert Rosenthal ist.»

«Niemandem.»

«Manirsch wusste also auch nicht, wer du warst?»

«Nein.»

«Aber du bist ihm hier im Krankenhaus begegnet?»

«Oh ja, das bin ich. Hier unten. Und das war reiner Zufall. Josefa hat mir erzählt, dass er hier Patient ist. Ich bin dann doch neugierig geworden. Ich wollte wenigstens wissen, was aus so einem geworden war und hab ihn mir aus der Ferne angesehen. Dann erzählte mir Josefa von seinen seltsamen Ausflügen in den Keller, und mir ist klar geworden, dass er hier irgendwas suchen musste. Da hab ich mir vorgenommen, mit ihm zu sprechen. Er sollte mir ins Gesicht sehen und zugeben, dass er meine Eltern und Sarah umgebracht hat. Aber ihr habt wirklich gut auf ihn aufgepasst. Ich hab ihn nie alleine erwischt.»

«Warum bist du nicht einfach auf die Station gekommen?»

«Nein, ich wollte ihn alleine haben. Eines Morgens bin ich ihm dann über den Weg gelaufen, als ich unten die Türen aufgeschlossen hab. Er hat gar nicht gemerkt, dass ich ihm in den Bunkergraben gefolgt bin. Zuerst hat er mich auch nicht erkannt. Er hat mich angeschrien:

‹Albert ist tot. Alle Rosenthals sind tot. Du bist nicht Albert. Du lügst.›

Aber als er dann begriff, wen er vor sich hat, hab ich ihn gefragt, ob er uns damals verraten hat. Was dann kam, damit hatte ich überhaupt nicht gerechnet. Er hat angefangen, meine Mutter, meinen Vater, Sarah und mich zu beschimpfen. Wir wären Ungeziefer, Schmeißfliegen, Abschaum und hätten es gar nicht anders verdient. Er hat sich in seinen Hass richtig reingesteigert, und ich war so geschockt, dass ich überhaupt nichts sagen konnte. Dann hat er davon gesprochen, wie meine Eltern umgekommen sind. Er hat gelacht und gesagt, dass er gern dabei gewesen wäre.

Da konnte ich nicht mehr. Ich hab das einfach nicht mehr ertragen und mich auf ihn gestürzt. Ich wollte einfach nur, dass er seine Schnauze hält. Dieser Scheißkerl. Jedenfalls hatte er damit wohl nicht gerechnet. Ich hab ihn am Hals gepackt und wollte ihm die Kehle zudrücken, aber das Schwein ist ausgerutscht und hintenüber gefallen. Plötzlich lag er auf dem Rücken und hat keinen Ton mehr von sich gegeben.»

«Bist du danach sofort verschwunden?»

«Zuerst habe ich mich erschrocken, als er so dalag. Er war mit seinem Kopf auf einem Steinbrocken gelandet, und der Hals war so komisch verdreht. Ich wollte mich gerade zu ihm runterbeugen, als ich ein Geräusch gehört hab.»

«Und dann bist du abgehauen?»

Albert nickte wortlos.

Lange Zeit saßen sie schweigend nebeneinander. Kälte und Feuchtigkeit kroch in ihre Glieder. Annika nahm Alberts Hand, die sich eiskalt anfühlte. Hier zu sitzen, war Gift für sein Rheuma. Er musste starke Schmerzen haben.

Sie nahm vorsichtig ihre Hand aus der seinen und berührte ihn an der Schulter. «Albert, komm, lass uns gehen. Ich bring dich nach Hause.» Sie stand auf und reichte ihm ihre Hand, um ihm hochzuhelfen. Er sah sie traurig an und richtete sich mit leisem Stöhnen auf. Mit langsamen Schritten verließen sie das Gewölbe. Annika brachte Albert zu ihrem Wagen und lief dann schnell zurück zur Station. Hier war man mittlerweile besorgt, weil sie so lange spurlos verschwunden war.

«Mensch Annika, wo hast du denn gesteckt?» In Doris Stimme war mehr Erleichterung als Vorwurf zu hören.

«Tut mir Leid. Ich werd euch das später in Ruhe erklären, aber jetzt muss ich wieder weg.»

«Du musst wieder weg? Aber ...»

«Bitte Doris, lass mich das später erklären. Vertrau mir.» Annika sah sie eindringlich an.

Doris zuckte mit den Schultern. «Also gut. Aber melde dich.»

«Mach ich. Danke.» Annika raffte ihr Kleiderbündel zusammen, stopfte es in ihre Tasche und rannte zurück zum Ausgang.

*

Nach einer heißen Tasse Kakao schlief Albert auf dem Sofa in seinem Wohnzimmer. Annika hatte ihn zugedeckt und war so lange bei ihm geblieben, bis er eingeschlafen war. Nun saß sie in der Küche, vor sich auf dem Tisch Alberts Telefon, das sie aus der Diele mit herübergenommen hatte. Sie wusste, dass sie Dagobert anrufen sollte, aber alles in ihr wehrte sich dagegen. Sie stand auf, schüttete sich eine Tasse Kakao ein und blieb unschlüssig stehen. In diesem Moment klingelte das Telefon. Josefa war am anderen Ende.

«Wie geht es Albert?», wollte sie wissen.

«Im Moment schläft er.»

«Ist denn was passiert?»

Annika berichtete ihr knapp, was sich ereignet hatte, allerdings sagte sie nichts über seine Identität und erzählte ihr auch nicht von seinem Treffen mit Manirsch.

Er sollte selbst entscheiden, was er ihr erzählen wollte und was nicht. Josefa versprach schließlich, nach der Arbeit vorbeizukommen und nach ihm zu schauen.

Nachdem sie aufgelegt hatte, wählte Annika Olafs Nummer. Sie musste in Erfahrung bringen, was er gesehen oder gehört hatte. Als Olaf sich meldete, schien er außer Atem zu sein.

«Olaf, hier ist Annika. Ich wollte dir nur sagen, dass ich weiß, was du damals im Keller gesehen hast.»

Sie wartete auf eine Reaktion, aber er schien sprachlos zu sein. «Hast du vorher nichts von der Vergangenheit deines Großvaters gewusst?», versuchte sie ihn zum Reden zu bringen.

«Nein. Er hat mir nie etwas erzählt. Ich habe ihn oft gefragt, aber er ist immer ausgewichen. Hätte ich gewusst, was für ein Schwein er ist...» Seine Stimme erstickte.

«Hast du deshalb nichts gesagt?», fragte Annika.

«Was? Wegen ihm? Nie im Leben.»

Er sagte etwas Unverständliches, was sich für Annika wie ein Fluch anhörte. Dann fuhr er fort.

«Ich hab mit angehört, was er zu dem Hausmeister gesagt hat. Ich... mein Gott, das war mein Großvater, der da geredet hat, über Abschaum und dass er das richtig findet, dass die alle umgebracht worden sind.»

Er machte eine kurze Pause, bevor er weitersprach: «Ich weiß nicht, was ich gemacht hätte, wenn der Hausmeister ihn sich nicht gepackt hätte ... Jedenfalls, bevor ich irgendwas unternehmen konnte, hab ich gesehen, wie mein Großvater zu Boden gegangen ist. Und da lag er dann. Bewegungslos.»

Beide schwiegen. Dann fragte Annika: «Bist du dann zu ihm gegangen?»

«Wie meinst du das?»

«Na ja, man hat festgestellt, dass er mit seinem Kopf auf einen Steinbrocken gefallen sein muss. Aber als ich ihn entdeckt hab, war da kein Stein oder so was.»

«Ich, äh...» Olaf suchte nach Worten und Annika ließ ihm Zeit. «Ja, sicher, nachdem der Hausmeister verschwunden ist, bin ich da hingegangen. Nur mal nachsehen, ob er noch lebt.»

Annika fragte sich, ob es ihm tatsächlich darum gegangen war. Was hätte er wohl gemacht, wenn Johann Manirsch noch gelebt hätte? Sie wusste, besser als Olaf, dass Manirsch sofort tot gewesen sein musste, als er sich auf dem Stein das Genick gebrochen hatte.

«Ich war wütend und durcheinander, aber als er da so lag, mit verdrehtem Kopf ... Das sah grauenhaft aus, und ich war mir nicht sicher, ob er wirklich tot war. Ich dachte, wenn ich ihn anders hinlege, dann hilft das vielleicht irgendwie.»

Olaf machte wieder eine Pause. Als Annika nichts darauf sagte, fragte er: «Und was passiert jetzt?»

Sie schwieg einen Moment. Sie musste sich jetzt entscheiden. In diesem Augenblick. Es lag in erster Linie an ihr, ob Johann Manirschs letzter Auftritt für Olaf und Albert Folgen haben würde oder nicht. Annika überlegte nicht allzu lange.

«Erst mal passiert gar nichts. Es sei denn, du willst das anders», sagte sie leise, aber bestimmt.

Olaf war überrascht. «Du hast noch mit niemandem darüber geredet?»

«Nein. Es ist doch Alberts Geschichte. Und die von deinem Großvater. Und ich finde, die beiden haben das unter sich ausgemacht. Was soll ich mich da einmischen? Wieso sollte sich überhaupt jemand da einmischen?»

Es gab nicht mehr viel zu bereden, nachdem beide wussten, dass sie die richtige Entscheidung getroffen hatten. Dennoch hatte Annika ein mulmiges Gefühl bei der Vorstellung, Dagobert im Ungewissen zu lassen. Aber schließlich war das für Dagobert nur ein erträglicher Misserfolg; für Albert ging es um den Rest seines Lebens.

*

Albert lag mit offenen Augen auf dem Sofa, als Annika nach ihm sah. Sie setzte sich neben ihn.

«Hast du die Polizei angerufen?»

Annika schüttelte den Kopf. «Nein. Dafür hab ich keinen Grund.» Sie überlegte, wie sie ihn trösten konnte, aber es fiel ihr nichts ein.

«Josefa will gleich vorbeikommen. Sie hat vorhin angerufen und wollte wissen, wie es dir geht.»

«Hast du ihr was erzählt?»

«Nur, wo ich dich getroffen habe und dass du mir von früher erzählt hast. Sag ihr, wer du bist Albert. Du bist der Einzige, der ihr mehr von ihrem Vater erzählen kann.»

Es klingelte an der Tür, und Annika ließ Josefa herein.

«Ich lass euch zwei jetzt allein. Wenn ich noch irgendwas tun kann, dann meldet euch, ja?»

Annika beugte sich zu Albert hinunter. Er nahm ihre Hand und sah sie aus traurigen Augen dankbar an. Sie gab ihm einen Kuss auf die Wange und verabschiedete sich dann. Sie hatte keine Ahnung, wie sie all das vor Dagobert und Harry verheimlichen konnte. Die beiden würden ihr wohl kaum abkaufen, dass sie plötzlich das Interesse an der Geschichte verloren hatte. «Da werd ich mir was Besseres ausdenken müssen», dachte sie, während sie in ihren Wagen stieg.

*

«Aua! Scheiße, Peter, kannst du mal mit deiner Gabel aufpassen?»

Klaus, Peter und Annika saßen auf Annikas Bett und ließen sich von Tina bedienen. Annika hatte ihnen von dem Film *Lang lebe Ned Devine* vorgeschwärmt, den sie sich in der letzten Woche gekauft hatte. Jetzt wollten ihn alle sehen und hatten sich deshalb in ihrem Schlafzimmer breit gemacht, wo ein nagelneuer Fernseher stand. Annika hatte das Gerät von ihrem Onkel Edi geschenkt bekommen, der sich alle zwei Jahre einen neuen kaufte. Annika bekam dann immer die abgelegten Fernseher, und dieses Mal hatte sie ein Prachtexemplar erbeutet, mit dem man DVDs im Cinemascope-Format ansehen konnte.

Harry und Tina kamen mit zwei weiteren Tellern aus der Küche zurück.

«Okay Leute, das war die letzte Lieferung. Denn mal guten Appetit.» Tina sah zufrieden in die Runde.

Klaus, Annika und Harry beäugten misstrauisch die grünlich-gräuliche Masse, die Tina vollmundig als mit Spinat gefüllte Cannelloni angekündigt hatte.

«Na, schmeckt super, oder? Ist mir hervorragend gelungen, dieses Mal.» Glücklicherweise erwartete Tina nie eine ernsthafte Antwort, wenn es um die Bewertung ihre Kochkünste ging.

«Gut, an der Konsistenz könnte man noch arbeiten. Das ist aber auch total kompliziert, den Spinat in die Nudeln zu quetschen. Aber Hauptsache, der Geschmack stimmt», befand sie großmütig und schob sich eine volle Gabel in den Mund. Tatsächlich konnte man das, was sie ihren Freunden da vorgesetzt hatte, kaum mehr als Cannelloni identifizieren. Die miteinander verklebte Masse hatte den Zustand der Bissfestigkeit schon lange hinter sich, und um selbst die geduldigsten Gaumen zu foltern, war Tina mit Gewürzen mehr als sparsam umgegangen.

«Ich find das sagenhaft. Das Rezept muss ich haben. Und dann probier ich das auch aus.» Peters Lob war Ernst gemeint, daran gab es keinen Zweifel. Annika sah mitleidig in Klaus' Richtung und prustete plötzlich laut los. Klaus und Harry ließen sich anstecken und lachten mit. Peter und Tina schauten sie irritiert an.

«Hab ich etwas Komisches gesagt?», wollte Peter wissen.

«Aber nein, genau das Richtige», erklärte Annika.

«Könnt ihr noch mal den Film zurückspulen? Ich hab gar nichts mitgekriegt.» Tina sah zu Annika, die die Fernbedienung hatte. In diesem Moment ging das Telefon. Annika gab Tina die Fernbedienung und lief ins Wohnzimmer. Am anderen Ende war Josefa.

«Albert hat mir alles erzählt. Ich wollte mich nur bei dir bedanken. Es ist ...» Ihre Stimme stockte. Sie schluckte. «Ich hätte nie gedacht, dass ich noch mal was von meinem Vater erfahren würde. Danke.»

Nachdem Josefa aufgelegt hatte, blieb Annika mit dem Telefon in der Hand stehen und starrte zum Fenster hinaus.

«Hey, ist alles in Ordnung?» Annika hatte nicht bemerkt, wie Harry neben sie getreten war und zuckte zusammen.

«Ich weiß nicht. Ist es das?»

Harry sah sie lange und nachdenklich an. Dann nahm er sie in den Arm und sagte: «Komm, mach es dir nicht so schwer. Dagobert hat mich angerufen und mir alles gesagt. Er versteht dich. Gut sogar.»

Annika war entsetzt. Sie befreite sich aus seiner Umarmung und sah ihn mit aufgerissenen Augen an. «Aber was soll denn das heißen? Wieso hat Dagobert dir ...»

«Jetzt reg dich nicht auf. Das hat gar nichts mit dir zu tun. Albert war bei ihm und hat alles erzählt.»

Damit hatte Annika nicht gerechnet, obwohl sie es hätte wissen müssen. Albert hätte sie nie mit all dem belastet, wenn er nicht vorgehabt hätte, sich der Polizei zu stellen. Sie kam sich plötzlich ziemlich albern vor. «Obwohl...», ging es ihr durch den Kopf, «...alles wissen meine beiden Profis nun auch nicht.» Von Olafs Erscheinen dort unten im Keller würden sie nichts erfahren.

«Und was passiert jetzt mit ihm? Ich meine, es war doch schließlich nur ein Unfall. Er ist doch ausgerutscht.»

Harry nahm sie wieder in den Arm, und sie ließ es geschehen. Er dachte lange nach, bevor er sagte: «Nach allem, was passiert ist und was wir jetzt von ihm wissen, wird es schon nicht so schlimm werden. Aber was das Wichtigste ist: Jetzt ist es vorbei, und wir können uns vielleicht endlich um uns kümmern.»

Annika küsste ihn und sagte: «Wenn wir Tinas Essen überleben, dann können wir alles schaffen».

***

Nachwort

Als lebenslange Anhängerin des besonders im angelsächsischen Raum zu einem geachteten literarischen Genres entwickelten Kriminalromans haben mich die den Frauen zugeschriebenen Rollen besonders interessiert. Die Meisterdetektive sind bis heute zum größten Teil Männer, obwohl man nicht vergessen darf, dass schon 1930 Agatha Christies Miss Jane Marple, eine in einem dörflichen Idyll lebende ältere unverheiratete Dame, ihren ersten Auftritt als eine scharfsinnige Beobachterin menschlichen Treibens und Entflechterin übler Taten hatte. Ihre Lebenswelt erscheint eng und gleichförmig, bedachtsam routiniert, ja eigentlich recht langweilig. Doch Miss Marple ist sich des Bösen bewusst, das auch in dieser so anscheinend sicheren Welt umgeht. Sie erkennt in diesem Mikrokosmos die Muster und Strategien derer, die Unheil stiften und in der nachdenklichen Betrachtung alltäglicher Geschehnisse, die oftmals eine zwingende Logik der Ereignisse offenbart, festigen sich die Vorstellungen von Charaktertendenzen und menschlichen Situationen, die eine allgemeinere Gültigkeit in der Konstellation des Mordens haben.

Als ich vor nun mehr als einem Jahr den ersten „Pflegekrimi" von Hermann Cölfen, Sabine Walther und Angelika Zegelin in der Hand hielt, war schon der unmittelbare Anreiz zum Lesen sein Titel „Abgeführt" – die Doppelsinnigkeit versprach Spannung, die Essenz einer Detektivgeschichte. Doch was mich als Krankenschwester auch ansprach und zur gleichen Zeit besorgte, war dass der mir nur allzu bekannte Mikrokosmos des Krankenhauses sozusagen der Tatort und eine Krankenschwester die Detektivin sein sollte. Krankenschwestern kommen in der Literatur selten gut weg. Wenn sie überhaupt mehr als nur eine Randfigur bilden, sind sie unleidlich stereotypisiert. Doch meine Bedenken schwanden rasch und verwandelten sich in Bewunderung der realistischen und atmosphärischen Darstellung des Krankenhauses am Rande des Ruhrgebiets, der nicht immer, aber oft chaotischen Station und der treffenden Zeichnung der vielerlei Menschen, deren Wege sich hier kreuzen.

Und Annika Meinke, die dreißigjährige Krankenschwester, mit ihrem kriminalistischen Spürsinn, ist eine moderne Miss Marple. Wenn auch nur halb so alt und keineswegs jungfernhaft, so teilt sie doch mit ihrer berühmten Vorgängerin die Fähigkeit, Menschen und Situationen klar zu beobachten, Verbindungen zu knüpfen, augenscheinlich Nebensächliches nicht aus dem Auge zu verlieren, das Krankenhaus nicht als einen eingegrenzten oder ausgrenzenden Raum zu erfahren und ihrer inneren Unruhe nicht auszuweichen, bis sie von der Logik ihrer Schlussfolgerungen überzeugt ist.

Was die Person der Annika zudem sympathisch und glaubwürdig macht, ist, dass sie ein Mensch mit Eigenarten ist, die sie weniger als vollkommen erscheinen lassen. Sie verschläft fast den Frühdienst, denn das Morgengrauen ist ihr nur ein Grauen, sie raucht und führt auch nicht gerade ansonsten den gesündesten Lebenswandel, sie ärgert sich über den Schlendrian großer Institutionen, sie kann bissig und abrupt sein und manchmal wohl auch ein wenig unfair. Doch letzten Endes ist sie wieder wie Miss Marple grundlegend ein moralischer Mensch.

Mit dem zweiten Buch „Bettflüchtig“ darf unsere Detektivin wieder in Aktion treten und ich bin sicher, dass sie sich neue Anhänger erwerben wird – und viele, die einfach fasziniert sein werden, auf eine spannende Weise den ihnen unbekannten Mikrokosmos Krankenhaus gründlicher und echter kennen zu lernen als sie es vielleicht erwarteten.

Agatha Christies Miss Marple erschien in zwölf Romanen und einer Reihe von Kurzgeschichten über einem Zeitraum von mehr als vierzig Jahren – möge Annika Meinke ein ebenso langes und erfolgreiches „Leben“ vergönnt sein!

Edinburgh und Witten
Im August 2002

Dr. Ruth Schröck
Professorin für Pflegewissenschaft
Universität Witten/Herdecke

Glossar

Unsere Erklärungen richten sich an pflegerische bzw. medizinische Laien und dienen ausschließlich dem besseren Verständnis der Geschichte. Das heißt, auf Einzelheiten, beispielsweise zu bestimmten Krankheiten, gehen wir hier nicht ein.

Anamnese
: Der Begriff stammt aus dem Griechischen und bedeutet so viel wie Erinnerung. Die «Anamnese aufnehmen bzw. schreiben» heißt hier, dass ein Arzt neu hinzugekommene Patienten über ihren Gesundheitszustand und frühere Erkrankungen befragt.

Bauchgurt
: Vorrichtung, die dazu benutzt wird, einen Patienten im Bett «festzuhalten» bzw. zu fixieren. Eine solche Maßnahme ist – ohne Zustimmung des Patienten – nur erlaubt, wenn die Gefahr besteht, dass der Betreffende sich oder andere gefährdet. Eine Fixierung darf nur mit Einwilligung eines Arztes erfolgen.

Bettenplan
: Mit diesem Begriff bezeichnen Mediziner und Pflegende eine Tafel, auf der die Namen der auf einer Krankenhausstation liegenden Patienten – nach Zimmernummern unterteilt – vermerkt sind. Außerdem werden auf dieser Tafel die freien und die «vorbestellten» bzw. verplanten Betten festgehalten. Ein Blick auf diese Tafel informiert schnell darüber, ob man einen weiteren Patienten aufnehmen kann oder nicht.

Braunüle
: Hiermit wird eine Kunststoffkanüle (Venenverweilkanüle) bezeichnet, die in eine Vene (meist am Unterarm oder Handrücken) eingeführt wird, um dem Patienten darüber Flüssigkeit und Medikamente zu-

zuführen. Der Name für die Kanüle geht auf den Hersteller bzw. die Firma zurück.

BTM-Bestand

BTM ist die Abkürzung für Betäubungsmittel. Hierbei handelt es sich um Medikamente, die aufgrund ihrer Wirkweise zu psychischer und/oder physischer Abhängigkeit führen können und daher gemäß dem BTM-Gesetz bestimmten Verboten bzw. Beschränkungen unterliegen. Betäubungsmittel müssen sicher und für nicht autorisierte Personen unzugänglich aufbewahrt werden (in einem verschließbaren Schrank). Über ihre Ausgabe muss genau Buch geführt werden, d. h. unter anderem, dass jede ausgegebene Tablette dokumentiert und der BTM-Bestand regelmäßig überprüft werden muss.

Chemo

Medizinisch-pflegerischer Fachjargon; Abkürzung für Chemotherapie. Hier ist damit die Behandlung einer Krebserkrankung mit Zytostatika (Mittel gegen Krebs) gemeint.

danebengelaufen

Man spricht davon, dass eine Infusion *danebengelaufen* ist, wenn die Flüssigkeit (bzw. das Medikament) nicht wie vorgesehen in das Blutgefäß läuft, sondern in das es umgebende Gewebe. Dies führt zu einer schmerzhaften Verdickung und Entzündung der betreffenden Körperregion.

Dauernachtwache

So werden Krankenschwestern bzw. -pfleger bezeichnet, die ausschließlich im Nachtdienst arbeiten.

Dekubitus

Pflegerisch-medizinischer Fachbegriff aus dem Lateinischen, der übersetzt wird mit *Druckgeschwür*. Dabei handelt es sich um eine Hautschädigung, die insbesondere durch langes Liegen bei bettlägerigen Menschen entsteht. Ein Dekubitus kann unter anderem dadurch verhindert werden, dass man den kranken bzw. hilfebedürftigen Menschen dabei hilft, in regelmäßigen Abständen die Lage zu wechseln. Dieses Wechseln bzw. Verändern der körperlichen Lage von Pflegebedürftigen bezeichnet man im pflegerischen Sprachgebrauch auch als *Lagern*.

Dokumentation

Der Begriff Dokumentation meint im pflegerisch-medizinischen Arbeitsalltag, dass sämtliche pflegerelevanten und medizinischen Informationen über Patienten in den Patientenkurven schriftlich festgehalten werden. Zur Dokumentation gehört z. B. auch der sog. *Pflegebericht*, in dem Pflegende festhalten, wie es dem Patienten geht, wie und ob sich sein Befinden im Laufe des Krankenhausaufenthalts verändert, welche pflegerischen Maßnahmen ergriffen werden und wie diese wirken. Unabhängig vom Krankheitszustand und Wohlbefinden muss für jeden Patienten ein Pflegebericht geschrieben werden. Dieser muss mindestens einmal in jeder Arbeitsschicht aktualisiert werden, sodass man mit Hilfe dieser Aufzeichnungen ein aussagefähiges Bild vom Gesundheitsverlauf des Patienten erhält.

Druckgeschwür

siehe unter *Dekubitus*

Endoskopie

Untersuchung, mit Hilfe derer man Hohlorgane (z. B. den Magen oder den Darm) genau betrachten kann. Auf diesem Weg kann man Schädigungen oder krankhafte Veränderungen entdecken. Eine solche Untersuchung wird im Krankenhaus nicht auf der Station, sondern in einer speziellen Abteilung durchgeführt. Diese Abteilung nennt man ebenfalls Endoskopie. Je nachdem, welches Organ untersucht werden soll, erhält die endoskopische Untersuchung einen speziellen Namen. Eine endoskopische Untersuchung des Magens nennt man z. B. *Gastroskopie* (Spiegelung des Magens).

fixieren
siehe unter *Bauchgurt*

Gastroskopie
siehe unter *Endoskopie*

gebettet/jemanden betten
Im pflegerischen Fachjargon spricht man von *betten*, wenn man einem hilfebedürftigen und bettlägerigen Patienten dabei hilft, seine Lage im Bett zu verändern, sein Bettzeug (Kissen und Bettdecke) neu zu ordnen und eventuell das Bett frisch zu beziehen.

Hämatom
Bluterguss («blauer Flecken»)

Hyposensibilisierung (auch Desensibilisierung)
Verfahren, dass bei Allergikern angewandt wird, um die allergische Reaktion zu mildern bzw. beseitigen. Dazu wird den Betroffenen die Substanz, auf die sie allergisch reagieren (z. B. Wespengift), über einen bestimmten Zeitraum und mit stufenweiser Steigerung der Dosis in den Körper gespritzt.

Kasack
Hier ist damit ein Kleidungsstück Pflegender gemeint; anstelle eines «Kittels» können Krankenschwestern während der Arbeit auch eine Hose mit einem hemdähnlichen Oberteil (*Kasack*) tragen.

Kurve bzw. Patientenkurve
siehe auch unter *Dokumentation*
Im medizinisch-pflegerischen Fachjargon Bezeichnung für die Patientenakten, in denen sowohl die medizinischen als auch die pflegerischen Informationen schriftlich festgehalten werden.

Kontamination
Hier ist damit die Verunreinigung einer Blutkonserve mit Bakterien gemeint.

Lagern
siehe unter Dekubitus

Lichtruf bzw. Lichtrufzentrale
Die Lichtrufzentrale, verkürzt auch Lichtruf genannt, ist eine zentrale Einrichtung eines Krankenhauses, in der Regel im Eingangsbereich gelegen. Immer wenn ein Patient auf einer Station die Rufanlage neben seinem Bett betätigt, dann gelangt dieser Ruf zunächst in die Lichtrufzentrale. Hier nimmt eine Mitarbeiterin der Klinik den Ruf entgegen und leitet ihn dann an eine verantwortliche Person der jeweiligen Station oder Abteilung weiter. Die Rufanlage wird nicht nur von Patienten, sondern auch von den Mitarbeitern (z. B. Pflegenden) benutzt.
Der Begriff *Lichtruf* wird auch für die eingegangenen Rufe verwendet.

Lungenemphysem
Der Begriff Emphysem stammt aus dem Griechischen und bedeutet so viel wie Aufblähung. Bei einem Lungenemphysem kommt es zu einer starken Luftansammlung in der Lunge. Das Lungengewebe ist geschädigt und die normale Atmung ist erheblich gestört.

Mandrin
Hier ist mit Mandrin ein dünner, schnurförmiger, flexibler Plastikstab gemeint, der als Verschluss für eine *Braunüle* (siehe dort) genutzt wird.

Medikamententablett
Begriff, der im pflegerischen Jargon zwei unterschiedliche Bedeutungen besitzt:
a) Auf diesem *Tablett* werden die Medikamentenkästchen aller Patienten nach Zimmernummern sortiert für den folgenden Tag bereitgestellt;
b) Vor bzw. mit den Mahlzeiten werden flüssige Medikamente (Säfte, Tropfen) verteilt. Diese werden in kleine Plastik-«Gläschen» gefüllt und auf einem *Tablett* bereitgestellt.

Mikrobiologie
Hier meint man nicht die Wissenschaft, sondern das Mikrobiologische Institut, an das ein Krankenhaus Untersuchungsmaterial (z. B. Blut, Liquor, Sputum) schickt. Die verschickten Proben werden in dem Institut untersucht, um herauszufinden, welche Keime (Mikroorganismen) für eine Infektion verantwortlich sind. Erst mit der genauen Diagnose ist eine gezielte Therapie möglich.

MK 3
Abkürzung für die Bezeichnung der Station, auf der unsere Hauptdarstellerin Annika arbeitet. «MK» steht für «Medizinische Klinik».

MST
MST ist der Name eines morphinhaltigen Medikaments, das bei sehr starken Schmerzen eingesetzt wird. Es fällt unter das BTM-Gesetz (siehe unter *BTM*). Das Medikament gibt es in unterschiedlicher Darreichungsform (z. B. als Tablette) und Dosierung (z. B. MST-10).

Novalgin-Tropfen
Schmerzmittel

Oberkurs-Schülerin
Die Ausbildung zur Krankenschwester bzw. zum Krankenpfleger dauert drei Jahre. Je nachdem, in welchem Ausbildungsjahr sich die Auszubildende befindet, spricht man von der Unterkurs-, Mittelkurs- oder Oberkurs-Schülerin.

Osteoporose
Erkrankung des Skeletts. Durch eine krankhafte Veränderung des Knochengewebes besteht eine erhöhte Gefahr von Knochenbrüchen. Die Betroffenen haben meist starke Schmerzen.

Pflegewissenschaft
Die Pflegewissenschaft bzw. -forschung begann sich in Deutschland als einem der letzten europäischen

Länder Ende der 80er-, Anfang der 90er-Jahre zu etablieren. Ende 1987 wurde die erste Professur für Pflege an der Fachhochschule Osnabrück eingerichtet.

Pflegearbeitsraum

Hier verrichten die Pflegenden bestimmte Tätigkeiten, die z. B. aus hygienischen Gründen nicht im Stationszimmer erfolgen sollten. Hier werden beispielsweise mit Hilfe einer speziellen Vorrichtung Steckbecken (Bettpfannen) und Urinflaschen geleert oder Instrumente desinfiziert und gesäubert.

Paul-Ehrlich-Institut

Dieses Institut ist seit 1972 eine selbstständige Bundesbehörde, die seit 1998 auch zuständig ist für schwerwiegende, unerwünschte Arzneimittelwirkungen (z. B. unerwünschte Reaktionen auf eine Bluttransfusion).

Reanimation

Der Begriff stammt aus dem Lateinischen und heißt übersetzt Wiederbelebung. Im pflegerisch-medizinischen Jargon meint man damit Wiederbelebungsmaßnahmen wie z. B. Herzmassage, Beatmung und die Verabreichung spezieller Medikamente.

Rundgang

Im Zusammenhang mit der pflegerischen Arbeit bezeichnen die Pflegenden mit diesem Begriff regelmäßige, zu bestimmten Zeiten erfolgende Besuche bei allen Patienten, um sich nach deren Wohlbefinden zu erkundigen und – je nach Bedarf – bestimmte pflegerische Handlungen durchzuführen. Solche Rundgänge erfolgen zu allen Tageszeiten, also auch nachts.

Stationssekretärin

Sie erledigt die administrativen Aufgaben auf einer Krankenhausstation, d. h. sie verwaltet z. B. die Unterlagen der Patienten, nimmt Telefonate entgegen und organisiert Untersuchungstermine.

Tabletten bzw. Medikamente stellen
Diese Formulierung gehört zum pflegerischen Fachjargon und meint, dass die Medikamente, die jeder Patient am folgenden Tag einnehmen soll, in mit Namen und Zimmernummern versehenen und nach Tageszeiten aufgeteilten Kästchen, verteilt werden.

Übergabe
Die Übergabe ist ein Arbeitsgespräch der Pflegenden, das dreimal täglich geführt wird und mit dessen Hilfe der Arbeitsablauf einer Station organisiert wird.

Wirbelkörpereinbruch
Ein Wirbelkörper ist Teil eines Wirbels. Die Wirbel wiederum sind wichtige Bauelemente der Wirbelsäule. Die knöchernen Wirbelkörper können brechen (z. B. als Folge einer *Osteoporose*, siehe dort). Ein Wirbelkörpereinbruch kann zur Verletzung des Rückenmarks und zur Querschnittlähmung führen.

Dank

Für das kritische Lesen der Geschichte im Rohzustand, viele anregende Tipps, Verbesserungsvorschläge und fachlichen Rat möchten wir uns ganz herzlich bedanken bei *Sabine Krause* (Zürich), *Gudrun Schwenke* (Düsseldorf) und bi dat *waddische Wecht*.

*

Für den nachhaltigen ärztlichen Beistand, sportmedizinische Ratschläge und den phantasievollen Umgang mit Neurosen aller Art danken wir unserem Hausarzt, *Dr. Bernd Hemming* (Duisburg).